BASTEI
LÜBBE

CARL FINCH

Fesseln der Leidenschaft

Roman

Ins Deutsche übertragen
von Joachim Honnef

BASTEI
LÜBBE

BASTEI LÜBBE TASCHENBUCH
Band 18 271

1. Auflage: März 2001

Vollständige Taschenbuchausgabe

Bastei Lübbe Taschenbücher
ist ein Imprint der
Verlagsgruppe Lübbe

Deutsche Erstveröffentlichung
Titel der Originalausgabe: Mine forever

Dieses Werk wurde vermittelt durch die
Literarische Agentur Thomas Schlück GmbH, 30827 Garbsen
Titelillustration: John Ennis / Agentur Schlück
Umschlaggestaltung: QuadroGrafik, Bensberg
Satz: KCS GmbH, Buchholz/Hamburg
Druck und Verarbeitung: 54038
Société Nouvelle Firmin Didot
Mesnil-sur-l'Estrée, Frankreich
Printed in France

ISBN 3-404-18271-5

1

Virginia, 1781

Nach Eden Pembrooks Meinung war es ein Versehen vom lieben Gott gewesen, einem Tag so wenige Stunden zu geben. Es war einfach nicht genügend Zeit für eine Frau, um all die Dinge zu schaffen, die erledigt werden mussten.

»Rodney, bitte liefere diesen Korb mit Lebensmitteln an die Traherns«, wies Eden den Diener an. »Barnaby erholt sich immer noch von den Wunden der Schlacht, und die Familie hat Mühe, sich über Wasser zu halten.«

»Ja, Miss Eden.« Rodney Emerson verließ beladen das Haus der großen Plantage.

»Eden, können wir endlich fahren?«, drängelte Elizabeth Pembrook aus der Ecke der Eingangshalle, wo sie es sich in einem Windsor-Sessel bequem gemacht hatte.

»Nur noch ein paar Minuten«, sagte Eden und widmete sich wieder der Gruppe von Dienern, die auf ihre Anweisungen wartete.

Elizabeth' Augen spiegelten zunehmend Ärger wider. »Deine paar Minuten werden wahrscheinlich eine Stunde dauern«, maulte sie.

Eden ignorierte ihre jüngere Schwester und blickte die Haushälterin an. »Maggie, ich hatte heute Morgen keine Zeit, um unsere Patienten zu besuchen und …«

»Machen Sie sich keine Sorgen, Miss Eden«, sagte Maggie lächelnd. »Ich kümmere mich an Ihrer Stelle darum.«

»Sorge besonders für James«, bat Eden. »Er wirkte gestern Abend ziemlich traurig, obwohl ich eine Stunde lang versucht hatbe, ihn aufzuheitern.«

Eden nahm den Korb mit Eiern und Backwaren, die aus der Küche eingetroffen waren. »Bitte liefern Sie das an Sam und Betsy Hillman. Sie haben ihren Sohn in der Schlacht verloren und ...«

»Eden, können wir jetzt fahren?«, unterbrach Elizabeth.

»Gleich«, sagte Eden. »Diese Sachen müssen ausgeliefert werden ...«

Donnernder Hufschlag ließ Eden verstummen. Sie drehte sich um und sah einen schäbig gekleideten Rebellensoldaten über den Rasen vor dem Haus galoppieren. Hastig verteilte Eden die Körbe mit Lebensmitteln. »Bringt dies zu den Ramseys, den Scotts und Quinnes.«

Als Eden die Treppe hinabeilte, um den Ankömmling zu begrüßen, sank Elizabeth tiefer in den Sessel. Sie befürchtete, niemals in Stevens Taverne die Aktivitäten beim halbjährlichen Jahrmarkt genießen zu können. Das Glanzlicht des Gesellschaftslebens war bereits im Gange, und Elizabeth war begierig darauf, daran teilzunehmen. Ein gewisser Jemand wartete, um ihr Galan zu werden – jemand, der sich anderen Frauen zuwenden konnte, wenn sie nicht bald dort auftauchte. Elizabeth war überzeugt, an gebrochenem Herzen zu sterben, wenn er das tun würde!

»Miss Bet, ich kann Ihr Jammern und Nörgeln nicht mehr hören«, schalt Maggie. »Ihre Schwester muss sich um dringende Einzelheiten kümmern, und Sie sitzen da wie eine verwöhnte Prinzessin und maulen über Verzögerungen. Eden hat Sie zu sehr verhätschelt und verzogen. Sie sollten ihr Hilfe anbieten, anstatt dauernd Theater zu machen.«

Elizabeth starrte die schwarze Haushälterin ärgerlich an. Maggie verteidigte stets die ›heilige‹ Eden. Die andere Dienerschaft ist nicht besser, dachte Elizabeth bitter. Sie verneigten sich und biederten sich an, während man sie, Elizabeth, bei den schlimmsten Hausarbeiten beiseite schob und ignorierte. Das Leben im Schatten von jedermanns Schutzengel war eine schwere Last.

Elizabeth sehnte sich nach dem Tag, an dem sie ihr Leben in eigene Hände nehmen konnte. Dieser verdammte Krieg hatte nahezu alles verdorben!

Eden tauchte auf der Türschwelle auf und lächelte schelmisch, als sie Elizabeth' schmollende Miene sah. »Was ist, Bet, willst du den ganzen Tag dort herumhocken? Hast du keine Lust, zum Jahrmarkt zu fahren?«

Elizabeth bedachte sie mit einem finsteren Blick, erhob sich ärgerlich, glättete ihr Kleid und lief nach draußen.

Eden wandte sich Maggie zu, die am Fuß der Treppe stehen geblieben war. »Bet ist jung und lebenshungrig«, verteidigte sie ihre Schwester. »Gib ihr nicht die Schuld für etwas, was nur natürlich ist, Maggie.«

Maggie wurde zornig bei diesen Worten. »Sie haben dieses Mädchen verwöhnt, und das wissen Sie. Bet ist ungeduldig und undankbar. Wenn sie nicht so egoistisch wäre, könnte sie hier eine große Hilfe sein.«

Eden lächelte. Weil sie darauf bestanden hatte, dass alle Bediensteten und das Personal der Pembrooks lesen und schreiben lernten, konnte sich Maggie gut ausdrücken – und sie machte häufig davon Gebrauch. Eden hielt es für wichtig, dass Sklaven und Diener Ausbildung bekamen.

Sie hatte nie diesen tragischen Tag vor siebzehn Jahren vergessen, als die Katastrophe passiert war. Sie hatte eine Botschaft nach Hause geschickt und um Hilfe gebeten, doch die Diener hatten sie nicht entziffern können. Es hatte zwei höllische Stunden gedauert, bis der Rettungstrupp eingetroffen war.

Zwei Stunden zu spät …

Heutzutage trafen Botschaften – wie diejenige, die sie soeben von Daniel Johnston, dem Rebellensoldaten, erhalten hatte – bei ihr ein, um sie über die Entwicklung des Krieges auf dem Laufenden zu halten. Eden wollte nicht, dass das Netzwerk der Kommunikation zusammenbrach, weil Diener nicht lesen konnten. Außerdem waren Bücher eine Quelle des Wissens, der Anregung und des Vergnügens, die niemandem versagt werden sollte, wie Eden fand. Sie war eine Verfechterin der Notwendigkeit von Büchern und des Erwerbs von Wissen.

»Ich habe versucht, sowohl Schwester als auch Elternteil für Elizabeth zu sein«, sagte Eden leise und verbannte ihre Gedanken. »Anscheinend erfolglos.«

Maggie sah Eden bedeutungsvoll an. »Sie haben für Miss Bet mehr getan als Ihre Mama für Sie, und wir beide wissen das.«

Eden zuckte bei den unangenehmen Erinnerungen zusammen, die ihr in den Sinn kamen.

»Verzeihung, Miss Eden, das hätte ich nicht sagen sollen. Jetzt sollten Sie besser aufbrechen, bevor Ihre Schwester einen Anfall bekommt. Geduld gehört nicht zu Bets Tugenden, wie wir beide wissen.«

»Eden! Beeile dich!«, rief Elizabeth. »Ich verwelke hier draußen in der Sonne!«

Eden blickte sich ein letztes Mal in der Halle um und vergewisserte sich, dass all ihre Aufgaben erledigt worden waren. Zufrieden eilte sie hinaus, um zu ihrer verärgerten Schwester in den Kutschwagen zu steigen.

»Nur weil du dich entschieden hast, eine alte Jungfer zu werden, heißt das nicht, dass ich darauf verzichte, einen Ehemann zu suchen«, grollte Elizabeth. »Du weißt genau, dass der Jahrmarkt meine Gelegenheit ist, Peter Dalton daran zu erinnern, dass ich noch lebe, obwohl du mich selten von diesem Gefängnis namens Plantage entkommen lässt.«

Eden warf Bet einen vernichtenden Blick zu. »Du hast einen Hang zur Melodramatik, nicht wahr? Und du weißt genau, dass deine Schönheit Dutzende von Bewunderern anzieht, Peter inbegriffen. Nur deine Launen könnten Peter abschrecken.«

»Meine Laune wird sich beträchtlich bessern, wenn wir bei diesem verdammten Jahrmarkt eintreffen, bevor er für die Nacht schließt!«

Eden hob eine Braue, als Elizabeth eine bequemere Haltung auf dem gepolsterten Sitz einnahm. Bet wurde rot, als ihr klar wurde, was sie gesagt hatte. Als Eden in Gelächter ausbrach, verschwand Elizabeth' Ärger schlagartig.

»Verdammt, Eden, wie machst du das?«

»Was?«

»Wie kannst du die Welt mit deinem Lächeln so rosiger erscheinen lassen?« Elizabeth musterte ihre Schwester mit neuem Verständnis. »Deshalb finden dich Männer so faszinierend, nicht wahr?«

»Wovon sprichst du? Männer finden mich nicht faszinierend. Schließlich hatte ich in den vergangenen paar Jahren mehrere Verlobte, die kamen und gingen.«

Während Jacob Courtney mit der Kutsche zu Stevens Taverne fuhr, lehnte sich Elizabeth auf dem Sitz zurück. Plötzlich sah sie Eden in einem ganz anderen Licht. »Wenn ich's mir recht überlege, finde ich es seltsam, dass all deine Verlobten die Verlobung gelöst haben – wie du jedenfalls behauptest. Du hast sie überredet, ihre Anträge zurückzuziehen, nicht wahr?«

Eden schaute über das Hügelland und fragte sich, wie lange in Virginia noch Frieden sein würde. Nach den Nachrichten, die sie von Daniel Johnston erhalten hatte, würde dieser friedliche Weg, der von Lorbeerbäumen und Stechpalmen gesäumt war, bald von britischen Soldaten zertrampelt werden. Die Kiefern, Zedern und Zypressen der Wälder würden vermutlich als Brennholz benutzt werden. Die Sandhügel würden bald vom Blut der Schlacht befleckt werden.

»Es war andersherum, nicht wahr?«, fragte Bet. »In Wirklichkeit passte dir keiner dieser Männer, oder vielleicht …«

Bet verstummte, als ihr eine andere Erkenntnis wie ein Blitz aus heiterem Himmel kam. »Oder vielleicht hast du deine Chance, glücklich zu sein, *meinetwegen* nicht genutzt!«

Eden schüttelte den Kopf über Bets entsetzte Miene.

»Maggie hat Recht. Du bist zu egozentrisch geworden.« Sie tätschelte Bets Hand. »Wenn du über deine Bemerkung nachdenkst, wird dir natürlich klar, dass sie absurd ist.«

Elizabeth blickte ihre Schwester forschend an. »Du *hast* dein Glück für mich geopfert, weil Papa nicht da war, um sich um mich zu kümmern, nicht wahr, Eden?«

Bevor Eden das leugnen konnte, plapperte Elizabeth weiter. »Du meine Güte, du *bist* eine aufopferungsvolle Heilige und Märtyrerin! Aber ich will deine Fürsorge nicht mehr, verstehst du das, Eden? Ich bin achtzehn und kann für mich selbst sorgen. Du brauchst keinen Heiratsantrag mehr abzulehnen, weil du dich mir verpflichtet fühlst. Und ich will mehr von den Pflichten übernehmen, die du dir aufgebürdet hast.«

»Das wüsste ich zu schätzen«, sagte Eden.

»Und du hast dann mehr Zeit, um dir einen Ehemann zu suchen, der dir passt.«

»Ich brauche keinen Ehemann. Eine Frau in meinem Alter ist zu wählerisch und festgelegt in ihren Vorstellungen, um zu heiraten.«

»Himmeldonnerwetter, vierundzwanzig ist nicht so alt!«

»Gott sei Dank bessert sich deine Sprache«, scherzte Eden.

»Versuch nicht, mich abzulenken, Edeline Renee Pembrook. Ich habe dich ein paar Mal fluchen gehört, als du dachtest, niemand bekommt es mit. Selbst Heilige verlieren gelegentlich die Beherrschung.«

»Zum Beispiel, wenn sie es mit frühreifen Schwestern zu tun haben?« Bevor Bet zu einer weiteren tiefschürfenden Erkenntnis gelangen konnte, wies Eden südwärts. »Ah, da sind wir, Bet. Amüsier dich gut bei den Festivitäten.«

Elizabeth blieb sitzen, als der Kutschwagen anhielt, entschlossen, das Thema fortzusetzen, über das ihre Schwester nicht reden wollte. Lächelnd stieg Eden aus, um Bekannte und Nachbarn zu begrüßen, die sich um den Wagen versammelten.

»Darf ich Ihnen beim Aussteigen behilflich sein, Miss Bet?«, fragte der Kutscher.

Elizabeth reckte stolz das Kinn vor. »Das wird nicht nötig sein, Jacob. Ich habe vor, dem Beispiel meiner Schwester zu folgen und von meinem Thron *herabzuschweben*. Außerdem will ich fortan und für alle Zeiten niemandem mehr zur Last fallen.«

Jacob Courtney nickte anerkennend: »Ich muss sagen, dass ich beeindruckt bin, weil Sie so schnell erwachsen geworden sind, Miss Bet.«

Elizabeth, während des Ausflugs zum Jahrmarkt um Jahre gereift, eilte davon, um Peter Dalton zu finden. Sie hoffte, dass keine Schar heiratsfähiger Frauen ihr zuvorkam.

Sebastian Saber saß auf seinem Rapphengst und beobachtete das ausgelassene Treiben bei Stevens Taverne. Die Atmosphäre des Jahrmarkts schien vom Tod und der Zerstörung auf den Schlachtfeldern der nördlichen und südlichen Kolonien Welten entfernt zu sein. Die Zelte waren mit selbst gefertigten Schmuckstücken und köstlichen Naschereien gefüllt, die feilgeboten wurden, nicht mit Soldaten, die sich auf den Angriff vorbereiteten.

Farmer versammelten sich, um Vieh zu tauschen und zu verkaufen. Kindergelächter erklang bei der Puppenbühne und den Wettbewerben an den Kletterstangen. Arenen für Keulenkämpfe waren mit Seilen abgegrenzt. Und Musikanten stimmten ihre Instrumente für die Musikwettbewerbe. Jongleure in farbenprächtigen Kostümen begeisterten Zuschauer, und Akrobaten zeigten ihre Künste auf dem grasbewachsenen Gelände. Auf Tischen wurden neben Tabletts mit kulinarischen Köstlichkeiten Schüsseln mit Punsch – Brandy, gewürzt mit Zimt und Muskatnuss – zum Verzehr angeboten.

Hier konnte man die Grausamkeiten des Krieges vergessen, der ringsum tobte. Nach langen zermürbenden Stunden im Sattel freute sich Sebastian auf Zerstreuung.

»Amüsierst du dich, Sebastian?« Micah Bancroft schlenderte heran und hob sein Glas mit Punsch. »Du hast eine so beeindruckende Pose auf deinem preisgekrönten Gaul eingenommen, dass eine Reihe der heiratsfähigen Ladys mich darum bitten, ihnen meinen feschen Cousin vorzustellen.« Er nippte an seinem Punsch. Dann runzelte er die Stirn. »Wie sagtest du noch mal, sind wir verwandt?«

»Ich bin der Neffe der zweiten Frau meines Onkels«, erwiderte Sebastian. »Ich bin dein Cousin zweiten Grades.«

»Cousin ist Cousin. Lassen wir die Spitzfindigkeiten. Klettere jetzt vom Gaul, damit ich dich all den Damen vorstellen kann, die begierig darauf sind, dich kennen zu lernen.«

Sebastian blickte Micah an, der drei Jahre jünger war. Mit seiner marineblauen Weste, der eleganten Jacke und Reithose und dem Juwelenschmuck an der Hand hätte er Modell für die Oberschicht Virginias stehen können. Seine Perücke war im Gedränge und nach ausgiebigem Genuss von Punsch ein wenig verrutscht, aber das fiel nicht weiter auf.

Sebastian schwang sich von dem Rappen und band die Zügel an. »Mein einziges Interesse an diesem Rummel besteht darin, meinen Hengst am Rennen teilnehmen zu lassen.« Das wollte er dem Landadel jedenfalls weismachen.

Micah lachte glucksend, trank Punsch und nickte grüßend Daphne Cunningham zu, der üppigen Rothaarigen, die Sebastian mit unverhohlenem Interesse musterte. »Zu schade, dass du nicht auf dem Heiratsmarkt bist. Bei dem Interesse, das du auf dich ziehst, hättest du die freie Auswahl. Abgesehen natürlich von einer charmanten, unerreichbaren Schönheit.«

»Wen meinst du damit? Die Rothaarige?« Sebastian warf einen desinteressierten Blick in Richtung der Frau.

»Nein, ich nehme an, du wirst wissen, wen ich meine, wenn du sie siehst.«

Sebastian lächelte über die alberne Bemerkung. Er war

vor elf Jahren von romantischen Vorstellungen kuriert worden, als eine blonde Verführerin ihn gelehrt hatte, dass Reichtum und Titel für Frauen wichtiger waren als Treue und Zuneigung. Es war eine Lektion gewesen, die er nicht vergessen hatte.

Sebastians schweifender Blick blieb auf einer Frau in einem gelben Samtkleid haften. Sie fiel auf wie ein Sonnenstrahl, der durch graue Wolken stach. Verwirrt betrachtete er die Frau mit dem auffallenden Lächeln. Sebastian fand, dass sie keine hinreißende Schönheit war, denn sie entsprach nicht dem klassischen Schönheitsideal der Briten – groß, heller Teint, puppenhaft –, sondern war klein, mit elfenhaften Gesichtszügen, honigfarbenem Teint und kastanienbrauner Haarfülle.

Eine eindrucksvolle, aparte Frau, fand Sebastian.

»Sebastian?« Micah stieß Sebastian mit dem Ellenbogen an und grinste selbstgefällig, als ihm klar wurde, wer die Aufmerksamkeit seines Cousins erregt hatte. »Ich habe dir doch gesagt, dass du weißt, welche Frau ich meine, wenn du sie siehst.«

Sebastian wandte sich wieder Micah zu, doch sein Blick schweifte von ihm fort, als er die Frau leise und perlend lachen hörte.

Micah grinste. »Vergiss nicht, dass du nur zum Pferderennen hergekommen bist, Cousin.«

»Wer ist die Frau?«, fragte Sebastian. Ihre Blicke trafen sich kurz, dann schenkte sie ihr gewinnendes Lächeln einem Soldaten, der zu ihr schlenderte.

»Das ist unsere geliebte alte Jungfer, die zum Engel geworden ist.« Micah hob sein Glas wie zum Toast. »In fünf Jahren hat sie sieben Verlobten den Laufpass gegeben. Ich bin stolz darauf, einer davon gewesen zu sein.«

»Sieben?« Sebastian blickte ihn erstaunt an. »Du sprichst in den höchsten Tönen von einer Frau, die dich abgewiesen hat?«

»Mich abgewiesen? Natürlich nicht«, entgegnete Micah. »Ich habe einfach erkannt, dass eine Heirat für uns beide nicht von Vorteil wäre. Darüber hinaus würde nur ein völliger Schwachkopf schlecht über Sankt Eden sprechen. Sie ist in dieser Gegend weit und breit für ihren Edelmut und ihre Güte bekannt.«

»*Sankt* Eden?« Nach Sebastians Ansicht waren die Worte *Sankt* und *Frau* ein Widerspruch. »Was stimmt nicht mit der Person? Welche Macken hat sie?«

»Macken? Keine, überhaupt keine«, behauptete Micah.

»Zickig, flatterhaft, verschlagen, launisch?«

»Gewiss nicht!«

»Dann muss sie eine der Frauen sein, die alles versprechen und nichts halten«, schloss Sebastian zynisch.

Micah starrte ihn mit seinen geröteten Augen an und fühlte sich an Edens Stelle beleidigt. »Niemals!«

»Warum hat sie dann sieben Verlobten in fünf Jahren den Laufpass gegeben?«

»Weil Edeline Pembrook, die Tochter von General Leland Pembrook von der Virginia Miliz ...«

Sebastian runzelte die Stirn, als der nur allzu vertraute Name fiel. Ein Teil seiner geheimen Mission bestand darin, sich mit der Umgebung der Pembrook Plantage vertraut zu machen – aus Gründen, die vom britischen Kommando noch nicht verraten worden waren.

»Edeline ist ihren Verehrern einfach überlegen und verliert das Interesse, wenn sie sich deren Wissen angeeignet hat«, erklärte Micah. »Eine Frau von überlegener Intelligenz schreckt die meisten Männer ab. Eine unterwürfige Frau ist unselbstständiger und unkomplizierter. Wenn ein Mann das erkennt, ist er vernünftig genug, seinen Antrag zurückzunehmen.«

Sebastians graue Augen verengten sich, als er beobachtete, wie Micah sein Glas leer trank – wieder einmal. »Männern *überlegen?* Frauen sind Männern nicht überlegen«, sagte er mit völliger Überzeugung.

Micah warf den Kopf zurück, dass die Perücke noch mehr verrutschte, und lachte herzhaft. »Vielleicht solltest du darauf wetten, Cousin. Ich bin neugierig zu erfahren, wie es dir bei einer Frau ergeht, deren Schlauheit und bemerkenswerte Fähigkeiten sie zu einer Klasse für sich machen.«

Sebastian lehnte sich gegen die Wand der Taverne, nippte an seinem Punsch und musterte Edeline Pembrook erneut. »Dann erzähl mir mal mehr über diesen sagenhaften Ausbund an Tugend.«

Micah ignorierte Sebastians Sarkasmus. »Eden übernahm die Leitung der Plantage ihrer Familie, als ihr Vater das Kommando über die Miliz erhielt. Leland hat seiner älteren Tochter offenbar den scharfen Verstand und das Organisationstalent vererbt, denn die Tabakplantage blüht und gedeiht. Eden ist außergewöhnlich gut belesen und wissensdurstig. Sie hat sich ein Beispiel an Eliza Pinckney genommen, die landwirtschaftliche Experimente mit Indigo gemacht hat.«

Sebastian hatte über Eliza Pinckneys Experimente mit Indigo, Ingwer, Alfalfa, Baumwolle und Guineakorn gehört. Die tüchtige junge Frau aus Charles Town hatte ein Vermögen verdient, indem sie Indigo als Farbstoff nach England verkaufte.

»Eden hat verschiedene Feldfrüchte angebaut«, fuhr Micah fort. »Ihre revolutionären Ideen beginnen sich auszuzahlen, weil sie eine erfolgreiche Geschäftsfrau ist. Die Pembrook-Felder sind voller Getreide und Mais, und in den Gärten gedeihen Gemüse und Blumen. Ihre Plantage ist zu einem Musterbeispiel für neue Ideen geworden.«

Sebastian schnaubte bei der Lobeshymne auf die alte Jungfer Pembrook.

»Spotte nicht, oder ich lasse sie auf dich los«, drohte Micah. »Selbst ein Zyniker wie du würde ihrem Charme erliegen, darauf wette ich.«

»Ich nehme an, du übertreibst gewaltig«, sagte Sebastian skeptisch.

»Dann wetten wir?« Micah grinste breit und zeigte seine weißen Zähne. »Erlaube mir, dich vorzustellen, Cousin.«

Sebastian folgte Micah durch die Menge, aber er war fest überzeugt, dass Sankt Eden eine Illusion von fantasiereichen Männern und Dummköpfen war. Er hatte noch keine Frau kennen gelernt, die es wert gewesen wäre, so gepriesen zu werden wie Eden Pembrook von Micah, und er bezweifelte ernsthaft, dass er seine Meinung über das schwächere Geschlecht ändern würde, wenn er diese besondere Frau kennen lernen würde.

»Eden Pembrook, da ist jemand, den ich dir vorstellen möchte.«

Eden wandte sich beim Klang von Micahs Stimme um. Sie musterte seinen kräftig wirkenden Gefährten, den sie auf Anfang dreißig schätzte. Der Mann – in teurer schwarzer Samtkleidung – sah sehr vornehm aus, doch Eden spürte etwas Dynamisches unter der zivilisierten Fassade.

Dies war also der Mann, von dem Daphne Cunningham in der vergangenen Stunde dauernd geschwärmt hatte. Daphne behauptete, es sei bei ihr Liebe auf den ersten Blick gewesen. Jetzt wusste Eden, warum Daphne so bezaubert war. Wenn das Äußere für eine Frau bei der Einschätzung eines Mannes oberste Priorität hatte, dann konnte sie von diesen silbergrauen Augen mit den langen, dichten Wimpern und dem gewellten schwarzen Haar leicht fasziniert sein.

Eden war jedoch fünf Jahre älter als ihre Freundin und hatte viel mehr Verstand, um einen Mann nur durch eine rosarote Brille schwärmerisch zu betrachten. Dennoch zog der Mann die Aufmerksamkeit ihres nüchternen Verstandes an.

Eden lächelte Sebastian herzlich an. »Es freut mich, dass Sie an den Festlichkeiten teilnehmen, Sir. Ein Freund von Micah ist auch mein Freund.«

»Eigentlich bin ich sein Cousin«, warf Micah ein.

Sebastian spürte die Wärme von Edens Lächeln. Er schaute in ihre Augen, die klar und blau waren, und staunte über das Interesse, das sie in ihm weckte. Aber er wollte verdammt sein, wenn er sich von diesem gewinnenden Lächeln verzaubern ließ, besonders nachdem Micah ihn zu dieser lächerlichen Wette überredet hatte.

Was erwartete Micah von ihm? Dass er auf die Knie fiel und ihr bei der ersten Begegnung einen Heiratsantrag machte? Das war verdammt unwahrscheinlich. Sebastian hatte in seiner irregeleiteten Jugend einen ähnlichen Fehler begangen. Er würde sich bestimmt nicht noch einmal zum Narren machen!

Einmal betrogen, für immer kuriert, das war Sebastians Devise.

»Eden, dies ist Sebastian Saber.«

Sebastian sagte nichts, als Eden seine Hand ergriff und ihm offen in die Augen sah – wie ein Mann es tun würde. Ein höchst ungewöhnliches Verhalten für eine Frau!

»Miss Pembrook«, sagte er dann und neigte ein wenig den Kopf.

Eden hielt Sebastians Blick stand und zog dann ihre Hand fort. »Sie haben die faszinierendsten Augen, die ich jemals gesehen habe«, sagte sie. »Ich kann verstehen, warum die jungen Damen Ihretwegen in Ohnmacht gefallen sind.« Sie schenkte ihm ein schelmisches Lächeln. »Sie sind gekommen, um ein paar Herzen zu brechen, nicht wahr? Eine meiner Freundinnen kann es kaum erwarten, Sie kennen zu lernen. Darf ich Sie ihr vorstellen?«

Sebastian war verblüfft bei Edens Frage. Er konnte nicht glauben, dass sie ihn auf eine andere Frau aufmerksam machte. Das gab ihm das Gefühl, nicht ihrem hohen Standard zu entsprechen. War dies eine ungewöhnliche Taktik von ihr?

»Sebastian lässt heute Nachmittag seinen Hengst beim Rennen laufen«, erklärte Micah und grinste, als er seinen Köder auslegte. »Er ist ein Araber.«

»Wer ist ein Araber?« Eden blickte Sebastian schelmisch an. »Sie oder das Pferd?«

»Das Pferd«, hörte sich Sebastian murmeln und deutete einen Handkuss an.

Eden hob die Brauen, wie belustigt über seinen schwachen Versuch, charmant zu ihr zu sein. Sebastian spürte das unerklärliche Verlangen, sich mehr zu bemühen, um ihre Sympathie zu erringen. Verdammt, diese Begegnung verlief anders, als er erwartet hatte.

Immer noch lächelnd, entzog ihm Eden ihre Hand abermals. »Ich bin daran interessiert, arabisches Blut in eine Zucht einfließen zu lassen«, sagte sie. »Die Stärke und Ausdauer der Rasse beeindrucken mich. Ist Ihr Hengst für Zuchtzwecke verfügbar? Könnte ich ihn sehen?«

Sebastian war nie zugunsten der Begutachtung eines Pferdes entlassen worden. Er war bestürzt über die Enttäuschung, die er empfand.

»Vielleicht könnten Sie die Praktiken der Pflege und Behandlung Ihrer Pferde erklären«, schlug sie vor, als sie zu dem in der Nähe angebundenen Hengst schritten.

»Und als Gegenleistung könnten Sie erklären, wie Sie es geschafft haben, sieben Verlobte in der Zeit abzuhalftern, die es dauert, um ein Pferd einzureiten.« Sebastian fragte sich, warum er damit herausgeplatzt war. Wahrscheinlich aus gekränktem männlichen Stolz, sagte er sich.

Eden blieb abrupt stehen. »Ich nehme an, Micah hat geplaudert. Anscheinend hat er Ihnen erzählt, dass ich nicht seinen Erwartungen entsprochen habe und er meiner überdrüssig geworden ist wie all die anderen.«

»War das der Fall?« Sebastian bezweifelte es ernsthaft. Dies war keine gewöhnliche Frau.

»Ja, das war der Fall, bei allen sieben«, bestätigte sie.

Sebastian lächelte. »Wenn Sie es sagen.«

»Und glauben Sie nur ja nicht, Sie sollten sich verpflichtet fühlen, weil Micah uns miteinander bekannt gemacht hat. Ich weiß, dass ich keine Frau bin, die einen Mann zu einer längeren Aufmerksamkeit ermuntert.«

Das glaubte Sebastian ihr aufs Wort.

»Sicherlich ist Ihnen klar, dass es eine Verschwendung

Ihrer kostbaren Zeit ist, auch nur ein höfliches Interesse an mir vorzutäuschen.«

Seine Lippen zuckten, er war belustigt über ihre Bemerkung. »Wie scharfsinnig ich bin.«

Eden musterte ihn wie ein Studienobjekt. »Äußerst scharfsichtig. Es ist an Ihren Augen zu sehen. Sie verraten Intelligenz und Verständnis.«

Sebastian konnte jetzt verstehen, weshalb sieben Verehrer, die vermutlich Interessanteres mit Eden vorgehabt hatten, sie immer noch hoch schätzten. Sie hatte das Talent, einem Mann Gedanken einzugeben und dann zu nähren, bis er glaubte, die Vorstellung selbst gehabt zu haben.

Micah Bancroft und seine Vorgänger hatten von ihr den Laufpass bekommen, davon war Sebastian überzeugt. Dennoch dachten alle ihre Ex-Verlobten, *sie* hätten die Verlobung gelöst, zum beiderseitigen Besten, natürlich. Eden nahm die Schuld freundlich auf sich. Warum tat sie das?

»Nun, erzählen Sie mir etwas über diesen großartigen Hengst«, bat Eden. »Der Araber ist gut eingestallt gewesen. Das verrät mir wiederum etwas über Sie. Sie sind stolz auf dieses Tier. Haben Sie ihn mit Zusatznahrung gefüttert, um ihn in bester körperlicher Verfassung zu halten?«

Bevor sich Sebastian dessen bewusst wurde, erklärte er in allen Einzelheiten die Füttermethode, die er entwickelt hatte. Es dämmerte ihm, dass Eden Schmeicheleien einsetzte, um einen Mann abzulenken, indem sie ihm das Gefühl gab, wichtig zu sein, und dann beiläufig Fragen stellte, um das Gespräch in die von ihr gewünschte Richtung zu lenken. Diese Frau war zweifellos feinsinnig, schlau und raffiniert. Sie konnte einen Mann mit ihren Fragen für sich einnehmen, bevor er erkannte, was sich abspielte.

Eden ging um den Hengst herum, sprach leise und beruhigend auf ihn ein und strich leicht über seine Flanke.

»Ich wusste, dass es eine besondere Kombination von Nährstoffen sein muss«, sagte sie nachdenklich. »Dieser Hengst könnte ohne das richtige Futter keine Stuten decken und zugleich an Rennen teilnehmen.«

»Es kommt auf die regelmäßige Zufuhr von zusätzlichen Nährstoffen und auf ständige Bewegung an«, behauptete Sebastian. »Die meisten Zuchthengste grasen nur zwischen dem Decken oder stehen in den Boxen herum.«

Er konnte nicht glauben, dass er dieses Gespräch mit einer Frau führte. Doch so war es, und er ließ von dieser ungewöhnlichen Frau sein Gehirn anzapfen …

Sebastians Kopf ruckte hoch, und die Bewegung erschreckte den Hengst. Der Araber tänzelte zur Seite, doch Eden wich nicht zurück. Sie sprach leise auf ihn ein und beruhigte ihn mit sanftem Streicheln.

Sebastian fragte sich, wie es sich anfühlen würde, wenn diese zarten Finger seine Haut streicheln würden – und dann fluchte er innerlich über die Reaktion seines Körpers. Verdammt, diese Frau brachte ihn zum Fantasieren. Dabei hatte sie ihm nicht die geringste Aufmerksamkeit gewidmet. Er hätte beleidigt sein sollen, nicht sexuell erregt.

»Dies ist wirklich ein bemerkenswertes Tier«, sagte Eden. »Ich möchte von ihm meine Stuten decken lassen.«

Als sie Sebastian anlächelte, stand er da wie ein sprachloser Dummkopf und fragte sich, wann und wie er die Kontrolle über diese Begegnung verloren hatte. Bei dieser blöden Wette, die er mit Micah abgeschlossen hatte, war nichts wie erwartet verlaufen. Er hatte Eden nicht im Geringsten fasziniert, ja nicht einmal ihre Sympathie errungen. Ihre ungeteilte Aufmerksamkeit galt seinem Pferd!

»Vielleicht sollte ich Ihre Theorie für die Behandlung meiner Bullen nutzen«, sagte sie nachdenklich. »Mit mehr Bewegung und der richtigen Fütterung könnte ich die Produktivität eines Bullen bei der Kuhherde steigern.«

Bevor Sebastian sich dessen richtig bewusst wurde, rasselte er herunter, welche Stoffe in welchem Verhältnis der Kraftfuttermischung für das Vieh beigegeben werden sollten – und Eden saugte seine Informationen wie ein Schwamm auf.

Er warf Eden einen verstohlenen Blick zu und erinnerte sich wieder daran, dass sie geschickte Techniken anwandte, um Informationen zu sammeln. Er konnte sich jedoch keinen Grund vorstellen, weshalb er seine Sachkenntnis nicht mit ihr teilen sollte.

Eden wandte sich ihm lächelnd zu. »Sie züchten Vieh offenbar so gut wie Pferde«, sagte sie. »Sie sind außergewöhnlich gut informiert. Ich finde, es ist wesentlich, dass wir alle selbstsicher werden, um erfolgreich sein zu können. Wir waren seit Jahren zu abhängig von England, und die Krone möchte uns am liebsten unter dem Daumen halten. Wenn wir diesen Krieg gewinnen, müssen wir danach streben, unabhängig und innovativ zu sein. Nachdem wir der Krone und ihren fernen Erlassen über den Kopf gewachsen sind, werden wir eine Nation, mit der man rechnen muss, meinen Sie nicht auch?«

Sebastian schwieg eisern, weigerte sich, auf ihre Suggestivfrage zu antworten. Dies war ein Thema, das er mit niemandem diskutieren konnte. Ganz gleich, wie viele Informationen diese raffinierte Frau ihm auch entlocken konnte – hier war Schluss.

»Ich brauche ein Glas Punsch«, sagte er. »Begleiten Sie mich?«

Eden starrte ihn an und erkannte, dass etwas sie bei dieser ersten Begegnung gestört hatte. Da war viel mehr an diesem gut aussehenden Mann, als einem auf den ersten Blick auffiel. Sie konnte nicht sagen, was an Sebastian so stark auf sie wirkte, aber sie schwor sich, ihm gegenüber immun und gleichgültig zu bleiben. Sie hatte sich vor langer Zeit versprochen, eine ernsthafte Beziehung mit Männern zu vermeiden. Sie wusste, zu welchem Kummer und Schmerz es im Leben anderer deswegen führen konnte. Sie wollte nicht, dass sich die Geschichte wiederholte, und schwor sich, stattdessen ihre Zeit und Energie für die Verbesserung der Plantage zu nutzen, den weniger Wohlhabenden zu helfen und für ihre Schwester zu sorgen, bis sie heiratete.

Und es würde keine Vernunftehe für Elizabeth geben, rief sie sich in Erinnerung. Wenn Bet eine Heirat wünschte, dann würde es ihre eigene Entscheidung sein. Zu viele Frauen waren gezwungen, in liebloser Ehe zu leben. Und zu viele Frauen hatten ihre Familien verlassen, um sich anderen Männern zuzuwenden, wenn sie im Ehebett keine Befriedigung finden konnten. Und wenn diese Katastrophe eintrat …

Unwillkürlich wich Eden einen Schritt zurück, als der quälende Gedanke sich durch ihren Schutzwall stahl.

Sebastian musterte sie prüfend. »Stimmt etwas nicht?«

Es war, als wäre ein Schatten auf ihr Gesicht gefallen und hätte das Funkeln ihrer Augen verdunkelt. Und dann lächelte Eden strahlend, verbarg die trüben Gedanken. Sebastian hatte das Gefühl, dass dieser reizende Ausbund an Tugend verbotene Geheimnisse hatte. Hinter ihrem sonnigen Lächeln verbarg sich eine Spur von Melancholie. Welcher Gedanke quält sie?, dachte er.

»Ich glaube, ich kann jetzt auch einen Punsch gebrauchen«, sagte sie.

Während Sebastian Eden zu den Verkaufsständen führte, dachte er über ihre ungewöhnliche Unterhaltung nach. Diese komplizierte Frau verwirrte ihn, war eine Herausforderung für ihn, faszinierte ihn. Sie war ein Rätsel, mit Geheimnissen in den Augen.

Ah, Geheimnisse!, dachte Sebastian. Im Thema ›Geheimnisse‹ war er selbst gut bewandert.

2

Sebastian stand abseits der Menge, blickte zwischen den Hahnenkämpfen zu seiner Linken und dem Catch-as-catch-can zu seiner Rechten hin und her.

Sein Blick schweifte über das Jahrmarktgelände, und er bemerkte die ständige Aufmerksamkeit, die Eden zuteil wurde. Die Frau begann ihn zu ärgern – sehr. Sie hatte ihn zwar höflich und respektvoll behandelt, doch damit konnte er nicht zufrieden sein. Keiner der Männer, die im Augenblick um sie buhlten, schien die unsichtbare Mauer zu bemerken, die sie unerreichbar machte. Sie begrüßte jedermann mit einem heiteren Lächeln und bezauberndem Charme, und Sebastian war enttäuscht, weil er nicht zu dem Kreis der vielen zählte, denen sie offenbar mehr Aufmerksamkeit schenkte als ihm.

Es brachte ihn durcheinander, dass die Frau, die sein Interesse geweckt hatte, ihn bei der ersten Gelegenheit an andere Frauen verkuppeln wollte.

Zuerst hatte Eden ihn Daphne Cunningham vorgestellt, die ungefähr zwanzig Knickse gemacht und alles versucht hatte, um sich bei ihm einzuschmeicheln. Dann war Eden alle halbe Stunde in Begleitung von anderen Frauen aufgetaucht, die sich ihm praktisch angeboten hatten. Sebastian hatte so viele kichernde Plappermäuler kennen gelernt, dass es ihm bis zu seinem Lebensende reichte.

Wie Micah Bancroft prophezeit hatte, fühlte Sebastian sich magnetisch von der Frau angezogen, die ihn am meisten faszinierte, indem sie kein besonderes Interesse an ihm zeigte.

»Was hältst du nun vom Engel der Rebellen?«, fragte Micah mit schwerer Zunge, als er sich neben Sebastian an die Wand lehnte.

Sebastian verzog das Gesicht. »Du bist betrunken. Du würdest dem Engel die Flügel verbrennen, wenn du ihn anhauchen würdest.«

Micah grinste. »Ich feiere.«

»Und was feierst du?«

»Die Tatsache, dass du Edens Charme erlegen bist. Ich wusste, dass das passieren würde, Cousin. Ich habe beobachtet, wie du sie im Auge behältst.«

Das Trompetensignal, mit dem das erste Pferderennen des Nachmittags angekündigt wurde, rettete Sebastian vor Micahs Spott. Er eilte zu seinem Pferd, saß auf und sah dann mit einem Seitenblick, dass Eden Micah aufrichtete, der über seine eigenen Beine stolperte.

Der Typ ist blau, dachte Sebastian, aber er wird bald nüchtern werden. Die Briten würden die Schlacht zum Landadel von Virginia bringen. Bald würde Virginia das Chaos erleben, das andere Kolonien in den vergangenen Jahren erlitten hatten.

Sebastian trieb den Araber in Startposition. Der kleine Jockey, der auf Micahs türkischer Stute hockte, drängte sie neben Sebastian und grinste ihn arrogant an. Sebastian ignorierte ihn. Der Junge würde bald eine demütigende Lektion erhalten. Die türkische Stute und ihr eingebildeter Jockey würden Staub zu schlucken bekommen.

Ein Pistolenschuss war das Startsignal für die acht Pferde, die über die Straße galoppierten, die für das Rennen abgesperrt war. Eden schaute aufgeregt zu, als die Pferde von der Startlinie lospreschten. Leider erwies sich das Rennen als kein großer Wettbewerb. Der arabische Rapphengst war den anderen Pferden zu überlegen.

Edens bewundernder Blick konzentrierte sich auf den Hengst, dessen Fell im Sonnenschein bläulichschwarz glänzte. Der Araber konnte nicht nur galoppieren, wie sie es noch nie gesehen hatte, sondern Sebastians Reitkünste waren auch außergewöhnlich. Sie beneidete Männer wegen der Möglichkeit, an Pferderennen teilzunehmen, während Frauen nur zuschauen konnten.

Sie nahm sich vor, ihre eigenen privaten Rennen auf einer abgelegenen Wiese zu genießen, wenn der Araber Fohlen in ihrer Herde zeugen würde. Es würde ein Vergnügen sein, auf einem Pferd zu galoppieren, das so schnell war wie dieser Rapphengst.

Hochrufe brandeten rings um Eden auf, als der Araber zwei Längen vor Bancrofts türkischer Stute über die Ziellinie preschte. Binnen Sekunden war Sebastian von einer Gruppe von Männern umringt, die Kaufangebote für das außergewöhnliche Pferd machten oder zumindest jede Deckgebühr bezahlen würden, die Sebastian verlangte.

»Es tut mir leid, Gentlemen«, sagte Sebastian und saß ab. »Ich habe bereits ein Angebot für die Dienste des Arabers angenommen.«

»Ich zahle das Doppelte!«, rief jemand am Rand des Kreises.

»Ich das Dreifache«, lautete ein anderes großzügiges Angebot.

»Ich habe mein Wort gegeben«, erklärte Sebastian. »Miss Pembrook und ich haben schon Stunden vor dem Rennen eine Vereinbarung getroffen.«

Dutzende Köpfe mit Perücken wandten sich Eden zu. Eden lächelte und nickte bestätigend.

Sebastian schlenderte zu ihr, als sich die enttäuschte Menge verlief, um sich den zweiten Lauf des Rennens anzuschauen. »Ich vergaß, eine Bedingung zu erwähnen«, sagte er und lächelte sie viel sagend an.

»Und welche könnte das sein?«, fragte Eden.

Sebastian war überzeugt, dass diese scharfsinnige Frau genau wusste, worauf er hinauswollte, aber er nannte die Bedingung trotzdem. »Wenn Sie das Pferd bekommen, müssen Sie mich mit dazunehmen.«

Ihr Lächeln blieb; die Bedingung hatte sie nicht aus der Fassung gebracht.

»Ich hätte nie etwas anderes angenommen«, sagte sie glatt. »Ich an Ihrer Stelle würde dieses prächtige Tier ebenfalls niemals aus den Augen lassen. Aber ich versichere Ihnen, dass der Hengst die beste Pflege erhalten wird.«

Als Eden geschickt der eigentlichen Bedeutung seiner Bemerkung auswich, wurde Sebastian noch deutlicher, entschlossen, ihre Selbstbeherrschung zu erschüttern. »Ich ziehe es vor, über *meine* Versorgung zu sprechen, nicht über die des Pferdes.«

»Sie können auf unserer Plantage bleiben oder kommen und gehen, wann es Ihnen beliebt«, erwiderte sie.

Sebastian nagte an der Unterlippe. Gab es denn keine Möglichkeit, diese Frau aus dem Konzept zu bringen? Seiner Meinung nach war Eden zu hochherzig, zu selbstsicher, zu verdammt perfekt. Es regte ihn auf, dass er es nicht schaffte, irgendeine Reaktion – außer diesem heiteren Lächeln – bei ihr zu bewirken. In ihm stieg das Verlangen auf, irgendein Gefühl außer höflicher Gleichgültigkeit bei ihr zu provozieren.

Sebastian trat einen Schritt näher an sie heran, verstieß absichtlich gegen die Distanz, die sie zwischen sich und allen Männern wahrte. »Ich bin überzeugt, dass der Araber bei Ihnen gut versorgt werden wird; darum geht es nicht. Ich möchte über die Gebühr sprechen.«

»Sie sind ein vernünftiger Mann«, sagte sie wohlüberlegt und wich einen Schritt zurück.

Er hob belustigt eine Augenbraue. »So, bin ich das?«

»Natürlich sind Sie das. Andernfalls würde ich nicht mit Ihnen verhandeln.« Eden schenkte ihm die Art Lächeln, die Sebastian zu verabscheuen begann. »Sie haben nach dem Rennen einige großzügige Angebote abgelehnt, und Sie sind kein Mann, der sein Wort bricht, das haben Sie selbst gesagt. Sie sind aufrichtig und anständig.« Sie spitzte die Lippen und fügte hinzu: »Ich kann das deutlich in Ihren Augen sehen.«

Jetzt versuchte sie raffiniert, ihn dazu zu bringen, dass er die Erwartungen erfüllte, die sie in ihn setzte. Vielleicht waren ihre übrigen Verehrer zu dumm, um die weibliche List zu erkennen, aber Sebastian durchschaute ihr Spiel. Eden würde ihn nicht austricksen, verdammt noch mal!

»Suchen Sie immer nach dem Guten bei allen Menschen, Sankt Eden?«, fragte er.

»Warum sollte ich nach dem Schlechten suchen?«

»Weil Sie manchmal nur das Schlechte finden können.«

»Bei Ihnen? Unsinn. Sie sind ein ehrenwerter Gentleman.«

»Das wollen Sie mir einreden, und natürlich soll ich es glauben«, entgegnete er.

»Selbstverständlich sollen Sie es glauben.«

Als sie ihn anlächelte – zum hundertsten Mal –, fluchte Sebastian innerlich. Bei Gott, er würde eine Reaktion von dieser Frau bewirken und ihre Selbstsicherheit erschüttern!

»Überlegen Sie sich's noch mal, Eden.« Er neigte sich zu ihr, das Gesicht dicht vor ihrem. Als sie zurückweichen wollte, verhinderte Sebastian das, hielt sie zwischen sich und dem Hengst gefangen. »Die Gebühr, die ich für die Dienste des Arabers verlange, sind – Sie.«

Eden zuckte mit keiner Wimper. Sie schenkte ihm das Lächeln, das ihn so wütend machte – wieder einmal.

»Ich bin kaum den Preis wert. Sie wären schlimm enttäuscht.«

»Das würde ich gern selbst beurteilen.«

Eden lachte unbekümmert. »Sie ziehen mich wieder auf. Sie haben Freude daran, mich verlegen zu machen.«

»Habe ich das?«

»Zweifellos«, erwiderte sie ohne Zögern.

Als er sich näher neigte, wölbte Eden den Oberkörper zurück, um sicherzustellen, dass er sie nicht berührte. Sebastian konnte es nicht fassen; sie tat ja gerade so, als sei er Gift!

»Sie unterliegen einem schweren Irrtum, meine Liebe«,

sagte er gedehnt. »Ich will Sie als Entgelt für die Benutzung meines Hengstes. Und noch eines, ich glaube, Sie verbergen etwas. Das kann ich in *Ihren* Augen sehen.«

Als sie ihn einfach nur anschaute, selbstbeherrscht und gelassen, fluchte Sebastian innerlich erbittert, machte auf dem Absatz kehrt und schritt davon.

Die Stimme des Gewissens hätte ihn tadeln sollen, denn er war absichtlich grob zu ihr gewesen. Aber, verdammt, er verlor Micahs lächerliche Wette – und zwar jämmerlich! Er hatte anscheinend keinerlei Wirkung auf diese Frau. Er konnte sie nicht einmal verärgern.

Kochend vor Wut starrte Eden Sebastian nach. »Verdammter Kerl!«, flüsterte sie.

Sie hatte sich beherrschen müssen, weil das Verlangen, ihm nach seinem Antrag ins Gesicht zu schlagen, fast übermächtig geworden war. Wie konnte er es wagen, sie anstatt der Deckgebühr für den Araber zu verlangen!

Eden stampfte auf dem Rasen auf und ab und fluchte leise vor sich hin. Dieser teuflische Schuft schien es darauf anzulegen, sie zu ärgern, und sie hatte absolut nichts getan, um seine Feindseligkeit herauszufordern.

Seine grobe Belästigung hatte ihr die Stimmung verdorben – und den Abend. Während ihre Bekannten und Nachbarn sich beim Tanz amüsierten, ging sie aufgewühlt auf und ab und ärgerte sich. Sie würde diesem Mann niemals verzeihen, dass er ihre eiserne Selbstbeherrschung erschüttert hatte. Ihr Leben lang hatte sie ihre Gefühle unter Kontrolle gehalten. Und jetzt lief ihr dieser Halunke über den Weg!

Eden, immer noch zornig, machte sich auf die Suche nach ihrem Diener Jacob Courtney. Sie würde keine weitere nervtötende Begegnung mit diesem unverschämten Kerl riskieren!

Fackelschein erhellte den Kreis der Kutscher, die sich zum Kartenspiel versammelt hatten, während ihre Herrschaften den Abend durchtanzten. Eden verweilte in der Dunkelheit und hörte das Gelächter der Männer. Das Licht der Fackeln fiel auf Jacobs Gesicht, der grinsend seinen Gewinn einstrich.

Edens Schultern sanken herab. Sie brachte es nicht übers Herz, ihren Diener aus dem Spiel zu reißen, das ihm so viel Spaß machte.

Sie schlenderte herum, um nach ihrer Schwester zu sehen. Elizabeth tanzte mit Peter Dalton und blickte dem jungen Mann glückselig in die Augen. Eden wollte Elizabeth' großartige Stimmung nicht verderben.

Entschlossen setzte sie ein Lächeln auf und ging zu ihrer Schwester. »Ich schaue nach unseren Patienten«, sagte Eden. »Jacob wird hier bleiben und dich dann nach Hause fahren.«

Elizabeth runzelte die Stirn. »Und wie willst du nach Hause kommen?«

»Mach dir um mich keine Sorgen«, sagte Eden heiter. »Amüsier dich, Bet.«

»Das tue ich, Eden. Oh, das tue ich!«

Nun, wenigstens ist ein Mitglied der Familie glücklich, dachte Eden und bahnte sich einen Weg durch die Menge. Sie eilte durch die tiefer werdenden Schatten, um zu dem Fußweg zu gelangen, der zur Pembrook-Plantage führte. Ein flotter Spaziergang würde ihr Zeit verschaffen, ihre Gedanken zu ordnen.

Eden nahm die Abkürzung nach Hause und dachte an die Aufgaben, die am nächsten Tag vor ihr lagen. Sie musste einen Vorrat an Nahrungsmitteln anlegen und ein sicheres Versteck für das Vieh finden, für den Fall, dass marodierende britische Patrouillen die Plantage heimsuchten …

Gedämpfte Stimmen und das Wiehern von Pferden weckten plötzlich ihre Aufmerksamkeit. Sie verlangsamte die Schritte und lauschte. Sie schlich zwischen den dunklen Zedern und Zypressen weiter und bemerkte einige Männer in der Ferne. Tauschten britische Spione Informationen aus? Oder bereitete eine Räuberhorde sich darauf vor, arglose Jahrmarktbesucher zu überfallen?

Eden hatte gehört, dass Raubüberfälle in dieser Gegend zunahmen. Allmächtiger, wenn sie nicht vorsichtig war, geriet sie vielleicht in die Gewalt von Straßenräubern!

Sie schlich zurück, entschlossen, über die Weide abzukürzen, um zur Hauptstraße zu gelangen. Diese Route war länger, aber sie würde sicherer sein. Wenn dieser freche Sebastian Saber nicht so unverschämt gewesen wäre, dann würde sie nicht allein hier herumlaufen. Wenn sie in Gefahr geriet, dann wäre das seine Schuld!

Wirklich?, fragte sie sich. Der Mann hatte ihr nicht befohlen, sich allein in der Dunkelheit des späten Abends herumzutreiben, nicht wahr? Ihm die Schuld zu geben würde bedeuten, dass er eine Art Kontrolle über ihre Aktionen ausübte – was gewiss nicht der Fall war! Wenn sie in Schwierigkeiten geriet, war es ihre eigene Schuld. Sebastian Saber brauchte sich nicht einzubilden, dass er etwas damit zu tun hatte!

Zwanzig Minuten später übertönte nahender Hufschlag das Zirpen der Grillen und Quaken der Frösche. Eden blickte über die Schulter und sah die Silhouette eines Reiters, der herangaloppierte. Sie schickte ein Stoßgebet zum Himmel: *Lieber Gott, wenn ich von einem Räuber überfallen werde, gib mir die Kraft, keine Furcht zu zeigen.*

»Ich hätte es wissen sollen«, ertönte eine spöttische Stimme aus der Dunkelheit. »Der Engel geht über Wege, die normale Sterbliche nicht zu betreten wagen. Sie müssen sich für unbesiegbar halten.«

Eden atmete tief durch und ging weiter. Sie würde sich nicht, *auf keinen Fall,* wieder von Sebastian Saber ärgern lassen. Sie konnte mit diesem Kerl so leicht fertig werden wie mit allen schwachköpfigen Männern. Sie würde einfach ihren Verstand benutzen, um ihn auszutricksen.

»Ah, Sie haben sich ebenfalls entschieden, das Fest zu verlassen, wie ich sehe.« Sie lächelte ihn an, als er den Hengst neben ihr zügelte.

Er runzelte die Stirn. Ein Mann schien noch gereizter zu werden, wenn sie versuchte, nett zu ihm zu sein. Vielleicht brachte sie ihn einfach mit Freundlichkeit um.

»Ich habe Sie gesucht, aber Sie waren nicht auffindbar.« Sebastian saß ab und fiel neben ihr in Schritt. »Wo zur Hölle ist Ihr Diener, Frau?«

»Jacob war in ein Kartenspiel vertieft, und er wartet dort, um meine Schwester nach Hause zu fahren«, erklärte Eden, obwohl sie fand, dass ihn das nichts anging.

»Und da laufen Sie allein durch die Nacht, nur mit Ihrem heiligen Ruf als Schutz«, schalt er. »Für eine angeblich intelligente Frau zeigen Sie wenig Verstand.«

Sie ballte die Hand zur Faust. Der Mann wusste nicht, wie nahe er dran war, geschlagen zu werden. Resolut ging Eden weiter.

»Ich möchte mit Ihnen reden«, sagte er, als sie ihre Schritte beschleunigte.

»Prima, kommen Sie zu einer anständigen Stunde am Morgen auf die Plantage.«

»Ich halte mich nicht an anständige Stunden.«

Eden presste die Lippen aufeinander. »Also gut, und was wollen Sie mit mir bereden?«

»Unsere Vereinbarung.«

Eden schwor sich, die Beherrschung zu behalten. »Ich habe Ihnen versichert, dafür zu sorgen, dass der Araber bestens versorgt wird. Sie können den Stallburschen persönlich Anweisungen geben und sich um das Ergänzungsfutter kümmern.«

»Ihre Großzügigkeit ist überwältigend, aber das ist nicht das Thema, das ich meinte, und Sie wissen das.«

»Ich habe nicht die geringste Ahnung, was Sie meinen.«

Ärgerlich packte Sebastian sie am Arm und riss sie zu sich herum. Als sie dieses unerschütterliche Lächeln zeigte, grollte Sebastian: »Ich habe genug von Ihrer höflichen Gleichgültigkeit, Frau!«

»Das ist alles, was Sie jemals von mir bekommen werden«, gab sie zurück und versuchte, sich loszureißen.

Sebastian trat etwas vor, um sie festzuhalten – und trat ungewollt auf den Saum ihres langen Kleides und stolperte. Als er gegen sie prallte, streckte er im Reflex einen Arm aus, um sie beide abzufangen, aber Eden wich zurück.

Sebastian war aus dem Gleichgewicht geraten, und jetzt verfingen sich seine Beine in Edens Unterröcken. Er schrie auf, als er wie ein gefällter Baum stürzte, aber er hatte die Geistesgegenwart, sich abzufangen, bevor er fiel.

Sebastian landete auf Eden und presste ihr die Luft aus der Lunge. Er hatte nicht vorgehabt, sich auf ihr auszustrecken, doch als er auf ihr lag, hatte er es nicht eilig, aufzustehen.

Er hatte unabsichtlich sein Ziel erreicht und die überlegene Miss Pembrook aus der Fassung gebracht. Jetzt zeigte sie zweifellos nicht ihr heiter gelassenes Lächeln, das ihn so sehr ärgerte. Endlich hatte sie ihren Charme verloren. Sie war wütend. Ihre Augen funkelten ihn zornig an, und sie fauchte ihn an wie eine in die Enge getriebene Katze.

Endlich ein Durchbruch, dachte er.

»Sie Bastard!«

Sebastian war so belustigt zu erfahren, dass Sankt Eden Temperament hatte, dass er laut lachte.

»Gehen Sie runter von mir!«, fuhr sie ihn an.

Sebastian grinste. Sein Sieg beim Pferderennen war nichts im Vergleich zu der Genugtuung, die er nun empfand. »Also, was unsere Abmachung betrifft ...«

»Zum Teufel mit der Abmachung und zum Teufel mit Ihnen!«

Eden drosch mit der Faust gegen seine Schulter. »Gehen Sie sofort runter von mir!«

Sebastian rührte sich nicht. Er hatte mehr Spaß als seit Wochen. Es war köstlich und erregend, ihren weichen, warmen Körper zu spüren, der sich unter ihm wand.

Als Eden erkannte, dass es Sebastian gelungen war, sie aus der Fassung zu bringen, hörte sie auf, sich aufzubäumen und zu winden, und blieb völlig starr liegen. Sie glaubte jeden Zentimeter seines muskulösen männlichen

Körpers zu spüren, doch sie ignorierte die unbekannten Gefühle, die in ihr aufstiegen.

Sie würde sich von diesem Schuft nicht aufregen lassen, das schwor sie sich. Sie war bislang mit jedem Missgeschick fertig geworden, das ihr widerfahren war, und sie konnte auch mit diesem Mann fertig werden. Sie würde ihn einfach demütigen, bis er von ihr wegkriechen würde.

Eden starrte in das grinsende Gesicht auf, das Triumph und männliche Arroganz spiegelte. Er genoss dies – noch. Aber nicht mehr lange, versicherte sie sich.

»Wer war sie, Sebastian?«

»Wer, zur Hölle, war wer?«

»Die Frau, die Sie zu einem solchen Zyniker machte. Ihr Verhalten lässt darauf schließen, dass Sie den Respekt vor Frauen verloren haben. Sie versuchen, mich zu demütigen, um zu kompensieren, dass eine Frau Sie gedemütigt hat. Meinen Sie wirklich, dass dies Ihren Schmerz lindern wird? Das wird nicht der Fall sein, wissen Sie. Ich bedauere Sie, und ich kann Ihren Kummer verstehen. Es muss schwer sein, damit fertig zu werden, ungeliebt und unerwünscht zu sein.«

»Hören Sie auf mit Ihrer Tour, die nachsichtige Heilige zu spielen, darauf falle ich nicht herein, Eden.« Sebastian stemmte sich auf die Ellenbogen und starrte absichtlich auf ihre üppigen Lippen. »Für einen Kuss und nichts Geringeres lasse ich Sie aufstehen.«

Eden erwiderte sein herausforderndes Lächeln. »Ich würde eher Ihr Pferd küssen.«

Sebastian zuckte zusammen, als hätte sie ihn geschlagen. Wenn jemals eine Frau geküsst werden musste, bis sie nur noch reagieren konnte, ohne erst zu denken, dann war das Eden Pembrook.

»Dieser besondere Kuss ist unübertragbar«, flüsterte er und umfasste sanft ihr Gesicht.

Eden erstarrte, aber Sebastian küsste sie so zärtlich, dass sie vor Erregung erschauerte. Schockiert wurde ihr klar, dass sie auf seine unerwartete Zärtlichkeit reagierte. Guter

Gott! Was war an diesem ekelhaften Schuft, das sie so schnell und so intensiv reagieren ließ?

Sie spürte, wie seine Hände über ihren Hals und hinunter zu ihren Brüsten streichelten. Eine sonderbare, unbekannte Hitze stieg in ihr auf, als er den Zeigefinger unter ihr Mieder schob und federleicht ihre Brustspitzen berührte. Unbewusst wölbte sie ihm ihren Körper entgegen, und ihr stockte der Atem bei der Wonne, von der sie erfasst wurde.

Sie versuchte schwach, ihm zu widerstehen, doch er zog eine zärtliche Spur mit den Lippen über ihre Wange und nahm dann ihren Mund wieder in Besitz. Ihr Körper schien zu entflammen.

Dies sollte nicht geschehen! Sie sollte empört, angewidert sein. Sie sollte ihn von sich stoßen – doch sie tat es nicht. Sie genoss die einzigartigen Gefühle, die ihren Verstand ausschalteten und in ihrem Körper Sehnsucht nach etwas weckten, das sie nicht benennen und verstehen konnte.

Als ihm Eden keinerlei Widerstand mehr entgegensetzte, stöhnte Sebastian auf. Der Duft und die Weichheit ihrer Haut unter seinen Händen und Lippen weckten in ihm fast schmerzhaftes Verlangen. Die Zeit schien stillzustehen, und er spürte, dass er keine Kontrolle mehr über seinen Körper hatte. Er reagierte einfach auf den Duft und die süßeste Unschuld, die er jemals gekannt hatte.

Er bewegte sich auf ihr, ließ Eden seine Begierde spüren. Er streichelte über eine ihrer Brüste, dann über die andere und spürte, wie sie zitternd auf seine kühnen Liebkosungen reagierte. Er wagte sich mit der Hand tiefer, schob sie unter den Saum ihres Kleides.

Er spürte, wie sie sich anspannte, als er ihr Bein hinaufstreichelte, und hörte sie scharf einatmen.

Ihre Augen weiteten sich, als sie den intimen Kontakt mit ihrem Oberschenkel spürte und er die Innenseite streichelte. Er hatte Edens Verlangen geweckt und erkannte, dass sie eine leidenschaftliche Frau sein würde, wenn sie ihre Hemmungen ablegte. Ihre Reaktionen lösten etwas Wildes und Verwegenes in ihm aus.

Gott, er wollte sie haben. Er wollte sie hier und jetzt.

Die Erkenntnis, wo *hier* war, traf Sebastian wie ein Fausthieb. Sie lagen neben der Hauptstraße im Gras und konnten von jedem Vorbeikommenden gesehen werden. O Gott, hatte er den Verstand verloren? Wenn jemand sah, dass der einheimische Engel verführt wurde, würde er, Sebastian, am nächsten Baum aufgehängt werden.

Sebastian kämpfte gegen sein glühendes Verlangen an, wälzte sich von ihr und erhob sich, wobei er Eden mit hochzog. Als ihre Knie weich wurden, klammerte sie sich an seinem Arm fest, um sich zu stützen. Er sah ihr an, dass sie verlegen war, und fragte sich, ob sie sich mit ihrem Lächeln aus der Affäre ziehen würde. Zu seiner Überraschung taumelte sie von ihm fort und brach in Tränen aus.

Sebastian fühlte sich wie ein kompletter Idiot. Den ganzen Tag lang hatte er versucht, Edens kühle Zurückhaltung zu durchbrechen, und jetzt, nachdem ihm das gelungen war, fühlte er sich alles andere als stolz.

»Eden, ich …«

Als er ihren Ellenbogen umfasste, riss sie sich los und wankte zur Straße.

»Rühren Sie mich nicht an, verdammt! Sind Sie nicht befriedigt?«

Tränen liefen über ihre Wangen, und Sebastian fand, dass sie wie Diamanten im Mondschein funkelten. Schluchzend zupfte sie ihr Kleid zurecht.

»Kommen Sie nie wieder in meine Nähe, Sie verdammter Kerl!«, zischte sie unter Tränen.

»Eden …«

»Es gibt keine Abmachung mehr zwischen uns. Nehmen Sie ein anderes Angebot an.«

»Die Abmachung gilt. Ich habe mein Wort gegeben. Der Araber steht dir zur Verfügung.«

»Ich will ihn nicht, und ich will Sie auch nicht!«, fuhr sie ihn an.

Er sprach sie jetzt ebenfalls wieder mit Sie an. »Sie bekommen den Araber trotzdem«, sagte er entschieden.

Sebastian fluchte innerlich. Er hätte sich niemals auf die Wette des betrunkenen Micah einlassen sollen. Aus irgendeinem lächerlichen Grund war er entschlossen gewesen, eine Reaktion von Eden zu erzwingen, sie durcheinander zu bringen, sie zu ärgern. Es war zu zynisch gewesen, sich zu weigern, in ihr den tugendhaften Engel zu sehen, für den jeder sie hielt. Er hatte alle eines Besseren belehren wollen, weil er kein Vertrauen in Frauen hatte.

Und er hatte sich nur Edens Zorn zugezogen, während sich sein Interesse an ihr vervielfacht hatte. Sie stellte eine schwierige Herausforderung dar. Er wollte wissen, weshalb er diese Spur von Schmerz hinter ihrem Lächeln gesehen hatte. Er fragte sich, warum sie so entschlossen war, die unerreichbare Märtyrerin zu bleiben.

Und warum rechtfertigte sie ihre Freunde und nahm Schuld auf sich, die sie gar nicht hatte? Was verbarg sie?

Als Eden schluchzend über die Straße davonging, verfluchte sich Sebastian im Geiste selbst auf dem ganzen Weg zu seinem Pferd. Er saß auf, ritt zu ihr und zügelte neben ihr das Pferd.

»Ich hasse Sie!«, stieß sie hervor, ohne ihn eines Blickes zu würdigen.

»Jedenfalls empfinden Sie etwas«, erwiderte er.

»Und das gefällt Ihnen?« Sie schaute starr geradeaus und wischte sich Tränen vom Gesicht. »Ihre gewaltige männliche Arroganz kann meine Gleichgültigkeit nicht ertragen, wie? Sie wollten, dass ich auf Sie reagiere wie ich noch auf keinen anderen Mann reagiert habe, wie? Nun, das habe ich, und ich versichere Ihnen, dass ich Sie bis zu meinem Lebensende hassen werde!«

»Wirklich? Sie haben eine merkwürdige Art, einem Mann zu zeigen, wie sehr Sie ihn verabscheuen«, hörte er sich sagen – und bereute es sofort.

Eden verlor die Beherrschung und brach den feierlichen

Schwur, den sie vor siebzehn Jahren abgelegt hatte, ihre Gefühle niemals von Zorn beherrschen zu lassen. Sebastians provozierende Worte lösten eine Kurzschlusshandlung bei ihr aus.

Sie fuhr zu ihm herum, und die hellen Farben des Kleides leuchteten im Mondschein. Ihre abrupte Bewegung erschreckte den empfindlichen Araber.

Als das Pferd scheute, war Sebastian zu abgelenkt, um auf den plötzlichen Sprung zu reagieren. Das Tier warf ihn ab und jagte davon. Sebastian flog durch die Luft und landete mit einem dumpfen Aufprall und einem Stöhnen.

Mit hoch erhobenem Kopf schritt Eden zu dem Pferd, das stehen blieb und am Gras rupfte. Ohne die geringste Besorgnis um Sebastians Verfassung schwang sich Eden in den Sattel, trieb den Araber an und ritt heimwärts. Sie galoppierte davon, und der Reitwind trocknete ihre Tränen.

Sebastian konnte zu Micahs Plantage zurückkriechen – oder auch nicht. Sie hoffte inbrünstig, dass die Räuber, die sie in dem Waldstück gesehen hatte, über diesen Schuft herfallen würden. Das hatte er verdient, weil er sie gequält hatte!

Sebastian rappelte sich auf, als Eden mit seinem Pferd davonpreschte. Er hatte nur ein paar Schritte zurückgelegt, als ein Reiter auftauchte. Tully Randolph ritt zwischen ein paar Büschen hervor, und Sebastian verharrte unbehaglich.

»Probleme mit dem Gaul, Eure Lordschaft?«, fragte der Mann kichernd. »Oder hat dir die Lady einen Streich gespielt?«

Sebastian blickte Tully finster an, als er dessen fleischige Hand ergriff und sich hinter ihm aufs Pferd ziehen ließ.

»Ich halte nichts davon, mit echten Ladys herumzuspielen«, sagte Tully. »Deshalb sind wir nicht hier, es sei denn, deine Befehle haben sich geändert und du hast mir nichts davon erzählt.«

Sebastian ließ sich hinter dem massigen Mann nieder, der zwanzig Kilo schwerer war. Er hätte wissen sollen, dass Tully irgendwo in der Nähe sein würde – Wache halten würde.

»Hast du mein Gepäck von Bancrofts Plantage geholt?«, fragte Sebastian und vermied absichtlich das Thema Eden Pembrook.

»Alles erledigt, Eure Lordschaft.«

»Nenn mich nicht so.«

»Alte Gewohnheit«, sagte Tully mit einem Achselzucken. »Ich täusche nur, wenn es sein muss. Aber du hast anscheinend Spaß daran, neues Gebiet zu erkunden, nicht wahr? Wusste gar nicht, dass es deine Art ist, anständige Ladys zu belästigen.«

Sebastian verkniff sich einen Fluch. Tully hatte offenbar gesehen – und gehört – wie Eden ihrem Zorn mit Worten Luft gemacht hatte, und er hatte sich zusammengereimt, was passiert war.

»Die Lady geht dich nichts an.« Sebastian hoffte, das Thema damit zu beenden; das war jedoch nicht der Fall.

»Sie hätte dich auch nichts angehen sollen«, entgegnete Tully. »Ich hätte gedacht, dass ein Mann, der ein Doppelleben führt, vernünftig genug ist, seine Lage nicht noch zu komplizieren. Was, zum Teufel, ist in dich gefahren?«

»Dieses Gespräch findet nicht statt«, sagte Sebastian entschieden.

»Nicht? Das klingt für mich aber anders.« Seine breite Brust hob und senkte sich unter belustigtem Lachen. »Und ich nehme an, wir hatten diesen kleinen Plausch im Wald mit den britischen Aufklärern ebenfalls nicht.«

»Tully …«, begann Sebastian warnend.

»Ja, Eure Lordschaft?«, fragte er in gespielter Unschuld.

Sebastian atmete tief aus. Dann kam er auf den ursprünglichen Zweck seines Aufenthalts in dieser Gegend zu sprechen. »Hast du den letzten Kontakt hergestellt und die Kuriere losgeschickt?«

»Erledigt.«

»Dann ist unsere Arbeit hier bis auf weiteres beendet.«

»Meine, vielleicht.« Tully blickte viel sagend über die Schulter zu seinem langjährigen Chef und engen Freund. »Ich würde sagen, du musst dir noch was einfallen lassen, um die Lady wieder gnädig zu stimmen. Und wir reden nicht von einer Hure, weißt du. Wenn du nur ein Betthäschen brauchst, hättest du das sagen sollen. Ich hätte das ebenfalls arrangieren können.«

»Ich verspreche, mich bei Eden Pembrook zu bessern, wenn es die Zeit erlaubt«, sagte Sebastian.

»Das war Eden Pembrook? Die man Engel der Rebellen nennt?« Tully stieß einen Pfiff aus. »Allmächtiger, was ist nur in dich gefahren?«

Sebastian hielt den Mund. Tully lenkte das Pferd zu der verborgenen Hütte beim Sumpf. Bis heute hatte sich Sebastian Saber völlig seinen geheimen Aufträgen gewidmet und ein gefährliches Ränkespiel getrieben, ohne sich ablenken zu lassen.

Und dann lief ihm diese aufreizende Frau mit Geheimnissen in den Augen über den Weg, und plötzlich benahm er sich wie ein Dummkopf.

Seit fünf Jahren hatte er die Kunst praktiziert, tiefer zu forschen als es nach außen den Anschein hatte, um seine Missionen durchzuführen. Er kannte alle Feinheiten des Protokolls, aber er hatte sich in Edens Anwesenheit nicht wie ein Gentleman aufgeführt. Sebastian war aufgewachsen und erzogen worden, um sich an Orten zu Hause zu fühlen, von denen die Aristokratie der Kolonien nur träumen konnte. Aber dies war kein britischer Hof, und ein falscher Schritt in diesem gefährlichen Spiel, das er spielte, konnte in einer Katastrophe enden. Daran sollte er stets denken.

Sebastian zwang sich, die Gedanken an den bedauerlichen Vorfall mit Eden zu verbannen. Er würde sich bei ihr für sein respektloses Verhalten entschuldigen, doch er musste eine Wiedergutmachung aufschieben. Er hatte dringende Dinge zu erledigen, und dies war nicht der Zeitpunkt, an dem er sich die Art Ablenkung leisten konnte, die Eden Pembrook verursachte. Der ganze Tag war eine frustrierende Katastrophe gewesen. Und heute Nacht hatte er …

Sebastian weigerte sich, den Gedanken an den Zwischenfall an der Straße fortzusetzen, weil es eine peinliche Erinnerung daran war, dass er gegen die guten Manieren verstoßen hatte, die er zweiunddreißig Jahre lang kultiviert hatte!

Selbst wenn Eden Pembrook ihn tatsächlich bis an ihr Lebensende hassen würde – wie sie es geschworen hatte –, war sich Sebastian nicht sicher, ob er ihr das verübeln konnte. Er hatte sich schändlich benommen, und alles wegen verletztem männlichem Stolz.

3

Als Eden auf der Plantage bei den Ställen eintraf, hatte sie ihre Fassung wiedergewonnen, aber sie war nicht bereit, Sebastian jemals zu verzeihen. Er hatte Gefühle in ihr geweckt, sie Dinge über sich erkennen lassen, die sie nicht hatte wissen wollen. Sie hatte erfahren, dass Leidenschaft bedeutete, die Kontrolle über sich zu verlieren, sich vom Verlangen des Körpers hinreißen zu lassen, anstatt sich durch den normalen Menschenverstand zurückzuhalten. Festzustellen, dass sie ihren weiblichen Wünschen ausgeliefert war, fand sie erschreckend.

Sie wünschte, Sebastian Saber wäre ihr nie begegnet. Er war ein beunruhigender, scharfsichtiger Mann, der mehr hinter ihrem heiteren Lächeln sah und mehr verlangte, als sie zu geben bereit war. Und was hatte ihn veranlasst, so hartnäckig einen Aufruhr ihrer Gefühle zu provozieren? Woher wusste er, dass sie etwas zu verbergen hatte? Wie hatte sie sich verraten, nachdem sie ihr schreckliches Geheimnis seit Jahren vor dem Rest der Welt verborgen hatte, siebzehn Jahre lang, um genau zu sein?

Eden sattelte den Hengst ab und ließ ihn in einer Box Heu mampfen. Resolut straffte sie sich zu einer würdevollen Haltung und ging zum Haus. Wenn sie an Maggie vorbei war, dann konnte sie sich in ihr improvisiertes Schlafzimmer zurückziehen, ohne dass ihr wegen ihrer geschwollenen Augen und tränenbedeckten Wangen Fragen gestellt werden würden.

Glücklicherweise hatte sich Maggie schlafen gelegt, und Eden eilte nach oben, um sich zu entkleiden.

Die Nische, die ihr jetzt als Schlafkammer diente, war ein umgewandelter Lagerraum, der über ein großes Fenster verfügte. Auf das Fenster hatte Eden großen Wert gelegt. In engen Räumen ohne guten Ausblick auf die Außenwelt fühlte sie sich unbehaglich. Ihre Furcht vor geschlossenen Räumen war eine ihrer Ängste, mit denen sie nur schwer fertig wurde.

Eden hatte ihr luxuriöses Wohnquartier geräumt, um die verwundeten Soldaten in ihrer Obhut unterzubringen. Da das städtische Krankenhaus in Williamsburg die wachsende Zahl der verwundeten Rebellensoldaten nicht aufnehmen konnte, hatte Eden ihr Haus in ein Krankenrevier umgewandelt. Dr. Curtis hatte ihr Grundkenntnisse für die Pflege seiner genesenden Patienten beigebracht, und sie hatte die Anweisungen des Arztes an Elizabeth und Maggie weitergegeben, die bei der Pflege der Verwundeten halfen.

Eden kuschelte sich unter die Bettdecke und fragte sich, wie viele weitere Menschenleben durch diesen scheinbar endlosen Krieg zerstört werden würden. Wie viele verwundete Soldaten würden noch gebracht werden und die Plantage verlassen, bevor die Rebellen den Sieg feiern würden?

Wie viele es auch immer sein würden, ihre patriotischen Mitstreiter würden freundlich, großzügig und rücksichtsvoll behandelt werden. Jeder Mann sollte das Gefühl haben, dass seine Bemühungen geschätzt wurden, dass er auf seine Weise ein Held war. Und wenn die verwundeten Männer sich genügend erholt hatten, um die Heimkehr zu wagen, wurden sie von Eden mit einem aufmunternden Lächeln verabschiedet.

Ja, mit einem Lächeln, wiederholte sie in Gedanken. Und was ging es Sebastian Saber an, dass sie lächelte, um Tränen und Enttäuschung zu verbergen?

Zum Teufel mit dem unpatriotischen Kerl! Warum hatte er sich nicht zum Dienst in der Miliz Virginias gemeldet, um die Briten aus den Kolonien zurückzuschlagen? Er wollte sich vermutlich nicht im Krieg die Hände schmutzig machen, nicht, wenn er über Land stolzieren und mit seinem prächtigen Hengst Geld scheffeln und Frauen unsittliche Anträge machen konnte.

Sebastian Saber war nichts als ein Dandy und Herumtreiber, der hauptsächlich seine Gelüste befriedigen wollte. Er hatte keine Ehre, keine Integrität, keine Treue zu den Kolonien. Vermutlich hatte er auf Micah Bancrofts Kosten gelebt, bevor er losgeritten war, um irgendeinen anderen großzügigen Plantagenbesitzer zu überreden, ihn aufzunehmen.

Nun, Sebastian Saber würde sich nicht auf der Pembrook-Plantage herumtreiben. Er würde seinen Hengst abholen und verschwinden. Eden würde einfach einen anderen Araber als Deckhengst suchen, um das Blut der Pferdeherde zu verbessern. Vielleicht konnte sie keinen Zuchthengst finden, der diesem schwarzen Araber ebenbürtig war, aber sie würde niemals den Preis zahlen, den Sebastian verlangte!

Schließlich schlief sie ein, doch ihre Träume straften sie Lügen. Sie sah Sebastians silbergraue Augen, die auf sie herabblickten, und sie spürte seine sanften Liebkosungen, die unbeschreibliches Verlangen in ihr auslösten. Sie glaubte zu spüren, wie ihr Körper entflammte, als seine Hände und Lippen über ihre Haut glitten und noch mehr überraschende Geheimnisse ergründeten …

Eden schrak aus dem Schlaf. Nur langsam klang die Erregung bei der Erinnerung an ihre Empfindungen ab, und sie verfluchte den Mann, der sie in ihr hervorgerufen hatte. Sebastian hatte ihren unsichtbaren Verteidigungswall durchbrochen. Er war der gefährlichste Mann, der jemals ihren Weg gekreuzt hatte. Eden schwor sich in diesem Augenblick, in Zukunft Begegnungen mit ihm zu vermeiden.

Durch die mitternächtliche Dunkelheit näherten sich drei Reiter Thaddeus Sabers Hütte, die versteckt zwischen den Kiefern stand. Thaddeus schlurfte zum Herd und setzte einen Topf Kaffee auf. Während sich seine späten Gäste den Staub von ihrer langen Reise abwuschen, stellte Thaddeus ein Tablett mit Brot und Käse auf den Tisch.

»Welche Neuigkeiten habt ihr von unseren Armeen im Süden?«, fragte er den Anführer des Trios.

Gerard Lockwood nahm sich eine Scheibe gebuttertes Brot und schaute den stämmigen Mann an, der auf die siebzig zuging. »Der Marsch nach Norden hat begonnen. Die Carolinas sind von den Briten eingenommen und der Besatzungsarmee überlassen worden. Der meiste Widerstand der Rebellen ist gebrochen worden mit Ausnahme von Angriffen von diesem verdammten Swamp Fox und seiner Guerillabande.«

Thaddeus nickte. »Zum Glück ist Swamp Fox' Streitmacht nicht groß genug, um einen großen Krieg gegen King Georges Regimenter zu wagen. Nicht einmal unser Mann Tarleton und seine Tory Brigade sind diesem gerissenen Rebellensoldaten gewachsen.«

Gerard nahm sich ein dickes Stück Käse. »Swamp Fox ist die geringste unserer Sorgen. Ihr Bericht, dass General Lafayette südwärts marschiert, führt uns zu der Annahme, dass die Kontinentalarmee unsere Pläne zur Einnahme von Virginia durchschaut hat. Aber die Rebellen werden ein großer Nachteil sein, wenn Lord Cornwallis eintrifft, um Virginia zu seiner Feste zu machen. Er wird die Kontrolle über die Kolonie übernehmen und die amerikanische Wirtschaft ruinieren.«

Thaddeus stellte Tassen mit dampfendem Kaffee auf den Tisch und setzte sich wieder. »Washington wird hilflos sein und die Belagerung von Virginia nicht verhindern können, während er fort ist, um Sir Clinton im Norden zu binden.«

»Genau.« Gerard Lockwood lehnte sich auf seinem Stuhl zurück und nippte an dem starken Kaffee. »Bis zum Ende des Jahres wird die Revolte enden, und ich werde vom Zollbeamten zu einem mächtigen Würdenträger befördert werden, der über meine dummen Kolonialnachbarn herrscht.«

Gerard blickte neugierig zu dem alten Mann mit den krummen Schultern. »Haben Sie die neuen Botschaften erhalten, die ich Cornwallis überbringen soll?«

Thaddeus erhob sich von seinem Stuhl und humpelte zum Schrank. Nachdem er den Lederbeutel entnommen hatte, setzte er sich wieder. »Ich habe Nachricht von zwei Geheimagenten erhalten, dass Lafayettes Streitkräfte minimal sind. Lord Cornwallis mit seinen großen Truppen sollte keine Mühe haben, den Marquis de Lafayette vernichtend zu schlagen und den jungen Dandy humpelnd nach Frankreich zurückzuschicken, wo er hingehört.«

Gerard grinste bei dem befriedigenden Gedanken. »Cornwallis würde nichts lieber tun, als Lafayette zu zerquetschen wie eine kleine Wanze. Ein Sieg über den Franzosen würde die Moral der Rebellen brechen. Sie betrachten General Washingtons französisches Wunderkind als eine Art Held, der gekommen ist, um sie vor den britischen Horden zu retten. Aber nichts wird verhindern, dass die Krone diese Rebellion niederschlägt und die Kolonisten unter ihre Knute bringt.«

Thaddeus zog eine Botschaft aus dem Beutel und entzifferte sie. »Unsere Agenten haben einen Kurier der Rebellen südlich von Richmond gefangen genommen. Er hatte Botschaften vom Oberbefehlshaber der Patrioten persönlich dabei. Die Patrioten haben herausgefunden, dass einige Spione der Tories in der Umgebung New Yorks arbeiten, und ermahnen jeden, die Sicherheitsmaßnahmen zu erhöhen. Der britische Geheimdienst erhält Informationen über Aktivitäten der Patrioten.«

Thaddeus lächelte schwach, als er die Botschaft überflog. »General Washington hat sogar die Sorge ausgedrückt, dass die britischen Truppen sein Heim bei Mount Vernon in Brand stecken könnten. Ich habe eine Warnung zu seiner Plantage geschickt, damit man auf diese Möglichkeit vorbereitet ist. Der General bittet außerdem um einen Dentisten und um Zangen, um seine fauligen hölzernen Zähne zu behandeln.«

Die drei Tory-Soldaten staunten über die letzte Nachricht.

»Wenn dieser Krieg vorüber ist, wird Washington nichts mehr bleiben außer seinem schlecht passenden künstlichen Gebiss.« Gerard lachte hämisch. »Ich dagegen werde gut belohnt für meine Loyalität gegenüber der Krone sein.«

»Und ich werde eine Pension erhalten, weil ich Botschaften zwischen der königlichen Armee und den Tory-Truppen entschlüsselt und weitergeleitet habe«, sagte Thaddeus. »Unterdessen sind die Zeiten hart, und ich muss mich darauf verlassen, dass mein Neffe Proviant bringt.« Er wies zu den Blechtassen. »Dieses dampfende Gebräu habe ich meinem Großneffen zu verdanken. Mein mageres Einkommen reicht dafür nicht.«

»Sebastian Saber wird bald weitaus wichtigere Pflichten zu erfüllen haben«, sagte Gerard. »Ich habe Tarleton und Cornwallis einen Plan unterbreitet, der von Benedict Arnolds Täuschungsmanöver inspiriert worden ist.«

Thaddeus runzelte die Stirn bei dieser Ankündigung. »Arnold ist gerade noch der Hinrichtung entkommen, nachdem er Informationen vom Hauptquartier der Patrioten an unsere britischen Offiziere weitergegeben hatte. Wie Sie sich erinnern, hatte sein Bote nicht so viel Glück. Die Patrioten hängten Major Andre wegen Hochverrats auf. Benedict Arnold wäre auch an den Galgen gekommen, wenn er nicht in letzter Minute zu der britischen Fregatte hätte fliehen können.«

Gerard wischte die Bedenken des alten Mannes mit einer wegwerfenden Geste weg. »Die Strategie hat einmal funktioniert, und sie wird wieder klappen. Genau wie Arnold die Schwäche der patriotischen Verteidigung bei West Point ausgenutzt hat, sodass die Briten die Festung einnehmen konnten, plane ich das Gleiche für Virginia.«

»Aber wie soll dieser Plan funktionieren?«, fragte Thaddeus.

Gerard lächelte listig. »Das werden Sie zu gegebener Zeit herausfinden. Die Botschaften von Cornwallis sollten morgen eintreffen. Unsere Spione erkunden dieses Gebiet, um Informationen zu sammeln. Bald wird Williamsburg eine Brutstätte von Aktivität sein. Wenn sich mein Plan entwickelt wie erwartet, werden die Rebellen ihre Waffen niederlegen und gezwungen sein, zu kapitulieren, verraten von einem ihrer eigenen hoch geschätzten Offiziere.«

Gerard legte einen Beutel mit Münzen auf den Tisch, um den alten Mann für seine Bemühungen zu entlohnen, und winkte dann seinen beiden Adjutanten, ihm nach draußen zu folgen.

Thaddeus schüttelte das Geld aus dem Beutel und runzelte die Stirn, als er sah, dass es amerikanische Währung, gemischt mit britischen Münzen war. Thaddeus vermutete, dass Gerard Lockwood nicht nur das Gebiet inspiziert, sondern auch nebenbei Räuberei betrieben hatte. Lockwood nutzte seine Position als Führer der Tory-Einheit aus, die den Briten half. Der Mann war im Nebenberuf Offizier und im Hauptberuf Räuber.

Thaddeus räumte die leeren Tassen ab und legte den abgenutzten Lederbeutel mit den Münzen in eine Schublade des Schranks. Er war überzeugt, dass es in den folgenden Wochen häufige Besuche in seiner abgelegenen Hütte geben würde. Sie war bereits zu einem Treffpunkt für Tories und englische Soldaten geworden, die Botschaften zu den einzelnen Truppen hin und her beförderten.

Jetzt, da sich die Front nach Virginia verlagerte, würde die Hütte eine zentrale Übermittlungsstation sein. Thaddeus nahm sich vor, mehr Vorräte und Nahrungsmittel für die zu erwartenden Gäste anzufordern. Er würde bestimmt oft Gastgeber in den mitternächtlichen Stunden sein.

Nachdem Eden ihre Runden bei den verwundeten Soldaten gemacht und die Frühstückstablette in die Küche zurückgetragen hatte, sah sie nach dem arabischen Hengst, der jetzt frei auf der Wiese graste. Als Eden am

Morgen nach dem Auftauchen des prächtigen Hengstes auf der Plantage mit Fragen bombardiert worden war, hatte sie erklärt, sie habe ihn zum Decken der Stuten gemietet – und sie habe dieses Privileg teuer bezahlt! Da Sebastian noch nicht eingetroffen war, um seinen wertvollen Besitz abzuholen, hatte Eden die Anwesenheit des Hengstes zu ihrem Vorteil genutzt. Seit über einer Woche graste der Araber mit den Stuten der Pembrook-Plantage.

Dem Hengst war das anscheinend nur recht. Eden nahm an, dass er seine Pflichten gründlich genoss. Der Araber war herumstolziert, hatte Paarungsrituale durchgeführt und die Herde mit hoch erhobenem Kopf und dem Schweif in der Luft umkreist.

Eden lachte glucksend vor Belustigung, als sie die Arme auf den Koppelzaun legte. Der herrliche Hengst protzte bei jeder Stute, die ihn beim Herumtänzeln und Einherstolzieren zu beobachten wagte. Dies, sagte sie sich, war eine Demonstration des fundamentalen Ziels des männlichen Geschlechts: männliche Überlegenheit zur Schau zu stellen.

Der Araber schnappte nach der rötlich grauen Stute, die er als seine neueste Eroberung ausgewählt hatte. Die Stute trat aus und wieherte protestierend. Eden wusste, dass es beim Beginn des Paarungsrituals der natürliche Instinkt des weiblichen Tiers war, Widerstand entgegenzusetzen, zumindest so zu tun, als ob es die männlichen Annäherungen ablehnte.

Fasziniert beobachtete Eden, wie der Hengst auf die Hinterhand stieg, um die Stute zu decken. Eden war niemals Zeugin des Paarungsaktes bei Pferden gewesen, der für weibliche Empfindsamkeit übel sein sollte, wie sie gehört hatte. Sie gab zu, dass es ziemlich beunruhigend wirkte …

»Ah, ich sehe, dass der Araber seine Rolle bei unserer Abmachung einhält.«

Eden erschrak, als die Baritonstimme dicht hinter ihr ertönte. Sie war zu abgelenkt gewesen, um zu bemerken, dass ein unerwünschter Besucher eingetroffen war. Ihr schoss das Blut in die Wangen, als der Hengst die Stute bestieg, sie fast auf die Knie zwang. Eden bemerkte, dass jemand hinter sie getreten war, und einen Augenblick später, wer es war, aber sie brachte es nicht über sich, über die Schulter zu ihm zu blicken.

»Nehmen Sie den Hengst und reiten Sie«, sagte sie steif. »Der Araber hat im Laufe dieser Woche mehreren Stuten gedient. Ich hatte meine Entschädigung für das, was Sie getan haben …«

Eden biss sich auf die Unterlippe. Es bestürzte sie, wie schnell sie die Fassung verlor, wenn Sebastian Saber in ihrer Nähe war. Sie reagierte und sprach, ohne vorher zu denken – für sie eine unverzeihliche Sünde!

»Kein zuckersüßes Lächeln für mich?« Sebastian lehnte neben ihr die Ellenbogen auf den Zaun. »Gut. Ich kann ohne Ihre höfliche Gleichgültigkeit auskommen, Eden.«

Als seine Schulter ihre leicht berührte, trat sie ein wenig zur Seite, um Distanz zwischen ihnen zu wahren.

»Ich bin gekommen, um mich zu entschuldigen.« Sebastian warf ihr einen Seitenblick zu und bemerkte die leicht geröteten Wangen. »Ihre Geheimnisse sind sicher bei mir aufgehoben«, murmelte er. »Was in der vergangenen Woche geschah, wird nicht wieder passieren.«

»Das war niemals fraglich«, erwiderte Eden. Sie reckte entschlossen das Kinn vor und weigerte sich immer noch, Sebastian die Höflichkeit zu erweisen, ihn anzublicken, während sie sprach. »Ich werde nämlich nicht zulassen, dass es geschieht.«

Eden war gezwungen, zu beobachten, wie der Hengst seine Pflicht mit großer Begeisterung erfüllte. Ihr blieb nur die Wahl, zuzuschauen oder Sebastian anzusehen. Sie entschied sich dafür, starr geradeaus zu blicken, doch sie errötete tief, als sich der Hengst auf der Stute verausgabte.

»Manchmal passieren Dinge, die auch ein starker Wille nicht verhindern kann«, sagte Sebastian.

Als er den Zeigefinger unter ihr Kinn legte, sah er, wie

ihre blauen Augen Funken zu sprühen schienen. Die Verwandlung gefiel ihm sehr.

»Dinge wie diese …«, fügte er hinzu und zog ihren widerstrebenden Körper an sich.

»Lassen Sie mich los!«, zischte sie ihn an.

»Erst, wenn Sie meine Entschuldigung für die Ereignisse der vergangenen Woche annehmen.«

»Nie«, sagte sie halsstarrig. »Ich genieße es viel zu sehr, Sie zu hassen!«

Er lächelte leicht. »Sie hassen mich, weil ich Ihnen bewusst gemacht habe, dass Sie eine Frau mit fraulichen Bedürfnissen sind?«

»Nein, weil Sie gewalttätig gewesen sind wie ein Bauernlümmel. Ich habe keinen Respekt vor Männern, die sich auf ihre überlegene Kraft gegenüber einer Frau verlassen, weil sie sie nicht mit ihrem Verstand besiegen können.«

Sebastian zuckte zusammen, weil die Bemerkung ein Volltreffer war, aber er gab sie nicht frei. Verdammt, warum konnte er nicht immun gegen diese komplizierte Frau sein? Warum konnte er sich nicht damit zufrieden geben, von ihr in Ruhe gelassen zu werden?

Unwillkürlich neigte er sich zu ihr. Er wollte seine heftige Reaktion auf sie ergründen, sie zähmen, sie verstehen. Er konnte nicht zufrieden sein, bevor er diesen Verteidigungswall durchdrungen hatte und Eden weich und anschmiegsam in seinen Armen spürte – wie es in jener Nacht vor einer Woche geschehen war.

In dieser Nacht hatte er die wahre Eden Pembrook entdeckt. Sie war eine Frau mit Geist und feuriger Leidenschaft, die sie jedoch verborgen hielt.

Eden war sich nicht sicher, wen sie im Moment am meisten hasste – diesen verführerischen Teufel oder sich selbst. Sie spürte die explosive Reaktion zwischen ihnen in dem Moment, in dem sich ihre Körper berührten, als seine sinnlichen Lippen sich auf ihre senkten.

Gefährliche Gefühle erfassten sie, als sei es erst Minuten anstatt Tage her, seit Sebastian sie zum letzten Mal geküsst hatte. Er erschütterte wieder ihre Selbstbeherrschung, brachte sie dazu, ihren Schwur zu vergessen. Er nahm ihr die Willenskraft und machte sie zu einer schamlosen Scheinheiligen.

Der gesunde Menschenverstand verschwand, als Eden das Gefühl hatte, in das Unbekannte zu rasen, sich in die Gefahr zu begeben, die sie in diesem geheimnisvollen Mann spürte. Sie wusste absolut nichts über ihn, nur dass er die erstaunliche Fähigkeit hatte, sie zu entflammen und ihr Verlangen nach seinen Küssen und Zärtlichkeiten zu wecken.

Als seine Zunge in ihren Mund eindrang, langsam, tastend, wie fragend, brach ihr Widerstand noch mehr. Sie spürte, wie heiße, fordernde Begierde in ihm aufstieg und von seinem Körper auf ihren überging. Sie konnte ihn schmecken, seine Ausstrahlung wahrnehmen, und ihre Sehnsucht steigerte sich, bis sie in dem Wissen erbebte, dass dieser Mann, nur er, sie erregte.

Eden war schockiert, als ihr klar wurde, dass sie mit der Hand durch sein dichtes schwarzes Haar strich. Plötzlich erwiderte sie seinen Kuss mit all ihrem Verlangen und nährte das Feuer, das jede Faser ihres Seins zu erfassen schien.

Als sich ihr Körper unwillkürlich seinem entgegenwölbte, hörte sie Sebastian aufstöhnen und spürte, wie sich seine kräftigen Arme noch fester um sie spannten und er seine Oberschenkel an sie presste.

Guter Gott, sie ergab sich genau dem Mann, den sie aus einem Dutzend berechtigter Gründe hassen wollte, wie sie geschworen hatte. Sie … liebte den Geschmack von ihm, das Gefühl, ihn zu spüren. Sie … begehrte ihn.

Bestürzt von der Tiefe dieser verbotenen Erkenntnis, wich Eden von ihm zurück. Sie klammerte die zitternden Hände an den Koppelzaun und schwankte, weil sich die Umgebung vor ihren Augen zu drehen schien. Seine Wirkung auf sie war schockierend, Furcht erregend!

Edens Ausbruch glühenden Verlangens ernüchterte Sebastian. Er hatte jedes Wort seiner Entschuldigung geübt und brachte jetzt nichts heraus. Verdammt, er hatte nicht nur die Entschuldigung vermasselt, er hatte auch sein Gelöbnis gebrochen, Distanz zu Eden zu halten. Sie stellte eine Ablenkung von seiner Mission dar, die er nicht gebrauchen konnte.

Er hatte eine Woche lang versucht, sich nach dem Fiasko an der Straße abzukühlen, aber es war ihm kein bisschen gelungen, und er fragte sich, ob er es jemals schaffen würde.

Sebastian und Eden starrten einander fast eine Minute lang verwirrt an, rangen um Atem und versuchten, mit ihrer impulsiven Reaktion aufeinander zurechtzukommen.

»Wir haben beide zweifellos ein Problem«, sagte Sebastian und sprach das Offenkundige aus.

Eden sank gegen den Zaun. Zweifellos ein Problem, wie Recht er hatte! Nichts hatte sie jemals so hart getroffen und solche Nachwirkungen verursacht. Es war erschreckend klar, dass sie mit diesem Mann nicht allein sein durfte.

»Was, zum Teufel, stimmt nicht mit uns?«, sagte sie schwer atmend und klammerte sich an dem Zaun fest, als wäre er ihre Rettung. »Wir mögen uns nicht mal.«

Sebastian machte seiner Spannung mit einem lauten Lachen Luft. Er war jetzt wieder Herr seiner Sinne, weil die Versuchung ein wenig von ihm entfernt stand.

»Es muss eine Art Fluch sein«, sagte er.

Eden blies eine widerspenstige Strähne ihres kastanienbraunen Haars von ihrem erhitzten Gesicht und atmete tief durch. »Wenn wir uns niemals wiedersehen, sollte der Fluch gebrochen sein«, diagnostizierte sie.

Sebastian lehnte sich gegen den Zaun und hütete sich, den Araber bei der Art Befriedigung zu beobachten, die ihm versagt blieb. »Ich bin mir nicht sicher, ob eine Trennung hundertprozentig wirken würde.«

»Eden!«

Sebastian drehte sich um und sah eine hübsche junge Frau um die Ecke des Stalls biegen. Ihre mahagonibraunen Locken tanzten bei jedem ihrer beschwingten Schritte, und ihre glänzenden grünen Augen spiegelten Aufregung wider.

Elizabeth blieb abrupt stehen, als sie den Mann bemerkte, der neben ihrer Schwester stand. »Oh, Verzeihung, Eden, ich wusste nicht, dass du einen Gast hast.«

Eden wies auf ihn. »Ich glaube, dir ist Sebastian Saber auf dem Jahrmarkt nicht vorgestellt worden. Sebastian, dies ist meine Schwester, Elizabeth.«

»Sie sind der Besitzer des Arabers«, stellte Elizabeth fest. »Er ist wirklich ein prächtiges Tier, das ...« Sie verstummte, als sie die Bewegung auf der Koppel bemerkte und sah, wie der Hengst seine Manneskraft einsetzte. »Du liebe Zeit ...«

»Wolltest du etwas, Bet?«, fragte Eden, als sie sah, dass ihre Schwester vor Verlegenheit rot wurde.

»Äh ... äh ... ja«, stammelte Elizabeth. »Ich habe dich gesucht. James hat nach dir gefragt. Er hat sich entschieden, deine Idee auszuprobieren.«

»Hat er das?« Eden war sofort wieder selbstbewusst. »Er hat sich über eine Woche dagegen gewehrt.«

Neugierig folgte Sebastian den beiden Schwestern und dachte über den Unterschied zwischen ihnen nach. Ihre Augen und Haarfarbe waren unterschiedlich, und doch war da etwas ...

»Möchten Sie hereinkommen, Mr. Saber«, lud Elizabeth ihn ein. »Ich wollte nicht stören. Es ist nur so ...« Sie verstummte hilflos und lächelte gezwungen, unschlüssig, was sie sagen sollte, als Eden die Einladung nicht eifrig unterstützte.

»Danke, Elizabeth, ich könnte was zu trinken brauchen.« Sebastian war erpicht darauf, zu erfahren, wer dieser erwähnte James war und warum er gegen die Idee des hiesigen Engels angekämpft hatte. War es möglich, dass es hier in der Gegend einen anderen Mann gab, der nicht unter Edens bezauberndem Lächeln dahinschmolz und der sich nicht vor ihr auf die Knie warf?

Das wäre ein Mann, den er kennen lernen musste!

Als Sebastian das Haus der Plantage betrat, gewann er sofort einen Einblick in Edens Privatleben. Das Haus war geräumig und elegant mit teuren Möbeln eingerichtet. Die Fenster standen weit offen, und Streifen von Sonnenschein fielen in jedes Zimmer.

Er bemerkte einige Titel der Lektüre auf dem Wohnzimmertisch: *Tierzucht, Geltende Rechte der Kolonisten, Erforschung des menschlichen Verstandes, Abhandlung über die Strukturen der inneren Organe* – dies waren anscheinend nur ein paar der Bücher, die Eden zurate zog.

Sebastian fielen ebenfalls die Zeitungsartikel auf, die von so hoch gelobten Patrioten wie Samuel Adams und Patrick Henry geschrieben worden waren.

Eden war zweifellos gut belesen, ein Vorteil für ihre Sache der Freiheit.

Mit einem Glas Sangaree – einem Mixgetränk aus Wein, Wasser und Brandy, gesüßt und gewürzt – in der Hand folgte Sebastian Eden die Treppe zum oberen Geschoss hinauf. Er hatte keine Ahnung, was ihn erwartete, als er das Schlafzimmer erreichte. Was er sah, war ein Raum voller verwundeter Soldaten, die in Reihen auf Feldbetten lagen. Er nahm an, dass der Raum zuvor als Schlafzimmer gedient hatte – und er konnte sich denken, wessen Schlafzimmer es gewesen war!

Sebastian sah, wie ein sonniges Lächeln Edens Gesicht erhellte. Sie durchquerte den Raum mit nahezu engelhafter Grazie, blieb bei jedem Soldaten stehen, um ein paar Worte mit ihm zu wechseln, bevor sie am Fuß des Feldbetts verharrte, das am weitesten von der Tür entfernt stand. Sebastians Blick glitt zu dem Mann darauf. Er hatte sandfarbenes Haar und war Mitte zwanzig. Das Bettlaken bedeckte seinen Unterkörper, aber der Verlust seines Unterschenkels war unverkennbar.

Schlagartig stiegen Erinnerungen in Sebastian auf. Er glaubte fast, die Todesschreie zu hören und Blut zu riechen. Er verbannte die Gedanken und riss sich in die Gegenwart zurück.

Eden blinzelte überrascht, als sie bemerkte, dass Sebastian ihr nach oben gefolgt war. Er hatte sich lautlos wie ein Schatten bewegt. Und jetzt lehnte er am Türpfosten und lächelte höflich ihren Patienten zu.

»Dies ist Sebastian Saber«, fühlte sie sich verpflichtet, ihn vorzustellen. »Er besitzt den schönen Araberhengst, der auf dem Jahrmarkt so überlegen das Rennen gewonnen hat.«

Nach kurzem Austausch von höflichen Floskeln mit Eden setzte sich James Pike auf die Kante des Feldbetts und hielt das Laken um seine Hüfte. »Ich habe über Ihre Worte nachgedacht, Eden.« Sein Gesicht nahm einen entschlossenen Ausdruck an. »Ich bin bereit, es zu versuchen.«

Sebastian schritt an den anderen verwundeten Soldaten vorbei zum letzten Feldbett. Der junge Soldat hatte offensichtlich seinen eigenen Krieg gegen Verbitterung und Unwillen gewonnen, bevor er die Entscheidung getroffen hatte, den künstlichen Stumpf anzuschnallen, der am Fuß des Feldbetts lag.

»Vielleicht könnte ich helfen«, bot Sebastian an. »Eden, warum warten Sie nicht auf James und mich auf dem Flur?«

Als James dankbar lächelte, erkannte Eden, dass dem Soldaten ein Mann als Helfer bei dieser Sache lieber war. Sie bedachte James mit einem freundlichen Lächeln, ging auf den Flur hinaus und schloss die Tür.

Seit über einer Woche hatte sie versucht, James zu überreden, das Holzbein anzuschnallen, das Dr. Curtis für ihn dagelassen hatte. James hatte sich eisern geweigert. Er hatte einfach auf dem Feldbett gelegen, zur Decke empor gestarrt und behauptet, dass ein Holzbein ihn nie wieder zu einem ganzen Menschen machen würde.

Tagelang hatte Eden James versichert, dass seine Frau nicht von seiner Verwundung abgestoßen sein würde und sich nach seiner Heimkehr sehnte. Eden hatte James an den einen Besuch erinnert, den seine Frau auf der Plantage hatte machen können. Sie hatte James angefleht, für den

Tag zu überleben, an den er mit ihr und seinem kleinen Kind wieder vereinigt sein würde.

Doch James war in Depression verfallen, und Eden hatte befürchtet, dass er Selbstmord begehen wollte. Sie hatte viel Zeit und Mühe aufgewandt, um seine Stimmung und Selbstachtung aufzubauen. Und schließlich hatte James sich mit dem Verlust des Beines abgefunden …

Ein stetiges dumpfes Stampfen hallte vom Holzboden hinter der Schlafzimmertür, gefolgt von Sebastians Befehlsstimme. »Noch einmal, James! Bevorzugen Sie nicht Ihre linke Seite. So ist's richtig. Und jetzt machen Sie größere Schritte. Gut. Versuchen Sie es von neuem, diesmal schneller.«

Stille hinter der Tür, dann hörte Eden wieder das dumpfe Pochen.

Die Türangel knarrte, und James tauchte auf, zum ersten Mal seit Wochen mit einer Hose bekleidet. Obwohl Eden nur selten Gesten der Zuneigung gegenüber den Patienten zeigte, umarmte sie James stürmisch. Der Soldat wankte zurück, und Sebastian war gezwungen, ihn aufzurichten.

Als Eden zurücktrat, sah Sebastian das glückliche Glänzen in ihren Augen, und es wurde ihm warm ums Herz. Eden konnte leichter lächeln als jeder, den er kannte, aber dieses besondere Lächeln war außergewöhnlich strahlend. Die dunklen Geheimnisse in ihren Augen waren vorübergehend vergessen.

Ah, wenn solch ein glühendes Lächeln mir gelten würde!, dachte Sebastian. Wie James war er geblendet, beschämt. Selbst Sebastian, der sich nie für sentimental gehalten hatte, glaubte in diesem Augenblick, einen Kloß in der Kehle zu haben.

»Oh, James, Sie sehen wundervoll aus«, sagte Eden begeistert. »Warten Sie, bis Bet und Maggie Sie sehen. Sie werden entzückt sein!«

James hielt Eden am Arm fest, bevor sie ihre Schwester und das Hausmädchen rufen konnte. »Danke, Eden. Wenn Sie nicht so hartnäckig gewesen wären, hätte ich mich aufgegeben.« Er nickte zum Schlafzimmer, das als Krankenrevier diente. »Und auch die anderen hätten aufgegeben. Wenn ich jemals etwas für Sie tun kann, irgendetwas …«

»Kehren Sie nur zu Ihrer Familie heim und führen Sie ein gutes Leben, James«, unterbrach Eden, weiterhin mit ihrem atemberaubenden Lächeln. »Mehr wünsche ich mir nicht. Ihre Frau kann es kaum erwarten, Sie daheim zu haben. Sie liebt Sie und braucht Sie.«

»Das ist mir jetzt klar. Ich musste nur überzeugt werden, dass ich mit dem Bein nicht auch meinen Wert verloren habe.« Er neigte sich vor, um sie sanft auf die Stirn zu küssen. »Sie sind ein Engel, Eden.«

Eden warf einen verstohlenen Blick zu Sebastian und fragte sich, ob seine Reaktion auf das Kompliment spöttisch sein würde. Als das nicht der Fall war, wandte sie ihre Aufmerksamkeit wieder James zu. »Ich habe Sie nur daran erinnert, wie wichtig Sie für Ihre Familie, Ihre Freunde und das Land sind, bis es Ihnen selbst klar geworden ist.«

Sebastian war überzeugt, dass Eden ihr Talent genutzt hatte, um geschickt mit Suggestivfragen und scheinbar beiläufigen Bemerkungen den verzweifelten Soldaten dazu zu bringen, ihre Denkungsweise anzunehmen.

»James! Sind Sie das?«, riefen Maggie und Elizabeth auf halbem Weg der Treppe.

Während Maggie und Elizabeth viel Aufhebens um James machten, zog Sebastian Eden zur Seite. »Wie lange machen Sie das schon?«

»Was?«, fragte sie.

»Ihr Haus für die Verwundeten öffnen.«

Sebastian fühlte sich wie ein kompletter Schwachkopf. Wie hatte er nur so mit diesem Engel der Barmherzigkeit umgehen können! Er war zu selbstgerecht, zu zynisch gewesen. Eine neue Art von Respekt spiegelte sich in seinen Augen, als er Edens elfenhafte Gesichtszüge betrachtete. Sie mochte geheimen Kummer verbergen, aber ihr Edelmut und ihre Güte waren überwältigend.

»Das Krankenhaus ist mit Patienten überbelegt«, erklärte Eden mit einem Achselzucken. »Und wir hatten Platz zur Verfügung. Wir haben ein Zimmer, um die nötige Pflege zu gewähren. Das ist das Mindeste, was ich für die verwundeten Patrioten tun kann, die unser Land verteidigt und diesen brutalen Krieg durchgemacht haben. Ich erinnere mich täglich daran, dass jeder dieser Männer mein Vater sein könnte.«

Ein klirrendes Geräusch in einem anderen Zimmer veranlasste Eden, davonzueilen. Zu Sebastians Erstaunen fand er sechs weitere junge Soldaten, die auf einer Reihe von Feldbetten lagen.

Wie viele verwundete Soldaten beherbergte, ernährte und munterte Eden mit ihrem Lächeln auf?

Sebastian machte sich auf den Weg, um die Antwort auf diese Frage selbst zu finden. Als er sich bei den Patienten in den vier Zimmern im Obergeschoss vorgestellt und mit ihnen geplaudert hatte, kam er auf eine Zahl von zweiundzwanzig Männern in verschiedenen Stadien der Genesung.

Sebastian fühlte sich wie ein Dummkopf. Jetzt verstand er den Grund für das wissende Lächeln und die Lobpreisungen, mit denen Micah Bancroft Eden überhäuft hatte. Sie war tatsächlich der Schutzengel der Rebellen.

Als Sebastian die Runde machte, um Edens Patienten zu besuchen, gelangte er an den oberen Treppenabsatz und blickte hinab auf eine andere unerwartete Szenerie. Eden befand sich inmitten von Ereignissen, die wie ein organisiertes Chaos wirkten. Sie erteilte Anweisungen und drückte Körbe mit Lebensmitteln in die Arme ihrer wartenden Bediensteten. Die Wohltätigkeitsbrigade war auf ihrem Weg zu den Heimen bedürftiger Nachbarn. Zweifellos eine weitere der täglichen guten Taten des Engels der Barmherzigkeit.

Als sich die Menge auflöste, ging Sebastian langsam die Treppe hinab, beschämt und beeindruckt von allem, was er hier gesehen hatte. Er ergriff Edens Hand und legte ihr einen Beutel mit Münzen auf die Handfläche.

Sie blickte fragend auf den Lederbeutel und sah dann zu ihm auf. »Was ist das?«

»Ein Beitrag. Ich bereue jedes unfreundliche Wort, das ich gesagt habe«, murmelte er, bevor er das Haus verließ, ohne zurückzublicken.

»Wenn das nicht der verwirrendste Mann ist, den ich jemals kennen gelernt habe, verstehe ich die Welt nicht mehr«, sagte Eden.

»Wer ist er?«, fragte Maggie an der Wohnzimmertür.

»Sebastian Saber.«

Maggie ging mit einem Staubtuch in der Hand zum Vestibül. »Woher ist er gekommen? Ich blickte auf, und da war er. Er hat sich sofort für unsere Patienten interessiert, ihnen alle möglichen Fragen über ihre Regimenter und die Stätten der Schlachten gestellt, in denen sie gekämpft haben.«

Eden zuckte mit den Schultern. »Ich weiß nicht viel über diesen Mann.«

»Was will er?«

Eden blickte nachdenklich vor sich hin. »Ich bin mir nicht sicher.«

Maggie lachte und sagte kopfschüttelnd: »Warum sollte einer von uns überrascht sein, weil ein weiterer Fremder durch dieses Haus wandert? Im zweiten Geschoss wimmelt es schließlich davon.«

Eden blickte auf und sah, dass Elizabeth graziös und in ihrem besten grünen Seidenkleid die Treppe herabkam. »Wohin willst du, Bet?«

»Da ich meine Pflichten erfüllt habe, möchte ich mit dem Buggy ausfahren.«

»Oh, ein neuer Zeitvertreib?«, fragte Eden. »Dies ist der fünfte Ausflug, den du in dieser Woche unternimmst, wie ich mich erinnere.«

Als Eden sie misstrauisch betrachtete, winkte Elizabeth ab. »Sieh mich nicht so an. Heilige dürfen nicht die Stirn runzeln.«

»Ich bin keine Heilige.«

»Nicht? Versuch, das den Männern oben zu erzählen«,

erwiderte Bet und rauschte durch die Haustür hinaus, um nach dem Kutschwagen zu rufen.

»Was ist in das Mädchen gefahren?«, fragte Maggie und schaute hinter Bet her. »Man könnte meinen, jeder Tag sei hier ein Ferientag für sie.«

»Sie ist jung und lebenslustig«, verteidigte Eden ihre Schwester. »Bet braucht Zerstreuung, solange es noch möglich ist.«

»Es könnte nicht schaden, wenn sie eine Zerstreuung oder zwei jede Woche hat«, meinte Maggie.

Mit einem Schulterzucken verließ Eden das Haus und ging zum Stall. Überrascht sah sie, dass der Araber noch mit den Stuten auf der Weide war. Sie hatte angenommen, dass Sebastian seinen Hengst mitgenommen hatte.

Dann verbannte sie die Gedanken an Sebastian und wies die Stallburschen an, dafür zu sorgen, dass die Futterration für das Vieh vergrößert wurde. Wenn die Kühe für sieben Monate im Jahr anstatt für fünf Milch geben konnten – laut Sebastians Fütterungsplan –, würde es Eden helfen, ihre ›Familie‹ zu ernähren. Sebastian hatte anscheinend gewusst, wovon er redete, als sie über die Zucht und die Fütterung des Viehs gesprochen hatten …

Und woher hatte er all dieses Wissen? Woher stammte er?

Eden nahm sich vor, ihn zu fragen, wenn er zurückkehrte, oder sich wenigstens bei Micah über seinen rätselhaften Cousin zu erkundigen. Nachdem sie und Sebastian eine Art unausgesprochenen Waffenstillstand geschlossen hatten, würde sie versuchen, etwas über ihn und seine Vergangenheit herauszufinden. Der Mann war entschieden zu geheimnisvoll.

4

Tully Randolph stoppte abrupt, als er sah, dass Sebastian an einem hohlen Baumstumpf schnitzte, von dem die Rinde entfernt war. Ein Sortiment von Werkzeugen lag neben ihm auf der Veranda der abgelegenen Hütte beim Sumpfland.

»Was zur Hölle machst du da, Eure Lordschaft?«

»Ein Holzbein«, antwortete Sebastian, ohne aufzublicken.

»Für wen?«

»Für einen patriotischen Soldaten.«

»Für einen patriotischen?«, wiederholte Tully. »Du solltest besser aufpassen, mit wem du gesehen wirst, damit nicht gewisse Leute Fragen stellen, die du nicht beantworten willst.«

»Ich weiß, was ich tue«, versicherte Sebastian seinem Freund.

»Das wusstest du letzte Woche bestimmt«, grollte Tully. »Hast du den Araber zurückgeholt und dich entschuldigt?«

»Ich arbeite daran.«

Tully blickte sich um. »Wo ist der Hengst?«

»Er amüsiert sich noch auf der Pembrook-Plantage.«

Tully grinste. »Kostenlose Deckdienste als Entschädigung für dieses schändliche Fiasko, Euer Ehren?«

»So was in dieser Art.«

»Hasst die Lady dich noch?«

Ein merkliches Zögern.

»Eure Lordschaft?«

Sebastian blickte vom Schmirgeln des Holzbeins auf, das er im Verlauf des Nachmittags geformt hatte. »Ja?«

Tully musterte Sebastian mit prüfendem Blick. »Du wirkst heute irgendwie verändert. Ich komme noch nicht auf den Grund.«

»Vielleicht, weil ich mein Hemd gewechselt habe?«

Tullys Augenbrauen bildeten eine Linie über seinen grünen Augen. »Die alte Jungfer mit Engelflügeln beeindruckt dich, wie?«

»Ja, ich glaube, das stimmt.«

»Dachte ich mir.« Tully stopfte sich seine Pfeife, zündete den Tabak an und paffte, bis sein massiger Kopf von Rauch umhüllt war. »Was wirst du ihretwegen unternehmen, Eure Lordschaft?«

»Nichts.«

»Nichts?«

Sebastian blickte den Freund, der sich in seine Angelegenheiten einmischte, finster an. »Versau mir nicht die gute Stimmung. Hol mir stattdessen einige Lederriemen und einen Bohrer. Ich kann Hilfe bei der Anfertigung dieses Apparats gebrauchen.«

Tully klemmte die Pfeife zwischen die Zähne und schlenderte in die Hütte. Als Sebastian zurücksank, um seinen Arm auszuruhen, kam Tully gemächlich aus der Hütte, um das Holzbein zu holen. »Lass mich diese rauen Kanten abschleifen.«

Während Tully arbeitete, betrachtete Sebastian die Ausbuchtung, die er in das Holz geschnitzt hatte. Er stellte sich die Lederriemen vor, die das künstliche Bein sichern mussten, und überlegte, wie das Zubehör so bequem und wirkungsvoll wie möglich gemacht werden konnte.

Nach ein paar Minuten hatte er aus den Lederriemen ein Gurtwerk gebildet, das es James Pike erlauben würde, das Zubehör zum Teil in seinem Hosenbein zu verbergen, anstatt es aller Welt zu zeigen.

Es war eine Sache von männlichem Stolz, fand Sebastian. Es würde bei James für zusätzliches Selbstvertrauen sorgen, über die Dosis hinaus, die Engel Pembrook ihm verpasst hatte.

Wer hätte gedacht, dass diese Frau mit dem wunderbaren Lächeln seine Abwehr schmelzen konnte?

Sebastian war in den vergangenen fünf Jahren hart geworden. Er hatte sich so sehr auf sein Ziel konzentriert, dass er sich von keinem Gefühl hatte beeinflussen lassen. Er hatte mit Täuschung gelebt und gelernt zu lügen, ohne mit der Wimper zu zucken. Das war nötig zum Überleben, nötig für die Erfüllung der Aufgaben, die man von ihm verlangte.

Sehr bald würde Eden ihn nach seiner Vergangenheit und seiner derzeitigen Beschäftigung fragen, davon war er überzeugt. Und was würde er ihr sagen? Weitere Lügen, wie diejenigen, die er Micah Bancroft erzählt hatte?

Sebastian hatte in den vergangenen paar Jahren Dutzende von Menschen bedenkenlos getäuscht, aber der Gedanke, Eden hinters Licht zu führen, bereitete ihm Gewissensbisse. Sie hatte einen wesentlichen Nerv in ihm getroffen, Gefühle in ihm freigelegt, die er lieber unter Verschluss gehalten hätte. Diese Art Gefühle konnten gefährlich sein. Sie konnten zu Komplikationen führen …

»Eure Lordschaft?«

Sebastian wurde aus seinen Gedanken gerissen. Er blickte zu Tully, der das Holzbein anhob und lächelte.

»Glatt wie ein Babypopo. Dieses Bein kann ein Mann mit Stolz tragen kann. Das übertrifft all die anderen Holzdinger. Man könnte sogar einen Strumpf über dieses geglättete Bein streifen, und es wäre schwierig, den Unterschied zu einem richtigen …«

»Das reicht!«, unterbrach Sebastian seinen Redefluss. »Tully, hilf mir, ein paar weitere hohle Baumstümpfe zu finden. Ich habe eine Idee.«

Als Eden aus dem Augenwinkel etwas Farbiges an sich vorbeihuschen sah, blickte sie von den Büchern auf, von denen der Schreibtisch im Büro übersät war. »Bet? Wohin gehst du so früh am Morgen?«

Elizabeth blieb abrupt stehen, murmelte etwas Unverständliches und drehte sich dann widerstrebend zu ihrer Schwester um, die sie neugierig ansah. »Ich reite aus.«

»Das tust du anscheinend in den letzten beiden Wochen jeden Tag.« Eden legte einen Zeigefinger auf die Zahlenkolonne, um die Zahl zu markieren, die sie soeben überprüft hatte, und musterte ihre Schwester. »Du hast dir gedacht, dass tägliche Ausritte in der frischen Luft Wunder für deine Stimmung bewirken, vermute ich mal.«

Elizabeth lächelte spitzbübisch. »Es geht nichts über die Inspiration in freier Natur.«

Eden betrachtete ihre Schwester forschend. »Gibt es da etwas, das du mir erzählen willst?«

Elizabeth bedachte sie mit der Art Lächeln, für das ihre Schwester bekannt war. »Ja, auf Wiedersehen. Warte nicht mit dem Mittagessen auf mich. Meine Vereinigung mit Mutter Natur könnte bis zum Nachmittag dauern.«

Damit rauschte sie davon wie schon so oft in den vergangenen vierzehn Tagen. Eden widmete ihre Aufmerksamkeit wieder ihren Berechnungen. Buchhaltung verursachte ihr Kopfschmerzen. Vielleicht würde sie Bets Beispiel folgen und die Natur genießen, wenn sie die Zahlenkolonnen bewältigt hatte. Ihr schmerzender Kopf konnte gewiss eine Pause gebrauchen.

Eden wischte den Schweiß von der Stirn und rupfte weiteres Unkraut aus, das die Gärten rings um den hinteren Rasen zu überwuchern drohte. Nelken, Kapuzinerkresse und Gardenien bildeten prächtige Farbtupfer zwischen dem Grün der Vegetation. Leider schien das Unkraut besser zu gedeihen als die Blumen, die aus allen Ecken der Welt zu Eden transportiert worden waren.

»Ts, ts. Wie oft muss ich dich daran erinnern, meine liebe Eden, dass du eine Aristokratin bist?« Micah Bancroft kam durch die Hintertür, ein Glas mit Pfefferminzlimonade in der Hand. »Der Adel steht nicht vor neun Uhr morgens auf. Dann macht er einen Spaziergang zu den Stallungen und kehrt zu einem gemächlichen Frühstück zum Haus zurück. Anschließend macht er ein Nickerchen, und erst *dann* überlegt er, welche Aufgaben – wenn überhaupt welche – er in den Nachmittagsstunden anpacken möchte.«

»Danke für die Lektion über richtiges Verhalten der Aristokratie Virginias«, scherzte Eden, während sie weiteres Unkraut ausriss.

Micah nippte an seiner Limonade und schlenderte über den Steinplattenweg zu ihr. Er blieb neben Eden stehen, die vornübergeneigt war und das Unkraut bearbeitete. »Du solltest diese niederen Arbeiten wirklich deinen Dienern überlassen. Adlige Ladys sind nicht dafür geboren, auf Händen und Knien zu kriechen, sondern um von ihrem Thron aus zu herrschen. Du gibst ein schlechtes Beispiel für unsereinen.«

»Die Diener erledigen Botengänge für mich«, sagte sie, richtete sich auf und sank auf die Bank neben dem Maulbeerbaum.

»Du lieferst also noch Lebensmittel und Vorräte an die Nachbarn, deren Ehemänner und Söhne mit der Miliz kämpfen«, stellte er fest, schlug seine Rockschöße zurück und setzte sich neben Eden auf die Bank.

»Ich weiß, dass du das ebenfalls tust.«

Micah schüttelte den Kopf. »Ich versorge die Familien der beiden Soldaten, die an meiner Stelle kämpfen, mit Unterhalt und Nahrung.«

Eden blinzelte, überrascht von seinem Geständnis. Sie hatte gehört, dass es einige vom Adel so hielten, die nicht bei der Armee dienen wollten. Aber *Micah?*

»Schau mich nicht so schockiert an.« Micah wand sich unbehaglich, als er Edens enttäuschten Blick sah. »Außerdem ist es allgemein so üblich, weißt du. Von denjenigen von uns, die große Plantagen leiten müssen, sind zu viele Familien abhängig, nicht wahr? Es ist ja nicht so, als hätte ich jemanden, dem ich während meiner Abwesenheit die Plantage anvertrauen könnte.«

Eden schwieg, während Micah seine Ausreden vorbrachte. Sie wusste, dass er einen sehr fähigen, zuverlässigen Verwalter beschäftigte. Die Wahrheit war, dass Micah nicht bereit war, sein Leben des Müßiggangs zu opfern, sofern der Krieg sich nicht bis zu seinem Rasen vor dem Haus ausbreitete.

Was sehr bald der Fall sein konnte.

Micah seufzte schwer. »Allmächtiger, meine Leber hat sich noch immer nicht erholt, obwohl seit dem Jahrmarkt schon zwei Wochen vergangen sind. Ich muss drei Gallonen von dem Punsch getrunken haben!«

Mindestens, pflichtete Eden ihm im Stillen bei. »Du hast dich an diesem Tag gewiss amüsiert.«

»Und ob. Zu beobachten, wie du meinem zynischen Cousin den Kopf verdreht hast, war der Höhepunkt des Tages. Saber hatte natürlich die verrückte Vorstellung, er wäre immun gegen deinen Charme, und du würdest dich Hals über Kopf in ihn verlieben. Ich habe natürlich dagegen gewettet.«

Eden war nicht erfreut, zu erfahren, dass sie das Objekt einer solch albernen Wette geworden war. Aber es erklärte Sebastians Verhalten ihr gegenüber. Welch ein gemeines Spiel, dachte sie.

»Woher stammt dein Cousin eigentlich?«, fragte Eden beiläufig. »Ich kann mich nicht erinnern, dass du das erwähnt hast.«

»Er ist ein entfernter Verwandter der Familie mütterlicherseits – nehme ich an.« Micah runzelte die Stirn. »Ich muss zugeben, dass ich ein bisschen benebelt war, als Sebastian kam und sich vorstellte. Er suchte mich auf, als er vor drei Wochen in Williamsburg eintraf.«

Eden blickte ihn nachdenklich an. »Du meinst, du hast ihn erst vor drei Wochen kennen gelernt und nie zuvor gesehen?«

Micah tat die Frage mit einer wegwerfenden Geste ab. »Es ist nicht leicht, seine Verwandten gut zu kennen, wenn sie hier und da verstreut sind. Und wer hat schon bei diesem schrecklichen Krieg Zeit, mit den entfernten Zweigen der Familie Kontakt zu halten?«

Eden lächelte belustigt über Micahs lässige Art.

»Ich sehe, dass die Himbeersträucher und die Weinstöcke gedeihen, die ich aus Frankreich anliefern ließ, um deine botanischen Gärten zu verschönern«, sagte er. »Und Carlyles Kamelien machen sich ebenfalls gut.« Er blickte Eden versonnen an. »Lass mich überlegen, war Carlyle dein vierter oder fünfter Verlobter? Meine Güte, man verliert glatt die Übersicht.«

Sie amüsierte sich stets über Micah, und das war der Grund, weshalb sie zwei Monate mit ihm verlobt gewesen war, bevor sie erkannt hatte, dass sie ihn nicht heiraten konnte. Ihr Bedürfnis nach Micahs ständiger Gesellschaft war verschwunden. Es war nicht seine Schuld, dass er sie gelangweilt hatte. Als sie alles gelernt hatte, was er sie über die Leitung einer Plantage hatte lehren können, waren nur wenig Gemeinsamkeiten geblieben.

Micah blickte grinsend zur Koppel. »Ich sehe, du hast dir Sebastians preisgekrönten Hengst angelacht. Die Blutlinie wird deine Herde gewaltig verbessern.«

»Der Araber ist ein prächtiges Tier, und Sebastian war eine Quelle von Informationen über die Erfolge durch Futterzusätze bei der Aufzucht der Herden.«

»Sebastian ist anscheinend ein Fachmann auf zahlreichen Gebieten«, bemerkte Micah. »Abgesehen von Frauen, natürlich.«

»Wie meinst du das?«

»Ich meine, er hält nicht viel von den Damen des Adels. Für ihn sind die meisten von ihnen frivole gesellschaftliche Schmetterlinge. Aber das war seine Ansicht, bevor er dich kennen lernte. Ich dachte, er muss seine Ansichten ändern, und deshalb habe ich euch miteinander bekannt gemacht.«

Eden wäre glücklicher gewesen, wenn das nicht der Fall gewesen wäre. Immer wieder musste sie ungewollt an Sebastian denken. Sie ertappte sich dabei, dass sie seinen nächsten Besuch kaum erwarten konnte, obwohl es ärgerlich für sie war, sich dies einzugestehen. In den vergangenen paar Tagen war Sebastian dreimal auf die Plantage gekommen, um ihre Patienten zu besuchen. Er hatte sich ihr gegenüber sehr freundlich und respektvoll verhalten. Er war nie länger als nötig geblieben und hatte sich nie nahe genug an sie herangewagt, um erneut ihre erstaunliche Reaktion auf ihn zu erleben, und dann war er aufgebrochen, ohne anzukündigen, wann er zurückkehren würde.

»Übrigens, wo ist mein Cousin?«, fragte Micah. »Ich dachte, er wäre hier, da er gepackt hatte und weggeritten war, bevor ich vom Jahrmarkt auf die Plantage heimgekehrt war.«

»Ich weiß es nicht. Sebastian hat den Araber einfach meiner Obhut anvertraut. Er kommt mal vorbei, um nach ihm zu sehen, bleibt nicht länger als eine Stunde und reitet wieder weg.«

»Vermutlich sammelt er Wetten für zukünftige Rennen in der Gegend«, spekulierte Micah. »Sebastian behauptet, Pferde seien seine größte Leidenschaft im Leben.«

Als Micah aufstand, erhob sich auch Eden, um ihn zu seiner Kutsche zu begleiten.

»Es würde mir gefallen, wenn du am Sonntag zum Kirchenfest mit mir kämst«, sagte Micah, als er über den Plat tenweg schlenderte.

»Nun, ich …«

»Du brauchst unbedingt Zerstreuung«, diagnostizierte er. »Du lädst entschieden zu viel Verantwortung auf deine Schultern. Du musst gelegentlich mal deine Verpflichtungen vergessen und dich amüsieren, Eden. Ich werde dich rechtzeitig vor dem Gottesdienst abholen.«

Ohne darauf zu warten, ob sie die Einladung annahm oder ablehnte, drückte Micah ihr sein leeres Glas in die Hand, küsste sie flüchtig und freundschaftlich auf den Mund und stieg in seine Kutsche.

Als er fortfuhr, strich Eden mit ihren Fingerspitzen über die Lippen. Nichts. Kein Prickeln, keine Wärme, keine erregenden Empfindungen. Aus irgendeinem unerklärlichen Grund war Sebastian Saber der einzige Mann, der sie entflammen konnte.

Eden widmete sich wieder ihrem Kampf mit dem Unkraut und bemühte sich, nicht weiter über diese Tatsache nachzudenken.

»Sie verlassen uns?« Eden blickte zur Treppe hinauf, auf der James Pike stand, bekleidet mit schicker blauer Jacke, Reithose, Strümpfen und glänzenden Schuhen …

Strümpfe und Schuhe? Eden starrte auf das Holzbein, das unter dem Bein der Reithose verborgen sein musste. Benommen schaute sie zu, wie James grinsend und mit neuem Selbstvertrauen erfüllt, die Treppe herunterging.

Er richtete sich stolz vor ihr auf und verneigte sich galant. »Guten Tag, Eden.«

»Was … wieso …?«, konnte sie nur stammeln.

James tat so, als ob er einen Fussel von seinem Ärmel wegschnippen würde, und richtete seine Halsbinde. »Das neue Bein und die Kleidung sind Geschenke von Sebastian Saber. Er hat sie abgeliefert, während Sie die Getreidesäcke in der Scheune gezählt haben.« Er öffnete seine teure Jacke und entnahm ihr einen kleinen Beutel mit Münzen. »Und er hat mir auch Geld für die Reise geschenkt.«

Als Eden ihn weiterhin verblüfft anstarrte, bückte sich James, um seinen weißen Seidenstrumpf hinabzuziehen. Dann klopfte er gegen die geölte und polierte Prothese. »Ein hohles Bein und ein hohler Fuß daran. Hat eine ziemliche Ähnlichkeit mit einem Fuß, finden Sie nicht? Sebastian besitzt anscheinend viele Talente.«

Eden war sprachlos. Warum hatte Sebastian sich die Mühe gemacht, eine Prothese anzufertigen und einem Mann Kleidung zu kaufen, den er erst ein paar Wochen kannte?

»Ich habe anscheinend zwei Schutzengel, denen ich für mein neues Leben danken muss«, sagte James. »Ich werde nie zurückzahlen können, was Sie beide für mich getan haben.«

Als James ihr einen Kuss auf die Stirn gegeben und das Haus verlassen hatte, sank Eden in den Sessel in der Halle und schüttelte staunend den Kopf. James' Verhalten hatte sich in den vergangenen paar Wochen drastisch verändert. Er war als verbitterter, verzweifelter Mann eingetroffen und war mit Zuversicht und Lebensmut gegangen. Erstaunlich!

»Ist das nicht erstaunlich?« Maggie tauchte in der Halle auf und sprach Edens Gedanken aus. »Ich glaube, dieser Mann wird jetzt im Leben zurechtkommen. Und oben sind weitere junge Männer, die neuen Mut geschöpft haben.«

Als Eden sie neugierig ansah, kicherte Maggie. »Dieser Mr. Saber traf während deiner Abwesenheit mit Kisten voller künstlicher Gliedmaßen ein. Da gab es eine Armprothese für Benjamin, einen Fuß für Timothy und ein Bein für Andrew. Mr. Saber hat auch Kleidung für unsere Patienten gebracht.« Maggie schüttelte den Kopf, als könnte sie es noch immer nicht fassen. »Man hätte bei all dem Gelächter und den Freudenrufen meinen können, es sei Weihnachten. Sankt Sebastian nannte man ihn, als er Geschenke für alle verteilte.«

Versucht Sebastian den Kummer wieder gutzumachen, den er mir ursprünglich zugefügt hat?, dachte Eden. Sie erinnerte sich daran, dass er gelobt hatte, sein schändliches Verhalten zu bereuen und sich zu bessern. Das hatte er in den vergangenen beiden Wochen getan und sie mit einem Charme und einer Höflichkeit behandelt, die ihren ersten Eindruck von ihm längst Lügen gestraft hatten.

Sie würde ihm danken müssen – aus der Ferne, natürlich. Sie konnte sich nicht bis dicht in seine Nähe wagen. Er hatte sein Wort gehalten und aufgehört, sich spöttisch zu verhalten, hatte bei jedem Besuch höflich Distanz zu ihr gewahrt.

Das war es, was sie wollte … nicht wahr? In ihrem hektischen Leben gab es keinen Platz für eine engere Beziehung zu dem geheimnisvollen Sebastian Saber. Aber warum tauchte dieser gut aussehende, schwarzhaarige

Glücksjäger so regelmäßig wie ein Uhrwerk in ihren Träumen auf?

Eden wünschte sich eine logische Antwort auf diese Frage.

Sebastian lehnte sich gegen die Tür des improvisierten Schulhauses, das sich inmitten der Sklavenhütten auf der Pembrook-Plantage befand. Maggie, das Hausmädchen, hatte Sebastian beschrieben, wo er Eden finden konnte, und zu seiner Überraschung hatte er sie auf dem Holzboden sitzen sehen. Sie las den Kindern von Sklaven vor, die auf den Feldern arbeiteten.

Sebastian beobachtete Eden mit den Kindern. Sie verstand es, jedem der Kinder das Gefühl zu geben, etwas Besonderes und erwünscht zu sein. Sie wandte die gleiche Technik an, um sie aufzuheitern und ihr Selbstwertgefühl zu stärken, wie sie es bei den verwundeten Soldaten tat.

Während Eden einer Gruppe Kleinkinder eine Geschichte vorlas, lasen sich die älteren Kinder laut einander aus einem Buch vor, das die Runde machte.

Jedes Mal wenn Sebastian zufällig auf der Plantage war, gewann er mehr Einblick in das Wesen und die Persönlichkeit dieser vielseitigen Frau. Es erstaunte ihn immer wieder, wie viele Leben Eden mit ihrer Freundlichkeit und Güte beeinflusste. Offensichtlich lagen Eden die Bedürfnisse und Belange anderer am Herzen.

Während die meisten Plantagenbesitzer es missbilligten, dass Sklaven und Diener lesen und schreiben lernten, sorgte Eden dafür, dass sie Bildung erhielten. Er fragte sich, was sie motivierte, sie dazu trieb, diese Pflicht zusätzlich zu ihren vielen guten täglichen Taten auf sich zu nehmen.

Eden blickte auf und sah ihn. Sie rief eines der älteren Kinder auf, um sie abzulösen. Sie erhob sich, schritt zu Sebastian und schenkte ihm ihr typisch sonniges Lächeln.

»Sind Sie hier, um Ihren Araber abzuholen?«, fragte sie, als sie vor ihm nach draußen trat.

»Nein, ich habe die verwundeten Soldaten besucht und wollte vorbeischauen, um Sie zu sehen, bevor ich wegreite.«

Eden schlenderte unter dem Blätterdach der Bäume, die den Hütten Schatten spendeten, und Sebastian fiel neben ihr in Schritt. »Ich hatte noch keine Gelegenheit, Ihnen für die Geschenke zu danken, die Sie James Pike brachten, bevor er uns gestern verließ«, sagte sie. »Es war sehr freundlich von Ihnen, an ihn und die anderen Männer zu denken. Und wo um alles in der Welt haben Sie diese einzigartigen Prothesen für die Amputierten gefunden?«

Sebastian zuckte gleichmütig mit den Schultern. »Ich habe sie angefertigt.«

Eden blinzelte benommen. »Sie? Meine Güte, Sie sind ein Mann mit vielen verborgenen Talenten!«

»Da Ihre Hochherzigkeit auf mich abgefärbt hat, wollte ich mein Möglichstes für die Männer in Ihrer Obhut tun.«

Eden lächelte ihn mit verhangenem Blick an. »In diesem Fall sollte ich Ihnen wohl diese alberne Wette verzeihen, die sie mit Micah am Tag des Jahrmarkts geschlossen haben.«

Sebastian hätte es vorgezogen, wenn Micah diese verdammte Wette für sich behalten hätte. »Es war eine dumme Sache«, gab er zu. »Micah war betrunken, als er mich zu der Wette überredete, bei der es darum ging, dass ich Sie beeindrucken sollte. Das war *seine* Entschuldigung. *Ich* hingegen war nüchtern, also kann ich nur die arrogante Seite meiner Natur dafür verantwortlich machen, dass ich mich darauf einließ. Ich hoffe, Sie verstehen, wie sehr ich mein Verhalten an diesem Tag bedauere.«

»Wir hatten keinen guten Start, nicht wahr, Sebastian?«

Sebastian pflichtete ihr bei, und er konnte der Versuchung nicht widerstehen, leicht über ihre Wange bis zum Kinn zu streicheln. Seit fast zwei Wochen hatte er nicht mehr gewagt, sie zu berühren, nicht einmal mehr, sie zu duzen.

Zu Sebastians Überraschung wich Eden nicht zurück,

als er sie berührte. Sie blickte mit den glänzenden blauen Augen zu ihm auf, und er glaubte, sich darin zu verlieren. Er erkannte nicht zum ersten Mal, dass er eine Leere verspürte, wenn er Eden höflichen Respekt zollte und nichts sonst. Den Gentleman zu spielen, den sie von ihm erwartete, war eine Pein für seinen Körper.

»Ich möchte Sie … dich küssen«, hörte er sich plötzlich mit belegter Stimme sagen, »aber ich möchte nicht diesen Waffenstillstand zwischen uns verderben.«

Eden sah die Spur von Verlangen in seinen Augen, fühlte sich zu ihm hingezogen wie stets, wenn sie in seiner Nähe war. »Ich finde, ein Kuss in Ehren würde unseren Waffenstillstand nicht verderben«, erwiderte sie unsicher.

Sebastian trat näher an sie heran und legte zögernd einen Arm um ihre Taille. In diesem Augenblick wurde ihm klar, dass er niemals so behutsam bei einer Frau gewesen war. In den vergangenen elf Jahren war es ihm immer gleichgültig gewesen, ob er einen guten Eindruck bei den Frauen gemacht hatte, die gekommen und gegangen waren. Aber bei Eden war das anders, und er begann zu verstehen, warum ihre vorherigen Verehrer sie immer noch in den höchsten Tönen priesen. Es schien ein Sakrileg zu sein, etwas Nachteiliges über sie zu sagen, denn es war anscheinend undenkbar, ihre Enttäuschung zu ertragen.

Als Sebastian einfach nur dastand, auf ihre Lippen starrte und sie *nicht* küsste, blickte Eden ihn neugierig an. Schon zweimal hatte er sie in die Arme genommen und geküsst, bis sie atemlos gewesen war. Und jetzt zögerte er.

»Vielleicht solltest du den Anfang machen«, sagte er leise. »Ich will nicht meine Grenzen überschreiten und dort enden, wo es angefangen hat – als du mich gehasst hast.«

Eden lachte leicht. »Ich war verärgert, als ich das gesagt habe.«

»Und du hattest jedes Recht dazu«, sagte er, die sinnlichen Lippen dicht an ihren.

Eden spürte ein inzwischen vertrautes Prickeln des Verlangens in sich, zusammen mit dem warmen Gefühl der

Genugtuung, weil er sie entscheiden ließ, wie und wann sie geküsst werden wollte.

Sie stellte sich auf die Zehenspitzen, drückte ihre Lippen auf seinen Mund und spürte, wie leidenschaftliches Verlangen in ihr aufstieg. Sie wollte in Sebastian so starke Gefühle auslösen wie er bei ihr seit dem Tag der ersten Begegnung.

Und dann zählte plötzlich nichts mehr für sie, wollte ihn nur spüren, festhalten, diese faszinierenden Empfindungen genießen, die sie bei seinen Küssen erlebte – und er erwiderte den Kuss.

Als Sebastian sie fest in die Arme nahm, spürte Eden den harten Beweis seines Verlangens. Unwillkürlich vertiefte sie den Kuss, sehnte sich danach, mit ihm ganz eins zu werden, die Erfüllung zu finden, obwohl ihr Verstand sagte, dass sie ihr versagt bleiben musste. Und so gab sie sich den Gefühlen hin, die Sebastian so leicht in ihr auslöste, und sehnte sich danach, dass ihre geheimen Träume wahr werden würden.

In diesem Augenblick ergab sich Eden der Versuchung und verbotenen Begierde und schwelgte in den Gefühlen, die sie noch nie bei einem anderen Mann empfunden hatte.

Als Eden ihn ohne eine Spur von Hemmungen küsste, wurde das Verlangen in ihm übermächtig.

Und dann meldete sich die Vernunft und erinnerte Sebastian daran, wo er war.

Behutsam löste Sebastian sich von ihr. »Mein Gott, Frau«, krächzte er. »Du bist die Hölle für einen Mann mit guten Absichten.«

Eden blickte zu ihm auf und war sonderbar enttäuscht, weil er sich zurückgezogen hatte. Sie wusste, dass sie mit dem Feuer spielte, doch es wurde zunehmend schwerer für sie, nicht in die verzehrenden Flammen zu geraten.

Wie unter dem Bann dieser für sie unerklärlich starken Gefühle hob sie die Hand, um zärtlich die Wölbung seiner Lippen nachzuzeichnen. Sie wollte Sebastian einladen, zum Abendessen zu bleiben, mehr Zeit mit ihr zu verbringen, doch sie wagte es nicht. Sie hatte ihren Lebensweg gewählt, und ihr Interesse an diesem Glücksjäger würde die Dinge nur komplizieren.

»Ich muss gehen«, murmelte Sebastian und schloss die Hand um ihre zärtlich tastenden Fingerspitzen. »Weitere fünf Minuten mit dir allein, und ich könnte mir Freiheiten herausnehmen, die dazu führen würden, dass du mich wieder hasst.«

»Ich bezweifle, dass ich dich jemals wieder hassen könnte«, sagte sie ehrlich. »Du hast dich als zärtlicher, liebevoller Mann erwiesen.« Sie lächelte ihn schelmisch an. »Und ich muss gestehen, dass ich mich in der Nacht, als ich behauptet habe, ich würde eher dein Pferd küssen als dich, absichtlich gemein und gehässig verhalten habe.«

»Ich bin froh, dass du es so siehst.« Lachend wandte sich Sebastian um und ging davon.

Die Versuchung, ihn zurückzurufen, war groß, doch Eden zwang sich, es nicht zu tun. Sie wusste, dass die Kinder auf ihre Rückkehr warteten. Wenn sie länger wegbliebe, würde eines der Kleinkinder nach ihr suchen. Es musste nicht sein, dass die Kinder sie in Sebastians Armen fanden und sahen, wie sie sich leidenschaftlich küssten.

Nachdem Sebastian zum Stall gegangen war, um sein Pferd zu holen, und Eden zu den Kindern zurückgegangen war, um weiter vorzulesen, trat Elizabeth hinter einem der Bäume hervor. Sie hatte das Paar zufällig entdeckt und war Zeugin des Kusses geworden, und sie hatte ihre Vermutung bestätigt gefunden. Eden entwickelte ein romantisches Interesse an Sebastian – ein Interesse, das anscheinend heftig erwidert wurde.

Endlich war der richtige Mann für Eden gekommen. Und diesmal, das schwor sich Elizabeth, würde Edens Verantwortungsgefühl für ihre jüngere Schwester nicht im Weg sein. Diesmal würde Eden Gelegenheit haben, diese sich entwickelnde Romanze zu genießen. Dafür würde sie, Elizabeth, sorgen!

»Ich halte das für keine gute Idee«, protestierte Maggie zum dritten Mal. Sie beobachtete, wie sich Eden in Männerkleidung zwängte und ihr kastanienbraunes Haar unter einen Dreispitz steckte. »Du solltest einen der Männer losschicken, um deine dumme Schwester zu suchen. Es ist längst dunkel, und *du* könntest in ernsthafte Schwierigkeiten geraten, wenn das bei *ihr* nicht schon passiert ist!«

»Ich werde prima zurechtkommen, Maggie«, behauptete Eden und ließ sich auf ihr Bett sinken, um ihre Reitstiefel anzuziehen. Sie ärgerte sich, weil sie so lange gewartet hatte, um herauszufinden, was es mit Elizabeths langer Abwesenheit auf sich hatte, doch dann sagte sie sich, dass es Bet seit einiger Zeit zur Gewohnheit geworden war, lange von der Plantage fortzubleiben. Eden hatte sich schon so sehr daran gewöhnt, dass sie über Elizabeth' Abwesenheit erst alarmiert gewesen war, als sich die Dunkelheit über das Land gesenkt hatte.

»Außerdem ist es meine Schuld«, sagte Eden. »Ich war zu beschäftigt, um zu merken, wie lange sie schon fort ist.«

»Da haben wir's wieder, Sie nehmen die Schuld für die Fehler anderer auf sich«, sagte Maggie. »Wenn Ihre Schwester in Schwierigkeiten geraten ist, dann ist das ihre Schuld, nur ihre. Sie sind nicht verantwortlich für alles, was dieses dumme Mädchen falsch macht.«

»So, bin ich das nicht?« Eden blickte das Hausmädchen an. »Ich habe die Verpflichtung, jeden auf der Plantage zu schützen und zu versorgen, einschließlich meiner Schwester. Papa ist nicht da, um ein junges Mädchen zu betreuen, das erwachsen wird.« Eden runzelte nachdenklich die Stirn. »Ich frage mich, ob ihr Verschwinden etwas mit Peter Dalton zu tun hat. Seit einem Monat redet sie nur noch von ihm.«

»Guter Gott!«, stieß Maggie hervor. »Sie meinen doch nicht, dass sie sich mit diesem Mann herumtreibt, ohne verlobt zu sein, oder? Sie wird ihren Ruf ruinieren!«

Resolut ging Eden zur Treppe.

»Wenn Sie Bet finden, werde *ich* zur Abwechslung einmal ihre Strafe zumessen«, sagte Maggie, als sie Eden hinabfolgte. »Ich werde ihr gründlich den Hintern versohlen und nicht zulassen, dass Sie ihre Hand tätscheln wie gewöhnlich und die Schuld auf sich nehmen. Ihre Schwester braucht eine strenge Lektion.«

Eden eilte weiter. Die Bestrafung war ihre letzte Sorge. Es war wichtiger, Bet zu finden, bevor ihr etwas zustieß. Wo könnte sie sein?

Ein Bruchstück der Erinnerung kam Eden in den Sinn. Sie entsann sich an die Nacht, in der sie zu Fuß vom Jahrmarkt heimgegangen war und das Wiehern von Pferden und Stimmen von Männern gehört hatte, die sich neben dem Sumpfland versammelt hatten. Eden war überzeugt, dass es sich um eine Räuberhorde gehandelt hatte – oder zumindest um einen Trupp Kundschafter der Tories, der für den britischen Geheimdienst Informationen gesammelt hatte.

Eden wusste, dass sowohl die Patrioten wie die Tories ein Netzwerk von Spionen hatten, die in dieses Gebiet einsickerten, denn es war möglich, dass es ein Schlachtfeld werden würde. In diesen Tagen, in denen geheime Operationen von beiden Armeen durchgeführt wurden, war es schwierig, zu sagen, wer Freund oder Feind war.

Und in den harten Zeiten und der Wirtschaftskrise wurden verzweifelte Leute zu Räubern oder verkauften Informationen, um sich über Wasser zu halten.

Es konnte sein, dass Bet von Räubern überfallen worden war, als sie mit der Kutsche ausgefahren war. Sie konnte britischen Guerillabanden in die Hände gefallen sein …

Eden schluckte, als sie daran denken musste. Sie schwang sich in den Sattel und ermahnte sich selbst, nicht das Schlimmste anzunehmen. Es gab vielleicht eine logische Erklärung für Bets Fortbleiben. Eden wollte Bets üblicher Runde folgen, bei der sie Freundinnen und Bekannte besuchte. Bet war vielleicht irgendwo in der Umgebung unterwegs, ohne daran zu denken, dass sich ihre Schwester ihretwegen Sorgen machte.

Eden trieb ihren kastanienbraunen Wallach mit den Hacken an und trabte die Straße hinab. Bet war vielleicht zum Abendessen auf Daphne Cunninghams Plantage geblieben. Das würde Edens erste Station bei der Suche sein.

Als Blitze in der Ferne aufzuckten, blickte Eden zum Himmel. Ferner Donner grollte in der Dunkelheit. Genügend Zeit, bis das Gewitter heran ist, sagte sich Eden. Sie und Bet würden behaglich daheim sein, bevor der erste Regentropfen fiel.

Trotz ihres Optimismus lief ihr ein kalter Schauer über den Rücken, als der Wind heulte. Sie hatte die Dunkelheit noch nie gemocht, aber jetzt fühlte sie sich irgendwie darin gefangen.

Eden atmete tief durch und sammelte ihren Mut. Nach siebzehn Jahren hatte sie gedacht, die quälenden Erinnerungen wären verschwunden. Stattdessen bestimmten sie unterschwellig ihr Leben. Niemand hatte geahnt, in welchem Maße, bis Sebastian Saber aufgetaucht war und hinter die Fassade ihres sonnigen Lächelns geblickt hatte.

»Sei nicht albern«, schalt sich Eden und trieb den Wallach zum Galopp. Niemand außer ihr wusste, was vor all diesen Jahren geschehen war – weder ihr Vater noch Maggie und schon gar nicht Elizabeth. Niemand würde jemals ihr schreckliches Geheimnis erfahren. Sebastian war einfach eine Forschernatur. In seinem Zynismus ging er den Dingen tiefer auf den Grund als die meisten Leute.

Entschlossen, sich auf die Suche nach Elizabeth zu konzentrieren, verbannte Eden die Gedanken an Sebastian und ihre Vergangenheit. Dies war keine gute Nacht, um unterwegs zu sein, und je früher sie mit ihrer Schwester heimkehren konnte, desto besser!

Als Eden in Cunningham Keep eintraf, wurde sie von Blitzen und Donnergrollen begleitet.

»Miss Eden?« Der Diener wich unwillkürlich einen Schritt zurück, bevor Eden den Hut abnahm und ihn mit ihrem typisch herzlichen Lächeln begrüßte.

»Guten Abend, Raymond. Eine schöne Nacht für einen Ausritt, meinen Sie nicht? So belebend.« Sie warf einen Blick in die schwach beleuchtete Halle. »Ist Daphne da? Ich muss mit ihr sprechen.«

»Ja, aber sie ...«

Eden huschte an Raymond vorbei ins Haus, als sie Daphnes Lachen aus dem Wohnzimmer hörte. Sie eilte durch die Halle, stürmte durch die Tür des Wohnzimmers und blieb abrupt stehen. Das Wohnzimmer war in ein Spielzimmer umgewandelt worden. Zwei Klapptische waren zusammengestellt worden und von Gästen besetzt, die Karten spielten. Eden nickte höflich den beiden Männern und ihren jungen Begleiterinnen zu. Von Elizabeth war nichts zu sehen.

Daphne stürzte auf Eden zu. »Was treibst du hier und in dieser Aufmachung?«, flüsterte Daphne und drängte Eden in die Halle zurück.

Eden hatte keine Zeit, um unverschämte Fragen zu beantworten. »Hast du Elizabeth gesehen?«

»Sie kam heute Morgen vorbei«, sagte Daphne. »Sie wollte, dass ich sie bei der Auswahl eines neuen Kleides in Williamsburg berate. Etwas für eine Feier, die sie heute Abend besuchen wollte. Wir fuhren zu Potziks Modewarengeschäft, um ein Kleid auszusuchen. Ich habe sie eingeladen, uns heute Abend Gesellschaft zu leisten, aber sie sagte, sie hätte schon fest für die Feier zugesagt.«

Feier? Welche Feier? Bet hatte schon mit all den Ausflügen über Land ihr Unabhängigkeitsstreben gezeigt. Obwohl Eden Bet zu selbstständigem Denken und Handeln ermunterte, hatte sie ihre jüngere Schwester offenbar nicht davon überzeugt, dass Verantwortungsbewusstsein dazugehörte. Bet hätte zweifellos zu Hause sagen müssen, wo sie sein würde und was sie vorhatte.

Verdammt, wo war Bet? Maggie würde dem Mädchen wie angekündigt den Hintern versohlen, wenn Eden es heimbrachte.

Daphne strich sich eine Locke ihres roten Haars aus der

Stirn und verzog abfällig ihr Puppengesicht, als sie Edens Männerkleidung betrachtete. »Du weißt, ich halte nicht viel von Konventionen und Mode. Mir ist ebenfalls klar, dass du deinen Ruf in der Öffentlichkeit als alte Jungfer pflegen willst, damit du schlampig herumlaufen kannst, wann und wie es dir beliebt. Aber ehrlich, Eden, hältst du dies nicht ein bisschen für übertrieben? Eine Heilige in Hosen?«

Eden hatte sich nie darüber geärgert, als Engel oder Heilige bezeichnet zu werden – bis Sebastian Saber deshalb gespottet hatte. Seit kurzem zuckte sie jedoch zusammen, wenn jemand solche Bemerkungen machte. »Ich bin keine Heilige, Daphne.«

»Natürlich nicht«, erwiderte Daphne mit einem gönnerhaften Lächeln.

Eden wandte sich zur Tür. Donner grollte. Er passte zu Edens Laune. Sie hatte ihre heitere Stimmung verloren.

Eden galoppierte davon und ging im Geiste die verschiedenen Einladungen durch, die sie und Bet beim Besuch des Jahrmarkts erhalten hatten. Die Muldorphs gaben eine Feier für Verwandte aus … egal, von wo auch immer. Sie hatten die Pembrooks eingeladen. Die Gannons gaben eine Dinnerparty, um die Verlobung ihrer Tochter Amelia bekannt zu geben.

Dorthin musste Bet gefahren sein. Peter Dalton war Gannons Neffe. Bet wollte zweifellos an der Feier teilnehmen, damit Peter ihr schöne Augen machen konnte. Das arme Mädchen war in ihn verliebt, und alles in ihrem Leben drehte sich im Augenblick um ihn. Bet erwähnte den Mann ihrer Träume alle paar Minuten.

Mann ihrer Träume. Eden seufzte. Die Gedanken an den Mann *ihrer* Träume verfolgten sie ständig. Ihre sofortige Reaktion auf Sebastians Berührungen hatte sie schockiert. Seine Fähigkeit, sie zu ärgern und zu reizen, war beunruhigend.

Und dann änderte sich seine Persönlichkeit vor ihren Augen. Vom beißenden Sarkastiker wurde er zu einem respektvollen, sanften Mann, statt Spott und Zynismus zeigte er Liebenswürdigkeit und unglaubliche Großzügigkeit gegenüber den Verwundeten in ihrer Obhut. Sebastian ist ein Chamäleon, sagte sie sich. Sie hatte ihn im vergangenen Monat in so vielen verschiedenen Stimmungen erlebt, dass sie sich nicht sicher war, welche davon zu dem wahren Sebastian passte. Er war ein Rätsel, das sie ständig beschäftigte.

»Verschwinde aus meinen Gedanken«, murmelte Eden, als sie zur Gannon Plantage galoppierte.

Eine Stunde später ritt Eden in die entgegengesetzte Richtung und fluchte in sich hinein. Bet und Peter nahmen nicht an der Verlobungsfeier der Gannons teil, und Eden wäre am liebsten im Boden versunken, als sie in ihrer deplatzierten Aufmachung in die Feier geplatzt war. Aber sie hatte diesen dringenden Ritt schließlich nicht im Kleid mit den zahlreichen Unterröcken unternehmen können, oder?

Eden stieß ihrem Pferd die Hacken in die Flanken und gab ihm die Zügel frei, bedacht darauf, die Spur zu verfolgen, auf die sie von den Gannons hingewiesen worden war. Sie preschte um eine Biegung der Straße, die von Zypressen und Zedern gesäumt war – und sah sich drei Reitern gegenüber, die auf sie zu trabten.

»Halt an, Junge!«, blaffte eine schroffe Stimme im Befehlston.

Eden parierte den Wallach. Drei maskierte Reiter blockierten ihren Weg. Ungläubig sah Eden, dass sich die Kerle näher drängten, um sie zu durchsuchen!

»Lassen Sie mich los!«, protestierte Eden, als sie von drei Seiten gleichzeitig gepackt wurde.

»Hey, das Bürschchen ist nicht groß genug. Er kann nicht …«

»Wir durchsuchen ihn trotzdem«, sagte der stämmige Mann, der offenbar der Anführer war, und wühlte in den Taschen von Edens Überzieher.

Eden schrie auf, als eine harte Faust gegen die Unterseite einer ihrer Brüste stieß. Sie taumelte zurück, doch der Anführer packte sie hinten an der Jacke und riss sie herab auf seinen Schoß.

»Eine Frau!«, stieß Gerard Lockwood hervor und brach in Gelächter aus. Er riss ihr den Dreispitz vom Kopf, und eine Fülle von Locken fiel auf ihre Schultern hinab. »Die Pembrook …«, entfuhr es ihm entgeistert.

»Lassen Sie mich reiten«, verlangte Eden. »Ich habe nichts getan, um so respektlos behandelt zu werden. Wenn Sie mir jetzt freundlich wieder auf mein Pferd helfen wollen …«

»Die Lady hat gewiss nichts bei sich, was wir brauchen«, sagte einer der Männer, als Eden sich unter Lockwoods abtastenden Händen wand.

»Vielleicht nicht, aber ich durchsuche sie am besten gründlicher«, sagte er mit einem lüsternen Lachen.

Eden erschauerte, als der maskierte Mann die Hand unter den Saum ihres Hemds schob. Bei der Erkenntnis, dass er sie belästigen wollte – während seine Kumpane zuschauten –, versteifte sie sich alarmiert. Es blieb keine Zeit für zivilisierte Erklärungen und Überredungskünste. Sie würde kämpfen müssen, um sich zu retten!

Sie packte blitzschnell die Maske, die das Gesicht des Mannes bedeckte. Als Lockwood wütend aufbrüllte, rammte Eden ihm den Ellenbogen in den Unterleib und bäumte sich auf, um sich aus seiner Umklammerung zu befreien. Doch Lockwood hielt sie eisern in schmerzvollem Griff fest, und Eden geriet in Panik, als ihr klar wurde, dass sie nichts mehr tun konnte, um den Kerlen zu entkommen.

5

»Hey, Mann! So behandelt man keine Lady!«

Die dröhnende Stimme veranlasste Lockwood, herumzufahren. Er ließ Eden los und griff nach seiner Steinschlosspistole.

»Das würde ich an deiner Stelle sein lassen!«, grollte der Mann, der sich zu Pferde näherte.

Eden drehte sich und sah den Umriss eines hünenhaften Maskierten mit einem schwarzen Cape.

Lockwood steckte murrend seine Pistole weg. »Ich erinnere daran, dass ich hier das Kommando habe und meine Befehle lauten, verdächtige Reisende zu stoppen, die vielleicht Botschaften der Rebellen bei sich haben.«

Eden stockte der Atem. Wenn Banden von Tories durch dieses Gebiet streiften, dann stand der Krieg unmittelbar bevor. O Gott, was konnte dann mit der armen Bet geschehen sein!

Der hünenhafte Mann zeigte sich unerschrocken. Er zügelte sein Pferd, neigte sich herab, packte Eden und hob sie zu sich aufs Pferd. »Ich habe eine Schwester, die ungefähr so groß ist wie diese kleine Lady. Ich lasse nicht zu, dass Kerle sie grob anfassen, ganz gleich mit welcher Seite ich im Krieg sympathisiere. Frauen sind keine Kriegsbeute.« Er fixierte Lockwood. »Das solltest du dir merken.«

Eden fragte sich, ob ihr Retter eine Verbindung zu diesen räuberischen Tories hatte. Er schien sie zu kennen, und er trug ebenfalls eine Maske. Sie wusste noch nicht, ob es ihr bei diesem gigantischen Mann besser erging; seine Bemerkungen konnten auch eine List sein, um sie fortzuschleppen und selbst über sie herzufallen.

Als das Trio fortritt, setzte Tully Randolph Eden bequemer auf seinen Schoß. »Lady, Sie brauchen jemanden, der auf Sie aufpasst«, schalt er. »Sie haben die schlechte Angewohnheit, sich in mögliche Gefahren zu begeben und des Nachts herumzustreunen, wenn Sie sicherer daheim am Herd wären.«

»Ich gebe zu, dass ich unvorsichtig war, aber Bürger sollten nicht mit Räubern und Dieben diskutieren müssen«, sagte sie und stopfte ihr Hemd in die Hose. »Ich stehe in Ihrer Schuld, weil Sie den Mann, der mich gefangen genommen hatte, auf sein Fehlverhalten hingewiesen haben. Ich bin überzeugt, er wird es bereuen, wenn er Gelegenheit hat, darüber nachzudenken.«

Tully lachte tief und dröhnend. »Lady, dieser Schurke wusste genau, was er tat. Der ist nicht von der bußfertigen Art, und Sie hatten Glück, dass ich zufällig vorbeikam.« Er hob Eden auf ihr eigenes Pferd. »Reiten Sie heim, und beeilen Sie sich. Es ist heutzutage gefährlich, nachts durch die Gegend zu reiten.«

Eden blieb keine Zeit, um dem Mann richtig zu danken, denn er preschte in die gleiche Richtung, in die das Trio der Tories geritten war. Eden dachte über seinen Rat nach, verwarf ihn und ritt los, um ihre Schwester zu suchen.

Ein Donnerschlag hallte, und Eden erschrak fast zu Tode. Gott versuchte ihr anscheinend etwas mitzuteilen. Unglücklicherweise war der Wallach schreckhaft, und sie hatte keine Zeit, um auf Gottes Worte zu lauschen. Der Wallach ging durch, und Eden musste sich festhalten, um nicht abgeworfen zu werden.

»Halt!« Eden versuchte mit aller Kraft das Pferd zu parieren; es ließ sich nicht zügeln. Der Wind peitschte ihr den Hut vom Kopf. Eden klammerte sich an der Mähne des galoppierenden Wallachs fest – und betete.

Inmitten von Blitz und Donner hörte Eden hämmernden Hufschlag in der Nähe. Lieber Gott, was nun? Noch ein Überfall?

Sie blickte sich um und sah einen Reiter auf sich zujagen. Sein dunkler Umhang wirkte, gebläht vom Wind, wie ausgebreitete Flügel einer Fledermaus.

Regen prasselte auf das Blätterdach der Bäume, das über die Straße ragte, und Blitze zuckten durch die Nacht. Eden war überzeugt, vom Blitz getroffen worden zu sein, denn im gleichen Augenblick wurde sie von ihrem Pferd gerissen und gegen einen Männerkörper gepresst.

Diese Gewitternacht ist eine einzige Katastrophe, dachte sie noch.

»Verflucht noch mal, Frau! Wann wirst du endlich begreifen, dass du nicht unverwundbar bist!«, grollte Sebastian auf die durchnässte Frau hinab, die er vom durchgegangenen Pferd gerissen hatte.

Seit einer halben Stunde war Sebastian zwischen den Zypressen am Wegesrand versteckt gewesen. Er hatte den Kontakt mit Gerard Lockwood hergestellt, bevor der unbekannte Reiter über die Straße geprescht war, begleitet von Blitz und Donner. Sebastian und Tully waren in Deckung gegangen, bevor diese hirnlose Frau Amok gelaufen war. Eden war zweifellos auf einem heiligen Kreuzzug – ungeachtet von persönlicher Gefahr.

Sebastian konnte es nicht riskieren, dass Eden seine Verbindung zu der Patrouille der Tories herausfand. Und er durfte sie nicht in Lockwoods Händen lassen – eine Situation, die Eden nicht mit ihrem Lächeln meistern konnte. So hatte Sebastian das Nächstbeste getan. Er hatte Tully zu ihrer Rettung geschickt. Und alles wäre prima verlaufen, wenn Eden heimgeritten wäre, anstatt mit diesem scheuen Tier loszurasen.

Eden hielt sich an ihre Devise, keine Furcht zu zeigen, obwohl ihr Herz wie verrückt klopfte. »Guten Abend, Sebastian. Was machst du hier?«, fragte sie so ruhig sie konnte.

»Ich beschütze den idiotischen Engel«, erwiderte er gereizt, während er ihrem Pferd nachjagte. »Und was treibst du hier? Kämpfst du gegen die Dämonen der Nacht, um Virginia sicherer zu machen?«

»Wenn du höhnisch sein willst, dann setz mich auf mein Pferd zurück«, verlangte sie.

Regen prasselte auf Eden und nässte ihr Haar. Fluchend packte Sebastian die Zügel ihre Pferdes, hüllte Eden mit seinem Umhang ein und hielt sie schützend fest. »Ich sollte dich erdrosseln, weil du hier allein durch die Nacht geritten bist. Nun sag mir, was, zum Teufel, du hier treibst!«

»Ich kriege keine Luft«, japste sie und wand sich, um den Kopf aus dem Umhang frei zu bekommen, weil sie zu ersticken glaubte; Enge machte sie stets nervös. Sie schlug Sebastians Umhang zurück und sog begierig die frische Luft ein.

Während Regen auf sie niederströmte und der Wind heulte, lenkte Sebastian sein Pferd zum Licht eines Gasthauses am Straßenrand. Zunächst einmal musste er diesen Dummkopf von Engel trocken bekommen. Dann würde er eine sichere Distanz zwischen sie und sich bringen. Sie auf dem Schoß zu halten war die Art Versuchung, die ihn in Schwierigkeiten bringen konnte.

Sebastian ritt in den Stall, um die beiden Pferde unterzustellen. Bevor Eden den Kopf wieder aus dem Umhang recken konnte, nahm Sebastian seinen Hut ab und stülpte ihn auf ihren Kopf, damit der Stallbursche, der auf sie zukam, nicht erkennen konnte, dass sie eine Frau war.

»Eine üble Nacht zum Reisen, was, Freund?«, bemerkte der Stallbursche, als er die Zügel beider Pferde ergriff.

»Eine üble Nacht für alles«, murmelte Sebastian. Er vergewisserte sich, dass Edens Haare unter dem Hut verborgen waren, und schlug den Umhang etwas zurück, um ihr Luft zum Atmen zu verschaffen. »Kümmere dich darum, dass unsere Pferde gut gestriegelt und gefüttert werden.« Er warf dem Stallburschen eine Münze zu, die er geschickt auffing. »Der Junge und ich werden übernachten.«

»Ich bin kein …«

Sebastian hielt Eden den Mund zu. Er zog den Umhang fester um sie, hob sie vom Pferd und saß ab. Als er mit ihr am Arm zum Gasthaus schritt, blieb Eden abrupt stehen und brachte ihn fast aus dem Gleichgewicht.

»Das ist ihr Buggy!«

»Wessen Buggy?«

»Elizabeth'.«

»Sie war jedenfalls so vernünftig, für die Nacht anzuhalten, als ein Gewitter drohte«, blaffte Sebastian. »Ein Jammer, dass Elizabeth' enge Verwandtschaft nicht mit der gleichen Vernunft gesegnet ist.«

Sebastian zerrte Eden mit sich und betrat das Gasthaus. »Ich brauche zwei Zimmer für die Nacht«, sagte er zu dem Wirt.

»Habe keine zwei Zimmer.« Der Gasthausbesitzer wies zum Schankraum, wo Reisende – allesamt Männer – auf Lagern auf dem Boden lagen. »Ich habe auf dem Gang etwas Platz und oben noch das große Zimmer frei. Aber das ist teuer.«

»Ich zahle den Preis«, sagte Sebastian ohne zu zögern. »Schicken Sie Wasser für ein Bad rauf.« Er legte ein paar Geldmünzen auf das Empfangspult.

Während Sebastian wartete und der lethargische Wirt den Zimmerschlüssel holte, warf Eden einen Blick ins Anmeldebuch. Ihr nasses Gesicht spiegelte Schock wider, als sie den Namen Peter Dalton darin fand. Guter Gott, bedeutete das, was sie befürchtete?

»Komm schon, Junge!«, sagte Sebastian und packte sie am Arm.

»Ich bin kein …«

»Halt den Mund!«, flüsterte er und zerrte sie zur Treppe.

Eden schwieg, bis Sebastian sie in das Zimmer drängte. »Sebastian, meine Schwester ist hier mit …« Sie konnte nicht mehr weitersprechen, als sie an die schockierenden Möglichkeiten dachte, was Bet treiben konnte. »Mein Gott!«

Sebastian streifte ihr den nassen Umhang ab und hängte ihn auf den Haken neben der Tür. »Was ist los mit dir?«

Bevor Eden sich äußern konnte, klopfte ein junger Bursche kurz an und eilte dann herein, um die Badewanne zu füllen. Zwei weitere junge Männer mit vollen Wassereimern kamen herein. Sebastian stellte sich zwischen die Jungen und Eden und versuchte, ihre Identität zu verbergen. Sie war anscheinend nicht im Geringsten besorgt, ihren Ruf zu ruinieren. Sie hatte nicht protestiert, wie Sebastian erwartet hatte, als er das einzige freie Zimmer gemietet hatte – ein großer, gut eingerichteter Raum mit Bad, der für gewöhnlich von prominenten Reisenden belegt wurde.

Das Gasthaus stand am King's Highway, der sich von Savannah bis Charles Town erstreckte, durch Williamsburg und bis nach Boston führte. Sebastian wusste das genau, weil er in den vergangenen fünf Jahren unzählige Male diese Straße hinauf- und hinuntergeritten war. Der Weg war jedoch nie zu so einer Falle geworden wie jetzt. Eine Nacht mit Eden konnte der Himmel auf Erden sein – oder ein langsames Verbrennen in der Hölle …

Er spürte ein Zupfen an seinem Rockschoß und wandte sich um. Edens saphirblaue Augen blickten besorgt zu ihm auf; das typische Lächeln war verschwunden.

Sebastian trat einen Schritt zurück. Er wagte es nicht, dieser Frau zu nahe zu sein. Sie war entschieden zu gut für ihn. Das hatte er erkannt, als er in ihrem Haus die verwundeten Soldaten der Patrioten in ihrer Obhut gesehen hatte. Er bemühte sich, höflich und respektvoll zu ihr zu sein, aber es war nicht leicht, weil sein männlicher Körper jedes Mal reagierte, wenn sie sich berührten.

»Sebastian, ich muss meine Schwester finden«, flüsterte sie drängend. »Jeder Moment, den ich verliere, kann zur Katastrophe führen.«

Als das Gasthauspersonal das Zimmer verlassen hatte, eilte Eden zur Tür und rückte auf dem Weg den Hut zurecht.

Innerlich fluchend folgte Sebastian der entschlossenen Heiligen auf ihrem Kreuzzug. »Verdammt, Eden, deine Schwester ist in Sicherheit und schläft vermutlich bereits und …«

Er verstummte, als Eden am Ende des Flurs die Tür aufriss, ohne zuvor anzuklopfen.

»Elizabeth Annabelle Pembrook, hast du den Verstand verloren?«, rief Eden.

Sebastian schloss die Zimmertür, bevor der trompetende Engel die Toten aufweckte – und alle Gäste im Haus. Er unterdrückte ein Lächeln, als er Peter Dalton und Elizabeth Arm in Arm auf der Bettkante sitzen sah.

»Wie konntest du das tun?«, schimpfte Eden entsetzt.

Sebastian lehnte sich an die Wand und beobachtete amüsiert, wie Peter aufstand und Bet neben sich hochzog. Er war neugierig darauf, ob Eden die Schuld für diese interessante Entwicklung so schnell auf sich nahm wie alles sonst.

»Was habe ich falsch gemacht?«, flüsterte Eden.

Klar, Eden war bereit, alle Verantwortung zu übernehmen.

»Wie haben Sie uns gefunden?« Peters Gesicht war vor Verlegenheit gerötet, als er Bet beschützend an sich drückte. Sein Blick schweifte an Eden vorbei zu Sebastian, der kaum ein Lachen zurückhalten konnte.

»Egal, wie ich euch gefunden habe«, sagte Eden. »Wie werden wir mit dem ruinierten Ruf fertig?«

Elizabeth, deren Gesicht ebenso Verlegenheit spiegelte wie das ihres Galans, straffte die Schultern und sah ihrer Schwester in die Augen. Sie holte tief Luft und sagte: »Es war deinetwegen, weißt du.«

Die Dinge waren noch schlimmer, als Sebastian gedacht hatte. Nicht nur, dass Eden die Verantwortung übernahm, Elizabeth gab ihr auch noch die Schuld!

»Es stimmt«, bekräftigte Bet. »Ich brauchte lange, um zu erkennen, dass ich eine Pflicht für dich bin. Du hast ein halbes Dutzend Heiratsanträge abgelehnt, nur weil du dich verpflichtet gefühlt hast, mich in Papas Abwesenheit aufzuziehen. Du hast zum allerletzten Mal dein eigenes Glück für mich geopfert, Eden. Heilige führen anscheinend ein viel zu kompliziertes Leben. Deshalb habe ich mich von deiner endlosen Liste von Pflichten gestrichen.«

Als Bet eine Pause einlegte, um Atem zu holen, schlang Peter besitzergreifend den Arm um sie und ergriff an ihrer Stelle das Wort. »Und darüber hinaus habe ich mich geweigert, mich von meinen Eltern mit Cornelia Wickelheimer verheiraten zu lassen und ...«

»Cornelia?«, unterbrach Eden überrascht.

»Sie ist die Tochter eines Geschäftspartners meines Vaters«, sagte Peter. »Aber ich will Bet. Ich habe vor zwei Tagen eine Sondergenehmigung für eine minderjährige Eheschließung erteilt bekommen. Bet und ich sind Mann und Frau.«

Als Eden weiche Knie bekam und zu fallen drohte, eilte Sebastian zu ihr, um sie zu stützen.

»Aber Bet, ich habe mich nie über meine Verantwortung dir gegenüber beklagt«, sagte Eden mit schwacher Stimme.

»Natürlich hast du das nicht. Engel jammern nie.«

»Ich bin kein Engel«, protestierte Eden.

Elizabeth zeigte mit einem Schnauben an, dass sie anderer Meinung war. »Du beklagst dich nie über irgendetwas. Du vollbringst deine guten Taten und lächelst heiter dabei. Deshalb brauchte ich so lange, bis ich das Problem erkannte und löste.«

»Aber du bist meine Schwester. Wir sind eine Familie. Du liegst mir am Herzen! Die Lösung dessen, was du als Problem empfindest, könnte gut der Beginn weiterer Probleme sein.« Eden schaute Peter und Bet beschwörend an. »Eine Ehe ist eine schwerwiegende Entscheidung.«

»Es ist geschehen, Eden«, sagte Sebastian und drängte sie zur Tür. »Peter wird sich gewiss fürsorglich um seine Frau kümmern. Wir stören.«

»Aber ...«

Eden fand sich auf dem Flur wieder und starrte auf die geschlossene Tür, bevor sie ihre Einwände äußern konnte.

»Nimm ein Bad«, sagte er. »Dann wirst du dich besser fühlen.«

»Tatsächlich? Das bezweifle ich.«

»Ich werde etwas Brandy holen, während du badest.«

Benommen ließ sich Eden wieder in das große Zimmer führen. Als Sebastian davonging, starrte Eden auf die Badewanne, ohne etwas richtig wahrzunehmen, und lauschte dem Gewitterdonner. Unwillkürlich ging sie zum Fenster, um die Vorhänge aufzuziehen, damit die Blitze das Zimmer erhellten.

Dann badete Eden wie in Trance, ohne auch nur die Hälfte davon bewusst wahrzunehmen. Ihre Gedanken kreisten um Elizabeth und Peter. Sie wusste, dass Bet eine starke Zuneigung zu Peter entwickelt hatte, und er zu ihr. Aber eine Ehe? Elizabeth konnte unmöglich auf den Ehestand vorbereitet sein, geschweige denn auf die Flitterwochen …

Guter Gott, Eden hatte Bet nie aufgeklärt – nicht, dass sie selbst eine Expertin auf diesem Gebiet war. Tatsächlich beschränkte sich Edens Wissen darauf, dem Araberhengst zuzuschauen, wie er die Stuten deckte. Und jetzt stellte sich Bet während ihrer Hochzeitsnacht ungeschickt an, völlig unwissend und unvorbereitet! O Gott, was genau in diesem Moment geschehen konnte …

Eden schnappte sich ein Handtuch und stieg eilig aus der Badewanne. Sie musste mit Bet sprechen, sie beruhigen.

Sie war in Gedanken so mit ihren Verpflichtungen beschäftigt, dass sie kaum Sebastian wahrnahm, der mit zwei Bechern und einer Flasche Brandy schwungvoll das Zimmer betrat.

Sebastian verharrte auf der Stelle und starrte auf die verlockende weibliche Gestalt, deren Reize kaum mit einem Handtuch verhüllt waren. Sein Blick schweifte über ihre nackte Haut, und er sah Wassertropfen auf ihren

Schultern und Armen wie Diamanten glänzen. Zu seinem Erstaunen huschte Eden an ihm vorbei und zur Tür.

»Wohin willst du?«, fragte er mit belegter Stimme.

»Ich muss mit Bet sprechen. Dies ist ihre Hochzeitsnacht. Es gibt Dinge, die sie wissen sollte, und es ist meine Pflicht, sie ihr zu sagen.«

Sebastian hielt sie am Arm fest, bevor sie auf den Flur hinausschlüpfen konnte. »Du willst deinem Schwesterchen erklären, wie das mit den Vögeln und Bienen so ist, wenn du nur mit einem Handtuch bekleidet bist?«

Eden blinzelte und schaute dann an ihrem nackten Oberkörper herab. Ihre Augen weiteten sich, und sie drückte schnell das Handtuch vor ihren Busen. Das Blut schoss ihr in die Wangen.

Sie kämpfte gegen ihre Verlegenheit an und gewann die Fassung wieder, als sie sich sagte, dass Sebastian vermutlich schon genügend nackte Frauen gesehen hatte. Außerdem war dies nicht der Zeitpunkt, um sich mit ihrer Schamhaftigkeit zu beschäftigen. Bet brauchte sie …

Als ihr ein Gedanke in den Sinn kam, blickte sie über die Schulter zu Sebastian.

Ein Grinsen spielte um seine Lippen – ein teuflisches, wie Eden fand –, als sein Blick von Kopf bis Fuß über ihren kaum bedeckten Körper glitt. »Du riskierst ohnehin deinen guten Ruf, indem du dich allein mit einem Mann in einem Zimmer aufhältst. Was meinst du, was du anrichten wirst, wenn du mit nichts als einem Handtuch durch die Gegend läufst?«

»Ich habe mich selbst als alte Jungfer erklärt«, erwiderte Eden, als sei das die Lösung von allem. »Es geht um Bet und was sie tun wird, das ist jetzt das Dringende.«

Das Dringende? Sebastian hätte es nicht besser formulieren können.

»Sebastian, ich brauche deine Hilfe«, sagte sie, als sie ihm den Brandy und die Becher aus der Hand nahm und auf den Tisch stellte. »Komm, wir haben nicht viel Zeit.«

»Was, zum Teufel …?«

Eden ließ ihn nicht aussprechen, sondern zerrte ihn durch den Flur. Mit finsterer Miene streifte er seine Jacke ab und hängte sie um Edens Schultern. Er fragte sich, ob sie ihr Handeln bereuen würde, wenn sie Zeit gehabt hatte, darüber nachzudenken. Eigentlich bezweifelte er es. Dieser aufopferungsvolle Engel der Barmherzigkeit hatte keine Zeit für triviale Einzelheiten, wenn er auf einem Kreuzzug war.

Eden klopfte zweimal an die Tür, wartete eine Sekunde und stürmte dann ins Zimmer. Sie sah Bet und Peter wieder auf der Bettkante sitzen. Diesmal küssten sie sich.

»Eden, um Himmels willen!« Bet starrte ihre Schwester an, und ihre Augen wurden groß, als sie sah, dass sie unter der zu großen Jacke nur ein Handtuch trug. »Was soll das?«

Ungeachtet ihrer Aufmachung winkte Eden Bet zu sich. »Du musst mitkommen. Sofort. Auf der Stelle!«

»Warum?«

»Sebastian und ich haben dir etwas zu sagen. Es kann nicht warten.«

Sebastian blinzelte. »So, haben wir das?«

Eden schritt zu Elizabeth, packte sie am Arm und riss sie vom Bett. »Wir werden nicht lange fort sein, und Peter wird hier sein, wenn du zurückkommst. Nicht wahr, Peter? Wir müssen sofort mit dir sprechen«, fügte sie im Flüsterton für Bet hinzu.

Sebastian fiel absolut nichts ein, was er mit Bet besprechen musste. Aber er hatte allmählich erkannt, dass ein Versuch, Eden von ihren Missionen abzuhalten, Zeitverschwendung war. Er würde einfach dabeistehen und abwarten, wie dieses verrückte Abenteuer seinen Abschluss fand.

»Alles, was Sie Bet zu sagen haben, können Sie mir sagen«, beharrte Peter.

Eden übergab Bet in Sebastians Hände und schob beide in den Flur hinaus. Dann wandte sie sich ihrem neuen Schwager zu. »Lieben Sie Bet, Peter? Lieben Sie sie wirklich?«

»Selbstverständlich«, beteuerte er.

Nun, das ist eine Erleichterung, dachte Eden. »Und versprechen Sie, für sie zu sorgen und sie mit dem Respekt zu behandeln, den sie verdient?«

»Das verspreche ich«, sagte er ohne Zögern.

Eden nickte. Bets impulsives Handeln hatte dem Mädchen jedenfalls keinen Kummer eingetragen. »Sehr gut, dann gebe ich dieser Ehe meinen Segen. Ich bin überzeugt, dass Sie freundlich und verständnisvoll mit Bet umgehen werden. Sie sind ein nobler junger Mann, der die Bande der Ehe ehrt. Sie würden nichts tun, was Bet verletzen würde, nicht wahr?«

»Bestimmt nicht.«

Auf der anderen Seite der Tür lächelte Sebastian vor sich hin. Eden setzte ihre Taktik ein, das Verhalten aufzuzählen, das sie von Peter erwartete. Sie legte die Grundregeln fest, um sicherzustellen, dass ihr Schwager sich genau so verhielt, wie sie das von ihm wollte.

Als die Tür geöffnet wurde, trat Sebastian zurück. Eden stürmte durch den Flur und forderte Sebastian mit einer Geste auf, die Braut mitzubringen. Sofort als die Tür geschlossen war, blickte Bet von ihrer spärlich bekleideten Schwester fragend zu Sebastian.

»Was geht hier vor?«

»Keine Sorge.« Eden drängte ihre Schwester sanft, in dem Sessel Platz zu nehmen. Dann blickte sie zu Sebastian auf. »Sag meiner Schwester, was sie von dieser Nacht zu erwarten hat. Ich bin überzeugt, du bist ein Experte auf diesem Gebiet. Ich bin über dieses Thema zu schlecht informiert, um hilfreich zu sein.«

Sebastian wich zurück, als hätte ihn ein Fausthieb am Kinn getroffen. »Du willst, dass ich ...«

»Erkläre es ihr«, verlangte Eden.

Sebastian starrte die beiden Pembrook-Schwestern an und brach in Gelächter aus. Er lachte allein. Beide Frauen warteten. Sebastian wurde tatsächlich rot. Er konnte sich nicht erinnern, wann das zum letzten Mal geschehen war.

Trotz allem, was er im Leben gesehen und getan hatte, bezweifelte er, dass er dieser Aufgabe gewachsen war.

»Eden, ich glaube nicht, dass ich …«

»Würdest du Bet unvorbereitet zu ihrem Mann schicken?«, unterbrach sie. »Gewiss kannst du ihr etwas sagen, um sie zu beruhigen. Was muss nach deiner Erfahrung das Mädchen in deinen Armen wissen, bevor ihr beiden …« Sie legte eine Pause ein, räusperte sich und kämpfte gegen ihre Verlegenheit an. »Nun, du weißt schon, was ich meine.«

Sebastian bemühte sich, Ordnung in seine Gedanken zu bringen. Verdammt! Dies würde nicht leicht werden!

»Sexuelle … Leidenschaft ist nichts, vor dem man Angst haben muss«, sagte er einleitend. »Sie kann sehr befriedigend sein.« So weit, so gut, dachte er, als er die beiden Frauen anschaute, die wie gebannt zuhörten. »Aber man muss die Zwänge ablegen, seine Gefühle auf körperliche Weise ausdrücken und sich ihnen hingeben, anstatt sie zu bekämpfen.«

Sebastian spürte, wie abermals Hitze in seine Wangen stieg. »Es wird ein kurzer Schmerz sein, aber es gibt einige Arten von Schmerz, die die darauf folgenden Wonnen wert sind.« Er sah Elizabeth ernst an. »Das Wichtigste ist, dass sich ein Paar – in diesem Fall also Sie und Peter – einander mitteilt. Was Ihr Ehemann Ihnen gibt, wird er wahrscheinlich erwidert sehen wollen.«

»Was heißt das genau?«, wollte Eden wissen.

Überlass es Eden, genaue Fragen zu stellen, dachte Sebastian. Befangen starrte er auf seine Stiefelspitzen. »Das heißt, eine Frau muss es lernen, wie sie ihrem Mann Freude machen kann, und ihm mitteilen, wie er ihr Freude bereiten kann.«

»Aber der Araberhengst hat nicht …«

»Und das ist der Unterschied«, unterbrach Sebastian Eden. »Es gibt einen großen Unterschied zwischen animalischem Instinkt und leidenschaftlicher Liebe.«

»Tatsächlich?«, fragte Eden.

»Tatsächlich«, bestätigte er.

»Aha.« Eden dachte einen Moment über seine Worte nach.

»Es kommt also darauf an, seinen Körper ausdrücken zu lassen, was man im Herzen fühlt. Ist es das, was du meinst?«

Sebastian nickte. »Genau. Leidenschaft ist keine Pflicht, sondern ein geteiltes Vergnügen zwischen Mann und Frau.« Er blickte zu Bet. »Wenn Sie etwas Besonderes für Peter empfinden, dann zeigen Sie es ihm. Wenn er zum Beispiel ...« Sebastian verkniff es sich, weiterzusprechen. Es gab einige Dinge, die Bet selbst herausfinden musste. »Vertrauen Sie ihm einfach, Bet, und alles andere wird eure Liebe ergeben.«

Bet erhob sich aus dem Sessel und ging langsam und nachdenklich zur Tür. »Danke, Sebastian. Ich werde mich bemühen, eine liebevolle Frau zu sein.« Sie blickte zurück, und ihr hübsches Gesicht zeigte ein dankbares Lächeln. »Ich muss zugeben, dass ich ein bisschen nervös und unsicher war und gezögert habe, das Peter zu sagen.«

Sie wandte sich an der Tür noch einmal um und starrte ihre Schwester an. »Eden, du solltest dir wirklich etwas anziehen.«

»Ich werde mich sofort darum kümmern«, versprach Eden. »Es tut mir leid, dass ich dich und Peter gestört habe, aber ich musste unbedingt mit dir sprechen und war in Eile.«

Elizabeth wandte sich Sebastian zu und sah ihn anzüglich an. Dann trat sie näher an ihn heran und senkte die Stimme, sodass Eden ihre Worte nicht mithören konnte. »Ich glaube, meine Schwester mag Sie sehr, und ich hoffe, dass das, was zwischen euch steht, zur Zufriedenheit gelöst werden kann.«

Sebastians Lippen zuckten, als er erkannte, dass Bet sich die Grundkenntnisse der Überredungskunst angeeignet hatte, die Eden so gut beherrschte. »Ich habe nicht die Absicht, Ihre Schwester zu entehren, Bet. Ich kam nur des Weges und bot ihr Schutz an, als sie nach Ihnen suchte.«

Zufrieden mit der Antwort, schritt Elizabeth aus dem Zimmer.

Als sie fort war, sank Eden auf die Bettkante. »Danke, Sebastian. Ich weiß nicht, wie ich diese Situation ohne dich überstanden hätte.«

Es dämmerte Sebastian, dass Eden ihm inzwischen vertraute, sich auf ihn verließ. Er erinnerte sich an das, was Micah Bancroft über ihre Angewohnheit gesagt hatte, sich verlässliche Informationsquellen zu suchen. Es hätte ihn nicht überraschen sollen, dass Eden ihn zurate gezogen hatte. Das gleiche Verhalten hatte sie gezeigt, als sie ihn ausgehorcht hatte, wie sie die Produktivität ihrer Viehzucht steigern konnte.

»Ich glaube, ich könnte jetzt etwas von diesem Brandy gebrauchen«, sagte sie, legte sich auf das Bett und stemmte sich auf die Ellenbogen auf. »Es war ein sehr anstrengender Abend.«

Sebastian wappnete sich gegen die unschuldig-verführerische Pose, die sie auf dem Bett eingenommen hatte, und ein Lächeln umspielte seine Lippen, als er ihr einen der Becher reichte, in die er Brandy eingeschenkt hatte. Sie trank einen kleinen Schluck und starrte nachdenklich auf die Wand. Es war offenkundig, dass sie noch an Bet dachte, ohne sich dessen bewusst zu sein, dass sie ebenfalls die Nacht mit einem Mann verbringen würde. Er fragte sich, wann Eden das dämmern würde.

Ihm war es in Sekundenschnelle klar geworden.

Eden rang um Atem, als der Brandy wie flüssiges Feuer ihre Kehle hinabrann. »Mein Gott, dieses Zeug kann einem ja den Hals verätzen.«

»Trink noch einen Schluck«, wies Sebastian sie an. »Beim ersten Mal ist es immer am schlimmsten. In ein paar Minuten wirst du die Wirkung des Alkohols spüren.« Er ließ sich in den Sessel sinken, um an seinem Brandy zu nippen, und lächelte dann, als Eden vertrauensvoll seinen Rat befolgte.

Es dauerte nicht lange, bis sich Eden entspannte, sie auf

dem Bett zurücksank und sich ihre Hände vom Handtuch, das sie auf ihren Brüsten hielt, lösten. Sebastians Blick verweilte auf den cremefarbenen Hügeln, die sich unter ihren Atemzügen hoben und senkten, und dann widmete er seine ungeteilte Aufmerksamkeit ihren wohlgeformten Beinen.

Dieser schöne Engel hat einen Körper, der für die Sünde erschaffen ist.

Er blickte fort, als sein Körper auf diesen Gedanken reagierte. Er würde diese Situation nicht ausnutzen. Er würde den Gentleman spielen.

»Sebastian?«, fragte Eden schläfrig.

»Ja, Eden?«

»Hast du wirklich ernst gemeint, was du Bet gesagt hast? Oder hast du ihr falsche Hoffnungen gemacht? Nachdem ich den Araberhengst gesehen habe …«

»Deiner Schwester wird es gut gehen«, beteuerte er. »Peter war ungewöhnlich liebevoll zu Bet. Das habe ich an der Art gesehen, wie er sie beschützend und besitzergreifend an sich gedrückt hat, als wir sie gestört haben.«

»Ich nehme an, ich hätte dies kommen sehen sollen«, dachte Eden laut. »Aber ich war einfach zu beschäftigt, um mich zu fragen, warum Bet in den letzten vierzehn Tagen so oft unterwegs war. Und ich hätte mir die Informationen beschaffen sollen, die sie brauchte, bevor sie sich ins Ehebett legt.«

Sebastian nippte an seinem Brandy.

Eden stellte den leeren Becher auf den Nachttisch. »Früher an diesem Abend, bevor du mich von meinem durchgegangenen Pferd gerettet hast – und dafür danke ich dir –, fiel ich Räubern in die Hände.« Eden schnitt eine Grimasse und sprach dann entschlossen weiter. »Einer der Kerle war ein Grobian. Er packte mich. Es war widerlich. Ich nahm natürlich an, dass Sex wie …«

»Ich kann mir denken, was du angenommen hast.« Sebastian knirschte mit den Zähnen. Er hätte Lockwood am liebsten die Arme ausgerissen, weil er diese Unschuld mit seinen gierigen Pfoten befummelt hatte. Leider hatte Sebastian geschäftlich mit diesem verkommenen Bastard zu tun.

»Ich nehme an, das war ein Beispiel für animalische Lust«, sagte sie. »Es überkam ihn wie den Hengst bei den Stuten.«

»Hat er dir wehgetan?«, fragte er ruhig.

»Ja.« Sie erschauerte in der Erinnerung. »Und ich mag gar nicht daran denken, was geschehen wäre, wenn dieser Gigant von einem Mann nicht rechtzeitig aufgetaucht wäre. Ich habe bestimmt blaue Flecke von seinem groben Betatschen.«

Sebastians Hand mit dem Becher zitterte, und er wünschte sich, Lockwood verprügeln zu können. Eines Tages würde dieser Schuft für sein rüpelhaftes Benehmen bezahlen, das schwor sich Sebastian.

Eden kuschelte sich unter die Bettdecke und sah dann Sebastian an. »Ich hoffe, Peter ist zärtlich und sanft. Hoffentlich hat er deine Fülle von Erfahrungen.«

»Woher weißt du, dass ich welche habe?«

Eden lächelte versonnen. »Ein Mann, der küssen kann wie du, kann unmöglich ein Anfänger sein.«

»Danke … ich glaube, ich muss mich für das Kompliment bedanken.« Er grinste bewusst lüstern.

»Ich bete, dass Peter nicht der Typ Mann ist, der heiratet und sich dann eine Mätresse zulegt«, murmelte Eden schläfrig. »Ich möchte nicht, dass Bet verletzt wird.« Gähnend rollte sich Eden auf dem Bett zusammen und rückte das Kissen unter ihrem Kopf zurecht. »Es stört mich, dass ein Mann heiraten und sich trotzdem eine Mätresse halten kann. Dies ist für mich so ein Gegensatz zu Treue.«

»Und du kannst dir nicht vorstellen, einen Mann zu heiraten und mit einem anderen ins Bett zu gehen«, schlussfolgerte Sebastian und trank noch einen Schluck Brandy. Er bemühte sich, nicht zu der verlockenden Frau zu blicken, die sein Verlangen weckte, doch es gelang ihm nicht; sie zog seinen Blick magisch an.

Irgendetwas schimmerte in Edens Augen auf, und Sebastian bemerkte, dass die Schatten zurückkehrten, die auf ein Geheimnis dieser rätselhaften Frau schließen ließen.

»Ich glaube, dass das Eheversprechen eine heilige Verpflichtung sein sollte, die man nicht aus einer Laune heraus ablegen kann. Ich könnte nicht leben, wenn dieses Gelübde zur Farce würde.«

»Du bist eine seltene Gattung, Engel«, versicherte er ihr ruhig.

Eden runzelte die Stirn. »Ich wünschte, du würdest aufhören, mich so zu nennen.«

Es dient dazu, mich zu zügeln, dachte er.

Er hoffte es jedenfalls ...

Sebastian stöhnte innerlich auf, als sein Blick unbewusst auf der weiblichen Schönheit auf dem Bett verweilte. Er begehrte Eden so sehr. Lockiges, kastanienbraunes Haar fiel über ihre Schultern wie eine Kaskade von Flammen. Der Anblick der weichen Hügel ihrer Brüste, kaum von Handtuch und Bettdecke verdeckt, reizte ihn unermesslich. Sie hatte die Beine angezogen, und ihre Haltung wirkte auf ihn unglaublich verführerisch.

Gott im Himmel! Er wollte nicht hier sitzen und mit ihr über Leidenschaft und Ehe diskutieren. Er wollte sie erleben! Aber er hatte sich geschworen, Distanz zu ihr zu halten! Hölle und Verdammnis, er begann sich bereits zu hassen, weil er diesen peinsamen Schwur geleistet hatte!

Sebastian bewegte sich unruhig im Sessel hin und her und trank noch einen Brandy. Das Verlangen, das seinen Körper erfüllte, stand in direktem Gegensatz zu seinen noblen Vorsätzen. Er beobachtete Eden ein paar Minuten lang – es kam ihm stundenlang vor –, bis ihr die Augen zufielen, sich ihr Körper entspannte und sie einschlief.

Sebastian seufzte erleichtert auf und trank den Rest seines Brandys. Wenn Eden weiterhin beunruhigende Fragen über Sex gestellt hätte, hätte er seine Begierde wahrscheinlich nicht mehr zügeln können.

Als Sebastian die Lampe gelöscht hatte, stach das Licht

eines Blitzes durch die Dunkelheit, und er sah, dass die Vorhänge aufgezogen waren. Er fragte sich, weshalb Eden Zimmer mit freiem Ausblick bevorzugte. Es war ihm aufgefallen, dass durch jedes Fenster auf der Pembrook-Plantage viel Licht hereinfiel. Die Vorhänge waren niemals zugezogen, nicht einmal abends.

Und was war der Grund für Edens verwirrendes Bedürfnis, ständig die Möbel umzustellen? Als er zum zweiten Mal auf ihrer Plantage eingetroffen war, hatte er bemerkt, dass die Möbel in jedem Raum – einschließlich im Krankenrevier – umgestellt worden waren. Und jedes Mal, wenn er Eden besucht hatte, waren die Möbel wieder anders aufgestellt gewesen. Er fragte sich, welcher Teil der Schatten in diesen Engelsaugen *dafür* verantwortlich war.

Seine Gedanken verflüchtigten sich, als er sich dem Bett zuwandte und sah, wie silbernes Licht von Blitzen Eden erhellte.

Heißes Verlangen stieg wieder in ihm auf. Sebastian kämpfte dagegen an und zog sein Hemd aus. Er würde der ehrenwerte Gentleman sein und sich verhalten, wie Eden es von ihm erwartete. Er würde das Bett mit ihr teilen – jedoch nur, um zu schlafen. Er konnte neben ihr liegen, ohne sie zu berühren, wenn er es wirklich versuchte. Hatte er in den vergangenen Jahren nicht genügend Selbstdisziplin und Zurückhaltung gelernt?

Natürlich hatte er das.

Sebastian zog seine Stiefel, die Strümpfe und die Reithose aus und ging auf Zehenspitzen zur unbelegten Seite des Bettes. Die Matratze sackte unter seinem Gewicht ein, und Eden rollte ungewollt zu ihm. Sie erwachte zwar nicht, doch sie nahm eine bequemere Lage neben ihm ein. Ihr angezogenes Bein glitt über seinen nackten Schenkel, einen Arm legte sie auf seine Brust. Er hörte sie leise seufzen – und das peinigende Verlangen wurde schier unerträglich. Wenn Edens Knie nur ein paar Zentimeter näher an seine harte Männlichkeit glitt ...

Sebastian verbannte den Gedanken, presste die Zähne

aufeinander und kämpfte darum, seinen unruhigen Körper unter Kontrolle zu bekommen. Er würde die Situation *nicht* ausnutzen. Er deflorierte *keine* Jungfrauen. Eher würde er an seiner glühenden Begierde verbrennen!

Sebastian begann Schafe zu zählen – Hunderte – und hoffte, sich damit abzulenken. Es half nichts. Er konnte Edens weibliche Konturen spüren, die mit seiner Haut verschmolzen, und ihr Atem an seiner Schulter war wie die Liebkosung einer Geliebten. Er nahm den Duft ihres Haars und ihrer Haut wahr, bis jeder Atemzug peinigend für ihn wurde.

Hölle und Verdammnis! Da lag er und litt für alle Sünden, die er jemals begangen hatte, plus einiger, die er gerne begangen hätte. Er zahlte seine Strafe dafür, dass er solch ein gefühlloser Zyniker geworden war. Verdammt, warum musste er bei allen Frauen auf der Welt ausgerechnet an diese Heilige geraten, die jede zynische Theorie, die er über Frauen entwickelt hatte, zunichte machte? Eden Pembrook war offenbar sein Fluch, seine Bestrafung. Sie zu begehren – und nicht zu bekommen –, war seine Hölle auf Erden.

Weiter Schafe zählen, sagte sich Sebastian entschlossen. *Zähl weiter Schafe, ganze Herden davon.*

Hölle, das klappte nicht. Er würde niemals Schlaf finden. Er brauchte mehr Brandy – den Rest der Flasche, um genau zu sein. An Schlaf war nicht zu denken. Er würde sich besinnungslos trinken müssen.

6

Sebastian erhob sich vorsichtig vom Bett, tastete sich zum Tisch und nutzte das Licht eines Blitzes, um sich zu orientieren. Er nahm die Flasche, trank drei lange Schlucke daraus, atmete tief durch, setzte dann die Flasche von neuem an und trank und trank, bis sie leer war. Er stand da und wartete auf die Wirkung des Alkohols, als ihn Edens Aufschrei zusammenfahren ließ. Er tastete sich zum Bett, doch er kam zu spät. Eden schlug wild um sich, wälzte sich zur Seite und fiel aus dem Bett. Mit einem dumpfen Aufprall landete sie auf dem Boden.

Das Handtuch war von ihrem Körper gerutscht. Sebastian betrachtete sie bewundernd.

Als Eden um sich drosch und den Bettrahmen traf, nahm Sebastian sie in die Arme. Sie schlug in dem Albtraum nach jemandem, der sie offenbar quälte.

»Eden, beruhige dich. Ich bin's nur, Sebastian.« Sie versuchte, sich aus seinen Armen zu befreien, und er prallte mit den Knien gegen die Bettkante. Er plumpste auf das Bett. »Eden! Um Himmels willen, wach auf!«

Ihre Lider flatterten, und sie öffnete die Augen. Als sie Sebastian erkannte, sank sie schwer atmend gegen seine Brust. »Ich … ich muss geträumt haben.«

Er glaubte, den Grund für ihren Albtraum zu wissen. Dieser verdammte Gerard Lockwood. Die Erinnerung an den Schuft verfolgte Eden im Schlaf.

»Du bist jetzt in Sicherheit«, beteuerte er. »Versuche, wieder zu schlafen.«

Eden schmiegte sich an seine Brust, und dann wurde ihr klar, was sie getan hatte.

Guter Gott, sie hätte gedacht, dass die Wirkung des Alkohols die seltsam prickelnden Gefühle, die Sebastian in ihr ausgelöst hatte, betäuben würde. Aber mit jedem Atemzug wurde ihr Sebastians intime Nähe nur zu bewusst. Nur nackte Haut war zwischen ihnen!

Eden wagte kaum, sich zu bewegen. »Sebastian?«

»Ja, Eden?«

»Du bist nicht angezogen.«

»Ich weiß.«

»Ich bin ebenfalls nackt.«

»Das ist mir schmerzlich bewusst.«

»Erinnerst du dich an dieses Problem, das wir haben, wenn wir uns zu nahe kommen?«, murmelte sie und glaubte, das Pochen seines Herzens zu spüren.

»Ich erinnere mich sehr gut daran.«

»Ich glaube, das Problem ist wieder da. Es wird von Sekunde zu Sekunde schlimmer.«

»Viel schlimmer«, bestätigte er.

»Und was sollen wir dagegen tun?«

»Ich nehme an, da bleibt uns nur eines«, erwiderte Sebastian mit belegter Stimme.

»Ich hatte gehofft, du hast eine Lösung für das Problem. Ich habe zu viel Brandy getrunken, um klar denken zu können.«

»Einer von uns muss nach unten gehen und auf dem Boden schlafen«, krächzte er.

Sie bewegte sich unruhig auf seinem Schoß, auf den sie gesunken war, und er berührte ungewollt die aufgerichtete Spitze einer ihrer Brüste. Sie stöhnte auf. Er ebenfalls.

»Eden?«

»Ja?« Ihre Stimme klang atemlos und flüsternd. Sebastians Wirkung auf sie war so stark, dass sie vor Erwartung erbebte.

»Ich bin mir nicht sicher, ob ich es die Treppe hinunter schaffe«, sagte er.

»Warum bist du dir nicht sicher?«

»Da gibt es etwas, das ich bei unserem Gespräch mit Elizabeth nicht erklärt habe. Männer erleiden eine andere Art von Schmerz, wenn sie die Dinge *nicht* tun, die einer Frau anfänglich Schmerz zufügen.«

»Tatsächlich?« Sie verharrte perfekt still auf seinem Schoß.

»Tatsächlich«, bestätigte er.

Um seine noblen Vorsätze war es geschehen. Gott, was würde er jetzt für eine weitere Flasche Brandy und eine erfahrene Frau geben!

»Dann sollte ich nach unten gehen. Doch dazu brauchte ich trockene Kleidung.«

Sebastian umfasste sanft ihr Kinn und drehte ihr Gesicht zu seinem. »Ich muss dir etwas gestehen, Eden. Ich möchte nicht, dass einer von uns das Zimmer verlässt. Wenn du nicht willst, was zwischen uns geschehen wird, dann sag es mir jetzt. Noch eine Minute, und es ist vielleicht zu spät.«

Sebastian wartete mit angehaltenem Atem auf ihre Antwort.

»Ich ... will ... dich«, flüsterte sie.

Als sie seine Hand weich auf ihrem Körper spürte, an ihrer Hüfte und hinauf bis zu ihren Brustspitzen, wallte eine köstliche Hitze in ihr auf. Dies, sagte sie sich, hatte Sebastian gemeint, als er davon gesprochen hatte, Wonnen zu geben und erwidert zu bekommen. Sie wollte die Zärtlichkeiten erwidern, ihn ebenfalls streicheln, damit er die gleichen Gefühle empfand wie sie.

Sebastian stöhnte auf, als er ihre Berührungen spürte. Diese Frau brachte ihn um den Verstand. Aber verdammt, sie war unschuldig und zu unerfahren für schnelle Abenteuer im Bett.

»Habe ich dir wehgetan?« Ihre Hand verweilte auf seinem muskulösen Körper. »Das wollte ich nicht. Ich habe nur versucht, auch dir Freude zu machen, wie du gesagt hast – oh, Sebastian ...«

Sie verstummte seufzend, als er den Kopf senkte und sie

seine Zunge auf den Brüsten spürte. Wogen von Verlangen durchpulsten sie, und köstliche Empfindungen erfassten jede Faser ihres Seins.

Sebastian hatte sich selbst eine Falle gestellt, als er Eden und ihrer Schwester zärtlichen Sex beschrieben hatte. Nachdem er Eden gesagt hatte, was sie zu erwarten hatte, musste er das erfüllen, auch wenn das Verlangen in ihm tobte wie das Gewitter außerhalb des Gasthauses. Er wollte Edens Erinnerung an Gerard Lockwoods grobe Behandlung auslöschen, die Furcht wegküssen, die der Schuft in ihr hervorgerufen hatte. Heute Nacht würde Eden den Unterschied zwischen lüsternem, grobem Betatschen und sanfter Zärtlichkeit kennen lernen. Und währenddessen würde er, Sebastian, den Himmel entdecken.

Beginn damit, dich gehen zu lassen. Kämpfe nicht gegen deine Gefühle an. Genieße sie. Sebastians Worte hallten in Eden nach, als sie sein zärtliches Spiel der Lippen und Fingerspitzen auf ihrem Körper spürte. Sie hätte geschworen, dass seine Liebkosungen ihre Haut entflammten.

Jedes Mal wenn Sebastian wie federleicht liebkoste, bäumte sie sich unbewusst zu ihm auf, spürte, wie sich seine Muskeln spannten und dann entspannten. Als sie seine erregenden Zärtlichkeiten erwidern wollte, ergriff Sebastian ihre tastende Hand und zog sie neben sich aufs Bett.

»Ich dachte, ich soll dich ebenfalls berühren, wenn mich die Gefühle überwältigen«, sagte sie zwischen heftigen Atemzügen.

»Engel, du kannst mich überall berühren – später. Aber jetzt überlass dich mir.«

Er küsste sie, und als seine Zunge in ihren Mund eindrang, hatte sie wieder das Gefühl, von heißem Verlangen erfüllt zu werden. Er streichelte über die steifen Spitzen ihrer Brüste, langsam über ihren Leib hinab, und nie gekannte Gefühle stiegen in ihr auf. Ihr stockte der Atem, als seine Fingerspitzen die empfindsame Haut an den Innenseiten ihrer Oberschenkel streichelten und dort verweilten.

Eden erinnerte sich nur zu gut, wie Sebastian das Feuer

in ihr entfacht hatte, als er sie zum ersten Mal berührt hatte. In jener Nacht war sie schockiert gewesen, bestürzt über den Aufruhr ihrer Gefühle, voller Angst vor der Macht, die Sebastian über ihren verräterischen Körper ausübte. Sie hatte erkannt, dass Sebastian liebevoll, sanft und wunderbar zärtlich sein konnte. Sie vertraute sich diesem gut aussehenden Abenteurer an, sehnte sich nach der Leidenschaft, die er mit ihr teilen konnte … und wenn es auch nur für diesen Moment war, in dem sie sich an ihn verlor.

Sie seufzte, als seine Fingerspitzen das heiße Zentrum des Verlangens ertasteten, das in ihr pulsierte. Als er sanft ihre Schenkel spreizte, ließ sie es ohne Protest geschehen. Sie erschauerte vor Wonne, als er eine heiße Spur von Küssen über ihren Hals und ihr Schlüsselbein tupfte und jede Berührung Empfindungen in ihr auslöste, die die vorherigen noch zu übertreffen schienen. Sie spürte, wie sie sich ganz ihren Gefühlen überließ, seine erregenden Zärtlichkeiten genoss.

Sebastian konnte sich nicht erinnern, jemals von einer Frau so bezaubert worden zu sein. Nachdem er vor elf Jahren die harten Lektionen der Liebe gelernt hatte, war nie genug Respekt für Frauen in ihm gewesen, um beim Sex an ihre Gefühle zu denken.

Bis jetzt, bis Eden. Er konnte sich nicht auf ihre Kosten vergnügen. Er würde sie zehnfach für all die Zeiten entschädigen, an denen er sie verspottet, unfair beleidigt und gescholten hatte.

Es würde eine Pein sein, sein wildes Verlangen zu zügeln, aber er schwor sich, es zu tun, um Eden zu lehren, was köstliche Wonnen waren. Und wenn zwangsläufig der Moment des Schmerzes kommen würde, dann würde sie die Ekstase begrüßen, die kurz darauf folgen würde.

Er küsste ihre Brüste und spürte Edens Reaktion. Es war unglaublich befriedigend für ihn, zu wissen, dass er, er allein, Edens Verlangen weckte und sie nur auf ihn so reagierte.

Er strich zärtlich über ihren Leib, umschmeichelte ihre

Brüste, und Eden wölbte sich ihm entgegen wie eine Katze, die gestreichelt wird. Er lächelte gegen ihre seidige Haut, als er wieder eine feurige Spur zu der feuchten Hitze hinabzog, die er in ihr bewirkt hatte. Sie erschauerte vor Lust, und sein Name wehte wie eine leise Beschwörung von ihren Lippen.

Sebastian hatte sich nie so männlich gefühlt wie bei Edens Reaktion auf seine Zärtlichkeiten. Er war völlig verzaubert. Er wollte alles von ihr, wollte die süßesten, intimsten Geheimnisse mit ihr teilen und die Tiefen ihrer Seele berühren.

Mit dieser Absicht drehte Sebastian sich zur Seite. Er küsste eine feurige Spur über ihren flachen Bauch und erregte sie mit den Lippen, bis sie immer wieder seinen Namen stöhnte. Seine Hand glitt an ihrem Leib hinab, tastete zu der seidigen Hitze. Er drang tiefer vor, teilte die heißen Gefühle, die sie durchtobten, und streichelte sie, bis sie vor Wonne erbebte.

»Sebastian …?« Der Klang ihrer Stimme verriet, dass ihr Verlangen unerträglich wurde.

Er war begierig darauf, all ihre köstlichen Geheimnisse zu erforschen, doch als er seinen Namen hörte, war das eine zu große Verlockung für ihn. Sie sehnte sich nach ihm, und er wollte ihre Qual ebenso beenden wie seine.

Sebastian senkte sich über sie. Er spürte, wie sich Eden versteifte, als er sie in Besitz nahm – mit mehr Begierde als Zärtlichkeit. Er bereute sofort seine Ungeduld, denn die Gefühle, die er in ihr erregt hatte, waren von Schmerz begleitet.

Eden zuckte zusammen. »Ich denke, ich …«

»Denk nicht, Liebes«, sagte er mit belegter Stimme. »Entspanne dich. Ich will dir nicht wehtun.«

»Es ist zu spät. Du hast bereits …« Sie schnappte nach Luft, als er tiefer in sie eindrang und sie mit nicht gekannter Hitze ausfüllte.

»Dies ist der kurze Schmerz, von dem ich dir erzählt habe«, keuchte er und rang um seine Beherrschung.

Eden versuchte, sich zu entspannen, doch es war nicht leicht. Er bewegte sich wieder in ihr, und sie bemühte sich, zu lächeln. »Ich nehme an, es war nicht so schlimm. Sind wir jetzt fertig?«

Er wollte lachen – er hätte schreien können. Er verzichtete auf beides. »Nein, wir sind noch nicht fertig, Eden.«

»Wann denn?«

Sebastian verharrte über ihr, stützte sich ab und blickte hinab in ihr schönes Gesicht. Er würde ihr die höchsten Wonnen verschaffen, selbst wenn es eine Qual für ihn bedeuten würde. Sein Körper war so angespannt, dass es fast schmerzte. Er konnte sich kaum länger zurückhalten, aber Eden sollte mit ihm zusammen die Erfüllung finden.

Sanft neigte er sich hinab. Sie wölbte sich ihm entgegen, als sie seine heißen Lippen spürte und seine Zunge in ihren Mund stieß. Er bewegte sich im ewigen Rhythmus des Liebesspiels, glitt vor und zurück und streichelte sie intim.

Er spürte, wie Eden sich entspannte, wie ihre Arme an seiner Brust hinaufglitten und sich um seine Schultern spannten. Ihre Zunge spielte sinnlich mit seiner, und Sebastian stöhnte auf, als sie sich ihm ergab und seine Bewegungen erwiderte. Er presste sie an sich und ließ sich von den Wogen der Lust davontragen.

Eden spürte, wie der anfängliche Schmerz nachließ und von den starken Empfindungen abgelöst wurde, von denen sie zuvor erfüllt gewesen war. Sie hatte das Gefühl, um seine harte, pulsierende Männlichkeit zu schmelzen, und sie bäumte sich immer schneller zu ihm auf. Und dann, wie aus dem Nichts, wurde sie von dieser prickelnden Erregung erfasst, die sie zuvor durchflutet hatte, und sie grub die Fingernägel in die Muskeln von Sebastians Schultern, als er erzitterte und sie glaubte, von Wellen der Lust davongetragen zu werden, immer höher zu einem nie gekannten Gipfel. Sie glaubte, keine Luft mehr zu bekommen. Nie hatte sie gedacht, dass Leidenschaft so etwas Wundervolles sein würde!

Als Sebastians Körper auf ihr erbebte, klammerte sich Eden an ihm fest, schwelgte in unbeschreiblicher Zufriedenheit. Aber ihre Befriedigung währte nur kurz, weil sie erkannte, dass sie keinen Beitrag zu ihrem Liebesspiel geleistet hatte. Sie hatte egoistisch die Wonnen genossen, ohne sie zurückzugeben. Sie hatte versagt, Sebastian enttäuscht – davon war sie überzeugt.

»Sebastian?«, flüsterte sie an seiner muskulösen Brust.

Er rang um Atem. »Ja, Eden?«

»Ich habe dich nicht gestreichelt ... dir nichts wiedergeben. Es tut mir leid. Ich habe es vergessen.«

Ein unbemerktes Lächeln spielte um seine Lippen. »Du meinst, ich habe es dich vergessen lassen?«

»Nein«, widersprach sie hastig. »Ich gebe dir gewiss nicht die Schuld daran.«

»Das habe ich mir gedacht«, er unterdrückte ein Lachen. »Aber wenn es dir ein besseres Gefühl gibt, kannst du mich später streicheln.«

Sie wandte ihm das Gesicht zu, und das Weiße ihrer Augen schimmerte im Widerschein eines Blitzes. »Du meinst, wir tun das später noch einmal? Hältst du das für eine gute Idee?«

Er grinste spitzbübisch und stemmte sich auf die Ellenbogen. Kein Wunder, dass er nie so viel Vergnügen in den Armen anderer Frauen gefunden hatte. Er hatte niemals einen Engel geliebt – einen Engel, der bestürzt war, weil er nicht seinen Teil der Verpflichtung beim Liebesakt übernommen hatte. Aber Eden hatte ihm genug gegeben, mehr als genug, da hatte er nicht im Geringsten zu klagen.

»Natürlich werden wir es noch einmal tun«, sagte er, bevor er sie auf die Lippen küsste. »Es ist sehr nötig.«

»So?«

»Leidenschaft braucht Übung, um perfekt ausgeübt zu werden, und du musst noch viel lernen«, sagte er ihr mit gespieltem Ernst.

»So? Oh, natürlich muss ich noch viel lernen. Du weißt über solche Dinge Bescheid, du bist der Fachmann. Es tut mir leid, dass ich keine Erfahrung habe, um meinen Beitrag zu leisten. Bestimmt wäre es viel besser gewesen, wenn ich ...«

»Eden, du hast dich einfach prima gehalten«, beteuerte er und musste wiederum lächeln. »Besser als prima. Du warst wundervoll.«

»Danke, aber ich habe überhaupt nichts getan, das …«

Seine Lippen versiegelten ihren Mund, und er nahm den süßen Geschmack der Unschuld und unbewusster Sinnlichkeit in sich auf, die so sehr ein Teil von Eden waren. Sebastian schwor sich, diese Nacht mit Eden nie in seinem Leben zu vergessen. In ihrer Naivität hatte sie in ihm nie gekannte Gefühle geweckt, als sei ihr erstes Mal sein erstes Mal gewesen. Er hatte erlebt, wie sie in seinen Armen zur Frau geworden war, hatte ihr Zittern und ihre glühende Sehnsucht nach ihm gespürt.

Und er hatte entdeckt, dass kein Feuer der glühenden Leidenschaft dieses Engels gleichkam …

Bei diesem Gedanken an die erlebten Wonnen spannte sich sein Körper. Er küsste über ihre Schultern und bis zu den Knospen ihrer Brüste und spürte, wie er in ihr wieder hart wurde.

Eden schnappte nach Luft, als sie spürte, dass das Verlangen von neuem in ihr erwachte.

Sie ergab sich sofort, als Sebastian sich sanft auf ihr zu bewegen begann und sich dann zurückzog. Sie spürte, dass das Feuer wieder in ihr aufflammte, und diesmal wusste sie, was sie erwartete.

Sie gab sich mit Körper, Geist und Seele ganz der Lust hin, um das Wunderbare zu genießen, das sie ersehnte. Sie ließ sich davontreiben, bewegte sich in perfektem Rhythmus mit ihm, passte sich Sebastians Stößen an, klammerte sich an ihn, während sich die Welt um sie zu drehen schien und sie in den Taumel der Ekstase gerieten.

Danach stöhnte Eden bestürzt auf. »Sebastian?«

Er hatte kaum noch genug Kraft, um seinen Kopf zu heben, so sehr hatte er sich verausgabt. »Was ist, Eden?«

»Ich habe wieder vergessen, dir auch meine Liebe zu zeigen. Es tut mir wirklich leid.«

Sebastian lachte. Er war noch nie bei einer Frau so befriedigt – und amüsiert – gewesen. »Wir werden an diesem Aspekt später arbeiten.«

Als sich Eden vertrauensvoll an ihn schmiegte und einschlief, küsste Sebastian sie zärtlich auf die Stirn, schloss seine Augen und folgte ihr in glückselige Träume. Erstaunlich, was es für den Seelenfrieden eines Mannes bewirkte, neben einem Engel zu liegen.

Sebastian hatte seit Jahren nicht mehr so fest und tief geschlafen.

Sonnenschein fiel in das Zimmer. Eden erwachte mit einem stetigen Pochen im Kopf, mit Schwindel und dem Gefühl, zwischen den Beinen wund zu sein. Sie bewegte sich unruhig hin und her, doch die unbehaglichen Gefühle ließen nicht nach. Sie wurden sogar noch stärker, je mehr sie zu Bewusstsein kam. Sie spürte jemanden neben sich und kuschelte sich an die einladende Wärme. Dieser männliche Duft, der in ihre Sinne drang, löste verschwommene Erinnerungen an eine Nacht aus …

Eden wich zurück, als die Erkenntnis sie wie ein Fausthieb traf. Guter Gott!, dachte sie in Panik. Sie riss die Augen auf und sah Sebastian neben ihr liegen. Röte schoss in ihr Gesicht.

Sebastian grinste breit. Es war lange her, seit er zum letzten Mal lächelnd erwacht war. Für gewöhnlich war er am Morgen zu sehr mit Gedanken beschäftigt, aber heute war er erpicht darauf, zu sehen, wie Eden reagierte, wenn sie erwachte und erkannte, dass sie die vergangene Nacht miteinander verbracht hatten.

Ihr Gesicht rötete sich so stark, dass sich Sebastian fragte, ob sie einen Ausschlag bekommen hatte.

»Guten Morgen«, murmelte sie befangen.

»Stimmt, dies ist ein guter Morgen.« Er blickte viel sagend zum Fenster. »Jemand hat die Vorhänge aufgezogen, um den Sonnenschein hereinzulassen, lange bevor ich gern aufgestanden wäre. Warum hast du das getan?«

Eden wich zur Bettkante zurück. »Alte Gewohnheit«, sagte sie ausweichend.

»Alte Gewohnheit, verursacht wodurch?«

Sie zuckte mit einer nackten Schulter. »Ich mag einfach weit offene Räume.«

Wer sollte als Erster aus dem Bett aufstehen?, fragte sich Eden. Der Gedanke, splitternackt aufzustehen, beunruhigte sie. In der Dunkelheit in Sebastians Armen zu liegen, hatte sie nicht gestört. Aber im hellen Tageslicht? Das war etwas ganz anderes.

»Eden, was heute Nacht war …«, begann Sebastian hinter ihr.

Eden schluckte, räusperte sich und zog das Laken um sich. Was sollte sie am Morgen nach der Nacht sagen, in der sie sich einer geheimen Fantasie ergeben hatte, die sie verfolgt hatte, seit dieser unwiderstehliche Mann sie zum ersten Mal geküsst hatte?

»Bist du wund?«, fragte er und streichelte mit seinem Zeigefinger über ihre Schulter.

Eden wich seinem Blick aus. »Ja, und du?«

Sebastian verbarg einen Lachanfall hinter einem Hüsteln. »Äh … äh … nein.«

»Oh.« Eden hielt Ausschau nach ihren Kleidungsstücken. Sie lagen auf der Kommode – gut fünf Schritte entfernt. Verdammt!

»Ich hole die Sachen«, bot er an, als er ihre Blickrichtung bemerkte.

Er warf die Bettdecke zurück und stand auf. Eden schnappte nach Luft. Ihr Blick schweifte unwillkürlich über seinen nackten Körper, über das Spiel der Muskeln, die sich anspannten und entspannten, als er durch das Zimmer schritt. Sie bemerkte die lange Narbe um seine Rippen, doch als ihr neugieriger Blick tiefer glitt, wurde sie hochrot.

Sebastian holte die Kleidungsstücke, hielt sie ihr hin und gewährte ihr eine volle Frontalansicht seiner männlichen Anatomie. Eden starrte ihn mit großen Augen an. Als sie bemerkte, dass sie ihn regelrecht anhimmelte, zog sie das Laken fester um sich, riss ihm die Kleidungsstücke aus der Hand und huschte hinter die Spanische Wand. Ihre Schultern sackten herab, als sie seinen Blicken entzogen war. Sie konnte einfach keine Gleichgültigkeit vortäuschen, wenn die Intimität so neu für sie war.

»All dies tut mir wirklich leid«, entschuldigte sich Eden, während sie sich ankleidete. »Ich hatte gestern Nacht so große Sorge um Bet, dass ich nicht mehr klar denken konnte. Dann habe ich getrunken und ... Nun, dann ist es einfach passiert.«

Sebastian zog seine Unterwäsche und die Reithose an. Er unterdrückte ein Lächeln, als er zuhörte, wie Eden die volle Verantwortung für die Ereignisse übernahm. Es überraschte ihn nicht. Wann hatte sie jemals jemand anderem die Schuld gegeben? In ihrer hochherzigen Art weigerte sie sich, Sebastian die Schuld zu geben, obwohl er es gewesen war, der ihre Liebesnacht angefangen hatte.

Sie verlangte keinen Heiratsantrag, um ihren Ruf zu retten. Nicht Eden Pembrook. Sie war bereit, das Vergangene vergangen sein zu lassen und ihr arbeitsreiches Leben fortzuführen. Sebastian war sich nicht sicher, warum er ein wenig ärgerlich war, weil sie nichts von ihm erwartete – und verlangte.

Eden tauchte hinter der Spanischen Wand auf, um ihre Reitstiefel aufzuheben. Ihr Blick schweifte zu den verräterischen Spuren auf dem Laken. Sie stöhnte auf, als sie den Beweis für das sah, was sie getan hatte.

Sebastian bewegte sich unbehaglich von einem Bein aufs andere. Er wusste nicht, was er sagen sollte, aber er würde sich nicht für das außergewöhnliche Vergnügen entschuldigen, das sie miteinander geteilt hatten.

»Ich meine, wir sollten getrennt nach unten gehen«, sagte Eden. »Ich werde zuerst gehen.«

Sie richtete sich würdevoll auf und schritt zur Tür. Dort verharrte sie, um mit diesen saphirblauen Augen über die Schulter zu Sebastian zurückzublicken.

»Ich bin nie dazu gekommen, dich zu berühren, Sebastian. Ich glaube, ich werde immer bedauern, dass ich dir nichts zurückgegeben habe. Ich wollte meinen Beitrag leisten, weißt du. Ich wusste nur nicht, wie.«

Und dann ging sie und verschwand wie ein Schatten im Flur.

»Verheiratet?« Maggie sank auf die Sitzbank. »Was denkst sich dieses Mädchen? Warum reißt Bet aus und tut so etwas Dummes?«

Eden nahm den verbeulten Hut vom Kopf und setzte sich neben ihr Hausmädchen auf die Bank. »Sie wollte mir die Last der Verantwortung abnehmen.«

Maggie starrte Eden mit ihren schwarzen Augen an. »Bet gibt Ihnen die Schuld für ihr impulsives Handeln?«

»Natürlich nicht. Sie ist in Peter Dalton verliebt. Ich war einfach der perfekte Vorwand, ihn zu heiraten.«

»Verheiratet ...« Maggie rang die Hände. »Und wie werden sie leben?«

»Ich weiß es nicht. Es war Bets Hochzeitsnacht. Ich hatte keine Möglichkeit, nach Einzelheiten zu fragen.«

Als Maggie immer noch außer sich den Kopf schüttelte, tätschelte Eden tröstend ihre Hand. »Ich bin überzeugt, alles wird für Bet gut werden. Sie wird uns über ihre Absichten informieren. Unterdessen müssen wir uns um verwundete Patienten kümmern und die anderen Aufgaben erledigen.«

Eden sprang auf und eilte durch die Halle. Aber Maggies Frage ließ sie abrupt verharren.

»Wo haben Sie die Nacht verbracht, Eden?«

»Im gleichen Gasthof, in dem Bet und Peter übernachtet haben.« Sie lächelte entschuldigend: »Es tut mir leid, wenn du dir Sorgen um mich gemacht hast, Maggie. Ich war so besorgt wegen Bet, dass ich nicht daran gedacht habe, dich zu benachrichtigen. Ich war so unbedacht wie Bet.«

»Ich habe mir tatsächlich Sorgen um Sie gemacht«, grollte Maggie. »Und Sie hatten großes Glück, dass Sie nicht in Schwierigkeiten geraten sind, als Sie durch die Nacht geritten sind.«

Oh, Eden war in allerhand Schwierigkeiten geraten, aber sie weigerte sich, das Maggie anzuvertrauen.

Niemand würde jemals etwas von Edens Missgeschicken erfahren, es sei denn, sie würden Auswirkungen haben – und damit würde sie schon fertig werden, das versprach sie sich.

»Hast du dich verirrt, Eure Lordschaft?«, knurrte Tully, als Sebastian die Hütte betrat.

Sebastian streifte seinen Umhang ab und ignorierte Tullys missbilligenden Tonfall. Er ging zum Küchenschrank. »Ich bin in ein Gewitter geraten.«

»Oh? Ich frage mich, in wessen Gewitter. Und was ist mit der mutigen Miss Pembrook, die von Lockwood fast vergewaltigt worden wäre?«

»Ihr geht's gut, dank deiner Hilfe.« Sebastian beschäftigte sich am Herd. Er konnte eine Tasse starken Tee gebrauchen – und etwas weniger von Tullys Gerede.

»Und nicht dank deiner Hilfe, darauf gehe ich jede Wette ein«, kam die höhnische Erwiderung.

Da Tully in so schlechter Stimmung war, lenkte Sebastian das Gespräch in eine sicherere Richtung. »Haben wir irgendwelche Botschaften erhalten?«

Tully setzte sich rittlings auf einen Stuhl und legte seine Arme auf die Lehne. »Heute früh ist eine Botschaft eingetroffen. Cornwallis und seine Regulären sind auf dem Weg nach Petersburg, um zu Benedict Arnold zu stoßen.« Er warf Sebastian einen missbilligenden Blick zu. »Da du nicht da warst, habe ich Kontakt mit dem Agenten aufgenommen und die Nachricht an Tarleton übermitteln lassen.«

Abermals ging Sebastian über Tullys Stichelei hinweg. »Die Rebellenarmee wird einer Übermacht gegenüberstehen, genau wie es im Süden war, wenn ihre Soldaten nicht von der französischen Marine unterstützt werden.«

»Die Patrioten waren seit Ausbruch des Krieges im Nachteil. Dies könnte das Ende des Wegs für alle betroffenen Parteien bedeuten. Ich bin jedenfalls begierig darauf. Einige von uns werden bald andere Verpflichtungen zu erfüllen haben.«

»Zum Beispiel?« Sebastian wandte sich am Herd zu seinem langjährigen Freund um.

»Zum Beispiel Miss Pembrook«, sagte er unverblümt. »Und leugne nicht. Du hast nicht auf dem Boden des Gasthofs mit den anderen gestrandeten Reisenden geschlafen.«

»Woher weißt du das?«, fragte Sebastian überrascht und schenkte sich seine besondere Teemischung ein.

»Weil ich auf dem Boden des Gasthofs geschlafen habe. Der Besitzer sagte mir, ein Mann mit einem *Jungen* habe das große obere Zimmer gemietet. Und *dies* war kein Teil unserer Mission in Williamsburg. Eure Lordschaft hat sich auf die niedere Stufe unseres verkommenen Freunds Lockwood begeben!«

Nachdem Tully das losgeworden war, stand er auf und stürmte hinaus. Sebastian nippte an seinem Tee und starrte auf die Tür, die hinter Tully zugeknallt war. Er hatte gewusst, dass Tully, der nach der Begegnung mit Sankt Eden sofort ihr Verehrer geworden war, ihm die Hölle heiß machen würde. Aber es waren nicht Tullys verdammende Bemerkungen, die Sebastian störten. Es waren Edens ruhig geäußerte Worte, die ihm nahe gingen.

Ich bin nie dazu gekommen, dich zu berühren. Ich glaube, ich werde immer bedauern, dass ich dir nichts wiedergegeben habe …

Das hatte so endgültig geklungen. Gott, er wollte sie immer noch haben, mehr denn je. Aber wie Eden war er realistisch. Er wusste, dass das mitternächtliche Stelldichein eine einmalige Chance gewesen war, ein wahr gewordener Traum.

Er war ein Mann auf einer geheimen Mission, der dorthin gehen musste, wo ihn sein Auftrag hinführte. Aber diese wunderbare Nacht mit Eden würde er niemals vergessen.

Er würde nicht einmal versuchen, sie aus seiner Erinnerung zu streichen …

7

Als Micah Bancroft am frühen Sonntagmorgen auf der Pembrook-Plantage eintraf, wurde er von Eden und ihren verwundeten Patienten erwartet. Eden bestand darauf, dass jeder, der transportfähig war, nach Bruton zum Kirchenfest fuhr. Sechs junge Soldaten – einige mit den Armen in Schlingen, andere mit Krücken – stiegen in Micahs Kutsche.

Obwohl Micah insgeheim davon geträumt hatte, den Tag nur mit Eden zu verbringen, zuckte er mit den Schultern und bemerkte, dass Heilige nun mal Heilige waren und er immer gewusst habe, dass sie einem höheren Zweck diene.

Als das Kirchenfest in vollem Gange war, stand Eden abseits und beobachtete, wie sich die Gesichter der Soldaten beim Anblick von kichernd spielenden Kindern auf der Festwiese und herausgeputzten jungen Damen erhellten, die sie schüchtern anlächelten. Das Fest war gut für ihre Patienten, die zu viele deprimierende Tage in überfüllten Zimmern mit anderen Verwundeten verbracht hatten.

Eden verstellte zwar alle paar Tage die Möbel, um für die Männer die Monotonie erträglicher zu machen und ihr eigenes Bedürfnis nach ständiger Abwechslung zu befriedigen, doch dieses gesellschaftliche Ereignis erreichte, was ihre täglichen Besuche und das Verrücken der Möbel nicht schafften. Hier konnten die Männer sehen, wofür sie gekämpft hatten – für die Chance, glücklich zu sein, für die Selbstbestimmung und ein Leben ohne Englands Bevormundungen.

Die Nacht, die sie in Sebastians Armen verbracht hatte, war ein vergänglicher Traum gewesen. Eden musste hier sein, um sich an die wahre Berufung in ihrem Leben zu erinnern.

»Eden, sieh mal, wer uns mit seiner Anwesenheit beehrt.« Daphne Cunningham kicherte und riss Eden aus ihren Grübeleien.

Eden folgte ihrer Blickrichtung und sah Bet und Peter aus ihrer Kutsche steigen. Bet sah wie der Inbegriff der glücklichen Braut aus und Peter wie ein Muster an liebevollem, fürsorglichem Bräutigam.

»Als sie sich auf dem Jahrmarkt schöne Augen gemacht haben, hätte ich wissen sollen, dass sich etwas zusammenbraut«, sagte Daphne. »Ist die Liebe nicht wunderbar? Ich habe Sebastian Saber Dutzende interessierte Blicke zugeworfen, aber er hat mir wenig Beachtung geschenkt.« Daphne seufzte. »Ich habe ihn und Micah sogar zu meinem Spielabend eingeladen, aber Micah sagte, sein Cousin sei abgereist. Hast du Sebastian seit dem Jahrmarkt gesehen?«

Eden lächelte. »In jüngster Zeit nicht.«

»Wenn du erfährst, wo er sich aufhält, lass es mich wissen«, bat Daphne.

Eden wartete, bis die Menge der Gratulanten sich verstreut hatte, und ging dann zu Bet und Peter. Sofort als Bet und Eden allein waren, verschwand Bets Lächeln schlagartig.

»Eden, du musst etwas unternehmen!«

»Was ist los?«, fragte Eden alarmiert. »Hast du mit Peter bereits Probleme?«

»Mit uns ist alles in Ordnung«, versicherte Bet. »Angus und Catherine Dalton machen die Probleme. Sie drohen, unsere Ehe scheiden zu lassen. Angus will immer noch, dass Peter Edwin Wickelheimers Tochter heiratet, um seine Geschäftsbeziehungen zu fördern. Angus weigert sich, uns in seinem Haus wohnen zu lassen, bis wir ein geeignetes Häuschen gefunden haben. Wir haben in dem Gasthof gewohnt, aber Peters Ersparnisse schrumpfen. Eden, was soll ich machen? Ich habe einen schrecklichen Schlamassel angerichtet, und meine Schwiegereltern verabscheuen mich, weil die Pembrooks die Rebellion unterstützen!«

Eden umarmte ihre Schwester tröstend und schenkte ihr ein heiteres Lächeln. »Ich werde mit den Daltons sprechen. Ich weiß, dass sie versucht haben, neutral zu bleiben, um sich das Geschäft mit Unterstützern von Rebellen und Tories gleichermaßen zu erhalten, aber sie müssen verstehen, dass du und Peter eure Wahl getroffen habt. Unterdessen werdet ihr bei uns wohnen.«

»Nein«, lehnte Bet ab. »Der ganze Sinn meiner Ehe bestand darin, dich von einer deiner Verantwortlichkeiten zu entlasten, damit du Zeit für deine Beziehung mit Sebastian hast. Ich weiß, dass du etwas mit ihm hast, denn ich habe euch gesehen …«

»Der ganze Sinn?«, unterbrach Eden schnell und lenkte die Unterhaltung von ihrer Beziehung mit Sebastian fort. »Du hast Peter nicht aus Liebe geheiratet?«

»Nun, natürlich liebe ich ihn, aber …«

»Und du wolltest seine Frau sein, nicht wahr? Für ihn sorgen, ihn bei all seinem Bestreben ermuntern und unterstützen.«

»Nun, selbstverständlich …«

»Und du weißt, dass wegen des Krieges eine Ehe Monate der Trennung mit ungewisser Zukunft bedeuten kann.«

»Eigentlich habe ich nie wirklich gedacht …«

»Natürlich hast du das«, unterbrach Eden ihre Schwester. »Ich bin mir ziemlich sicher, dass dich dieser Gedanke im Unterbewusstsein beschäftigt und dich veranlasst hat, das Beste aus dem Moment zu machen.«

»Nun, vielleicht kam mir der Gedanke in den Sinn«, sagte Bet mehr zu sich selbst als zu ihrer Schwester.

»Und ich werde deine Logik zur Sprache bringen, wenn ich mit Peters Eltern rede. Nun mach dir keine Sorgen. Du und Peter, ihr werdet heimkommen, und damit hat sich's. Maggie wird entzückt sein. Sie war …«

»Wütend?«, warf Bet ein.

»Ich glaube, ›bestürzt‹ wäre zutreffender«, sagte Eden glatt. »Sie wird begeistert sein, dich wieder daheim zu haben. Erst heute Morgen hat sie gesagt, wie sehr sie dich vermisst.«

»Das bezweifle ich. Maggie hält mich für ein verzogenes Gör, weil ich nicht genug getan habe, um dich bei all deinen guten Taten und endlosen Hausarbeiten zu unterstützen.«

»Blödsinn. Du weißt, dass Maggie es liebt, sich über uns beide aufzuregen.« Eden legte die Hände auf Bets Schultern und drehte sie herum. »Und jetzt amüsier dich auf dem Fest und sag Peter, er soll sich keine Sorgen machen. Seine Familie wird bald erkennen, dass ihr beide füreinander bestimmt seid. Dafür werde ich sorgen.«

»Eden, du bist wahrhaftig eine Heilige, und ich weiß nicht, was ich ohne dich machen würde.« Mit neuem Mut eilte Bet zu ihrem Mann.

»Ich wünschte, die Leute würden aufhören, mich als Heilige zu bezeichnen«, murmelte Eden vor sich hin.

Ihre Freunde würden sie nicht als Heilige betrachten, eher als eine Wahrsagerin des Schicksals, wenn sie die Information weitergab, die Daniel Johnston ihr gestern übermittelt hatte. Eden hatte mit der Ankündigung, dass die britische Armee im Anmarsch war, so lange wie möglich gewartet. Sie würde erst jemandem etwas davon sagen, wenn Micah die verwundeten Soldaten mit seiner Kutsche heimbrachte.

Natürlich versetzte die Neuigkeit den letzten paar Minuten des Festes einen Dämpfer. Eden beendete jedoch ihre Ankündigung mit einem bewegenden Appell an Patriotismus, erinnerte die guten Bürger von Virginia an die verwundeten Soldaten, die für die Freiheit ihrer Familien gekämpft hatten, und rief dann zu materieller und moralischer Unterstützung auf. Zu ihrer Erleichterung führte ihr Appell zu einer Sammlung von Proviant und Hilfsgütern für die Rebellenarmee.

Nachdem Eden ihre Landsleute über die mögliche britische Invasion informiert hatte, war ihr nächster Punkt auf der Tagesordnung, die Daltons davon zu überzeugen, dass Liebe ein viel besserer Grund für eine Ehe war als nur eine Verbindung um der Geschäfte willen. Sie fragte sich, ob Angus Dalton das verstehen würde, denn es war kein Geheimnis, dass er Catherine wegen des Geldes und ihrer gesellschaftlichen Stellung geheiratet hatte und sich eine Mätresse in Williamsburg hielt.

Den Gerüchten zufolge fand Catherine Dalton Trost in den Armen anderer Männer. Weder Angus noch Catherine waren anscheinend Befürworter von Liebesheiraten.

Sie würde einfach die richtigen Worte finden müssen, um die Daltons zu überzeugen, dass Liebe keine so schlechte Voraussetzung für eine Ehe war.

Eden blickte himmelwärts. Sie konnte ein wenig göttliche Eingebung für diese Aufgabe gebrauchen!

Als Eden vom Kirchenfest zurückkehrte, um nach den Soldaten zu sehen, die nicht hatten teilnehmen können, stellte sie überrascht fest, dass Sebastian zu Besuch bei ihren Patienten war. Es war das erste Mal, dass sie ihn seit der Gewitternacht vor einer Woche wiedersah. Sie bemühte sich, die Fassung zu bewahren, setzte ein Lächeln auf und widmete sich den Patienten.

»Schade, dass Sie uns nicht alle an diesem Nachmittag Gesellschaft leisten konnten«, sagte sie. »Aber für diejenigen, die nicht draußen sein konnten, habe ich einige Erfrischungen und Geschenke von euren dankbaren Unterstützern mitgebracht, die ihre herzlichsten Wünsche schicken.«

Eden legte eine Pause ein, um Sebastian leicht zuzunicken, der anscheinend viel besser darin war als sie, so zu tun, als ob nichts zwischen ihnen gewesen sei. Er wirkte ruhig und unbekümmert, während sie das Gefühl hatte, wild tanzende Schmetterlinge im Bauch zu haben. Ihre

Hände zitterten leicht, als sie selbst gebastelte Geschenke und Süßigkeiten an ihre Patienten verteilte.

»Jeder Offizielle auf dem Kirchenfest hat mich gebeten, Dankbarkeit für die Unterstützung der patriotischen Sache auszurichten«, sagte Eden, als sie die Runde machte.

Sebastian saß entspannt auf seinem Stuhl und beobachtete, wie Eden ihre Gaben verteilte. Es fiel ihm schwer, die Freude zu verbergen, die er empfand, als er Eden wiedersah, nicht auf die Erinnerungen an die Nacht zu reagieren, die er mit ihr verbracht hatte.

Er kämpfte gegen das Verlangen an, das in ihm aufstieg. Verdammt, da war Eden in ihrem rosafarbenen Kleid, und er begehrte sie wie in jener Nacht. Allmählich war er überzeugt, dass diese Frau wirklich etwas Mystisches hatte, das einen Mann verzaubern konnte.

Nachdem Eden die Geschenke verteilt hatte, folgte Sebastian ihr über den Flur zur Treppe. »Wo schläfst du jetzt, da du dein Haus für die verwundeten Soldaten geöffnet hast?«, fragte er neugierig.

Eden wies auf eine Vorratskammer mit einem weit geöffneten Fenster.

Sebastian blickte verblüfft hin. Eine Gefängniszelle war kaum kleiner. »In diesem *Schrank?*«

»Unsere Soldaten haben an schlimmeren Plätzen schlafen müssen«, erwiderte sie. »Dies ist nur ein kleines Opfer, findest du nicht?«

»Es ist ein *Kämmerchen*«, korrigierte sich Sebastian. Wenn er irgendwelche Fantasien gehabt hatte, die Wonne noch einmal zu erleben, die er in jener Gewitternacht mit Eden geteilt hatte, so verschwanden sie sofort. In diesem Haus gab es keine Intimsphäre.

»Ich beklage mich nicht«, sagte sie, als sie den Weg fortsetzte.

Du würdest dich niemals beklagen, dachte er.

»Da das Haus bis auf den letzten Platz gefüllt ist, weiß ich nicht, wo ich Bet und Peter einquartieren soll, wenn sie eintreffen.«

»Eintreffen?«, wiederholte er und beobachtete fasziniert, wie Eden die Treppe vor ihm förmlich hinabschwebte.

Eden blickte über die Schulter zu ihm und kämpfte gegen das erregende Prickeln an, das der Anblick dieses Mannes in ihr auslöste. Er sah gut aus. Er hatte eine wunderbar männliche Ausstrahlung. Er …

Reiß dich zusammen, Edeline Renee. Du verhältst dich wie eine liebestolle Närrin!

»Peters Eltern sind gegen die Ehe der beiden«, erklärte sie und zwang sich, sich auf das Thema der Unterhaltung zu konzentrieren und nicht an Sebastians sinnliche Wirkung auf sie zu denken. »Angus und Catherine Dalton wollen die Ehe scheiden lassen, damit ihr einziger Sohn die Tochter eines anderen wohlhabenden Williamsburger Händlers heiraten kann, der ebenfalls Patrioten und Tories gleichermaßen beliefert. Peters Ehe mit einer der Töchter des Kommandeurs der Miliz passt den Daltons überhaupt nicht.«

»Die Finanzen sind einigen Leuten wichtiger als das Glück«, sagte Sebastian in bitterem Tonfall.

Eden musterte ihn genau und fragte sich, was der Grund für seinen Ärger war, den sie aus seiner Stimme heraushörte. »Die Daltons haben wegen Geld und Verbindungen geheiratet, eine Vernunftehe, die beiden Familien nutzt. Sie haben sich geweigert, Peter und Bet bei sich wohnen zu lassen, bis die beiden ein geeignetes Haus gefunden haben.«

»Und natürlich hat der barmherzige Engel seine Flügel ausgebreitet und das verlorene Schaf bei der Herde willkommen geheißen.«

»Natürlich. Bet ist meine Schwester.«

»Und deine Großzügigkeit kennt keine Grenzen.«

»Was hätte ich denn tun sollen, Sebastian? Hätte ich sie auf die Straße setzen sollen?«

»Du hättest Bet und Peter ihre Probleme selbst lösen lassen können«, sagte er. »Wie kannst du von ihnen erwarten, unabhängig zu werden, wenn du ihnen jedes Mal hilfst, wenn sie über eine der Fallen des Lebens stolpern?«

»In diesem Fall habe ich die Einladung bereits ausgesprochen. Bet und Peter werden gleich morgen früh eintreffen. Ich habe mich bereit erklärt, morgen Abend mit Angus und Catherine zu sprechen. Hoffentlich kann ich die Daltons davon überzeugen, dass eine Heirat aus Liebe weitaus besser ist als aus finanziellen Gründen.«

Sebastian lachte sardonisch. »Du bist immer die Idealistin, stets bemüht, Konflikte zu entschärfen. Aber ich warne dich, dass mehr Herzen vom Geld als von Liebe geleitet werden.«

Eden reckte das Kinn vor. Sie lächelte nicht mehr nachsichtig. »Und du bist der ewige Zyniker, nicht wahr? Doch einige Skeptiker können davon überzeugt werden, zu glauben, dass Güte und Liebe weitaus bessere Belohnungen sind als finanzieller Profit.«

»Versuchst du, mich zu deinen noblen Idealen zu bekehren, Engel?«, neckte er sie.

Eden musterte ihn einen Moment nachdenklich. »Und welche Ideale hast du, und wo liegen deine Loyalitäten? Alles, was ich über dich erfahren habe ...« Eden spürte, wie ihr das Blut in die Wangen stieg, und fuhr hastig fort: »Ich weiß wirklich nicht viel über dich. Micah Bancroft erzählte mir, dass du sein lange verlorener Cousin bist. Ich finde es seltsam, dass du einfach so aufgetaucht bist, um zerbrochene verwandtschaftliche Beziehungen wiederherzustellen.«

»Und du bist begierig darauf, eine neue Verwandtschaft mit dem jungen Paar und den verärgerten Schwiegereltern aufzubauen«, konterte Sebastian. »Wo wirst du Braut und Bräutigam unterbringen? In einem zusätzlichen Schrank?«

Obwohl Sebastian den Fragen nach seiner Vergangenheit ausgewichen war, bezwang Eden ihre Neugier. Sie musste in der Tat den Ausweg aus einem Dilemma finden – und zwar schnell.

»Komm mit, Eden. Ich helfe dir lieber, einen Platz zu finden, um deine wachsende Familie unterzubringen, als um meine Tugenden oder den Mangel daran zu diskutieren.«

Eden beeilte sich, mit Sebastians langen Schritten mitzuhalten. Er verharrte an der Tür jeden Zimmers im Erdgeschoss und schaute sich jedes sorgfältig an.

»Der Tanzsaal bietet einige Möglichkeiten«, sagte er und wies auf den großen Raum, der von Sonnenschein erfüllt war.

»Das wäre ein perfekter Ort. Er bietet Intimsphäre und viel Platz.«

»Du solltest die Sitzbank und die Endtische an die nördliche Ecke umstellen und die Möbel wie in einem Salon gruppieren. Lass den Raum am Südende für ein Bett, Schränke und Garderobe frei. Das Bett wird weit genug vom Eingang entfernt stehen, sodass Vorbeigehende nicht sehen können …« Er verstummte und grinste dann anzüglich. »Ich glaube, du weißt, was ich meine.«

Eden spürte, wie Hitze in ihr aufstieg, als sie sein Grinsen sah und sich an die Nacht mit ihm erinnerte. O ja, sie wusste, warum das Bett nicht nahe beim Eingang stehen sollte. Ohne Sebastian anzublicken, sagte sie: »Ich … äh … ich glaube, ich weiß, was du meinst.«

Eden krempelte die Ärmel auf und begann, die Ecktische zur Nordseite des Raums zu verschieben.

Sebastian sah sie erstaunt an. »Was, zum Teufel, treibst du da?«

»Ich befolge deinen Rat und stelle die Möbel um«, erwiderte sie über die Schulter. »Ich will, dass alles vorbereitet ist, wenn Bet und Peter eintreffen. Sie sollen sehen, dass wir uns freuen, sie in unserem Haus zu haben, und dass es uns keine Unannehmlichkeiten bereitet, Platz für sie zu beschaffen.«

Sebastian seufzte. Dann erinnerte er sich daran, dass Eden niemals etwas von jemandem erwartete, das sie nicht selbst zu tun bereit war. Während ihre Dienerschaft tägliche Rationen von Hilfspaketen an Nachbarn auslieferte, setzte Eden ihre Vorhaben in die Tat um, ohne auf Unterstützung zu warten. Und obwohl die meisten Personen bei ihren Familien oder dem Freundeskreis Anerkennung für ihre Hilfe erwarten, spielte Eden ihre guten Taten herunter. Sie war wirklich eine der großherzigsten, freundlichsten Menschen, die Sebastian jemals kennen gelernt hatte, und sie hatte seinen Glauben an das Gute im weiblichen Geschlecht wiederhergestellt.

Als Eden versuchte, die schwere Sitzbank allein zu verschieben, eilte Sebastian zu ihr, um ihr zu helfen. Er wusste, dass Eden daran gewöhnt war, Möbel zu verschieben. Er hatte nur nicht geahnt, dass sie das tatsächlich alles allein tat! Und warum stellt sie die Möbel so oft um?, fragte er sich wieder einmal.

Die Frage erinnerte ihn an Micahs Bemerkung, dass Eden ihren Ex-Verlobten über den Kopf gewachsen war. Sebastian dachte auch über ihre Marotte nach, nachts Vorhänge weit offen zu lassen. Was motivierte sie dazu? Hatte dieses Bedürfnis nach ständiger Veränderung und offenen Räumen etwas mit den Schatten zu tun, die er in ihren Augen gesehen hatte, wenn sie von besorgten Gedanken heimgesucht worden war?

»Und jetzt das Bett und die Frisierkommode«, kündigte Eden mit ihrer üblichen Begeisterung an. »Ich glaube, du hast Recht, Sebastian. Dies wird eine praktische, aber luxuriöse Suite für das Brautpaar sein. Ich werde Bets Sachen aus ihrer Mansarde herunterholen, und wir werden eine große Heimkehr feiern!«

Als Eden davoneilte, um noch mehr Möbel zu holen, schüttelte Sebastian ungläubig den Kopf. Die würdevollen Mitglieder der Aristokratie von Virginia wären entsetzt, wenn sie sehen würden, dass Eden sich wie eine gewöhnliche Dienerin verhielt, besonders zu dieser Zeit, wo die meisten Adligen in ihren Salons weilten oder sich in Cafés und Gaststätten amüsierten.

Eden war die Verkörperung von Tatkraft und Fleiß. Und wenn auch ihr Rücken beim Eintreffen des jungen Paares schmerzen würde, so würden sie nie erfahren, wie viel

Mühe Eden ihretwegen aufgewandt hatte. Sie war, wie Micah behauptet hatte, eine Klasse für sich.

Sebastian machte sich auf die Suche nach Eden. Als er sie fand, zog sie Schubladen aus der Walnusskommode in der Mansarde. Während sie die Schubladen die Treppe hinuntertrug, trommelte Sebastian Unterstützung herbei. Einige verwundete Soldaten boten sich freiwillig an, die Möbel nach unten zu bringen.

Eden verharrte abrupt, als sie die Prozession von Männern sah, die Möbelstücke trugen.

»Sie sollten sich nicht anstrengen«, protestierte sie. »Sie müssen im Bett liegen und sich ausruhen.«

»Für Sie, Engel, würde ich diese Kommode bis nach Williamsburg tragen«, versicherte ihr Henry Maynard.

Die übrigen Verwundeten pflichteten ihm bei.

Eden stand abseits, als die Männer, angeführt von Sebastian, die Möbel in die neue Hochzeitssuite schleppten. In weniger als einer Stunde stand das Bett bei der Südwand, und die Möbel waren nach Edens Angaben aufgestellt.

»Du hattest völlig Recht, Sebastian. Dies ist eine großartige Hochzeitssuite«, sagte sie mit einem anerkennenden Rundblick.

Sebastian betrachtete die Bettdecke aus feiner Spitze und stellte sich ein anderes Brautpaar in dem Bett vor. »Bet und Peter werden sich bestimmt freuen. Wer würde das nicht?«

»Himmel!« Eden starrte ihn besorgt an. »Du musst einen Grund gehabt haben, heute Abend vorbeizukommen. Ich war so beschäftigt, dass ich vergessen habe, danach zu fragen. Entschuldige bitte. Was hast du gewollt, Sebastian?«

Dich. Er verdrängte den erotischen Gedanken. »Ich bin gekommen, um meinen Hengst abzuholen. Ich habe woanders Verpflichtungen, und so ist es auch mit dem Araber.«

Eden schluckte. Sebastian würde gehen. Sie hatte sich

auf diese Möglichkeit vorbereitet, jedoch nicht erwartet, dass sie so tiefe Enttäuschung empfinden würde.

»Lass mich für die Dienste des Arabers bezahlen.«

Als sie ihre Handtasche holen wollte, hielt er sie am Arm zurück. »Ich will dein Geld nicht.«

Eden versteifte sich. Wenn er damit andeuten wollte, dass die gemeinsame Nacht die Bezahlung war, würde sie ihn erwürgen! »Dennoch wirst du deine Gebühr erhalten«, beharrte sie.

»Nein, dies ist ein weiteres Beispiel dafür, wie deine Großzügigkeit auf mich abgefärbt hat. Wie du gesagt hast, finanzieller Profit sollte nicht immer das Hauptmotiv für einen Mann sein.«

Als er sie anlächelte, erkannte Eden, dass sie starke Zuneigung zu ihm empfand – anscheinend zu starke.

Es schmerzte, zu wissen, dass ihr der Mann so viel bedeutete, der diese Zuneigung nicht in gleichem Maße erwiderte. Sie erwartete nichts von diesem gut aussehenden Abenteurer – weigerte sich, irgendetwas zu erwarten außer dem Vergnügen des Augenblicks.

»Auf Wiedersehen, Eden«, murmelte Sebastian und hob ihre Hand an seine Lippen.

Eden wusste, dass sie Sebastian an der Haustür hätte verabschieden sollen, doch irgendein Impuls veranlasste sie, ihm in die Dunkelheit hinaus zu folgen. Schweigend beobachtete sie, wie er zu der Koppel ging, wo der Araber mit den Stuten graste.

Ich werde Sebastian ohne Bedingungen gehen lassen, sagte sich Eden. Aber wenn nur Zeit genug wäre, um ihm all das Wunderbare zurückzugeben, das er mir …

Hast du den Verstand verloren?, schalt sich Eden. Was sie und Sebastian geteilt hatten, war vorbei wie das Gewitter, das über das Land gezogen war. Sie würde nie die Möglichkeit haben, die muskulösen Konturen seines prächtigen Körpers zu erkunden …

Hör auf, du Dummkopf! Eden war entsetzt über ihre unmoralischen Gedanken. Sie konnte Sebastian anscheinend nicht ansehen, ohne ihn zu begehren. Hatte sie kein Schamgefühl mehr?

Es war gut, dass Sebastian aus ihrem Leben verschwand. Wer weiß, was aus ihren noblen Absichten werden würde, wenn er bliebe.

Bei Sebastians scharfem Pfiff ruckte der Kopf des Arabers hoch, aber der Hengst war zufrieden, wo er war. Sebastian kannte das Gefühl. Er hatte es nicht eilig, die Pembrook-Plantage zu verlassen. Als er das Pferd abermals rief, warf der Araber den Kopf auf und beäugte die Stuten, von denen er umgeben war.

»Der Hengst hat anscheinend eine eigensinnige Ader«, bemerkte Eden.

»Er ist bei seinem Harem«, sagte Sebastian, packte den Führstrick und öffnete dann das Koppeltor. »Er ist keiner, der seine Pflichten auf die leichte Schulter nimmt.«

Sebastian ging zu der Stute, die von dem Araberhengst bevorzugt worden war, und führte sie zum Tor.

Eden starrte bewundernd auf den prächtigen Hengst, der die Koppel umkreiste und sich vor den letzten blutroten und goldenen Strahlen des Sonnenuntergangs abhob. Als der Araber zurücktrabte, um bei der Stute stehen zu bleiben, packte Sebastian das Halfter und band den Führstrick fest.

»Diese rotbraune Stute ist sein Untergang. Sie bedeutet ihm mehr als seine Freiheit.«

»Nur für den Moment«, fügte Eden hinzu. »Es wird andere Stuten auf grüneren Weiden geben, die seine Aufmerksamkeit auf sich ziehen werden. Das Leben besteht schließlich aus einer Reihe von Phasen, die wir durchlaufen. Was heute lebenswichtig erscheinen mag, ist morgen vielleicht nur eine flüchtige Erinnerung.«

Sebastian presste die Zähne aufeinander, ärgerlich über Edens lässiges Hinnehmen der Veränderung. Zugegeben, er war oftmals fortgegangen, ohne zurückzublicken, aber von Eden konnte er nicht mit der gleichen Gleichgültigkeit weggehen. Und nach Sebastians Eindruck war Eden anscheinend begierig darauf, dieses Kapitel ihres Lebens abzuschließen. Der Gedanke versetzte seinem männlichen Stolz einen Stich. Er fühlte sich, als wäre er soeben in die Folge von Edens früheren Verlobten eingereiht worden.

»So war es mit den anderen, nicht wahr?«, fragte er, als er den Hengst durch das Tor führte.

Eden runzelte verwirrt die Stirn. »Wovon redest du?«

Sebastian band den Hengst an und wandte sich dann Eden zu. »Ich spreche von den sieben Ex-Verlobten. Nachdem du dir alles Wissen angeeignet hast, das sie dir bieten konnten, hast du sie davon überzeugt, dass sie ohne dich besser dran wären. Dann hast du dir eine neue Ablenkung gesucht.«

Eden schnappte nach Luft. »Das klingt, als hieltest du mich für eine intrigante Xanthippe!«

»Keine Xanthippe«, erwiderte er. »Eine raffinierte Heilige, die auf subtile Weise ihren sitzen gelassenen Verehrern einredet, dass es ihre Idee ist, die Beziehung zu beenden. Deine Bemerkungen über den Araber sind deine Art, mir zu sagen, dass das, was wir geteilt haben, nur eine weitere Phase deines Lebens war.«

Eden ballte in den Falten ihres Kleides die Hände zu Fäusten und zwang sich, Sebastian nicht zu schlagen. »Darf ich dich daran erinnern, dass *du* derjenige bist, der geht, und zwar aus eigenem Entschluss? Ich habe nicht versucht, dich aufzuhalten, weil du das nicht willst.«

»Oder liegt es daran, dass du keinen Bedarf mehr an meiner Gesellschaft hast?«

Ihre Blicke tauchten ineinander. Er irrte sich sehr. Er war der einzige Mann, den sie nicht zu manipulieren verstand. Er war der einzige, der sie sogar erregt hatte, wenn er sie geärgert hatte.

Der Abschied von Sebastian brachte sie fast um. Sie sehnte sich nach einem letzten Kuss von ihm, einer letzten Umarmung, bevor er aus ihrem Leben ging.

Obwohl er anscheinend das Gegenteil annahm, war nichts so gewesen wie mit den Dandys, die sie mit ihrer öden, so leicht durchschaubaren Art gelangweilt hatten. Sie konnte von Sebastian nicht genug bekommen. Und, verdammt, sie wollte nicht, dass er sie verließ. Sie wollte egoistisch sein und Sebastian halten, denn er bedeutete ihr inzwischen mehr, als sie jemals für möglich gehalten hätte.

»Ah, zum Teufel damit«, murmelte Sebastian und trat einen Schritt näher auf sie zu. Er wollte sie vor dem Wegritt nur noch einmal in den Armen halten, und genau das würde er tun.

Und wenn diese bezaubernde kleine Elfe auch seiner überdrüssig geworden war wie bei all den anderen. Ihren ersten Geliebten würde sie *nicht* vergessen!

Als er Eden in die Arme nahm, reagierte sein Körper wie stets – sofort und heftig. Die Erinnerung an ihre gemeinsame Nacht reichte, um Sebastian zu entflammen.

Und als Eden die Arme um seinen Nacken schlang und sich auf die Zehenspitzen stellte, um seinen Kuss hinzunehmen, peitschte Verlangen durch sein Blut, und er küsste sie voller Leidenschaft.

»Ich muss mit dir allein sein«, keuchte er, als er um Atem ringend den Kuss beendete. »Wohin können wir gehen?«

Eden wies mit leicht zitternder Hand zur Rückseite des Herrenhauses. »Im Garten werden wir ungestört sein.«

Er packte sie an der Hand und zog sie mit, schritt mit ihr im Zickzack zwischen Sträuchern und Magnolienbäumen zum Garten. Neben der Holzbank blieb er stehen und zog hastig seine Jacke aus. Sie war kein weiches Lager, aber die beste Möglichkeit, die er in diesem Augenblick hatte.

Edens perlendes Gelächter hallte durch den Garten. »Auf dem Boden, Sebastian?«

Plötzlich erkannte Sebastian, dass ein Lager im Gras der ideale Ort für Sex mit Eden war – weil es eine *Abwechslung* von dem Bett war, auf dem sie sich zum ersten Mal geliebt hatten.

Er ergriff ihre Hand, zog sie mit sich ins Gras und schloss sie sofort in die Arme.

»Du musst wissen, dass ich dich heute Nacht verlasse, weil es sein muss, nicht weil ich es will. Wenn nicht meine anderen Verpflichtungen wären, würde ich …«

Sie legte ihm den Zeigefinger auf die Lippen und brachte ihn zum Verstummen. »Es ist alles in Ordnung. Du brauchst nichts zu erklären. Es zählt nur …« Eden blickte in der zunehmenden Dämmerung in sein Gesicht auf, und sie erkannte plötzlich, warum dieser Mann so viele Gefühle in ihr auslöste, weshalb sie so verletzlich bei ihm war, so beeindruckt von allem, was er sagte und tat. Er hatte in ihr Empfindungen geweckt, als hätte er ihrer Seele und ihrem Herzen Leben eingehaucht. »Es zählt nur, dass ich dich liebe …«

Sebastian hatte die berühmten drei Worte dutzend Mal gehört, doch nie mit solcher Aufrichtigkeit und Überzeugung wie von Eden. Er bedeutete ihr etwas, erkannte er mit ehrfürchtigem Staunen und beschämt. *Mehr* als das. Sie wollte wirklich nicht, dass er aus ihrem Leben verschwand.

Aufstöhnend riss Sebastian Eden an sich und gab sich dem Gefühl hin, den Himmel auf Erden zu spüren. Aber als er sie streicheln wollte, hielt sie seine Hände fest.

»Ich will dir die Freuden wiedergeben, die du mir geschenkt hast«, sagte sie leise.

Es kostete Sebastian alle Selbstbeherrschung, liegen zu bleiben, während Eden sein Hemd aufknöpfte und dann mit den Fingerspitzen zärtlich über seine behaarte Brust strich. Er spürte, wie sich seine Muskeln anspannten und dann unter den sanften Berührungen entspannten. Als er ihre Lippen auf der Haut und die Zunge um seine Brustwarzen spürte, fragte er sich, wie viel von dieser süßen, erregenden Qual er ertragen konnte, bevor er von wilder, zügelloser Begierde überwältigt werden würde. Sie hatte erst angefangen die Konturen seines Körpers zu erkunden, und sein Verlangen war bereits übermächtig.

Als sie ihn liebkoste, war Eden wie gebannt von der Erkenntnis, welche Macht sie in diesem Augenblick über ihn hatte. Sie konnte seinen heftigen Herzschlag spüren, sein schweres Atmen hören. Sie wollte wissen, wie und wo sie ihn berühren musste, damit sie ihn erregte, wie er sie mit seiner meisterhaften Zärtlichkeit in Ekstase getrieben hatte.

Ihre Hand glitt zum Bund seiner Hose, und sie spürte, wie sich die harten Bauchmuskeln anspannten, hörte ihn scharf einatmen. Fasziniert beugte sie sich über ihn und zog eine Spur von Küssen über seine Haut.

»Eden?« Sebastian stöhnte auf, als er ihre Hand auf der Hose an der Länge seiner harten Männlichkeit entlanggleiten spürte. »Das wird nicht reichen.«

»Tue ich etwas Falsches?«

»Nein, alles ist wunderbar, aber …« Er verstummte, als sie die Hand unter den Hosenbund schob und den Beweis seiner Begierde mit den Fingerspitzen berührte.

»Aber was, Sebastian?«

Eden öffnete den Verschluss seiner Reithose, und sie senkte den Mund auf ihn und umkreiste mit der Zungenspitze seine weiche Haut, erregte ihn, dass er vor Verlangen fast verrückt wurde.

»Du bringst mich um«, stöhnte Sebastian und wölbte seinen Körper unbewusst ihren Händen und Lippen entgegen.

»Tue ich das?« Sie lächelte ihn an, als sie seine empfindsame Haut umschmeichelte.

Als sie ihn in den Mund nahm und sanft saugte, konnte er unter dem Ansturm der Gefühle kaum atmen.

»Komm, ich brauche dich«, flüsterte er verzweifelt.

Drängend zog er sie auf sich, schob ihr Kleid und die Unterröcke zur Seite, sehnte sich danach, sie zu nehmen, bevor die Welt in Flammen aufging.

»Machen wir es nicht umgekehrt?«, fragte Eden. Ihr stockte der Atem, als sie seine Hand über den Oberschenkel hochgleiten spürte, als er sie erregend streichelte. »Ich … ich dachte, du solltst oben sein.«

Sebastian, der Edens Vorliebe für Abwechslung kannte, hatte nicht vor, sie zweimal auf dieselbe Weise zu lieben. Er erschauerte bei der Vorstellung, dass Eden von seinen erotischen Techniken gelangweilt werden könnte.

»Es gibt Dutzende Möglichkeiten …«

Als ihr seidenweicher Körper sanft gegen seine pulsierende Länge rieb, schienen alle Gedanken von der Abendbrise fortgeweht zu werden. Er umfasste ihre Hüften, hob sie auf sich und versank in ihr.

Eine nie gekannte Lust erfüllte Eden, als Sebastian sie lehrte, sich mit ihm im perfekten Rhythmus zu bewegen. Unbeschreibliche Gefühle durchströmten sie, und sie glaubte, immer höher auf den Gipfel der Leidenschaft getragen zu werden.

Hitze durchströmte sie, und dann kam es, das hilflose Gefühl, durch Zeit und Raum zu fallen. Wogen der Lust erfassten sie, und Eden klammerte sich an Sebastian, in dem verzweifelten Verlangen, ihn nie mehr loszulassen.

Auf dem Höhepunkt ihrer Ekstase empfand Eden das Gefühl tiefer Zuneigung, das mit süßer Stimme in ihr Herz und ihre Seele zu flüstern schien. Sie empfand viel mehr als eine ungemein starke körperliche Reaktion auf Sebastian. Sobald er sie in den Armen hielt, verblassten die Qualen der Vergangenheit wie Schatten, die vom Sonnenschein aufgezehrt wurden. Dies ist zweifellos Liebe, dachte Eden. Dies war das, was in ihrem Leben gefehlt hatte.

Als die Leidenschaft abklang, schmiegte sich Eden an Sebastians Brust. Sie fragte sich, wie lange dieses Glücksgefühl währte. Nichts blieb dasselbe wie zuvor. Die Zeit veränderte alles. War nicht die natürliche Folgerung, dass Liebe den Lauf der Zeit veränderte?

Eden stützte das Kinn auf den verschränkten Händen auf und blickte auf Sebastians Gesicht hinab. Sie liebte diesen Mann, doch er würde fortreiten. Weshalb also Fragen ergründen, die keine Antworten brauchten? Sie musste diesen Augenblick einfach genießen, solange er währte, denn der Morgen würde eine drastische Veränderung bringen.

»Was denkst du?«, flüsterte Sebastian.

Eden lächelte. »Ich denke, wie unvollständig mein Leben wäre, wenn ich dich nie kennen gelernt hätte.«

Zum ersten Mal seit fünf Jahren verfluchte Sebastian das Doppelleben, zu dem er sich entschieden hatte. Er wollte Eden bitten, mit ihm zu kommen, seine Verpflichtungen vergessen, doch er wusste, dass sie ihn unmöglich begleiten und er seinen Aufgaben nicht davonlaufen konnte.

Sebastian fluchte lautlos, als er sich von ihr löste, um seine Sachen einzusammeln. Er wollte bleiben – er musste fort. Er wollte Eden mitnehmen – er konnte es nicht.

Himmel und Hölle in einem.

Eden ordnete ihre Unterröcke und ihr Kleid und erhob sich. Schweigend schaute sie zu, wie Sebastian seine Reithose und das Hemd anzog. »Wenn du jemals wieder zufällig vorbeireitest …« Ihre Stimme verwehte, als er sie ansah und seine silbergrauen Augen das Licht der Sterne widerspiegelten. Gott, ihn gehen zu lassen, schmerzte schlimmer, als sie für möglich gehalten hatte!

»Ich werde zurückkommen«, beteuerte er.

»Wann, Sebastian?«

Er umfasste ihr Gesicht und zog ihren Kopf zu sich. »Ich wünschte, ich könnte das mit Sicherheit sagen«, murmelte er, bevor er die Lippen auf ihren Mund senkte, so zärtlich, dass sie glaubte, von Schmetterlingsflügeln gestreift zu werden. »Wirst du auf mich warten?«

»Ja, denn ich liebe dich.«

Sebastian starrte in ihre ausdrucksvollen Augen wie um in den Tiefen ihrer Seele zu forschen. »Liebst du mich genug, um für immer zu warten, wenn es so lange dauern wird?«

Warum peinigte er sie so sehr? Sie hatte Worte zu ihm gesagt, die sie noch keinem anderen Mann gegenüber ausgesprochen hatte. Wollte er ihren Namen seiner Sammlung von gebrochenen Herzen hinzufügen?

»Ich glaube, ich hätte dich lange und gut lieben können«, gab sie zu.

»Vergiss mich wenigstens nicht, Eden«, wisperte er. »Halte in Erinnerung, was wir haben könnten, wenn die Dinge anders wären.« Er lächelte schwach und schaute ihr in die Augen. »Ich schwöre, dass ich mich bei jedem Blick in den Morgenhimmel an diese wunderbaren Engelsaugen erinnern werde.«

Es war wie ein Stich in Edens Herz, als Sebastian fortging. Ich habe wenigstens die köstlichen Erinnerungen, tröstete sie sich. Sie hatte erfahren, was ihre eigenen Eltern nie erlebt hatten, und jetzt verstand sie, was ihre Schwester und Peter Dalton teilten.

Der Gedanke bestärkte Eden in ihrer Entschlossenheit. Sie würde dafür sorgen, dass Bet und Peter ihren Traum ausleben konnten, auch wenn Bets halsstarrige Schwiegereltern gegen die Heirat waren. Wenn sie, Eden, sich an der Erfüllung ihrer eigenen geheimen Träume erfreuen konnte, würde sie sicherstellen, dass ihre Schwester es ebenfalls durfte. Sie würde Elizabeth die Chance verschaffen, herauszufinden, ob Liebe ewig andauern konnte. Das würde ihr nächster Kreuzzug sein.

8

Gerard Lockwood klopfte an die Tür der Hütte. Er und seine Gefährten hatten eine hektische Aktivität entwickelt, um den Sympathisanten der Tories zu übermitteln, welche Botschaften durch das Netzwerk von Geheimagenten sich entschlüsseln und weitergeben ließen.

»Herein, Gentlemen.« Thaddeus Saber trat zur Seite, um seine Gäste einzulassen. »Der Kaffee kocht …«

Gerard trat schwerfällig ein und setzte sich an den Tisch. Sein Blick glitt zu der geschlossenen Tür der Schlafkammer. »Ich nehme an, dein Neffe ist nicht da.«

Thaddeus schlurfte zum Küchenschrank, um zwei Becher herauszunehmen. »Leider nicht. Er pflegt im Moment einige Blessuren.«

»Dann wirst du ihm seine neuen Befehle übermitteln«, sagte Gerard.

Thaddeus musterte den ärgerlichen Ausdruck von Gerards groben Zügen. »Was braut man in Virginia außer meinem Kaffee?«

»Etwas Großes, alter Mann, etwas sehr Großes, aber ich hätte die Führung bei dieser neuen Operation bekommen sollen, denn …« Er verstummte mit finsterem Blick.

»Etwas Großes ist bereits geschehen«, sagte Thaddeus. »Lieutenant Colonel Banastre Tarleton hätte fast die Gefangennahme durchgeführt, von der die Patrioten in helle Aufregung versetzt worden wären.«

Die Bemerkung veranlasste Gerard zu einem schwachen Grinsen. »In der Tat, wenn einer dieser Rebellenspione unsere Pläne an der Kreuzung beim Gasthaus in der

Nähe von Charlotte nicht belauscht und die Virginier alarmiert hätte, dann hätten Tarletons Männer Thomas Jefferson, Patrick Henry und Thomas Nelson junior, den Gouverneur Virginias, gefangen genommen.«

Thaddeus bediente seine Gäste und nippte dann an seinem Kaffee. »Wir könnten die prominentesten Bürger Virginias als Druckmittel bei Verhandlungen haben, wenn dieser verdammte Spion nicht gewesen wäre.«

»Aber Tarleton hat sieben Gesetzgeber gefangen genommen«, ergriff Peyton Haines das Wort. »Zu schade, dass diese Männer nicht das gleiche Ansehen wie Jefferson, Henry und Nelson haben.«

Thaddeus zuckte mit den Schultern. »Ah, da sich nun die Briten Virginia nähern, werden wir andere Gelegenheiten haben.«

»Sofern wir verhindern können, dass diese heimtückischen Rebellenspione unsere Pläne erfahren«, knurrte Gerard. »Ich weiß nicht, wie die Patrioten von Tarletons Überraschungsangriff auf Charlotteville Wind bekommen haben.«

»Was ist mit diesem wichtigen Plan, den Sie erwähnt haben?«, wandte sich Thaddeus an Gerard. »Plant Tarleton einen anderen Überraschungsbesuch bei den hohen Tieren Virginias?«

Gerard grinste teuflisch und entblößte die Lücke zwischen den Schneidezähnen. »Hol mir etwas Brandy für meinen Kaffee, und ich werde dir die Botschaft für Lord Saber geben. Wir müssen Pläne für diesen Abend schmieden.«

Thaddeus erhob sich von seinem Stuhl und ging, um den Brandy zu holen. »Welche Rolle spielt mein Großneffe bei diesem Plan?«

Gerard blickte gierig auf die volle Brandyflasche, mit der Thaddeus zurückkehrte. »Lord Saber wird den britischen Sieg sicherstellen. Es war mein Plan, doch das britische Oberkommando entschied, deinem Großneffen das Kommando zu geben. Wir werden Benedict Arnolds Beispiel folgen.«

»Nach Arnolds Verrat hätte ich gedacht, Washington wäre so vorsichtig, keinen Mann in seinen inneren Kreis zu schleusen. Ich bezweifle, dass der General der Patrioten ein zweites Mal so leichtgläubig sein wird.«

»Washington hat nichts mit dieser Mission zu tun, aber der Defätismus der Rebellen wird trotzdem aus dem inneren Kreis kommen.« Gerard nippte an seinem Kaffee, in den er einen Schuss Brandy gegossen hatte. »Dieser Plan wird den Patrioten während der Schlacht das Genick brechen.«

»Es kommt nicht darauf an, *wen* wir in die amerikanischen Truppen einschleusen, alter Mann, sondern *wie* wir den verlängerten Arm des Rebellenkommandeurs, dem alle vertrauen, für unsere Zwecke verbiegen.«

Thaddeus blickte ihn ungeduldig an. »Spucken Sie's aus, Lockwood. Sie haben meine Neugier geweckt. Was verlangt das britische Oberkommando dieses Mal von meinem Großneffen?«

Gerard lächelte boshaft. »Der berühmte General Leland Pembrook, Kommandeur der Virginia Miliz, ist unser Ziel. Wenn seine beiden Töchter gefangen genommen sind, wird Leland sehr empfänglich für Verrat sein.«

Thaddeus starrte Lockwood durch seine Brille mit Drahtgestell an. »Wir nehmen Frauen gefangen, um sie als Druckmittel einzusetzen?«

»Und keine verdient es mehr, gefangen genommen zu werden, als der Engel der Rebellen und seine Schwester«, sagte Gerard. »Außerdem habe ich noch eine alte Rechnung mit Eden Pembrook zu begleichen.«

Thaddeus strich über seinen grauen Bart, während er seine Gefährten nachdenklich ansah. »Welche Forderungen muss General Pembrook erfüllen, wenn seine Töchter gefangen genommen worden sind?«

Gerard trank einen Schluck Kaffee mit Brandy und wischte sich mit dem Ärmel über den Mund. »Pembrook wird uns Informationen über die Stärken und Schwächen der patriotischen Verteidigung geben. Wenn die Briten und Patrioten in Virginia aufeinander prallen, wird sich Pembrook zurückziehen und unseren Armeen Platz machen, um vorzustoßen und den Feind zu besiegen.«

»Es überrascht mich, dass das britische Oberkommando diesem hinterhältigen Plan zustimmt«, bemerkte Thaddeus.

»Dies ist Krieg, alter Mann.«

»Ich bezweifle, dass mein Großneffe seine Befehle billigen wird. Er ist mit den Pembrooks bekannt geworden, als er in diesem Gebiet erkundete.«

»Warum, alter Mann, hat er wohl den Befehl erhalten, in die Pembrook-Plantage einzusickern, wo sich die Rebellensoldaten von ihren Verwundungen erholen? Wir haben damit das Fundament gelegt. Jetzt ist Lord Saber mit dem Gebiet vertraut, und wir können meinen Plan in die Tat umsetzen. Obwohl ich verdammt selbst das Kommando hätte bekommen sollen!« Er schlug mit der Faust auf den Tisch.

Zweifellos war Gerard wütend darüber, dass man nicht ihm das Kommando über die Durchführung seines eigenen Plans gegeben hatte.

»Sag Lord Saber, er soll heute Abend an unserem üblichen Treffpunkt sein. Die Entführung muss schnell durchgeführt werden, denn Cornwallis hat sich bereits bei Petersburg mit Benedict Arnold zusammengeschlossen und will zur neuen Operationsbasis marschieren. Wenn wir erst Leland Pembrook in die Knie gezwungen haben und er uns auf den leisesten Wink gehorcht, werden wir das wirtschaftliche Rückgrat des Rebellenwiderstands brechen. Dies ist die Voraussetzung, die wir brauchen, um den Krieg zu gewinnen. Wenn Lord Cornwallis Virginia einnimmt und Sir Clinton sich in New York behauptet, werden die Rebellen kapitulieren müssen.«

»Die Lage verändert sich täglich«, erinnerte Thaddeus. »Der Marquis de Lafayette und seine französischen Truppen haben einen bemerkenswerten Widerstand aufgestellt. Angesichts der Stärke der Virginia-Miliz, wird diese

Kolonie vielleicht kein so leichtes Ziel sein, wie Sie annehmen.«

»Sie wird es sein, wenn mein Plan in die Tat umgesetzt wird«, behauptete Gerard. »Denk daran, Thaddeus, du bist fein raus, wenn England diesen Krieg gewinnt. Du wirst deine Pension und dein Ansehen in der umgebildeten Kolonialregierung haben, und ich werde eine mächtige Position einnehmen. Die Kolonien haben nicht die militärische Stärke und den finanziellen Rückhalt, um sich ewig der Krone widersetzen zu können. Es war von Anfang an eine aussichtslose Sache für sie. Ich habe es sehr früh als kompletten Schwachsinn erkannt, sich der Sache der Rebellen anzuschließen.«

Als die drei Soldaten der Tories aus der Hütte marschierten, blickte Thaddeus finster vor sich hin. Die Bürger von Williamsburg würden empört sein, wenn die Tochter ihres örtlichen militärischen Helden verschwinden würde. Und schlimmer noch, Eden Pembrook wurde als Schutzengel der Sache der Rebellen betrachtet.

Thaddeus fluchte. Für ihn hatte es den Anschein, dass Gerard Lockwood ein bisschen zu begierig darauf war, Eden Pembrook zu entführen. Thaddeus hatte keine Ahnung, warum, aber er war überzeugt, dass dieser hinterhältige Plan zur Katastrophe führen würde!

»Also, Eure Lordschaft, wie wirst du dich aus dieser misslichen Lage herauswinden?«, fragte Tully Randolph, als er seinen Freund beobachtete, der unruhig im Gras auf und ab ging.

Sebastian fuhr herum, um seine nervöse Wanderung in die entgegengesetzte Richtung fortzusetzen. »Hölle und Verdammnis!«

»Fluchen löst kein Problem«, schnaubte Tully. »Und dies ist eine kitzlige Situation. Du hast den Befehl erhalten, genau die Frau zu entführen, mit der du erst kürzlich gevögelt …«

»Mensch, rede nicht so!«

»Schon gut, schon gut, mit der du erst kürzlich in tiefer Liebe intim gewesen bist, wenn du diese Formulierung lieber hörst.« Tully lehnte sich an einen Baumstamm und verschränkte die Arme vor seiner gewaltigen Brust. »Ich kann es kaum erwarten, Edens Miene zu sehen, wenn ihr klar wird, dass du mit der Patrouille der Tories reitest.«

Sebastian stieß eine Reihe sehr farbiger Kraftausdrücke hervor. Nie in seinen schlimmsten Albträumen hätte er sich vorgestellt, dass er in eine solch teuflische Lage geraten könnte. Der Gedanke, dass ihn diese schönen blauen Augen gekränkt wegen des Verrats anschauten, war unerträglich für ihn. Was er und Eden in der Gewitternacht und später am Mondscheinabend im Garten geteilt hatten, würde für immer zerstört werden. Sie würde ihm dies nie verzeihen.

»Was werden wir tun, Eure Lordschaft«, drängte Tully, als er in der Ferne Hufschlag wahrnahm. »Lockwood und seine Freunde werden gleich hier sein.«

»Du weißt, dass mir nichts anderes übrig bleibt, als diesen Befehl zu erfüllen«, sagte Sebastian. »Ich kann auf keinen Fall Lockwood das Kommando darüber überlassen.«

»Und die Lady wird dich verabscheuen«, prophezeite Tully. »Du wirst dir praktisch die eigene Kehle durchschneiden, indem du dem Rebellenengel das antust. Diesmal wird Miss Eden nicht mehr gnädig zu dir sein.«

»Das ist mir nur zu klar.« Sebastian hatte das Gefühl, in zwei Teile zerrissen zu werden. Er war verdammt, wenn er die Befehle durchführte, und er war ebenso verloren, wenn er es nicht tat. Wenn Lockwood das Kommando erhielt, würde er Eden und Bet so grausam behandeln, wie er mit allen Frauen umging.

Sebastian hoffte, Eden und Bet im Laufe dieser widerlichen Mission schützen zu können. Mit Sicherheit würde er darauf bestehen, dass die Entführer ihre Identität hinter Masken und Umhängen verbergen würden. Er ermahnte sich ebenfalls, nicht mit dieser gedehnten, langsamen

Sprechweise des Südstaatlers zu reden, die er anwandte, wenn er seine Geschäfte in Virginia durchführte. Eden würde nur seinen britischen Akzent hören und die kultivierte Gestik sehen, die typisch für einen Lord des englischen Hofes war.

Auf keinen Fall wollte Sebastian erkannt und von Eden verdammt werden. Das Wissen, dass er sie verriet, war Qual genug!

Ein frischer Wind blies um Edens Knöchel und bauschte ihr Kleid auf, als sie die Treppe vor dem Haus hinuntereilte, ohne jemanden über ihre Abreise zu informieren. So weit, so gut, gratulierte sie sich selbst.

Eden hatte eine Nachricht an die Daltons geschickt und ihr Kommen angekündigt. Sie hatte es geschafft, sich zu dieser frühen Stunde unbemerkt von Bet und Peter aus dem Haus zu stehlen. Sie hatten Eden begleiten wollen, doch sie hielt es für besser, die Sache allein zu erledigen.

Mit einem letzten Blick zum Lampenlicht, das im Fenster der neuen Hochzeitssuite schimmerte, eilte Eden zu den Ställen, um die Kutsche zu holen, die Jacob Courtney für sie bereitgestellt hatte.

Eden blickte zu den Wolken, die mit dem Mond Verstecken spielten. Wenn nicht ihr Kreuzzug zur Rettung der zerbrochenen Beziehungen zwischen Peter Dalton und seinen Eltern gewesen wäre, dann wäre sie in dieser Nacht im Haus geblieben. Der Wind heulte in den Bäumen, und es war eine unheimliche Nacht, die voller Gefahren wirkte.

Eden schauderte es. Sie erinnerte sich an die Nacht, in der sie nach ihrer verschwundenen Schwester gesucht hatte und der Patrouille der Tories in die Hände gefallen war – genauer gesagt, einer Horde von Räubern. Sie vermutete, dass diese üblen Typen für die wachsende Zahl von Überfällen in diesem Gebiet verantwortlich waren.

»Ich sollte Sie zur Stadt fahren«, beharrte Jacob. »Es

ist eine unheimliche Nacht mit schaurig heulendem Wind.«

»Es wird mir schon nichts passieren«, sagte Eden und stieg auf den Kutschbock.

Sie hatte keine zwanzig Meter mit der Kutsche zurückgelegt, als zwei dunkel verhüllte Gestalten zwischen den Bäumen hervortraten und ihren Weg blockierten.

»Edeline Renee Pembrook, du bist zu heilig, um heimlichtuerisch zu sein«, schalt Bet ihre Schwester.

Eden hielt eine Hand auf die Brust. »Du hast mich zu Tode erschreckt. Was treibst du hier draußen?«

»Weshalb versuchst du, ohne uns wegzufahren, Schwägerin?«, fragte Peter und hob Bet in die Kutsche. »Ich bin dankbar dafür, dass du dich für uns einsetzen willst, aber ich werde mich nicht hinter einem Frauenrock verstecken, Eden.«

Eden ärgerte sich, weil ihre Pläne gescheitert waren. Sie hatte den Grundstein für eine Aussöhnung legen wollen, bevor Bet und Peter eintrafen. »Woher wusstet ihr, dass ich so früh wegfahre?«

»Maggie sah dich aus deinem Kämmerchen von Schlafzimmer schleichen und fragte uns, warum wir nicht mit dir fahren«, erklärte Bet.

»Damit hätte ich rechnen müssen«, grollte Eden. »Die Teure hat Falkenaugen.«

»Und mehr Verstand als du«, schalt Bet. »Ich bin jetzt eine verheiratete Frau, Eden. Du brauchst Peter und mich nicht wie hilflose Kinder zu behandeln.«

»Ich halte es immer noch für das Beste, zuerst allein mit den Daltons zu sprechen.«

Bet reckte ihr Kinn vor. »Peter und ich sind anderer Meinung.«

Eden überreichte Peter resigniert die Zügel und ging im Geiste durch, was sie bei den Daltons sagen wollte.

Sebastians Miene verfinsterte sich, als er das Trio über den Kings Highway fahren sah. Er hatte gehofft, Eden würde allein reisen, sodass er Peter und Bet aus dieser Sache heraushalten konnte. Er war überzeugt, das britische Oberkommando zufrieden stellen zu können, indem er nur Eden gefangen nahm.

»Wir sollten sie uns jetzt schnappen«, sagte Gerard ungeduldig und bewegte sich nervös neben Sebastian.

»Wir werden bis zu ihrer Rückfahrt warten oder diese absurde Mission hier und jetzt abblasen. Entscheide dich, Lockwood.«

Gerard starrte Sebastian wütend an. Er ärgerte sich über die vornehme Art des gut aussehenden Aristokraten, über seinen gepflegten britischen Akzent und seine elegante Kleidung. Es regte ihn ebenfalls auf, dass Sebastian angeblich mit irgendeinem hochgestochenen Earl in England verwandt sein sollte.

Selbst wenn Saber eine lange Ahnentafel hatte, würde er ihn, Gerard, nicht wie einen Lakaien behandeln! Hier war er ein britischer Spion, dem er liebend gern einen Tritt in den noblen Hintern gegeben hätte, um ihn nach England zurückzubefördern – und dort zu lassen. Gerard und Sebastian waren sich seit ihrer ersten Begegnung des Öfteren in die Haare geraten.

Tully Randolph neigte sich näher, um Sebastian etwas vertraulich mitzuteilen. Gerard starrte die beiden Männer an. »Wenn du etwas zu sagen hast, komm her und spuck es aus, statt mit deiner Lordschaft zu flüstern.«

»Wie du willst, Lockwood«, sagte Tully und sah Gerard an. »Ich finde, du bist ein Arschloch.«

Als Gerard die Rechte zur Faust ballte und Tully schlagen wollte, hielt Sebastian die zum Schlag ausholende Faust fest, bevor sie Tully treffen konnte. »Ruhig, Lockwood. Streit unter den Soldaten führt nur zu Komplikationen. Ob es dir gefällt oder nicht, ich habe das Kommando, und wir werden dies handhaben, wie ich es will.«

»Schon gut, aber ich brauche nicht hinzunehmen, dass

dein großkotziger Freund blöde Bemerkungen macht. Ich habe nicht vergessen, wie er gestört hat, als ich das Pembrook-Weib auf Patrouille geschnappt hatte.«

»Du solltest Tully dafür danken, dass er seinen gutmütigen Tag hatte«, erwiderte Sebastian. »Wir belästigen keine unschuldigen Frauen. Das solltest du dir merken, wenn wir die Pembrooks gefangen nehmen. Wenn du die beiden Frauen anrührst, wirst du es mit Tully zu tun bekommen, denn dann lasse ich ihn auf dich los. Hast du mich verstanden, Lockwood?«

Gerard fluchte in sich hinein. »Ja, Eure Lordschaft, ich habe verstanden.«

Gerard warf Sebastian einen wütenden Blick zu. *Er* sollte hier das Kommando haben. Aber er war natürlich in der Kolonie geboren und aufgewachsen. Er hatte keinen blaublütigen Stammbaum wie Lord Saber.

Diese englischen Lords hielten alle zusammen. Nun, sehr bald würde er, Gerard Lockwood, ebenso viel Macht und gesellschaftliches Ansehen wie dieser britische Dandy haben … Und er schwor sich, diesen hochnäsigen Bastard bei der ersten Gelegenheit fertig zu machen!

»Überlasst mir das Reden«, bat Eden, als sie aus der Kutsche stieg. Der Wind peitschte ihr entgegen, und sie musste ihr Kleid festhalten, damit es sich nicht wie ein Segel aufblähte und sie zurücktrieb. »Euer größter Beitrag wird darin bestehen, schweigend dabeizusitzen und hoffnungslos ineinander verliebt auszusehen.«

Eden klopfte an die Tür. Ein Butler mit ernstem Gesicht öffnete. Seine Augen weiteten sich, als er Peter auf der Veranda sah. »Ich bezweifele …«

»Ich möchte Catherine und Angus besuchen«, unterbrach Eden mit einem heiteren Lächeln. Bevor der Butler etwas einwenden konnte, eilte Eden an ihm vorbei ins Haus und sah Catherine im Salon sitzen.

Die Augen der älteren Frau wurden groß, als Bet und

Peter hinter Eden eintraten. »Was treibt ihr hier? Ich hoffe, ihr seid gekommen, um das Ende dieser absurden Ehe zu verkünden.«

»Ist Ihr Gatte hier?«, fragte Eden. »Ich hatte gehofft, mit Ihnen beiden zu sprechen.«

»Mein Mann ist im Geschäft aufgehalten worden«, sagte Catherine und bedachte ihren Sohn mit einem streitlustigen Blick.

Eden vermutete, dass Angus von seiner Mätresse aufgehalten worden war, nicht vom Geschäft. »Ich möchte über die Ehe sprechen. Ich kann verstehen, dass Sie und Angus vielleicht bestürzt sind, weil Sie andere Pläne für Peter hatten.« Eden ließ sich auf die Couch neben Catherine sinken und tätschelte dann tröstend ihre Hand. »Ich war ebenfalls überrascht, aber wir müssen lernen, uns auf die Überraschungen des Lebens einzustellen, nicht wahr?«

»Ich ...«

»Sicherlich hatten Sie und Angus Zeit, Ihre Position zu überdenken, und es ist Ihnen klar geworden, dass wir die Zukunft nicht immer voraussagen oder bestimmen können, besonders nicht, wenn es um Herzensdinge geht. Peter und Bet haben etwas Seltenes und Besonderes zusammen gefunden.« Sie legte eine Pause ein und blickte zu den Liebenden, die sich wie aufs Stichwort mit strahlenden Augen anhimmelten. »Ich beneide sie selbst um ihre gegenseitige tiefe Liebe. Lieben und geliebt zu werden, das muss etwas Wunderbares sein. Wenn nur jeder von uns das Glück finden könnte, das Bet und Peter gefunden haben! Meinen Sie nicht auch, Catherine?«

»Ja, aber ...«

»Ich habe mich gefreut, als Bet und Peter zur Plantage kamen, um dort zu leben. Peter hat die Verantwortung über die Buchführung übernommen und sie hervorragend in Ordnung gebracht. Es war eine große Erleichterung für mich, weil andere Verpflichtungen meine Zeit beanspruchen. Peter ist ein so tüchtiger Geschäftsmann, dass er unser Budget binnen einer Woche bilanziert haben wird. Er zeigt auch viel versprechendes Talent in der Geschäftsführung, meinen Sie nicht?«

»Ja, aber ...«

»Da Angus sein Geschäft in den letzten paar Tagen ohne Peter geführt hat, wird er seinen Sohn bestimmt wieder bei der Arbeit haben wollen.« Eden lächelte herzlich. »Ich kann verstehen, wenn Angus wünscht, dass Peter wieder in das Geschäft zurückkehrt ...«

Schwere Schritte ertönten in der Halle. Angus Dalton erschien. Er sah leicht derangiert aus, und sein Blick war glasig. Eden bezweifelte, dass der Wind dafür verantwortlich war, dass seine Perücke verrutscht und sein sonst teigiges Gesicht gerötet war.

»Guten Abend, Angus«, begrüßte Eden ihn mit ihrem üblichen Lächeln.

»Was macht ihr hier?«, wandte sich Angus grollend an seine Frau.

Eden ließ sich nicht ignorieren. »Ich hatte gerade Ihrer Frau erzählt, wie erfreut ich bin, dass Bet und Peter auf der Plantage wohnen und mir bei meinen Aufgaben helfen. Sicherlich bedauert Peter, dass er nicht im Geschäft gewesen ist, um Sie zu unterstützen. Sie hätten zweifellos nicht so lange arbeiten müssen, wenn Peter Ihnen eine Hilfe gewesen wäre.«

Ihr anzüglicher Blick veranlasste Angus, verlegen von einem Fuß auf den anderen zu treten. Er wusste, dass ihr klar war, welche Art Inventur er nach den Arbeitsstunden gemacht hatte.

»Dieses Missverständnis in der Familie hat für Sie zu Unannehmlichkeiten geführt«, fuhr Eden fort. »Es hat Ihnen an Arbeitskräften gemangelt, nicht wahr?«

»Ja, aber ...«

»Ich bin überzeugt, dass Peter gern zur Arbeit zurückkehren wird.«

»Ich will nicht ...«

»Ich will auch kein böses Blut«, unterbrach Eden hastig.

»Moment mal«, grollte Angus. »Sie bringen mich nicht

zu einem Zugeständnis! Ich will, dass diese Ehe sofort annulliert wird. Ich erwarte, dass Peter die Vereinbarung erfüllt, die ich für ihn getroffen habe.«

Als Peter aufstand, um seinem Vater die Stirn zu bieten, verzog Eden das Gesicht. Sie hatte jeden Zorn, der sich auf das junge Paar richtete, auf sich ziehen wollen. Wenn Peter jetzt selbst das Wort ergriff, entstand ein Bruch des Familienfriedens, der sich vielleicht nie wieder kitten ließ.

»So wie Sie Ihr Eheversprechen erfüllt haben, Angus?«, fragte Eden, bevor Peter etwas sagen konnte. »Ich bewundere Peter, weil er seinem Herzen folgt, anstatt der allmächtigen Geldbörse. Ehrbarkeit und Aufrichtigkeit sind die Qualitäten eines Gentleman. Peter ist das und mehr. Sie könnten von Ihrem Sohn lernen.«

»Wie können Sie es wagen, mich in meinem eigenen Haus zu beleidigen?«, rief Angus erregt.

»Würden Sie es vorziehen, die wohlverdienten Beleidigungen draußen zu hören?«

Angus schnappte nach Luft und wich unwillkürlich einen Schritt zurück, schockiert von dem Sarkasmus in Edens Stimme.

Eden nahm an, dass Sebastians Einfluss sie zu dieser spöttischen Bemerkung veranlasst hatte. Er hatte sie gelehrt, gelegentlich ihrem Temperament freien Lauf zu lassen. Außerdem war es besser, wenn Angus sich über sie ärgerte, anstatt über Bet oder Peter.

Elizabeth war so schockiert über Edens untypisches Verhalten, dass sie sich ans Herz fasste und schwankte. Peter stützte sie.

»Nur weil jeder Sie für eine Art Heilige hält, haben Sie nicht das Recht, sich zur Richterin aufzuspielen!«, sagte Angus.

»Sie auch nicht«, konterte Eden schnell. »Und genau das haben Sie in Peters und Bets Fall getan. Welches Recht haben Sie, ihnen Liebe und Glück zu versagen?«

»Ich kann Ihnen sagen, welches Recht ich habe!« Angus schrie fast. »Peters Verbindung mit Ihrer Patriotenfamilie schadet meinem Geschäft! Ich habe versucht, neutral zu bleiben. Ich will nicht meine Tory-Kundschaft verlieren, weil mein Sohn in ein Rebellennest eingeheiratet hat. Im Gegensatz zu Ihnen und Ihrem Vater teile ich nämlich nicht die Zuversicht, dass die Kolonien einem Angriff von Lord Cornwallis standhalten können, dessen erfahrene Reguläre in Dutzenden europäischen Kriegen siegreich waren. Bevor das Jahr um ist, könnten Cornwallis, Tarleton und Arnold Virginia eingenommen haben. Dann wird der Krieg vorüber sein. Und ich werde im Geschäft sein, während Ihre Rebellen-Plantage in Schutt und Asche liegen wird!«

»Ich glaube, dass es zum Besten aller Kolonien ist, für das zu kämpfen, was nötig und richtig ist«, erwiderte Eden. »Sie schützen einfach nur die Profite. Ihre Geldbörse bedeutet Ihnen mehr als Ihre Familie und Freunde. Wegen Ihrer egoistischen Wünsche haben Sie bereits Ihre Frau und Ihren einzigen Sohn im Stich gelassen. Jetzt wollen Sie genau die Kolonien verraten, die Ihnen Profit gebracht haben. Und da sprechen *Sie* von Ehre, Sir?« Eden sah Angus verächtlich an. »Sie wissen ja gar nicht, was das Wort bedeutet. Wenn Sie nur halbwegs ein Mann wie Ihr Sohn wären, dann würden Sie wissen, was Patriotismus, Loyalität und Ehre sind. Sie sollten sich schämen, Angus!«

Elizabeth wurde ohnmächtig, als Edens Stimme zum Schluss ihrer Worte anschwoll, sie so laut schrie wie Angus. Catherine zuckte bei Edens Ausbruch zusammen.

»Und ich«, sagte Peter mit großer Überzeugung, »erkläre hiermit meine Treue zu meiner Braut und der Sache der Rebellen!«

Angus taumelte zurück, als hätte er einen Schlag erhalten.

»Ich würde lieber verhungern, als in diesem Haus zu leben«, erklärte Peter. »Nachdem ich hier erfahren habe, was *keine* Liebe ist, möchte ich erleben, was Liebe *ist.*« Er blickte auf seine Frau, die erschlafft in seinem Arm hing. »Wenn das meine Enterbung bedeutet, dann habe ich den besseren Handel gemacht, Vater.«

Angus starrte seinen Sohn offenen Mundes an. »Du würdest deinen Wohlstand für diese kleine Rebellin opfern?«

Peter hob Elizabeth auf seine Arme und ging zur Tür. »Für mich kommt Bet an erster Stelle, weil ich sie liebe. Wenn du das nicht akzeptieren kannst, dann haben wir uns nichts mehr zu sagen.«

Er blickte zurück zu seinen schockierten Eltern. »Eden akzeptiert mich, wie ich bin. Sie hat ihr Haus für mich geöffnet, als gehöre ich zu ihrer Familie. Sie ist gutherzig, verständnisvoll und freundlich. Jetzt ist sie meine Familie.«

Als Peter davonschritt, folgte Eden ihm auf dem Fuße und versetzte sich im Geiste bei jedem Schritt einen Tritt. Ihre guten Absichten waren gründlich schief gegangen.

»Es tut mir leid, Angus«, murmelte sie und verharrte auf der Türschwelle. »Ich hätte einen anderen Ausgang des Gesprächs vorgezogen. Meine Schwester liebt Peter. Meine eigene Mutter hat unglücklich gelebt, weil ihre Familie ihr vorschrieb, wen sie zu heiraten hatte. Bet und ich litten unter ihrem Unglück. Wenn mein Vater es hätte rückgängig machen können, dann hätte er höchstwahrscheinlich eine Frau geheiratet, die ihn wirklich geliebt hätte.«

In ihren Augen blitzte Zorn, als sie Angus anstarrte. »Versagen Sie Ihrem Sohn nicht, dass er glücklich ist. Sie können sich nicht vorstellen, welches Leid Sie dadurch heraufbeschwören.«

Eden ging hinaus in den heulenden Wind, atmete tief durch und stieg in den Kutschwagen. Die Erwähnung ihrer Eltern hatte Geister ans Tageslicht gebracht, die sie vergebens aus ihrer Erinnerung zu verbannen versucht hatte. Jetzt war sie wieder von den Erinnerungen gepeinigt.

Zu viel Leid konnte zur Katastrophe führen. Eden wusste das nur zu gut. Aber bei Gott, Elizabeth würde nicht mit Seelenqualen und Verzweiflung leben. Wenigstens *eine*

Pembrook würde wahres Glück finden und gegenseitige Liebe erfahren. Peter und Elizabeth würden ihre Chance bekommen, das schwor sich Eden. Sie würde dafür sorgen!

Elizabeth stöhnte auf und kuschelte sich gegen Peters Brust.

»Ich entschuldige mich, weil ich alles vermasselt habe«, sagte Eden zu Peter. »Ich weiß nicht, was über mich gekommen ist.«

»Ich finde, du hast das Richtige gesagt«, erwiderte Peter. »Du hast mich dazu angeregt, für das einzutreten, was ich glaube. Wenn Virginia zum Schlachtfeld wird, dann werde ich gegen Cornwallis und seine Regulären kämpfen, auch wenn mein Vater für zwei junge Männer bezahlt, die an meiner Stelle in der Armee dienen – einer für die Rebellen und der andere für die Tories.«

Irgendwie war diese Neuigkeit keine Überraschung für Eden. Angus Dalton war entschlossen, mit seinem Geschäft Profit zu machen, und er wollte weder Rebellen noch Tories als Kunden vor den Kopf stoßen.

»Peter?« Elizabeth regte sich. »Ich hatte einen schlimmen Albtraum. Ich habe geträumt, meine Schwester, die Heilige, hätte meine Familie mit Drachenfeuer verbrannt.«

Peter warf einen Blick zu Eden und grinste. »Es war kein Traum, Bet.«

Bet richtete sich auf und blinzelte. Als sie sah, dass Eden die Zügel führte, stöhnte sie bestürzt auf. »Oh, mein Gott!«

»Zu schade, dass du ohnmächtig geworden bist«, sagte Peter und drückte seine Frau an sich. »Du hast Edens großes Finale verpasst. Sie ist als Kämpferin genauso gut wie als Diplomatin.«

»Bin ich das?«

»Und ob, Eden. Du stehst Patrick Henry in nichts nach. Du bist die weibliche Stimme für Virginia …«

Das Brechen von Unterholz und das Donnern nahenden

Hufschlags ließen Peter verstummen. Fünf dunkel gekleidete Reiter preschten auf den Kutschwagen zu. Die erschreckten Pferde scheuten, und der Wagen schlingerte. Peter verlor das Gleichgewicht. Elizabeth schrie auf, als sie zu Edens Füßen in der Kutsche landete.

Empört schlug Eden nach dem muskulösen Arm, der sich um ihre Taille legte und sie vom Kutschbock riss. Bevor Eden sich losreißen konnte, landete sie auf dem Schoß eines der maskierten Reiter. Das Pferd unter ihr tänzelte zur Seite, um nicht auf den Kutschwagen zu prallen, auf dem sich Peter aufrappelte.

Elizabeth kreischte, als sie gepackt und auf das Pferd des zweiten Reiters gezerrt wurde.

»Elizabeth!«, schrie Peter und rappelte sich auf.

Entsetzt beobachtete Eden, wie sich der Mondschein auf der Steinschlosspistole spiegelte, die Peter unter seiner Jacke hervorzog. Peter versuchte tapfer, seine Frau zu retten. Aber angesichts fünf maskierter Gegner kam das einem Selbstmord gleich!

»Nein, Peter!«, schrie Eden.

Fünf Pistolen wurden unter den flatternden Umhängen der Entführer hervorgezogen. Eden stockte der Atem.

»Übernimm du ihn, Eure Lordschaft. Wir sind die besten Schützen der Bande.« Dies rief der hünenhafte Mann, der Elizabeth so fest an seine Brust presste, dass sie zum zweiten Mal an diesem Abend ohnmächtig wurde.

Eden versuchte, ihrem Entführer die Pistole aus der behandschuhten Hand zu reißen. Seine Lordschaft – wie er genannt worden war – zielte und feuerte, bevor sie sein Handgelenk umklammern konnte.

Peter heulte vor Schmerz auf und wurde vom Einschlag der Kugel herumgerissen. Der Knall erschreckte das Gespann, das mit dem Kutschwagen durchging. Als Elizabeth zu sich kam, sah sie gerade noch Peter zusammenbrechen und vornüber auf den Sitz sinken. Sie stieß einen markerschütternden Schrei aus, und es wurde ihr wieder schwarz vor Augen.

Eden starrte empört und fassungslos hinter dem Kutschwagen her. Der brutale Verbrecher, der sie umklammert hielt, hatte Peter erschossen! Der mörderische Bastard!

Irgendetwas in Eden zerbrach. Ihre Gefühle waren nach der hässlichen Begegnung mit den Daltons bereits aufgewühlt gewesen. Dies jetzt war einfach zu viel. Wütend griff sie ihren Entführer an und versuchte, ihm die Maske vom Gesicht zu reißen.

Der Räuber fluchte mit starkem britischem Akzent. »Verdammt, halte still, Frau, oder du wirst wie dein Freund enden!«

In diesem Moment dachte Eden nur an Rache. ›Seine Lordschaft‹ würde dafür bezahlen, dass er den armen Peter getötet hatte, der nur versucht hatte, seine verzweifelte Frau zu retten.

Als Eden ihrem Entführer in den Bauch schlug, krümmte er sich und klemmte sie zwischen sich und dem Pferderücken ein.

»Ich habe dir gesagt, dass sie einem zu schaffen macht!«, schnaubte Gerard Lockwood. »Überlass sie mir. Ich bringe ihr Manieren bei.«

»Ich kann mit dieser Wildkatze selbst zurechtkommen.«

Zu Edens Bestürzung drehte ihr ›Seine Lordschaft‹ die Arme auf den Rücken, sodass sie das Gefühl hatte, sie würden ihr ausgekugelt.

»Deine verdammte schwarze Seele soll in der Hölle schmoren!«, keuchte Eden. »Und wenn es das Letzte in meinem Leben ist, ich werde ...«

Ihr hasserfüllter Schwur wurde von dem Knebel erstickt, der ihr in den Mund gestopft wurde. Sie erhielt einen Stoß und blieb quer über dem Pferderücken liegen wie ein Futtersack. Zornig stieß sie ihrem Entführer die Ellenbogen in den Leib und rammte ihre Zehenspitze in die Flanke des Pferdes.

Als Eden versuchte, vom dahinjagenden Pferd zu springen, während ihr Entführer es zu beruhigen versuchte, wurde sie gewaltsam darauf festgepresst. ›Seine Lordschaft‹ zog die Füße aus den Steigbügeln, drückte mit den Stiefeln auf ihre baumelnden Arme und Beine und nagelte sie förmlich auf dem Pferderücken fest.

Eden stieß unter dem Knebel Flüche aus, die alles andere als damenhaft waren. Ihr Kinn rieb über das Leder des Sattels, und in der unbequemen Haltung stieg ihr das Blut in den Kopf, während das Pferd in das Unterholz donnerte. Eden kämpfte gegen die nahende Bewusstlosigkeit an, doch die Schwärze ringsum vertiefte sich, und plötzlich nahm sie nichts mehr wahr.

Sebastian schickte ein Stoßgebet gen Himmel, als Eden ohnmächtig wurde. Wer hätte gedacht, dass diese zierliche Frau wie eine Tigerin kämpfen konnte? Sie war zu einem Ausbund an Zorn und grimmiger Entschlossenheit geworden. Sebastian hatte mehrere schmerzvolle Schläge in den Leib und die Leistengegend erhalten, ganz zu schweigen von den Bissen und Kratzern.

Zu schade, dass Eden nicht so leicht zu bändigen war wie Elizabeth, die in Tullys Armen einfach ohnmächtig geworden war.

Sebastian verfluchte seine schändliche Mission wie so oft. Er hasste es, Eden Gewalt anzutun. Aber besser er tat es als der unbarmherzige Gerard Lockwood. Lockwood hatte die brutale Angewohnheit, den Widerstand von Frauen auf grausame Weise zu brechen. Eden würde es nicht glauben, aber Sebastian und Tully waren bei der Entführung ihre Beschützer.

Nicht auszudenken, wenn Eden herausfand, dass er, Sebastian, darin verwickelt war …

Erst vor kurzem hatte Eden ihr Vertrauen in ihn gesetzt und ihm bekannt, dass sie ihn liebte. Sankt Eden würde ihm seinen Verrat niemals verzeihen, wenn sie die Wahrheit erfahren würde. So weit ging ihre Großherzigkeit nun doch nicht.

Sebastian schwor sich in diesem Augenblick, Eden während ihrer Gefangenschaft niemals ohne seine Maske, den tarnenden Umhang und den britischen Akzent gegenüberzutreten, den sie von ihm nicht gewohnt war.

Er parierte sein Pferd und ließ es im Schritt gehen, als die Kavalkade dem schmalen Pfad neben den Sümpfen folgte. Ungesehene Tiere glitten durch das Sumpfgebiet und kräuselten hier und da die dunkle Oberfläche in silbrigen Wellen.

Peter Dalton ist der Glückliche, dachte Sebastian auf dem Weg zu der versteckten Hütte. Er hatte den Bräutigam nur mit einem Streifschuss verletzt, um ihn vor dem Tod durch Lockwoods Hand zu schützen. Wenn Tully nicht mit seiner Bemerkung eingegriffen hätte, dann hätte Lockwood das Opfer ausgeschaltet, und zwar mit einem tödlichen Schuss. Eine Streifschusswunde am linken Arm war verdammt besser als eine Kugel im Herzen.

Sebastian bezweifelte jedoch, dass Eden die Tat als gnädigen Akt betrachten würde. Aus ihrer Sicht musste das ein weiterer Grund sein, ihren Entführer zu hassen.

Sebastian presste die Lippen aufeinander und fluchte inbrünstig. Er fragte sich, wie viel mehr die Hölle für ihn bereithalten würde, bis diese schändliche Mission vorüber und erledigt sein würde.

Peter sank auf den Sitz des dahinrasenden Kutschwagens und ergriff die Zügel. Schmerzen stachen durch seinen linken Arm. Er verlor jede Menge Blut, davon war er überzeugt. Sein Jackenärmel fühlte sich feucht und klebrig an, und er glaubte den Geruch von frischem Blut wahrzunehmen. Sein Magen verkrampfte sich bei dem Gedanken, zu verbluten, doch er zwang sich, einen klaren Kopf zu behalten. Er drückte seinen verletzten Arm gegen die Rippen und lenkte den Kutschwagen zu seinem Elternhaus. Er bewahrte bewundernswert die Fassung – bis er in den Lampenschein auf der Veranda trat und sah, dass das Blut die linke Seite seines Leinenhemds getränkt hatte.

Er war eine lebende Leiche! Niemand konnte so viel Blut verlieren und überleben! Wie konnte er seine Braut retten, wenn er starb!

Verzweifelt bei diesen Gedanken wankte Peter ins Haus und rief nach seinem Vater.

Angus Dalton eilte in seinem Nachthemd die Treppe herab. Catherine folgte ihm dichtauf. Als Angus seinen Sohn bluten sah, hallte sein wilder Aufschrei durchs Haus.

»Vater!« Peter lehnte sich an die Wand. »Hol Doktor Curtis.«

Angus berührte mit zitternder Hand Peters aufgerissenen Ärmel. »Was ist passiert?«

Peters Lippen verzogen sich verächtlich. »Renegaten der Tories haben auf mich geschossen und Bet und Eden entführt. *Tories*«, wiederholte er bekräftigend. »Ich habe mich gefragt, ob diese fünf Dreckskerle Kunden bei dir sind.« Er lachte bitter auf.

»Eine Ironie, nicht wahr? Diejenigen, die du dir warmhalten willst, haben sich wie tollwütige Hunde gegen uns gewandt.« Peter hustete – die Melodramatik war Absicht. »Ich nehme an, du denkst, ich habe bekommen, was ich verdient habe, weil ich die einzige Frau geheiratet habe, die ich jemals lieben werde ...«

Als Peter – gekonnt geschauspielert – wie ein Sterbender zusammenbrach, sank Catherine neben ihrem Sohn auf die Knie und schrie hysterisch. Angus lief in seinem Nachthemd aus dem Haus und rannte die Straße hinab, um den Arzt zu wecken.

Er betrachtete dies als seine Strafe, weil er sich von seinem einzigen Sohn und seiner Schwiegertochter abgewandt hatte. Vor seinem geistigen Auge sah er schreckliche Bilder – Peter würde in seinem Haus sterben, und dessen junge Braut würde geschlagen und vergewaltigt werden. Er, der politisch neutral hatte bleiben wollen, hatte seinen eigenen Sohn verstoßen, weil der sich den Rebellen angeschlossen hatte.

Lieber Gott! Eine Welt brach für ihn zusammen. Seine Seitensprünge hatten seine Frau in die Arme anderer Männer getrieben. Sein Versuch, Peter zu einer Vernunftehe zu zwingen, hatte die Familie auseinander gerissen.

Er, Angus, war jetzt sicherlich verflucht! Er hätte das in dem Augenblick erkennen müssen, als er mit dem Engel der Barmherzigkeit gezürnt hatte, der zu ihm gekommen war, um ihn zur Vernunft zu bringen. Angus hatte nicht auf den Engel gehört … und jetzt war es zu spät!

9

Jacob Courtney starrte die Straße hinab und wartete besorgt auf Edens Rückkehr. Sie hatte ihn nicht gebeten, auf sie zu warten, doch er konnte keinen Schlaf finden, bevor sie sicher zurückgekehrt war. Seit einiger Zeit wurde Jacob von einem unruhigen Gefühl gequält. Er hatte immer wieder auf die Uhr geblickt und sich gefragt, was Eden aufhielt. Jetzt war es die Geisterstunde, und sie war immer noch nicht zurück. Etwas musste passiert sein.

Jacob eilte ins Haus und alarmierte Maggie.

»Lass mir einen Moment Zeit zum Ankleiden«, sagte sie, »und ich werde dir bei der Suche helfen.«

Maggie zog sich hastig an. Als sie in die Halle hinabeilte, bemerkte sie die verwundeten Soldaten, die sich am oberen Treppenabsatz versammelt hatten.

»Was ist da unten los?«, fragte Henry Maynard, und Maggie erklärte ihm die Lage.

Schritte hallten in der Dunkelheit. Jeder verwundete Soldat, der auf eigenen Füßen stehen konnte, stieg die Treppe hinunter.

»Wir nehmen an der Suche teil«, kündigte Henry an. »Wenn Eden in Schwierigkeiten steckt, werden wir sie finden. Ich bin als Späher ausgebildet worden, und einige der anderen sind ebenfalls bei den Aufklärern gewesen.«

»Miss Eden will bestimmt nicht, dass ihr ihretwegen eure Genesung gefährdet«, wandte Maggie ein. »Ihr wisst, wie sehr ihr am Herzen liegt, dass ihr gesund werdet.«

»Das ist ja der springende Punkt, Miss Maggie«, ergriff Artemus Riley das Wort. »Wenn Eden ihr Haus für uns öffnet und uns pflegt, sind wir verdammt verpflichtet, alles zu tun, um ihr zu helfen.«

Während der Suchtrupp die Route erkundete, die Eden genommen hatte, fragte sich Maggie, wie sie mit der Verantwortung der vorübergehenden Leitung der Pembrook-Plantage fertig werden sollte. Der Schutzengel kümmerte sich stets um jede Einzelheit und zog die Bedürfnisse eines jeden in Erwägung, der in ihrer Obhut war. Maggie bezweifelte, in der Lage zu sein, in Sankt Edens Fußstapfen zu treten, wenn …

Maggie verbannte diesen pessimistischen Gedanken. Eden, Bet und Peter geht es prima, redete sie sich ein. Sie haben sich einfach verspätet …

Maggie stockte der Atem, als Henry Maynard seine bandagierte Hand hob, um den Reitertrupp zu stoppen. Er saß ab, um Peters Jacke und Edens Ridikül aufzuheben, die mitten auf der Straße lagen.

»Zünde die anderen Fackeln an, Artemus«, befahl Henry.

Als die Fackeln brannten, suchte der Trupp der verwundeten Soldaten die Gegend ab und fand Hufspuren, die zwischen Zypressen verschwanden.

»Es hat keinen Sinn«, meinte Artemus. »Wir können diesen Spuren nicht in der Dunkelheit durch die Büsche folgen. Wir müssen bis zum ersten Tageslicht warten.«

Maggie kämpfte gegen Tränen an. Eden verdiente keinen weiteren schrecklichen Schicksalsschlag! Sie hatte es gelernt, mit den Albträumen ihrer Kindheit fertig zu werden, und Maggie hatte sich immer gefragt, welche Geheimnisse Eden so quälten. Verflixt, welche Pein erlebte Eden jetzt?

Es hieß, dass Diebe und Räuber die Wälder heimsuchten und sich im Sumpfland herumtrieben, um Patrioten und Tories gleichermaßen zu überfallen. Banden von erkundenden Soldaten schlichen herum und spionierten die eine und die andere Seite aus. Das Land stand am Rande des Krieges, und Eden, Bet und Peter waren in der Nacht verschwunden!

Bei diesem Gedanken konnte Maggie die Tränen nicht mehr zurückhalten.

»Machen Sie sich mal keine Sorgen, Miss Maggie.« Henry klopfte dem weinenden Hausmädchen tröstend auf die Schulter. »Wir werden unseren Schutzengel finden. Jeder Mann, der von seinem Feldbett kriechen kann, wird bereit sein, bei der Suche zu helfen. Wir werden alle drei sicher und gesund zurückbringen, darauf können Sie sich verlassen.«

Maggie hoffte es inbrünstig. Sie wagte gar nicht daran zu denken, die schlimme Nachricht vom Verschwinden seiner Familie an General Pembrook zu schicken. Der arme Mann hatte bereits genug eigene Probleme!

Eden kam zu sich, als sie spürte, dass sie von starken Armen vom Pferd gehoben und über eine Schulter gelegt wurde. Sie hätte ›Seine Lordschaft‹ liebend gern getreten, aber sie war an Händen und Füßen gefesselt.

Kochend vor Zorn betrachtete Eden von der Schulter ›Seiner Lordschaft‹ die Umgebung. Sie wurde in eine schäbige Hütte in der Nähe der Sümpfe gebracht. Sie wusste nicht, wo Elizabeth war, doch sie konnte in der Nähe gedämpftes weibliches Schluchzen hören.

›Seine Lordschaft‹ setzte Eden auf einen Stuhl und band sie schnell mit einen Strick daran fest. Sie spähte zu der Gestalt auf, die vor ihr aufragte und deren Stimme sonderbar vertraut klang, obwohl sie nicht sagen konnte, wo sie sie schon einmal gehört hatte.

»Binde Elizabeth ans Bett«, befahl Lockwood Tully, der mit seiner Gefangenen über der Schulter die Hütte betrat. »Ich werde das ältere der Weiber verhören.«

Eden zwang sich, vor diesen Männern keine Furcht zu zeigen. Sie rieb ihre Wange an der Schulter, bis der Knebel verrutschte. Dann starrte sie feindselig den maskierten Mann an, der unheilvoll vor ihr aufragte. »Was wollt ihr von uns?«

»Was ich will, bekomme ich später von dir, Süße«, sagte Lockwood mit lüsternem Grinsen. »Im Augenblick bin ich mehr daran interessiert, was du für uns herausholen kannst.«

Eden starrte den Maskierten an. »Ich verstehe nicht, was du Idiot meinst, aber schreiende Esel kann man ja auch nicht verstehen.«

Lockwood holte zum Schlag aus, doch ›Seine Lordschaft‹ hielt den erhobenen Arm fest.

»Ich habe dich gewarnt, was passieren wird, wenn du den Frauen etwas antust.« Die Stimme mit starkem britischem Akzent klang sanft – aber zugleich stahlhart. »Wenn sie dich so leicht provozieren kann, dann übt sie eine große Macht aus.«

Lockwood riss sich los und wandte sich ab. Er schlug die geballte Rechte in seine linke Handfläche, um seinen Zorn abzureagieren. »Wenn du dich für so verdammt schlau hältst, Eure Lordschaft, dann solltest *du* dich mit diesem zickigen Weibsstück herumärgern.«

»Das hatte ich auch vor.« Sebastian grinste schief unter der Maske, als er hinter Eden trat. Der Engel, der kämpfen konnte wie der Teufel, saß starr auf dem Stuhl. Sebastian entschied sich, die gleiche listige Taktik anzuwenden, die sie bei ihm angewandt hatte, als sie sich kennen gelernt hatten.

»Ich kann verstehen, dass Sie sich aufregen, Miss Pembrook«, sagte er. »Und glauben Sie mir, Sie haben mein Mitgefühl.«

»So?« Eden starrte finster auf die Hüttenwand, weil der gegenwärtige Anlass für ihren Ärger hinter ihr stand.

»Natürlich. Sie haben sicherlich mörderische Gefühle, aber Sie sollten sich klar machen, dass Feindseligkeit Ihre Lage nur verschlimmern wird.«

»Wie unglaublich scharfsinnig von mir.«

»Sie halten sich selbst für eine scharfsinnige, intelligente Frau, nicht wahr?«

Eden biss die Zähne zusammen. »Nein, ich halte mich

für blöde, weil ich mich von einer Horde von Schwachköpfen gefangen nehmen ließ. Und Sie sollten wissen, dass feinsinnige Beeinflussung bei mir nicht funktioniert. Ich habe diese Taktik weit erfolgreicher angewendet als Sie jämmerlicher Anfänger, ›Eure Lordschaft‹, und ich bin viel besser darin.«

Lockwood grinste schmierig, als Lord Saber bei den beleidigenden Worten zusammenzuckte. »Du kannst das Weib anscheinend ebenfalls nicht austricksen. Bei der hilft nur Gewalt. Wenn ich sie mir auf meine Weise vornehme, wird sie uns erzählen, was wir wissen wollen.«

Eden hob das Kinn und blickte Lockwoods maskiertes Gesicht aufsässig an. »Sie könnten mir einen Arm ausreißen, und ich würde Ihnen immer noch nichts sagen außer, wohin Sie sich scheren können und was Sie tun können, wenn Sie dort sind.«

Sebastian fand, dass Eden Pembrook ungewöhnlich anpassungsfähig war. Der Schmetterling war aus seinem Kokon der Selbstbeherrschung gekrochen, um sich zu widersetzen.

Obwohl er Edens Mut bewunderte, wünschte er, sie würde Lockwood nicht reizen. Der Mann war zu grausam und jähzornig.

»Miss Pembrook, Sie und Ihre Schwester werden mit Respekt und Höflichkeit behandelt werden, wenn Sie als Gegenleistung ein paar Informationen geben«, bot Sebastian als Handel an. »Es ist uns zur Kenntnis gelangt, dass Ihr Vater das Kommando über die Virginia-Miliz hat.«

»Jeder Dummkopf kann lesen, was in der *Virginia Gazette* steht. Ich frage mich jedoch, wer Ihnen und dem Rest Ihrer maskierten Idioten diese Information *vorgelesen* hat.«

Tully lachte laut vor Belustigung, verstummte jedoch schnell, als Sebastian ihn mit einem mahnenden Blick zum Schweigen brachte.

»Wo hält sich Ihr Vater auf, Miss Pembrook?«, fragte Sebastian rundheraus.

»Zu dieser späten Stunde im Bett, hoffe ich.« Eden blickte zur geschlossenen Tür, hinter der Elizabeth gefangen gehalten wurde. »Ich wünsche, mich zur Nachtruhe zurückzuziehen. Ich werde gereizt und launisch, wenn ich keinen Schlaf bekomme.«

Wieder lachte Tully amüsiert, und es klang gedämpft unter seiner Maske hervor.

In feindseligem Trotz ruckte Eden mit dem Stuhl vor und zurück und stand auf – halbwegs, denn der Stuhl und die Fesseln behinderten sie. »Ich hoffe, wir haben angemessene Unterkünfte. Ein sauberes Federbett mit frisch gewaschenen Decken wird akzeptabel sein. Ich frühstücke bevorzugt sofort nach dem Aufstehen. Morgen früh werde ich das Frühstück im Bett einnehmen. Sorgen Sie dafür, dass Ihre Lakaien kurz danach das Bad vorbereitet haben.«

Sie warf einen Seitenblick zu ›Seiner Lordschaft‹. »Wenn Sie es versäumt haben, anständige Kleidung für mich und meine Schwester zu besorgen, dann kümmern Sie sich nachträglich sofort darum. Ich weigere mich, zwei Tage hintereinander dieselben Sachen zu tragen.«

Eden fuhr zu einem der Männer herum, der noch kein Wort geäußert hatte. »Binden Sie mich los!«, sagte sie im Befehlston.

Jonathan Baxter gehorchte im Reflex.

»Verdammt, du Blödmann!«, blaffte Lockwood. »Du brauchst keine Befehle von dieser Hure zu befolgen!«

Jonathan riss die Hände von dem Strick zurück, als hätte ihn eine Schlange gebissen.

»Es ist schon in Ordnung«, sagte Sebastian zu Jonathan. »Sie kann nicht schlafen, wenn sie an einen Stuhl gefesselt ist. Sie hat sicherlich genügend Verstand, um sich klar zumachen, dass sie nicht flüchten kann, während sie von einer Armee von Männern umgeben ist.« Zu Eden sagte er: »Das ist Ihnen klar, Mylady, nicht wahr?«

»So, ist mir das klar, Eure Lordschaft?« Edens Blick erdolchte förmlich den Mann, der nicht auf ihre höhnischen Antworten reagierte.

»An Ihrer Stelle wäre mir klar, dass Feindseligkeit unangenehme Auswirkungen haben könnte. Ich würde mich fragen, ob rebellisches Verhalten meine Entführer dazu provozieren könnte, einen anderen Kurs einzuschlagen, bei dem es weniger Widerstand gäbe.« Er trat einen Schritt näher auf Eden zu und zwang sie, zu ihm aufzusehen. »Ich bin überzeugt, einer scharfsinnigen Frau wie Ihnen ist klar, dass wir gezwungen sein werden, Druck auf Ihre Schwester auszuüben, wenn Sie nicht kooperieren – dass wir den Weg des geringsten Widerstands wählen müssten.«

Ein kalter Schauer lief über Edens Rücken. Der Gedanke, dass Elizabeth als Druckmittel gegen sie benutzt werden könnte, war unerträglich für sie. Ihre Gedanken jagten sich.

»In diesem Fall könnte ich einen Handel vorschlagen«, sagte sie.

»Welchen Handel, Mylady?« Die Frage kam von Tully, der sich an die Wand gelehnt hatte, um zuzuhören, während Lord Saber mit seiner sehr würdigen Gegnerin verbal die Klinge kreuzte.

Eden nickte dem Mann zu, der sie von dem Stuhl losgebunden hatte und zurücktrat, und blickte zu dem Hünen, der sie einst vor diesen Kerlen gerettet hatte und jetzt verriet. »Wir werden über Verhandlungen am Morgen sprechen. Nach meinem Frühstück und Bad.«

Mit nahezu königlicher Würde schritt Eden auf ihr ›Schlafzimmer‹ zu. ›Seine Lordschaft‹ folgte ihr auf dem Fuße. Als Eden außer Sicht war, streifte Tully seine Haube ab und warf sie auf den Tisch.

»Wohin, zum Teufel, willst du?«, fragte Lockwood, als Tully zur Hüttentür schlenderte.

Tully wandte sich zu ihm um und blickte ihn an, als hätte er eine idiotische Frage gestellt. »Wohin schon? Natürlich hole ich die Badewanne und Kleidung zum Wechseln für die Lady.«

»Du springst also für sie wie ein Diener«, sagte Lockwood sarkastisch.

Tully grinste. »Besser ein Diener als ein Esel und Schwachkopf.«

Lockwood machte einen drohenden Schritt auf ihn zu, doch Tully wies befehlend zum Schrank. »Mach Kaffee und bereite für Seine Lordschaft die besondere Teemischung vor.«

»Seine großkotzige Lordschaft soll seine verdammte besondere Teemischung selbst zubereiten!«

Lockwood riss seine Haube vom Kopf und warf sie wütend auf den Tisch, während Tully nach draußen schlenderte. Lockwood hatte diesen arroganten Riesen und seine eingebildete Lordschaft satt!

Und was diese freche Eden Pembrook anbetraf, so würde sie für die Beleidigungen zahlen, das schwor sich Lockwood voller Hass.

Eden betrachtete den primitiv eingerichteten Raum und starrte dann auf Bet, die sich in den Schlaf geweint hatte und an den Bettpfosten gefesselt war. Kalter Zorn stieg in Eden auf, als sie daran dachte, wie Peter in dem Kutschwagen zusammengesunken war. Jetzt wusste Eden, wie sich Kriegsgefangene der Patrioten fühlen mussten, wenn sie in Gefangenschaft marschierten. Wut, Hass und Enttäuschung waren nur einige der Gefühle, die in ihr tobten.

Eden fuhr herum und starrte ›Seine Lordschaft‹ an, der sie durch die schmalen Schlitze seiner Maske beobachtete. »Was erhoffen Sie sich von diesem Plan?«, fragte sie. »Es kann nicht die Information sein, also beleidigen Sie nicht meine Intelligenz noch einmal mit dieser fadenscheinigen Begründung.«

Sebastian lachte glucksend. »Wie ich mich erinnere, Mylady, waren Sie diejenige, die mit Beleidigungen um sich geworfen hat.«

»Gewiss sind Sie nicht so dumm, um zu glauben, dass ich in militärische Geheimnisse eingeweiht bin. Und ich kann mir nicht vorstellen, dass Ihr Briten euch herablasst, Frauen zu verhören, um Kampftaktiken zu erfahren.«

Sebastian trat näher. »Der Aufenthaltsort Ihres Vaters,

die Zahl der Männer unter seinem Kommando und sein Angriffsplan sind nicht allzu schwer zu erfahren, das stimmt«, gab er zu.

»Warum sind Bet und ich also hier?«

»Ich bin überzeugt, die Antwort auf diese Frage wird Ihnen bald genug klar werden, Mylady«, erwiderte er. »Ich werde gewiss nicht Ihre Intelligenz beleidigen, indem ich das Offenkundige erkläre.«

Eden hob ihr Kinn ein wenig höher. »Und glauben Sie nicht, dass ich hingerissen von Ihrem Charme wäre, Eure Lordschaft. Als Sie Peter erschossen und uns als Geiseln genommen haben, sind Sie zu meinem Todfeind geworden. Nichts wird das jemals ändern.«

Sebastian starrte in diese zornfunkelnden blauen Augen und konnte nicht dem Impuls widerstehen, diese stolze, tapfere Schönheit an der Wange zu berühren. Edens Veränderung zu beobachten und zu erleben, wie sie sich der neuen Situation anpasste, war so faszinierend wie das Betrachten eines Kaleidoskops. Diese unbeugsame Frau konnte sich sanft und verständnisvoll verhalten, feurig und zäh oder schlau und listig.

Sie war auch entschlossen, keine Niederlage einzugestehen.

Als er mit der behandschuhten Hand ihr Kinn umfasste, schlug Eden die Hand fort. »Und glauben Sie nur ja nicht, Sie könnten mir Informationen mit Verführung entlocken. Da ich kürzlich erfahren habe, was Liebe ist, würde ich nie auf Ihre billige Imitation von Zuneigung hereinfallen.«

»Was macht diesen Mann, den Sie lieben, zu so etwas Besonderem? Wirft er sich Ihnen zu Füßen? Erfüllt er Ihnen jede Laune wie ein Lakai?«

»Wenn Sie das fragen müssen, dann wissen Sie nichts über Liebe.«

»So, weiß ich nicht?« Sebastian war dankbar dafür, dass die Maske sein breites Grinsen verbarg.

Sie hob das Kinn noch ein wenig mehr. »Seien Sie so

freundlich und binden Sie meine Arme los, damit ich mich für die Nacht zur Ruhe legen kann«, verlangte sie.

»Habe ich Ihr Wort, dass Sie keinen Fluchtversuch unternehmen?«

»Würden Sie Ihr Wort geben, wenn Sie an meiner Stelle wären?«, konterte sie.

»Ja, und dann würde ich meine Flucht planen.«

»Warum sollte ich dann lügen, wenn wir beide wissen, dass ich bei der erstbesten Gelegenheit fliehen würde?«

»Warum also bitten Sie darum, dass ich Sie von den Fesseln befreie?«

Eden lächelte spöttisch. »Weil ich Ihren Charakter beziehungsweise den Mangel daran testen wollte.«

»Habe ich den Test bestanden, Mylady?«

»Was macht es Ihnen schon aus, ob Sie ihn bestanden haben oder nicht?«, entgegnete sie.

Diesmal, als seine behandschuhte Hand sanft über ihre Wange und dann leicht an ihren Lippen entlangglitt, zwang sich Eden, ihm standzuhalten. Etwas an diesem ruhigen, selbstsicheren Aristokraten beunruhigte sie. Ihr Entführer schien die gleiche geistige List anzuwenden, deren Einsatz sie zu nutzen gelernt hatte. Er forderte sie heraus, faszinierte sie mit seinen geschliffenen Manieren, seiner heiseren Stimme und dem kultivierten britischen Akzent.

Sie ließ ihren Entführer einen Moment gewähren, als er sie sanft berührte, wie um ihre Züge nachzumodellieren, und dann blickte sie ihn mit kühler Verachtung an. »Darin liegt der Unterschied zwischen Ihnen und dem Mann, den ich liebe.«

Die Bemerkung schien ihn zu verwirren. »Ich kann Ihnen nicht folgen, Mylady.«

»Auch ohne Ihren Handschuh würde mich Ihre Berührung kalt und unbeeindruckt lassen«, sagte sie. »Ein Mann ohne Charakter ist wie ein Geliebter, der Handschuhe trägt. Sie können nicht fühlen, was ich empfinde, und ich kann nichts bei Ihrer Berührung empfinden. Ziehen Sie die

Maske und die Handschuhe aus, Eure Lordschaft, und lassen Sie mich sehen, ob sich tatsächlich ein *Mann* hinter der Verkleidung versteckt.«

»Warum sollte ich das tun?«, entgegnete er glatt. »Sie würden nur sehen, was Sie ohnehin in mir sehen wollen. Sie glauben, Ihre Sache ist weitaus nobler als meine. Ich glaube genauso stark an das, was Sie ablehnen. Wir sind einfach anderer Meinung.«

Eden dachte darüber nach, sagte sich jedoch, dass es ihm nicht gelingen würde, ihre Abneigung zu mildern. Er war ein Todfeind, und das war's.

»Ich möchte mich zur Ruhe begeben.« Eden hielt ihm die gefesselten Handgelenke hin. »Binden Sie mich los, Eure Lordschaft.«

Sebastian machte einfach auf dem Absatz kehrt und ging davon.

»Gute Nacht, Eure Lordschaft!«, rief sie ihm nach. Er verharrte abrupt, schaute jedoch nicht zurück. »Lassen Sie mein Frühstück für sechs Uhr bereiten. Bet zieht es vor, bis acht mit dem Essen zu warten, doch ich bezweifle, dass sie Appetit haben wird, weil sie um ihren toten Mann trauert.«

»Ihr Schwager lebt«, versicherte er. »Ich habe nur geschossen, um ihn zu verwunden, bevor mein schießwütiger Kumpan Schlimmeres tun konnte. Seien Sie dankbar für kleine Gefallen, Mylady«, murmelte er, bevor er die Tür öffnete. »Mein treuer Diener und ich sind die besten Freunde, die Sie im Augenblick haben.«

»Dann bin ich wirklich in Gefahr«, sagte sie.

»Das sind Sie. Denken Sie darüber nach, wenn Sie im Bett liegen.«

»Und ganz gleich, wie charmant und höflich Sie zu sein versuchen, ich werde nicht kooperieren. Denken Sie darüber nach, wenn *Sie* im Bett liegen.«

Als ihr Entführer die Tür hinter sich schloss, legte sich Eden aufs Bett und lauschte Bets regelmäßigen Atemzügen. Warum, zum Teufel, waren sie entführt worden? Sie würde die Antwort auf diese Frage finden, und wenn sie den Rest der Nacht dafür brauchte!

Peter Dalton stöhnte auf, als Schmerzen durch seinen Arm stachen. Plötzlich glaubte er den Angriff und die Entführung noch einmal zu erleben. »Bet!«, schrie er heiser.

Angus und Catherine sprangen bei Peters Schrei von ihren Stühlen neben dem Bett auf.

»Du wirst gesund werden«, versicherte Angus seinem Sohn.

Peter hob die schweren Lider und sah seine Eltern. »Was ist geschehen?«

Ein weiteres Gesicht tauchte über ihm auf. »Ich habe Ihnen eine Dosis Laudanum gegeben, bevor ich Ihre Wunde gesäubert habe«, erklärte Dr. Curtis. »Die Streifschusswunde sieht schlimmer aus, als sie ist.«

Das war alles, was Peter wissen wollte. Er würde überleben und seine verschwundene Frau finden – sofort!

Als Peter versuchte, sich vom Bett zu wälzen, hielt Dr. Curtis ihn fest. »Nichts da, junger Mann. Ich sagte, Sie werden gesund werden, aber damit meinte ich nicht sofort.«

»Ich muss meine Frau finden«, sagte Peter.

»Bleib liegen, Peter«, sagte Angus im Befehlston. »Ich habe den Konstabler informiert. Er und seine Männer kämmen die Gegend ab.«

»Bet braucht mich«, sagte Peter und versuchte sich aus dem Griff seines Vaters zu winden.

»Wenn Sie darauf bestehen, loszuziehen, trinken Sie dies.« Dr. Curtis hielt Peter ein Glas hin. »Damit werden Sie dorthin kommen, wo Sie hinmüssen.«

Peter schluckte nichts ahnend das starke Schlafmittel. Binnen Sekunden sank er auf dem Bett zurück und nahm nichts mehr wahr.

»Wie ich sagte, das Zeug wird Sie dahin bringen, wo Sie hinmüssen – ins Traumland«, sagte Dr. Curtis trocken. Er wandte sich ab, nahm seine Arzttasche und ging zur Tür.

»Wenn Peter aufwacht, wird er in besserer Verfassung für seine Rettungsmission sein. Hoffentlich bringt man seine Braut zu ihm zurück, bevor er aufwacht.«

Dr. Curtis wandte sich an der Türschwelle noch einmal um und lächelte Angus und Catherine an. »Ich habe versäumt, Ihnen zu gratulieren. Peter hat eine prima Frau gewählt. Und es kann nicht schaden, einen Schutzengel wie Eden in der Familie zu haben. Die armen Teufel, die Bet und Eden entführt haben, tun mir leid. Die ganze Stadt wird bewaffnet losziehen, wenn sich die Nachricht herumspricht.«

Angus sagte nichts – er konnte es nicht. Er schämte sich so, dass er keinen Ton hervorbrachte.

»Oh, mein Gott!« Eden setzte sich abrupt im Bett auf. Sie hatte lange darauf gelegen und gerätselt, warum sie und Bet gefangen genommen worden waren. Die Antwort traf sie wie ein Schlag. Diese Tories brauchten keine Informationen über General Pembrook. Sie hielten seine Familie gefangen, um ihn zu erpressen!

Als Eden zu diesem alarmierenden Schluss gelangte, dachte sie über ein halbes Dutzend Möglichkeiten nach, wie die Tories Leland Pembrook dazu zwingen konnten, vertrauliche Informationen über die Armee der Patrioten zu verraten. Man konnte Leland sogar befehlen, Feuerwaffen und Artillerie zu sabotieren, damit seine Töchter am Leben blieben. Man konnte ihn zwingen, zum Verräter zu werden.

Benedict Arnold hatte sich bereitwillig gegen die kontinentale Armee gewandt und seinen Namen beschmutzt, doch Leland Pembrook würde sein Land nicht verraten, das schwor sich Eden. Sie würde es nicht zulassen!

»Bet, wach auf. Wir müssen von hier weg«, flüsterte Eden drängend.

Bet versuchte, sich zur Seite zu wälzen, doch ihre Handgelenke waren an den Bettpfosten gefesselt. »Was hat das noch für einen Sinn? Peter ist tot. Ich will auch nicht mehr leben.«

»Peter ist nicht tot«, sagte Eden. »Er hat nur eine Verletzung am Arm.«

Bet starrte ihre Schwester an. »Wie kannst du sicher sein, dass Peter lebt? Sagst du das nur, damit ich mich besser fühle?«

»Der Anführer dieser Tory-Bande hat mir versichert, dass er Peter nur angeschossen hat.« Eden stemmte sich auf die Knie und kroch zu Bet. »Ich versuche, dich loszubinden, damit wir während der Nacht fliehen können.«

Bet blickte Eden skeptisch an. »Wie willst du mich losbinden, wenn deine Hände hinter dem Rücken gefesselt sind?«

»Ich werde mir schon etwas einfallen lassen«, sagte Eden und schob sich rückwärts zum Bettpfosten.

Ein paar Minuten später legte Eden eine Pause ein, um ihre verkrampften Arme auszuruhen. Es wäre unendlich leichter, Bet von den Fesseln zu befreien, wenn sie sehen könnte, was sie tat.

Eden hörte Schritte im Nebenraum, dann das Quietschen von Türangeln. Sie wusste nicht, ob die Entführer kamen oder gingen. Sie hoffte, dass sie kamen. Wenn sie und Bet es schafften, zu entkommen, wollten sie keinen Wachtposten in die Arme laufen, die außerhalb des Fensters postiert waren.

Edens Muskeln schmerzten, doch sie strengte sich an, um die Knoten des Strickes zu lösen, mit dem Bets Handgelenke an den Bettpfosten gefesselt waren. Schließlich spürte Eden, dass die Stricke nachgaben. Als Bet ihre Hände losriss, sank Eden erschöpft auf das Bett und wartete darauf, dass Bet selbst den Rest der Fesseln löste. Schließlich schaffte sie es und befreite dann ihre Schwester.

»Was nun?« Bet erhob sich auf die Knie und blickte zum Fenster. »Hast du eine Ahnung, wo wir hier sind?«

»Nicht die geringste.«

Bet stand auf und spähte aus dem Fenster. Ihre Schultern sackten herab, als sie das vom Mondschein erhellte Sumpfland und knorrige Zweige von Zypressen sah.

Eden gesellte sich zu ihrer Schwester ans Fenster.

»Wir werden uns in diesen Sümpfen verirren und von wilden Tieren gefressen werden«, murmelte Bet grimmig.

Eden entriegelte das Fenster. Dann kam ihr plötzlich ein Gedanke, und sie fuhr herum und eilte zum Bett.

»Was, um Himmels willen …« Bet verstummte und schaute staunend zu, was Eden mit den Stricken anstellte.

Eden raffte den Saum ihres Kleids und band es in Höhe der Oberschenkel um ihre Beine fest. Dann reichte sie Bet ein Stück Strick. »Zieh deine Unterröcke aus und mach es mir nach. So behindert uns das Kleid nicht, wenn wir durch das Sumpfland laufen.«

Bet folgte dem Beispiel ihrer Schwester, und als Eden ein Bein über das Fensterbrett schwang, hielt sie sie am Arm fest. »Eden, wenn wir es nicht lebend nach Hause schaffen, sollst du wissen, dass ich endlich erwachsen genug geworden bin, um deine Aufopferung für mich schätzen zu können. Manchmal habe ich egoistisch gewünscht, du wärst keine so unermüdliche Heilige …«

»Ich wünschte, du würdest aufhören, mich so zu nennen«, unterbrach Eden. Schnell widmete sie ihre Aufmerksamkeit dem derzeitigen Problem. »Ich habe mal in einem Buch etwas über Astronavigation gelesen …«

»Was ist denn das?«, fragte Bet.

»Navigation nach Sternen.«

»O Gott«, wisperte Bet.

»Hab Vertrauen, Bet.«

»Vertrauen in Sterne, die ich nicht sehen kann?« Bet lächelte einfältig. »Sofern du nicht deine Engelsflügel ausbreiten und fliegen kannst, nützt uns auch kein Gebet, um dies zu überleben. Ich werde Peter nie wieder sehen. Seine Eltern werden ihn mit Cornelia Wickelheimer verheiraten, und sie werden eine Horde schrecklich blöder Kinder haben. Und ich werde durch diese Sümpfe wandern, bis ich verhungere – wenn ich nicht vorher von Krokodilen oder sonstigen Viechern aufgefressen werde.«

»Dies ist nicht der richtige Zeitpunkt, um in Pessimismus zu schwelgen«, sagte Eden, stieg durch das Fenster und schlich von der Hütte weg, wobei sie sorgfältig darauf achtete, wo sie hintrat.

Bet folgte ihr. »Hast du eine Ahnung, warum wir entführt wurden?«, flüsterte sie.

»Ich glaube, man will uns als Druckmittel benutzen, um Papa zu erpressen, damit er sich dem Feind anschließt.«

»Guter Gott!«

»Du sagst es.« Eden umrundete vorsichtig ein Gewirr von schlammigem Unterholz. Als vor ihr ein Vogel aufflatterte, schrie Bet alarmiert auf. Eden presste ihrer Schwester schnell eine Hand auf den Mund und erstickte den Schrei. Dann schüttelte sie Bet.

»Kein Laut«, wisperte sie. »Wir werden uns nie davonschleichen können, wenn du uns durch Schreien verrätst.«

Eden schwor sich, gelassen zu bleiben – wenn auch nur zu Bets Bestem. Wenn sie, Eden, sich nicht unter Kontrolle behielt, wäre alles verloren.

In Wirklichkeit hatte Eden so große Angst wie Bet. Albträume der Kindheit meldeten sich in ihrem Unterbewusstsein. Eden zitterte bei jedem vorsichtig aufgesetzten Schritt. Sie musste selbst einen Entsetzensschrei unterdrücken, als etwas nur Zentimeter vor ihren Füßen in den Sumpf glitt.

»Es wäre ein Wunder, wenn wir heil durch dieses Sumpfland entkommen könnten«, murmelte Bet.

Eden betete lange und inbrünstig für dieses Wunder.

Als Gerard Lockwood sich einen der Biskuits schnappen wollte, die Tully vom Herd genommen hatte, schlug Tully ihm auf die Finger. »Mach dir selbst ein Frühstück«, knurrte er. »Dies ist für die Ladys.«

»Diese Weiber sind nicht unsere Gäste, sondern unsere Gefangenen«, grollte Gerard und schüttelte seine schmerzende Hand.

»Sie werden mit Respekt und Höflichkeit behandelt«, sagte Tully und zog die Haube über seine buschige Haarfülle, um sich zu maskieren. »Dies waren die Befehle Seiner Lordschaft, bevor er davongeritten ist, um zu melden, dass unsere Mission erfüllt ist.«

»Ich nehme keine Befehle von Seiner hochnäsigen Lordschaft entgegen«, schnaubte Gerard.

»Und ob du das tust.« Tully legte die noch warmen Biskuits auf einen Zinnteller. »Seine Lordschaft hat das Kommando, ob es dir gefällt oder nicht.«

Gerard murmelte einen Fluch vor sich hin.

Tully trat über zwei schlafende Männer auf ihren Strohlagern hinweg und klopfte leicht an die Tür des Nebenraums. »Miss Eden, Ihr Frühstück ist fertig.«

Stille.

»Miss Eden?«

Gerard stampfte so ungestüm zur Tür, dass er dem schlafenden Peyton Haines auf die Hand trampelte. Der Mann erwachte mit einem schmerzerfüllten Jaulen.

»Mach nur ja die gottverdammte Tür auf, Mann!«, zischte Gerard Tully an. »Wir betreiben keinen Gasthof für königliche Gäste …«

Gerard fluchte lästerlich, als er die Tür öffnete und sah, dass die beiden Pembrooks verschwunden waren! Er stürzte in den Raum und spähte durch das Fenster hinaus. Immer noch fluchend fuhr er herum und starrte den Hünen auf der Türschwelle an.

»Wenn die Weiber entkommen, werde ich verdammt dafür sorgen, dass Sabers Kopf rollt. Wir werden sehen, ob seine vorgesetzten Offiziere ihn weiter lobpreisen, nachdem er unsere Mission versaut hat.«

»Wenn Köpfe rollen, dann wird einer davon deiner sein, Lockwood«, sagte Tully. »Seine Lordschaft hat dich für die Zeit seiner Abwesenheit als Verantwortlichen ernannt.

Während er das Kommando hatte, sind die Frauen nicht getürmt.«

Lockwood stampfte zur Tür zurück und versuchte, Tully aus dem Weg zu schieben. Tully rührte sich keinen Zentimeter zur Seite. Er stieß nur den Teller mit Biskuits gegen Gerard Lockwoods Brust.

»Du kannst die Biskuits haben. Ich spüre die Ladys auf.«

Lockwood, der im Reflex den Teller angenommen hatte, schleuderte ihn mitsamt Biskuits wütend an die Wand und befahl seine Männer auf die Füße. »Ich werde diesem Weibsbild eine Lektion erteilen, die es nicht vergessen wird!«, brüllte er, als er nach draußen stapfte.

»Setzt eure Masken auf«, befahl Tully den Männern. »Seine Lordschaft hat gesagt, wir sollen immer maskiert sein.«

Als die Männer sich aufrappelten, um die Verfolgung aufzunehmen, fluchte Tully in sich hinein. Es bedeutete nichts Gutes für die Pembrook-Schwestern, durch das Sumpfland zu flüchten, besonders nicht, wenn der rachsüchtige Gerard Lockwood zu ihren Verfolgern zählte. Tully hoffte inbrünstig, Eden und Elizabeth zu finden, bevor sie Lockwood in die Hände gerieten.

Die goldenen Strahlen der Morgendämmerung fielen durch das Fenster, als Peter Dalton erwachte. Er stöhnte auf, als ihm klar wurde, dass er die Nacht durchgeschlafen hatte. Seine geliebte Elizabeth war entweder tot, lag im Sterben oder erlitt Höllenqualen. Peter verwünschte Dr. Curtis, weil er sich von ihm hatte täuschen lassen und das Schlafmittel getrunken hatte.

Peter verzog das Gesicht vor Schmerzen, als er den verletzten Arm in den Jackenärmel schob. Als er hastig vom Bett aufstand, wurde ihm schwindelig. Taumelnd stützte sich Peter an der Wand ab. Das Zimmer schien sich vor seinen Augen zu drehen. Er atmete tief durch. Nichts und niemand würde ihn von der Suche nach Elizabeth abhalten!

»Peter, geh ins Bett zurück. Du bist noch nicht gesund genug, um aufzustehen.«

Peter sah erstaunt zu seinem Vater, der aus Catherines Schlafzimmer aufgetaucht war. Anscheinend hatte Sankt Edens Predigt über Loyalität und eheliche Treue Eindruck auf Angus gemacht. Peter wusste genau, dass seine Eltern seit Jahren nicht mehr miteinander geschlafen hatten. Er verbannte seine abschweifenden Gedanken und klammerte sich ans Geländer, um die Treppe hinabzusteigen. »Ich suche nach Bet, und nichts, was du sagst, wird mich aufhalten.«

»Dann begleite ich dich«, bot Angus an.

»Und wer kümmert sich um das Geschäft?«, fragte Peter.

»Zum Henker mit dem Geschäft!«, murmelte Angus.

Peter fiel vor Verblüffung fast die Treppe hinunter. Anscheinend hatte Eden bei Angus und Catherine Wunder bewirkt.

»Seid vorsichtig, ihr beiden«, sagte Catherine, als sie auf der Türschwelle ihres Schlafzimmers auftauchte und ihren Morgenrock schloss.

Peter schritt mit dem sicheren Gefühl davon, dass ihn seine Eltern jetzt unterstützten. Wenn ich nur Bet finden könnte und sie wohlauf wäre, dann wird alles gut, dachte er, als er in den Kutschwagen stieg und zum Ort der Entführung fuhr.

10

Eden beschleunigte ihre Schritte. Sie hörte die noch fernen Stimmen und Flüche der Verfolger. Eine Schar Reiher erhob sich über das Blätterdach und warnte Eden davor, dass die Entführer nicht mehr weit waren.

»Wir müssen uns beeilen, Bet.« Eden sprang über eine schlammige Baumwurzel und hastete auf den Sonnenschein zu, der durch ein Gewirr von Wurzeln und Kletterpflanzen brach.

Bets gedämpfter Aufschrei ließ Eden abrupt verharren. Sie fuhr herum und sah, wie Bet über die glitschigen Wurzeln stolperte, stürzte und sich den Knöchel hielt.

Die Stimmen der Verfolger näherten sich unheilvoll. Eden eilte zu Bet zurück, half ihr auf und stützte sie.

»Lass mich hier«, schluchzte Bet mit schmerzverzerrtem Gesicht. »Ich bin nur Ballast für dich. Eine von uns muss entkommen.«

»Dann wirst du das sein«, erklärte Eden und führte Bet zu einer dichten Buschgruppe.

»Nein, ich ...«

Eden packte Bet an den Schultern und rüttelte sie. »Willst du Peter wiedersehen oder nicht?«

»Ja, aber ...«

»Und ich will das für dich.« Eden spähte ängstlich zu dem Gewirr aus Büschen, Bäumen und Sumpfflächen und rechnete damit, jeden Augenblick von den maskierten Dämonen angesprungen zu werden. »Hör mir genau zu, Bet. Du versteckst dich in den Büschen, bis ich die Männer in die entgegengesetzte Richtung locke.« Sie wies zu dem

Sonnenschein, der durch die Bäume sickerte. »Wenn alle weg sind, musst du genau auf die Sonne zugehen.«

»Ich kann nicht ...«

Eden schüttelte ihre Schwester noch einmal. »Du kannst es, und du wirst es tun!«, befahl sie streng. »Du wirst es aus dem Sumpfland herausschaffen, und wenn du kriechen musst. Du und Peter, ihr verdient eine Chance, glücklich zu sein, und verdammt, ihr werdet sie bekommen! Und du musst dich um die verwundeten Patienten kümmern, während ich fort bin.«

Eden schob ihre widerstrebende Schwester zwischen die Büsche und zupfte Äste und Blätter zurecht, um das Versteck zu tarnen.

Dann nahm sie all ihren Mut zusammen und wartete, bis ihre maskierten Verfolger sie entdeckten. Erst dann lief sie davon. Sie fluchte lautlos, als sie den Mann an der Spitze der Häscher erkannte. Es war der Schuft, der in der Gewitternacht versucht hatte, ihr Gewalt anzutun – derselbe Kerl, der in der vergangenen Nacht über sie hergefallen wäre, wenn ›Seine Lordschaft‹ nicht eingegriffen hätte.

Eden rannte, so schnell sie konnte. Sie betete, dass es ihr gelang, ihren Feind von Bet wegzuführen. Wenn ihr Leben das Opfer war, das sie erbringen musste, um Bet und Peter zu helfen, dann sollte es so sein.

Mit diesem entschlossenen Gedanken hetzte Eden durch den Schlamm und Morast und verursachte so viel Lärm, dass selbst ein Vollidiot ihrer Fährte hätte folgen können.

Und Lockwood war keine zwanzig Meter hinter ihr ...

Sebastian zügelte das erschöpfte Pferd und spähte zur Hütte bei den Sümpfen. Er spürte, dass es Ärger gab. Es war dort viel zu still. Besorgt eilte er in die Hütte. Das Durcheinander von Strohlagern auf dem Boden, der noch heiße Herd und die offene Tür zum Nebenraum gaben

Zeugnis davon, dass hier etwas passiert sein musste. Eine böse Vorahnung erfüllte ihn.

Verdammt, er hätte Eden an den Bettpfosten fesseln sollen, anstatt ihr nur die Hände auf dem Rücken zusammenzubinden. Er hatte es ihr nicht zu unbequem machen wollen, aber wenn er gewusst hätte, dass sie das Talent zur Entfesselungskünstlerin besaß, hätte er sie verschnürt wie ein Paket!

Sebastian fluchte, machte auf dem Absatz kehrt und verließ die Hütte. Mit schnellen Schritten umkreiste er sie und suchte nach Spuren. Zwei Paar Schuhabdrücke – kleinere als die von Männern – führten ins Sumpfland. Sebastian folgte ihnen zu Fuß und zog seine Haube aus der Tasche, um sich zu maskieren.

Er wusste nicht, wie lange er durch das Labyrinth von Bäumen, Büschen, Kletterpflanzen und Sumpfflächen gehastet war – und sich bei jedem Schritt im Geiste einen Tritt verpasst hatte. Es kam ihm wie eine Ewigkeit vor, bis er gedämpfte Geräusche in der Nähe wahrnahm. Er hetzte weiter, und schließlich sah er Tully vor sich. Als Sebastian ihn einholte, war er außer Atem.

»Was … ist passiert?«, keuchte er.

Tully berichtete von Edens und Bets Flucht. »Ich glaube, ich habe ein Geräusch von dort drüben gehört«, fügte er dann hinzu. Er wies nach Westen.

Sebastian bemerkte eine leichte Bewegung zwischen den Büschen und wies Tully mit einer Geste an, einen Kreis zu schlagen und sich ihnen von hinten zu nähern.

Elizabeth kämpfte gegen Tränen an und zog die Beine an. Sie schwor sich, kein Geräusch zu verursachen. Durch ihren Knöchel stachen Schmerzen. Sie war ostwärts gehumpelt, hatte sich in Deckung von Büschen und Baumgruppen bewegt, bis ihr verstauchtes Bein nachgegeben hatte und abermals umgeknickt war.

Der Schmerz war schlimm, doch Bet war entschlossen, nicht aufzugeben. Sie schrie unwillkürlich auf, als sie von einem kräftigen Arm von hinten gepackt und angehoben wurde. Ihr fester Entschluss verschwand, und sie erkannte, dass sie niemals so unbeirrbar entschlossen wie Eden werden konnte. Sie hatte ihren Fluchtversuch vermasselt!

Sebastian hielt die schluchzende Frau in seinem Arm. Bets Tränen tropften auf seinen Umhang.

Tully machte Sebastian auf Elizabeth' verletztes Bein aufmerksam. »Ist das nicht bei weitem genug, Eure Lordschaft? Dieses arme Mädchen muss durch den Sumpf gekrochen sein. Es ist schon schlimm genug, dass Männer die Hölle des Krieges erleiden müssen, aber müssen wir auch noch Frauen mit hineinziehen?«

Sebastian erkannte, dass Tully Mitleid mit dem Mädchen hatte. Verdammt, auch ihm gingen Bets Tränen nahe. Er wollte nicht, dass diese junge Frau noch mehr erleiden musste, als sie bereits erlitten hatte.

»Eure Lordschaft, gibt es keine andere Möglichkeit?«, fragte Tully. »Können wir nicht eine von ihnen gehen lassen? Die hier hat nicht den gleichen Kampfgeist ...«

Elizabeth schluchzte noch lauter. »Sagen Sie es nur. Ich werde meiner Schwester niemals ebenbürtig sein. Ich bin wertlos ...« Ihre Stimme erstickte in Schluchzern.

»Sie sind nicht wertlos«, sagte Tully tröstend. »Ich finde, Sie haben sich bemerkenswert gut gehalten, nicht wahr, Eure Lordschaft?«

»Bemerkenswert«, pflichtete Sebastian bei.

»Nein, das habe ich nicht«, schluchzte Bet.

Sie atmete zitternd ein und schob sich von Sebastians Brust weg. Bis jetzt hatte sie versagt, aber sie würde ein persönliches Opfer bringen, um Eden zu retten. »Bringen Sie mich zurück zur Hütte und lassen Sie meine Schwester laufen«, sagte sie entschieden.

»Wo ist Ihre Schwester?«, fragte Sebastian.

Elizabeth hob das Kinn in einer trotzigen, würdevollen Art. »Pfeifen Sie Ihre Tory-Hunde zurück und halten Sie mich als Geisel«, verlangte sie.

Tully fluchte lautlos. »Wir sollten sie laufen lassen, Eure Lordschaft. Wir werden General Pembrook sagen, dass wir eine seiner Töchter auf Treu und Glauben freigelassen haben. Miss Bet würde das Leben ihrer Schwester nicht gefährden.«

Sebastian traf eine schnelle Entscheidung. »Wir werden Elizabeth zu ihrem Mann zurückbringen.«

»Ich will nicht freigelassen werden!«, schrie Bet ihre Entführer an.

Sebastian schob Bet in Tullys gewaltige Arme. Obwohl sie sich wehrte und in Tullys Umklammerung zappelte, riss Sebastian Stoffstreifen aus ihrem zerfetzten Kleid, um eine Augenbinde und Stricke zum Fesseln ihrer Handgelenke zu improvisieren.

»Bringe Elizabeth zu der Stelle, an der sie entführt wurde«, befahl Sebastian. »Sorge dafür, dass sie alle Orientierung verliert.«

»Eden und ich wissen, was Sie vorhaben«, platzte Bet heraus. »Aber mein Vater wird seine Sache niemals verraten. Niemals!«

Sebastian widersprach nicht. Er wusste bereits, was General Pembrook tun würde – und was nicht. Der Kontakt war hergestellt. Der Plan war bereits in Gang gesetzt worden.

»Um Ihrer Schwester willen sollten Sie Ihre Spekulationen für sich behalten«, warnte Sebastian. »Denn ihr Leben steht auf dem Spiel.«

»Ihre schwarze Seele soll in der Hölle verdammt sein!«, zischte Bet Sebastian zu, bevor Tully sie forttrug.

Meine Seele ist bereits verdammt, dachte Sebastian, als Tully mit seiner Gefangenen verschwand.

Sebastian schaute sich grimmig um, und watete dann durch den Morast. Immer wieder blieb er stehen, um nach Geräuschen zu lauschen, die ihm vielleicht verrieten, wo sich Eden aufhielt. Er betete, dass er sie finden würde, bevor sie in Lockwoods Gewalt geriet.

Eden unterdrückte einen Schrei, als sich der Horror der Gegenwart mit den Albträumen der Vergangenheit vermischte. Ihr gesamter Körper schmerzte von der wilden Hetzjagd durch das Sumpfland. Ihr Häscher hatte sie eingeholt, sie gepackt und zu Boden geworfen, und sie war mit dem Kopf gegen einen Baumstumpf geschlagen. Eden konnte sich nicht an den genauen Ablauf der folgenden Ereignisse erinnern. Sie hatte das Bewusstsein verloren und trieb auch nach dem Erwachen am Rande einer weiteren Ohnmacht.

Dann und wann war die Dunkelheit aufgerissen wie eine schwarze Wolke, doch Schmerzen hatten durch ihren Kopf gestochen und ihr von neuem die Besinnung geraubt. Auch jetzt noch drohten Wellen der Übelkeit über ihr zusammenzuschlagen, wenn sie sich gegen die Stricke aufbäumte, mit denen sie gefesselt war.

Eden schluchzte, kugelte sich zusammen und zitterte in ihrer feuchten Kleidung. Sie wusste nicht, wohin ihr Entführer sie gebracht hatte. Vielleicht in ein Räucherhaus, denn es roch so.

Sie erschauerte, als sie sich an andere Male erinnerte, an denen sie in Dunkelheit gefangen gewesen war. Quälende Erinnerungen aus der Kindheit stiegen in ihr auf, und sie zitterte.

Du darfst dich nicht von der Vergangenheit überwältigen lassen, sagte sie sich. Sie hatte die Pein früherer Jahre hinter sich gelassen – und so sollte es bleiben. Sie durfte nicht daran zerbrechen. Sie wollte nicht an diese Tragödie denken, als sie …

Eden schloss die Augen und erzitterte. Wenn sie nicht von Dunkelheit umgeben gewesen wäre, hätte sie ihre Ängste unter Kontrolle halten können. Sie brauchte Sonnenschein – einen hellen Himmel –, um die Schatten und peinigenden Stimmen zu vertreiben, von denen sie verfolgt wurde.

Sie sank gegen die Wand und versuchte, ihr schmerzendes Bein auszustrecken. Es war kaum genug Platz dafür –

nur genügend Platz für die erstickende Finsternis und die entsetzlichen Erinnerungen.

Verdammt! Hatte sie nicht ihr schreckliches Verbrechen wieder gutgemacht? Hatte sie sich nicht auf jede mögliche Weise gebessert?

Sie hätte wissen sollen, dass sie sich niemals völlig von ihren Sünden freisprechen konnte, dass die Erinnerung daran sie verfolgen und quälen würde. Die Vergangenheit starb nie, solange die Erinnerungen lebten.

Edens Gedanken wechselten von einer Phase ihres Lebens zu einer anderen. Sie hoffte, vergessen zu können, was sie nicht in Erinnerung behalten wollte, und sie war entschlossen, eine gefühlsmäßige Distanz zwischen sich und ihrer Vergangenheit zu schaffen, doch die Bilder wurden in ihren Träumen wach und lauerten wie Phantome in der Finsternis, warteten unerbittlich.

Verschwommene Erinnerungen schossen in Eden hoch, als sie darum kämpfte, einen klaren Kopf zu bekommen. Die quälende Szene entfaltete sich vor ihrem geistigen Auge, und Stimmen hallten durch ihren schmerzenden Kopf. Eden schrie unbewusst auf, doch die Pein kehrte immer wieder. Sie kauerte sich tiefer in die Dunkelheit, die sie so hasste – und fürchtete.

In Edens Benommenheit vermischte sich die Vergangenheit mit der Gegenwart. Die Jahre dazwischen verblassten und verschwanden, als ob es sie nie gegeben hätte. Nichts konnte die Vergangenheit ungeschehen machen. Sie hatte gehofft, jede Veränderung in ihrem Leben würde eine wirkungsvolle Barriere sein, die sie von dem Albtraum trennte, doch es gab nichts, das sie vor der Erinnerung an ihre sündige Vergangenheit schützen konnte. Ihre Schutzwälle waren einer nach dem anderen eingefallen, bis nichts mehr zwischen ihr und ihrer geheimen Sünde war …

Eden zuckte zusammen, als die Tür aufgerissen wurde. Sie wich zurück, als der drohende Schatten vor ihr aufragte. Dann bückte sich der maskierte Entführer zu ihr herab.

Es war der Mann mit der Maske und der grünen Jacke der Tories, erkannte sie benommen.

»Zeit für dich, eine weitere Lektion in Demut zu lernen«, sagte Lockwood hämisch, krallte eine Hand in Edens Haar und riss sie auf die Füße.

Eden taumelte und fiel in Lockwoods Arme.

»Diese Lektion wirst du gut lernen«, kündigte er mit lüsternem Lachen an, als er sie zu der Hütte schleifte. »Seine großkotzige Lordschaft und sein ergebener Lakai sind diesmal nicht hier, um dich zu schützen. Du hast zu viel Ärger gemacht, und wenn ich mit dir fertig bin, wirst du keinen weiteren Fluchtversuch wagen.«

Die Welt schien sich wie verrückt um Eden zu drehen. So schwindelig und übel es Eden auch war, sie würde nicht zulassen, dass dieser Dreckskerl sie seelisch zerbrach. Sie würde sich auf die kostbaren Erinnerungen an ihre Zeiten mit Sebastian konzentrieren. Die Erinnerung an ihn würde ihre Rettung werden. Sie würde das Bild seines markanten Gesichts und seines Lächelns heraufbeschwören und die Grausamkeit ihres Peinigers nicht in ihre Gedanken eindringen lassen. Die Gedanken an Sebastian würden sie vor dem kommenden Grauen schützen …

Nach zwei Stunden vergeblicher Suche kehrte Sebastian zur Hütte zurück. Inzwischen müsste Tully Bet in Sicherheit gebracht haben und zurückgekehrt sein. Wenn Lockwood mit Eden eingetroffen war, würde Tully dort sein, um sie zu beschützen.

Und wenn Eden entkommen war, was dann? Obwohl Sebastian diese Mission missbilligte, waren die Vorbereitungen getroffen worden. Diese Operation hing in einer heiklen Schwebe – wie so viele der Missionen, die er in den vergangenen fünf Jahren durchgeführt hatte.

Dies konnte der entscheidende Faktor in dem Krieg sein, rief er sich in Erinnerung. Cornwallis marschierte mit seinen Männern zum neuen britischen Stützpunkt, und Sir

Clinton setzte seinen Weg nach New York fort. Die Flotte aus neunzehn Schiffen war unterwegs, um das Korps an Land zu unterstützen.

George Washington flehte Admiral de Grasse an, seine vierundzwanzig Schiffe vom französischen Marinestützpunkt in Westindien zu schicken.

Und mitten in diesen strategischen Manövern versuchte Sebastian, diesen hinterhältigen Plan auszuführen. Eden Pembrook war das Gewicht geworden, das die Waagschale zugunsten der einen Armee ausschlagen lassen konnte …

Das Wimmern einer weiblichen Stimme ließ Sebastian erstarren. Als der gepeinigte Laut von neuem ertönte, rannte Sebastian los.

Bei dem entsetzten Aufschrei, den er an der Tür der Hütte hörte, wallte heißer Zorn in ihm auf. Im Vorraum traf er Haines und Baxter an, die Whisky tranken und beunruhigt zur Tür des angrenzenden Raums blickten.

Von Tully war nichts zu sehen. Fluchend lief Sebastian zur Tür des Nebenraums und stieß sie auf. Er sah eine Szene wie aus einem Albtraum. Eden war mit gespreizten Armen und Beinen an das Bett gefesselt, und ihr schmutziges und zerfetztes Kleid war an ihren blutig verschrammten Beinen hochgerutscht. Lockwood saß breitbeinig auf ihr und wollte gerade das Mieder von ihren Brüsten fetzen.

Sebastian streckte den brutalen Kerl mit einem Fausthieb nieder, sodass er von seinem Opfer abließ und zu Boden stürzte. Dann packte Sebastian Lockwood an der Hemdbrust und riss ihn auf die Füße. Er hämmerte ihm die Faust ans Kinn. Lockwood taumelte zurück, fing sich und holte zum Schlag aus, doch Sebastians Fausthieb traf mitten in sein drohend verzerrtes Gesicht.

Lockwood wurde zurückgeschleudert. Sebastian setzte nach. Er hieb ihm in die Magengrube. Lockwood krümmte sich zusammen, und Sebastian versetzte ihm einen Aufwärtshaken, der ihm die Luft aus der Lunge trieb. Lockwood stürzte auf die Knie, und Blut tropfte von seiner aufgeplatzten Unterlippe.

Aber Sebastian war noch nicht zufrieden. Er riss Lockwood auf die Füße und hämmerte weiter auf ihn ein.

»Eure Lordschaft!«

Tullys dröhnende Stimme zerriss den Schleier aus Zorn, der Sebastians klares Denken verhüllt hatte. Eine Hand in den Aufschlag von Lockwoods Jacke gekrallt, die andere Faust zum Schlag erhoben, hielt Sebastian inne und blickte über die Schulter zu Tully.

»Wir machen es zu leicht für den Bastard«, sagte Tully, und sein Blick glitt von Edens erniedrigender Lage auf dem Bett zu Sebastian. »Wenn du ihn totschlägst, werden Fragen beantwortet werden müssen.«

Sebastian wusste, dass Tully Recht hatte. Widerstrebend stieß er Lockwood zu Tully und trat zurück.

»Schaff mir diesen Dreckskerl aus den Augen. Schick Haines und Baxter mit Lockwood im Schlepptau nach Yorktown. Wenn Lockwood nicht ins Militärgefängnis kommt, unehrenhaft aus der Armee entlassen und vors Kriegsgericht gestellt wird, werde ich dafür sorgen, dass Lord Cornwallis ihm sofort den Prozess machen lässt.«

Haines und Baxter standen bei der Tür und hörten Sebastians Befehle.

»Lockwood sollte im Gefängnis sein, wenn ich in Yorktown eintreffe«, fuhr Sebastian sie an. »Wenn das nicht der Fall ist, ziehe ich euch beide zur Rechenschaft, verstanden?«

Die beiden Männer nickten und führten Lockwood fort.

»Guter Gott!«, flüsterte Tully und starrte Eden an. »Sieh dir an, wie groß die Beule an ihrem Kopf ist. Sie sieht aus, als wäre sie zur Hölle und zurück geschleift worden.«

Sebastian riss sich die Haube vom Kopf, streifte den Umhang ab und zog die Handschuhe aus. Dann ließ er sich neben seine bewusstlose Gefangene sinken. Er verzog das Gesicht, als er leicht über die Beule an ihrem Kopf streichelte.

»Hol etwas Wasser aus dem Brunnen und fülle die Wanne«, bat er Tully. »Hast du Kleidung für Eden gefunden?«

»Darum habe ich mich gestern Abend gekümmert«, erwiderte Tully.

»Gut.«

»Ich wusste, dass diese verfluchte Mission zu einer Katastrophe führt«, murmelte Tully. »Wir hätten uns weigern sollen, daran teilzunehmen.«

»Und Lockwood das Kommando überlassen sollen?«, fragte Sebastian. »Dann hätten sich die Dinge zehnmal schlimmer entwickelt.«

Tully schloss die Tür hinter sich, und Sebastian fluchte vor sich hin. Sein Zorn ging in Verzweiflung über. Er konnte den Rest seines Lebens versuchen, wieder gutzumachen, was Eden durch Lockwood erlitten hatte, und es würde immer noch nicht reichen, um sein Gewissen von Schuld zu befreien. Sie war verletzt und bewusstlos. *Seinetwegen.* Lockwood mochte sie misshandelt haben, aber er, Sebastian, hielt sich persönlich verantwortlich für den Schmerz und die Qualen, die sie erlitten hatte.

So behutsam wie möglich zog Sebastian ihr die schmutzige Kleidung aus. Er presste die Lippen zusammen, als er die Quetschungen und Kratzer auf ihren Armen und Hüften sah. Dieser verdammte Lockwood!

Tully klopfte leise an die Tür, öffnete sie dann und steckte den Kopf herein. »Das Bad für die Lady ist bereit. Die frische Kleidung liegt auf dem Tisch. Ich werde draußen sein, wenn du mich brauchst.«

Als sei sie aus kostbarem Kristall, nahm Sebastian Eden behutsam auf die Arme und trug sie in den Nebenraum. Sie bewegte sich kurz, als er sie in das lauwarme Wasser legte, doch dann sank sie wieder in die Bewusstlosigkeit.

Sebastian träufelte Wasser über ihre Haut, über die Blutergüsse und Schrammen. Als Eden kurz zu sich kam, trat er schnell zurück, sodass er hinter ihr stand. Der Gedanke, dass sie ihn als Beteiligten an diesem Albtraum erkannte, war unerträglich für ihn.

»Sebastian …«

Als Eden seinen Namen hauchte, hatte Sebastian das Gefühl, ein unsichtbares Messer bohre sich in sein Herz. Eden konnte ihn nicht erkannt haben, doch es war offenkundig, dass sie an ihn dachte.

»Ich bin hier«, wisperte er im gedehnten Tonfall des Südstaatlers, den sie erkennen konnte. »Ruhe dich nur aus. Ich kümmere mich um dich.«

Ein schwaches Lächeln spielte um ihre Lippen, und dann sank sie schlaff in seine Arme.

Sebastian hob Eden aus der Wanne. Sein Blick fiel auf das Musselinkleid, das Tully auf den Tisch gelegt hatte, doch er sagte sich, dass sie sich unbekleidet bequemer fühlen würde. Sie würde einige Zeit ja nicht aufstehen und irgendwohin gehen können.

Er legte sie aufs Bett, deckte sie zu und starrte auf die Beule auf ihrem Kopf, auf die Kratzer und Verfärbungen auf ihren Wangen. Das Herz war ihm schwer, als er sich vorstellte, was sie während ihres Fluchtversuchs und nach der erneuten Gefangennahme durchlitten hatte.

Edens makellose Schönheit war beeinträchtigt worden. Augen, die sonst vor Energie gefunkelt hatten, waren geschlossen. Lippen, die so strahlend gelächelt hatten, waren aufgeplatzt und geschwollen. Lockwood soll in der Hölle schmoren!, zürnte Sebastian stumm.

Er fuhr sanft mit den Fingern durch die Strähnen ihres kastanienbraunen Haars. »Es tut mir entsetzlich leid, Eden«, wisperte er. »Du wirst nie erfahren, wie tief ich dies bedauere.«

Seine Lippen berührten federleicht ihren Mund, und er wünschte, er könnte ihre Verletzung einfach mit einem Kuss heilen.

Sebastian blickte zum Fenster und bemerkte, dass Lockwood die Vorhänge zugezogen hatte, bevor er sie auf dem Bett gefesselt hatte. Sebastian wusste nicht, weshalb Eden so eine Vorliebe für offene Fenster und hereinfallenden Sonnenschein hatte, aber er wollte sie nicht in einem abgedunkelten Raum aufwachen lassen.

Er zog die Vorhänge auf, um den Sonnenschein hereinzulassen. Und dann verwünschte er wieder, dass er an diesem Albtraum beteiligt war. Die Hölle lehrte ihn viel mehr, als er für möglich gehalten hatte.

Elizabeth Pembrook-Dalton stand in der Halle der Pembrook-Plantage, stützte sich auf ihre Krücke und regelte den Betrieb mit der freien Hand. Nachdem sie von Tully neben der Straße abgesetzt worden war, hatte sie dort eine halbe Stunde lang gesessen, bis ihr Mann, ein Suchtrupp aus verwundeten Rebellensoldaten und die Mannschaft des Konstablers eingetroffen waren. Bet hatte vor Erleichterung geweint. Als sie erfahren hatte, dass Peter nur eine harmlose Streifschussverletzung davongetragen hatte, war sie zu ihm gehumpelt, und sie hatten sich umarmt, als wollten sie sich nie wieder loslassen.

Seit Elizabeth heimgekehrt war, hatte sie an Edens Stelle gehandelt. Und in all der Zeit, in der sich Elizabeth um die Pflichten auf der Plantage gekümmert hatte, hatte sie für Edens sichere Rückkehr gebetet.

»Rodney, sorgen Sie dafür, dass alle Lebensmittel, die wir entbehren können, zum Lagerhaus für die kontinentale Armee gebracht werden«, wies Bet den Kutscher an. »Melden Sie, dass Lord Cornwallis sein Hauptquartier in Yorktown aufgeschlagen hat. Rebellensoldaten nähern sich diesem Gebiet, und wir brauchen Nahrung und Kleidung für unsere kämpfenden Männer.«

Maggie lächelte stolz, als sie beobachtete, wie Bet mit Entschlossenheit und Tüchtigkeit in die Fußstapfen ihrer Schwester trat. Bet hatte anscheinend Edens täglicher Arbeit doch mehr Aufmerksamkeit geschenkt. Wenn Maggie es nicht besser gewusst hätte, dann hätte sie geschworen, dass es Eden war, die dort stand und lächelnd Befehle erteilte.

»Ich habe erfahren, dass John Brady heimgekehrt ist, verwundet während des Scharmützels bei Richmond«, berichtete Bet, und ihre Stimme klang fest und selbstbewusst. »Wir werden dafür sorgen, dass viele Lebensmittel auf Bradys Tisch liegen. John soll wissen, wie sehr wir seinen Einsatz für uns zu schätzen wissen.«

Bet wies mit der erhobenen Krücke auf Maggie. »Doktor Curtis hat eine Botschaft geschickt, dass weitere verwundete Soldaten eintreffen werden. Wir brauchen mehr Feldbetten. Lass bitte einige der Diener für Unterkünfte für die Neuzugänge sorgen.«

Als das Personal abzog, um sich an die Arbeiten zu machen, sank Bet müde gegen die Wand. »Diesmal werde ich dich nicht enttäuschen, Eden, das schwöre ich«, flüsterte sie.

Während Bet sich in einen Kreuzzug nach dem anderen stürzte, zeigte Peter seine Unterstützung für die Sache der Amerikaner. Sofort nach seinem Eintreffen im Geschäft lud er Waren auf, die zu dem Lagerhaus der Armee gebracht werden sollten.

Angus Dalton gewährte jetzt den Rebellen seine volle Unterstützung. Er hatte den näher rückenden Truppen der Patrioten Kleidung, Decken und Kochutensilien gespendet. Darüber hinaus hatten sich Angus und Catherine bei Bet entschuldigt, weil sie ihren Sohn mit einer anderen hatten verheiraten wollen.

Die phänomenale Veränderung im Verhalten der Daltons war Edens Werk. Bet erinnerte sich an ihr Gespräch mit den Daltons. Sie lächelte wehmütig, als sie Eden vor ihrem geistigen Auge sah. Sie wünschte, Eden wäre da, um die Veränderungen zu sehen, die sie bewirkt hatte.

Wehe, wenn Eden nicht sicher und wohlauf war. Dann würde Bet es ›Seiner Lordschaft‹ heimzahlen! Er hatte versprochen, dass Bet unversehrt bleiben würde, und Bet war entschlossen, den Mann zur Rechenschaft zu ziehen, wenn er sich nicht an sein Versprechen halten würde, denn sie hatte ihres eingehalten. Sie hatte dem Konstabler erzählt, sie habe während ihrer Gefangenschaft eine Augenbinde getragen und wisse nicht, wohin man sie gebracht hatte. Bet hatte nichts getan, um das Leben ihrer Schwester zu gefährden, und ›Seine Lordschaft‹ sollte verdammt ebenfalls sein Wort halten!

Thaddeus Saber stellte den Krug mit Bier auf den Tisch und setzte sich auf den Stuhl seinem Gast gegenüber. »Sie sehen erschöpft aus, junger Mann.«

Lyle Hendrick, der britische Kurier, nickte und griff begierig nach seinem Ale. »Die Dinge sind in letzter Zeit nicht gut gelaufen, Thaddeus. Die Amerikaner mit ihrer Guerillakriegsführung verfolgten jeden Schritt auf unserem Marsch nach Yorktown. Der junge französische Marquis vereinigte seine Streitmacht mit Anthony Waynes zähen Veteranen und mit Stubens gut ausgebildeter Brigade. Damit hatten wir nicht gerechnet.«

»Vielleicht könnt ihr und Lord Cornwallis jetzt Atem schöpfen, nachdem ihr euer Ziel erreicht habt.«

Lyle trank noch einen Schluck Ale. »Unsere Männer könnten eine Ruhepause gebrauchen, während wir darauf warten, dass Sir Clinton die britische Flotte von New York runterschickt.«

»Yorktown wird den Briten gut dienen«, sagte Thaddeus. »Bald wird die britische Marine hinter Cornwallis' Rücken sein. Mit neunzehn Schiffen in der Chesapeake Bay sollten wir bald die Kontrolle über Virginia haben.«

»Ich würde mich wohler fühlen, wenn Sir Clinton einen Teil seiner Armee nach Süden schicken würde«, erwiderte Lyle. »Aber Sir Clinton hat eine Botschaft von den Amerikanern abgefangen, in der es heißt, dass sie eine Belagerung von New York planen. Sir Clinton kann seine Streitmacht nicht teilen, weil General Washington ihm im Nacken sitzt.«

»Ich bezweifle, dass ihr Verstärkungstruppen brauchen werdet.« Thaddeus überreichte dem britischen Kurier die lederne Posttasche. »Laut Berichten unserer Informanten ist die amerikanische Moral am Boden. Ihre Stärke ist zu gering für eine Offensive in Virginia. Lord Cornwallis hat siebentausendfünfhundert Soldaten unter seinem Kommando. Die Amerikaner haben nur ein Fünftel davon.«

»Ich hoffe, Sie haben Recht, Thaddeus. Unsere Armeen sind seit Monaten auf dem Marsch. Wir brauchen Zeit zur Erholung.«

Lyle trank sein Bier aus und erhob sich. Er nahm die Posttasche mit den offiziellen Botschaften und ging zur Tür. Dort verharrte er und sah den alten Mann an, dessen abgelegene Hütte das Hauptquartier für den Austausch von Informationen zwischen verstreuten britischen Truppen geworden war.

»Cornwallis, Arnold und Tarleton schätzen Ihre Hilfe, und ich weiß Ihr Ale zu schätzen.«

»Ich tue für die Sache, was ich kann«, sagte Thaddeus bescheiden.

Lyle nahm eine Münze aus der Tasche und warf sie Thaddeus zu. »Machen Sie weiter mit der guten Arbeit. Mit etwas Glück haben wir dieses Rebellengesindel erledigt, bevor das Jahr zu Ende ist.«

Als der Kurier fort war, entfaltete Thaddeus die neuen Botschaften, die in seine Obhut gegeben worden waren. Anhand seines Kodebuches entschlüsselte er die Botschaften, die vom britischen Oberkommando geschickt worden waren. Dann holte er die Flasche mit Kobaltchlorid aus dem Schrank.

Mehr als zwei Stunden arbeitete er an dem Pergament und schrieb neue, unsichtbare Botschaften zwischen die Zeilen. Als er damit fertig war, faltete er die Botschaften und steckte sie in andere Posttaschen, damit sie bei ihren jeweiligen Bestimmungsorten abgeliefert wurden.

Thaddeus nahm die Posttaschen und humpelte nach draußen. Er blickte sich sichernd um, legte die erste Botschaft in den Eimer und ließ ihn in den Brunnen hinab. Den zweiten Satz Botschaften hängte er ins Räucherhaus. Den dritten Satz Botschaften steckte er in einen seiner Stiefel und schwang sich dann auf sein Pferd. Er trieb die alte Stute an und ritt zu einem Treffpunkt mit einem anderen Kurier, der bereits auf ihn wartete.

11

»Es wird auch Zeit, dass du zurückkommst, Eure Lordschaft«, murmelte Tully, als Sebastian die Hütte betrat. »Die Lady hatte einen Albtraum nach dem anderen.«

»Hast du sie unter starken Beruhigungsmitteln gehalten?«, fragte Sebastian und schloss die Tür hinter sich.

»Jedes Mal wenn ich sie zwang, einen Schluck Wasser zu nippen, habe ich ihr damit ein Schlafmittel eingeflößt«, berichtete Tully. »Aber ich bezweifle, dass die Dosis stark genug ist. Die Schmerzen sind vielleicht betäubt, aber sie hat sich in unregelmäßigen Abständen herumgeworfen und geschrien.«

»Hat sie dich erkannt?«

»Nein. Wenn sie die Augen öffnete, blickte sie einfach durch mich hindurch.« Tully schenkte sich einen doppelten Brandy ein und kippte ihn in drei Schlucken herunter. »Ich werde verdammt froh sein, wenn diese Qual vorüber ist. Wie lange müssen wir Miss Eden noch als Geisel halten?«

»Thaddeus hat Nachrichten erhalten, dass Lord Cornwallis sein neues Hauptquartier in Yorktown aufschlägt. Der General hat Späher losgeschickt, um Pembrooks Miliz zu beobachten. Pembrook weiß, was er zu tun hat.«

»Nun, freut mich, dass jemand hier das weiß«, grollte Tully. »Diese ganze Sache bereitet mir Unbehagen. Ich lasse die Lady in deiner Obhut, während ich etwas frische Luft schnappe.« Er wies auf das Tablett mit Essen, das er für Eden zubereitet hatte. »Diesmal kannst du sie mit etwas davon füttern.«

»Und du kannst die neuen Botschaften abholen, die von Thaddeus' Hütte eintreffen«, sagte Sebastian.

»Erwartest du etwas Wichtiges?«

»Ja, etwas sehr Wichtiges. Wenn alles nach Plan verläuft, wirst du den Ritt deines Lebens sehr bald unternehmen, Tully.«

»Und ich werde es verdammt gern tun«, sagte Tully. »Es macht mich nervös, Krankenpfleger zu spielen, nachdem Lockwood das arme Mädchen so zugerichtet hat. Es geht mir an die Nieren, sie so leiden zu sehen.«

Als Tully die Hütte verließ, ging Sebastian in den Nebenraum zu Eden.

Zorn wallte in ihm auf, als er sie in ihrer schwachen Verfassung sah. Verfluchter Lockwood!

Edens entsetzter Aufschrei ließ Sebastian erschauern. Er starrte auf ihr aschfahles Gesicht, sah, wie sie im Bett um sich schlug, als gelte es, schmerzhafte Schläge abzuwehren.

»Verdammter Dreckskerl!«, murmelte er.

»Mama, nein! Bitte, nicht wieder!«

Sebastian erstarrte. Er hatte angenommen, Lockwoods brutale Behandlung von Eden sei der Grund für ihre Albträume, aber jetzt gewann er den Eindruck, dass sie wild um sich schlug und schrie, weil sie von den quälenden Erinnerungen gepeinigt wurde, die sie hinter ihrem fröhlichen Lächeln verbarg.

»Bitte lass mich nicht hier!«, wimmerte Eden und streckte flehend eine Hand zu dem unsichtbaren Bild über ihr aus. »Ich hasse die Dunkelheit … bitte!«

Während der nächsten halben Stunde lauschte Sebastian den Bruchstücken gepeinigter Unterhaltung und privater Gedanken, die von Edens Lippen kamen. Was er über Edens Vergangenheit erfuhr, schockierte ihn und machte ihn traurig. Es dämmerte ihm, dass der Albtraum, von dem sie in dem Gasthof in der Gewitternacht erwacht war, durch die gleichen quälenden Erinnerungen ausgelöst worden war, von denen sie jetzt verfolgt wurde.

Als Eden in wildem Aufbäumen und Herumwerfen

vom Bett fiel und voller Angst aufschrie, empfand Sebastian tiefes Mitleid mit ihr. »Es ist alles gut, Engel«, flüsterte er, sank neben ihr auf die Knie und hielt sie schützend an sich. »Niemand tut dir etwas. Du bist in Sicherheit.«

Seine Stimme löste bei Eden andere – weitaus angenehmere – Erinnerungen aus. Die Dämonen verblassten und wurden zu seinem gut aussehenden lächelnden Gesicht. Dies war das Bild, das während der höllischen Stunden ihrer Gefangenschaft ihre Rettung gewesen war. Eden griff unwillkürlich in Richtung der beruhigenden Stimme, des zärtlichen Lächelns, der sanften Hände.

»Liebe mich, Sebastian ... liebe mich ...«

Als ihre Wimpern flatterten, sich hoben und blaue Augen, in denen sich Qual spiegelte, durch Sebastian hindurchzublicken schienen, glaubte er, sein Herz müsste zerspringen. Er konnte Edens Flehen nicht widerstehen, riss sich die schwarze Haube vom Kopf und neigte sich nieder, um Eden auf die Lippen zu küssen. Er sprach zu ihr ohne den kultivierten britischen Akzent und verfiel wieder in die gedehnte Sprechweise des Südstaatlers, die sie kennen gelernt hatte. »Ich bin hier, Eden. Ich werde immer für dich da sein.«

Ein unsagbares Glücksgefühl erfüllte Eden bei der Berührung seiner Lippen. Sie schlang die Arme um seinen Nacken und klammerte sich an ihn, als sei er ein verbotener Traum irgendwo jenseits der Realität.

»Bitte verlass mich diesmal nicht«, wisperte sie und starrte blicklos zu ihm auf.

»Ich verlasse dich nie«, versicherte er und drückte ihren zitternden Körper an sich.

»Ich liebe dich ... liebe dich ...« Sie verstummte mit einem schläfrigen Seufzen. Und dann schlief sie in seinen Armen ein, und Sebastian hielt sie und betete, dass sie niemals erfahren würde, dass er und ihr Entführer ein und dieselbe Person waren. Gott, wie schaffte es das Schicksal, ihr Leben in einen solch hoffnungslosen Knoten zu verknüpfen?

Eine Stunde später stöhnte Eden leise und drehte sich zur Seite.

Sebastian schaute auf seine Uhr und fragte sich, ob die Wirkung des Schlafmittels nachließ. Er durfte es nicht riskieren, erkannt zu werden. Eden war jetzt nicht in der Verfassung, um mit *dieser* Täuschung fertig zu werden.

Sebastian nahm das Tablett mit dem Essen. »Aufwachen, Lady. Ihr Abendessen wartet.« Er sprach wieder mit dem britischen Akzent und hatte sich mit der schwarzen Haube maskiert. Als sich Eden regte, schob er ein Kissen unter ihren Kopf und stieß sie sanft an. »Eden?«

Eden blinzelte. Wo war sie? Schmerzen pochten in ihrem Kopf, und ihr Mund war trocken. Sie sehnte sich nach etwas zu trinken. Als ihr eine Tasse an die Lippen gehalten wurde, trank sie begierig und dankbar die lauwarme Flüssigkeit, obwohl sie einen sonderbaren Beigeschmack hatte.

»Fühlen Sie sich besser?«

»Ich bin mir nicht sicher«, erwiderte Eden schwach.

»Trinken Sie noch etwas.«

Sie gehorchte. Als sie auf das Kissen zurücksank, pulsierten Schmerzen durch ihren Brustkorb, und sie veränderte ihre unbequeme Lage. Sie wusste nicht, wo es sie am meisten schmerzte. Bei ihrem Fluchtversuch musste sie so hart gegen den Baumstumpf geprallt sein, dass jeder Knochen und Muskel in Mitleidenschaft gezogen worden war.

»Essen Sie dies. Es wird Ihnen helfen, wieder zu Kräften zu kommen.«

Als Eden die Biskuits kaute, ohne sie zu schmecken, überlegte sie, wo sie diese Stimme mit dem starken Akzent schon gehört hatte.

O ja, jetzt erinnerte sie sich. Es war ›Seine Lordschaft‹. Aber wo war dieses scheußliche Monster, das sie in der Finsternis eingesperrt und dann an den Haaren fortgeschleift hatte?

»Ruhen Sie sich jetzt aus, Mylady. Sie sind in Sicherheit, und niemand wird Ihnen etwas tun.«

Eden seufzte auf und gab dann der einschläfernden

Wirkung der Arznei nach, die Sebastian dem Tee beigefügt hatte. Er zog behutsam die Bettdecke über sie und ging dann nach nebenan in den Hauptraum, in der Hoffnung, Eden würde die Nacht durchschlafen, ohne von weiteren Albträumen gepeinigt zu werden.

Sebastian hatte mehr als genug über die Geister gehört, von denen Eden im Traum gequält wurde. Was sie ihm unwissentlich preisgegeben hatte, erklärte vieles. Jetzt verstand er die tiefsitzenden Gründe für ihr zwanghaftes Verlangen, ihre Gefühle unter Kontrolle zu behalten. Er wusste, warum sie die Dunkelheit hasste und sich vor beengten Räumen fürchtete. Es war ihm klar, weshalb sie begierig auf ständige Veränderung war. Es lag an ihrem verzweifelten Versuch, Distanz zwischen sich und die Erinnerungen zu gewinnen, an die sie nicht denken wollte, die sie jedoch offenbar niemals vergessen konnte. Eines Tages würde er die ganze Wahrheit herausfinden, das schwor sich Sebastian.

Er blieb abrupt stehen, als er in Gedanken aufblickte und Tully auf dem Stuhl hocken sah. »Du bist zurück.«

»Sieht so aus, nicht?«

Mein Gott, dachte Sebastian. Er war so sehr auf Eden fixiert gewesen, dass ihm Tullys Rückkehr völlig entgangen war.

»Hast du irgendwelche neuen Botschaften erhalten?«, fragte er und stellte das Tablett ab.

Tully zog die Posttasche unter seinem Hemd hervor und entnahm ihr die Botschaft. Sebastian zündete die Lampe an und entfaltete das Pergament. Als er die Botschaft in den Lichtschein hielt, erschienen die Worte, die mit Zitronensaft geschrieben worden waren, wie durch Zauberei.

Sebastian las den Text und lächelte zufrieden.

»Gute Neuigkeiten, Eure Lordschaft?«

»In der Tat«, bestätigte Sebastian. »Du hast einen langen Ritt vor dir, Tully. Ein frisches Pferd wird unterwegs bei jeder Wechselstation warten.« Er wies zum Schrank. »Hol das Kobaltchlorid. Ich muss noch eine Nachricht hinzufügen.«

Sebastian setzte sich an den Tisch, um den unsichtbaren Brief zu schreiben, der diese wichtige Botschaft begleiten würde.

»Was machen wir mit Thaddeus?«, fragte Tully.

»Ich kümmere mich um meinen Großonkel«, sagte Sebastian, ohne beim Schreiben aufzublicken. Obwohl er schnell schrieb, waren keine Worte auf der Seite zu sehen; und diese Botschaft konnte nur entziffert werden, wenn die notwendigen Chemikalien auf das Pergament gesprenkelt wurden.

»Wie kannst du dich um Thaddeus kümmern, während du Eden in deiner Obhut hast?«

»Während du fort bist, werden wir uns in Thaddeus' Hütte niederlassen«, sagte Sebastian.

Tully runzelte die Stirn. »Ich finde, du forderst das Schicksal heraus. Wenn Miss Eden herausfindet ...«

»Das wird sie nicht«, unterbrach Sebastian.

Tully kratzte sich nachdenklich am Kinn. »Du hast Miss Eden getäuscht, und jetzt täuschst du dich selbst.«

»In ein paar Tagen wird Thaddeus hier nicht mehr gebraucht werden.«

Tully grinste schief. »Inzwischen mag ich den alten Knaben.«

Sebastian nickte geistesabwesend. »Ich auch, aber Thaddeus muss sich so unsichtbar machen wie die Tinte auf diesem Pergament.«

Tully schob die ergänzte Botschaft unter sein Hemd und verließ die Hütte, um sein Pferd zu holen.

Eden kämpfte sich durch die Dunkelheit ins Bewusstsein, als ihr eine drängende Stimme befahl, zu tun, was ihr träger und müder Körper nicht schaffen konnte.

»Kommen Sie schon, Mylady, ich brauche Ihre Mitarbeit«, drängte Sebastian und legte Edens Arm um seinen

Nacken, um sie zu stützen, als sie schlaff an seiner Seite herunterzusacken begann. »Wir unternehmen einen nächtlichen Ritt.«

Edens Lider flatterten und fielen vor Müdigkeit wieder zu.

»Verdammt, Eden, du musst aufwachen!«, Sebastian schüttelte sie sanft.

Sie wachte nicht auf.

Mit einem leisen Fluch nahm Sebastian sie auf seine Arme.

Es dauerte länger, als Sebastian gerechnet hatte, bis Edens schlaffer Körper auf dem Rücken des Araberhengstes lag. Er hatte sie wie einen Futtersack quer über den Sattel gelegt, sich dann hinter ihr auf den Pferderücken geschwungen und sie sich über den Schoß gelegt. Als er losritt, hüpfte Eden auf seinem Schoß auf und ab wie eine Stoffpuppe.

Ein paar Minuten später kam Eden ein wenig zu Bewusstsein. Sebastian hob sie an und lehnte ihren Kopf gegen seine Schulter, doch er rutschte an seinem Arm hinab. Schließlich legte er den Arm um ihre Taille und drehte sie so, dass er sie mit einem Bein an sich drücken und trotzdem den Hengst unter Kontrolle halten konnte, der darauf brannte, mit dem Wind um die Wette zu galoppieren.

Sebastian war ungefähr noch eine Meile von Thaddeus' Hütte entfernt, als Eden Unzusammenhängendes murmelte. Ein weiterer Albtraum! Sie wand sich, um freizukommen, und der Araber tänzelte zur Seite.

»Ruhig!«, fuhr Sebastian das Pferd an.

»Ja …«

»Nicht du …«

Eden schrie plötzlich auf. Als sie versuchte, vom Pferd zu springen, schlang Sebastian einen Arm um sie und hielt sie fest.

»Ruhig, Eden, Ich bin's nur«, murmelte er an ihrem Ohr.

»Eure Lordschaft?« Eden öffnete die Augen und starrte blinzelnd um sich.

»Schlimme Träume?«, fragte er.

»Die schlimmsten.«

Als Eden wieder gegen ihn sank, atmete Sebastian erleichtert auf. Es war zu riskant, wenn Eden in Albträumen kämpfte, während sie auf diesem feurigen Hengst saßen. Wenn der Araber scheute und durchging, war es fraglich, ob Sebastian ihn parieren und Eden sicher in den Armen halten konnte.

Gott sei Dank rührte sich Eden erst wieder, als Sebastian absaß. Er schaffte es, sie aufzufangen, bevor sie aus dem Sattel rutschen und zu Boden stürzen konnte.

»Du … Sie werden sich gleich ins Bett kuscheln können«, versicherte er ihr leise und erinnerte sich im letzten Augenblick daran, sie nicht zu duzen und wieder mit britischem Akzent zu sprechen.

»Das ist schön«, murmelte Eden.

Sebastian blickte hinab auf ihr elfenhaftes Gesicht, das von Strähnen kastanienbraunen Haars umgeben war. Die Blutergüsse verblassten allmählich, und Eden nahm ihr ursprüngliches Aussehen wieder an. In ein paar Tagen würden auch die Schmerzen nachlassen, und sie würde ohne starke Beruhigungs- und Schlafmittel auskommen können.

Bis dahin sollte diese Tortur vorüber sein, dachte Sebastian. Dann würde es nicht mehr nötig sein, Eden gefangen zu halten. Die Botschaft, die Sebastian früher in der Woche auf den Weg geschickt hatte, würde die Vorbereitungen beschleunigen, die er und die anderen Agenten getroffen hatten. Mit etwas Glück würde Eden heimkehren, ohne zu erfahren, dass er in diesen hinterlistigen Plan verwickelt war.

Als Sebastian Eden auf ihr neues Bett legte, schlief sie tief und fest. Er bezweifelte, dass sie sich an den Transport per Pferd zu einer anderen Hütte erinnern würde. Sie hatte während des Ritts fast nur geschlafen.

Lächelnd neigte er sich über Eden, um ihre herzförmigen Lippen mit der Fingerspitze zärtlich nachzuzeichnen.

Er würde die Dosis der Beruhigungsmittel während des Tages verringern; es war an der Zeit, Edens Verfassung zu normalisieren. Aber für die Nacht würde er sie weiterhin mit starken Mitteln ruhig stellen müssen. Er durfte nicht riskieren, dass sie einen weiteren Fluchtversuch unternahm.

»Sebastian ...«, wisperte Eden und streckte die Hand nach ihm aus, wie um die Erinnerungen festzuhalten, die in ihr aufstiegen.

Es war nahezu unmöglich für Sebastian, der Versuchung zu widerstehen. Er wünschte nichts sehnlicher, als sich in ihren Armen zu verlieren, aber er konnte es nicht übers Herz bringen, auszunutzen, dass sie nicht im Vollbesitz ihrer Kräfte war. Er hatte sie lange genug getäuscht und durfte nicht auch noch Verführung der Liste seiner Schandtaten hinzufügen.

Darüber hinaus gab es stets das Risiko unerwarteter Besucher in Thaddeus' Hütte, rief sich Sebastian in Erinnerung. Er musste wachsam bleiben, denn es konnte jederzeit ein Kurier eintreffen.

Dennoch konnte Sebastian nicht widerstehen, sich neben Eden aufs Bett zu setzen und ihre Nähe zu genießen, solange er das konnte. Wenn sie ein wenig näher zu ihm rückte, wagte er, sie sanft und zärtlich zu streicheln. »Was möchtest du, Engel?«, flüsterte er dann an ihrem Ohr.

»Ich möchte dich ...«

»Ich gehöre dir, Liebling«, versicherte er ihr mit belegter Stimme.

Und so war es – für die Dauer der Nacht. Aber nur in ihren Träumen. Und in seinen ...

Eden erwachte, und es kam ihr vor, als hätte sie jahrzehntelang geschlafen. Trotz des Pochens in ihrem Schädel hob sie den Blick und sah Sonnenlicht durch das Fenster hereinfallen.

Sie wälzte sich auf die andere Seite und betrachtete ihre

Umgebung. Wo, zum Teufel, war sie? Als Letztes erinnerte sie sich … guter Gott, was *war* das Letzte, an das sie sich erinnerte?

Sehr bald wünschte Eden, sie hätte sich nicht daran erinnert, dass sie in das Räucherhaus geworfen und dann in eine Hütte mit einem Bett geschleift worden war. Mit Schaudern dachte sie daran, und sie fragte sich, was geschehen war, nachdem sie das Bewusstsein verloren hatte. Sie hatte Sebastians Bild heraufbeschworen und sich an diese köstlichen Erinnerungen geklammert, um zu überleben.

Sie runzelte verwirrt die Stirn und setzte sich in dem unvertrauten Bett auf. Während sie bewusstlos gewesen war, hatte sie die sonderbarsten Dinge geträumt. Sie hätte fast geschworen, dass sie tatsächlich Küsse und sanfte Liebkosungen gespürt hatte …

Eden schluckte, als ihr Blick auf die geschlossene Tür fiel. Sie hatte alles nur geträumt …

Als die Tür knarrend aufschwang, sah Eden die vertraute Gestalt mit Umhang, Haube und Handschuhen. ›Seine Lordschaft‹ brachte ein Tablett mit Essen.

»Guten Morgen«, grüßte er fröhlich.

»Wo bin ich?«

»Im guten alten England wird es als Etikette betrachtet, einen Gruß zu erwidern, bevor Fragen gestellt werden«, sagte er und näherte sich dem Bett.

Eden lehnte sich ans Kopfbrett. »Wir sind nicht im guten alten England, obwohl ich wahrhaftig wünschte, *Sie* wären dort.«

»Ich sehe, Sie sind heute schlecht gelaunt«, bemerkte er und stellte ihr das Tablett auf den Schoß.

»Besser wird meine Laune bestimmt nicht«, entgegnete sie und reckte trotzig das Kinn vor. »Ich habe nicht vor, eine freundliche Gefangene zu sein, die dazu benutzt wird, meinen Vater zu erpressen.«

Eden blickte zur Tür und fragte sich, wie die Chancen zur Flucht standen. Trotz ihrer dumpfen Kopfschmerzen erwog sie ernsthaft, davonzulaufen.

»Denken Sie nur ja nicht an Flucht«, warnte Sebastian, dem ihr Blick nicht entgangen war. »Sie müssen sich noch von Ihrem letzten Fluchtversuch und Ihrer unangenehmen Begegnung mit Lockwood erholen.«

»Wo ist er?«, fragte Eden, während sie eine Scheibe Schinken nahm und hineinbiss.

»Der sitzt im Militärgefängnis«, berichtete Sebastian. »Es tut mir schrecklich leid, dass Sie unter seinem Zorn zu leiden hatten.«

»Tatsächlich? Was macht es Ihnen schon aus, was mit mir geschieht? Ich bin nur ein Mittel zum Zweck.«

»Ich billige nicht das Verhalten dieses Mannes, der Geiseln terrorisiert.«

»Stets der Gentleman, Eure Lordschaft?«, fragte sie schnippisch. »Ich nehme an, Sie träumen davon, von King George zum Ritter geschlagen zu werden, wenn die Briten diesen Krieg gewinnen.«

Sebastian lachte leise und neigte sich vor, um mit einem behandschuhten Finger leicht über ihre Wange zu streicheln. »Wenn ich ein Ritter werde, würden Sie meine Lady werden?«

Eden zuckte vor seiner Berührung zurück, verwirrt von beunruhigenden Gefühlen. *Der Traum …*

Ihr Blick glitt zu der Haube, die ihren Entführer maskierte. Guter Gott! Ihre Träume waren so plastisch gewesen, dass sie hätte schwören können, sich an seine Küsse zu erinnern … Eden schnappte nach Luft. Nein, gewiss hatte sie die Küsse und Zärtlichkeiten von ›Seiner Lordschaft‹ nicht akzeptiert und gedacht, es sei Sebastian … oder doch?

»Stimmt etwas nicht?«, fragte Sebastian, als sie blass wurde.

Eden vermied es, ihn anzusehen, und blickte zur Wand. Sie war sich nicht sicher, ob sie wirklich wissen wollte, ob ihr Verdacht stimmte. War es möglich, einen Mann zu küssen und sich dabei einzubilden, in den Armen eines anderen zu liegen? Hatte sie unter dem Einfluss von Betäubungsmitteln – und Eden war sich völlig sicher, dass sie betäubt gewesen war – einen völlig Fremden ermuntert, sie …? O Gott!

»Eure Lordschaft?«

»Ja, Mylady?«

»Haben Sie … oder habe ich …?« Eden massierte ihre schmerzenden Schläfen und starrte auf ihren Teller, als sei die verblüffende Antwort darin eingraviert. »Haben wir …?«

»Essen Sie Ihr Frühstück«, drängte er.

Eden würde keinen Bissen herunterbringen, bis sie Gewissheit hatte, ob sie die kostbaren Erinnerungen an den einzigen Mann verraten hatte, den sie jemals lieben würde. »Haben Sie und ich …?« Verdammt, sie wusste nicht, wie sie die peinliche Frage stellen sollte.

»Haben Sie mich geküsst, und ich habe zurückgeküsst?«, platzte sie schließlich heraus.

Sebastian schwieg.

O Gott, sie hatten doch nicht mehr als das getan, oder?

»Haben wir … war da mehr?«, hauchte sie, entsetzt bei dem Gedanken.

Als er keine Antwort gab, starrte Eden ihn an, und ihr Gesicht glühte vor Verlegenheit. »Sagen Sie mir die Wahrheit!«, verlangte sie. »Haben wir … oder haben wir nicht?«

Sebastian nickte langsam. »Ja, wir haben.«

Eden sank auf das Kissen zurück und schloss gedemütigt die Augen. »Das hatte ich befürchtet.«

Sie hatte ihre eigene Überlebensmethode verraten. Sie hatte unbewusst gehofft, von Sebastian aus ihren Albträumen gerettet zu werden und offenbar sein Gesicht und seinen Körper auf einen anderen Mann übertragen. Auf *diesen Mann!* Ihren Entführer!

Eden atmete ein paar Mal tief durch und zwang sich, sich zu beruhigen. »Ich glaube, ich sollte das erklären.«

Sebastian grinste unter seiner Maske. Er konnte es kaum erwarten, ihre Erklärung zu hören.

Eden faltete die Hände im Schoß, sammelte ihre Gedanken und fuhr fort: »Ich klammerte mich verzweifelt an die Erinnerung an einen sehr besonderen Mann, um die Verletzungen zu überleben, die mir von Ihrem Kumpan zugefügt wurden ...«

»Die Kraft des Verstandes über den Körper«, warf er hilfreich ein.

Eden nickte. »Ich habe von vielen meiner verwundeten Patienten gehört, dass sie Bilder von geliebten Personen heraufbeschworen haben, wenn die Schmerzen und das Entsetzen unerträglich wurden. Ich weiß auch, dass man mir ein Betäubungsmittel gegeben hat, was es schwierig für mich machte, klar zu denken. Durch die Arznei bekommen die Patienten einen unstillbaren Durst.«

Eden bewegte sich unbehaglich auf dem Bett. Jetzt kam der peinliche Teil. »Ich möchte nicht, dass es beleidigend klingt. Ich bin überzeugt, dass die Frauen, die in Ihrem Bett gelandet sind, Freude daran hatten ...«

Sebastian brach in Gelächter aus und schlug eine Hand vor den Mund, als Eden ihn finster anstarrte. »Verzeihen Sie mir«, sagte er. »Sprechen Sie weiter. Ich wollte Sie nicht unterbrechen.«

Eden war wieder ganz der süße Engel, den er liebte, erkannte Sebastian. Sie versuchte zu erklären – diplomatisch –, was in jenen Nächten geschehen war, als sie seine Küsse und Zärtlichkeiten hingenommen hatte.

»Wenn ich so bereitwillig reagiert habe, wie ich annehme, dann lag das daran, dass ich Sie für einen anderen hielt«, erklärte sie.

»Ich verstehe.«

»Tatsächlich?« Eden starrte auf die schwarze Haube, die sein Gesicht verbarg. »Haben Sie jemals jemanden geliebt, Eure Lordschaft?«

»Nun, ich dachte, verliebt zu sein, aber es stellte sich heraus, dass ich mich irrte.«

»Ich *war* verliebt«, betonte sie, begierig darauf, dieses peinliche Gespräch zu beenden. »Ich war einst sehr verliebt. Obwohl es nicht sein sollte, waren meine Gefühle sehr stark. Als ich mich in einem Schleier von Schmerz und Betäubung zu Ihnen hingezogen fühlte, galt es *ihm*, dem Mann, den ich liebe. Mir ist klar, dass dies nicht schmeichelhaft für Sie ist, aber es ist die Wahrheit, und ich glaube, es ist wichtig, ehrlich zu sein.«

»Ich danke Ihnen dafür«, erwiderte er. »Wenn ich die Wahl hätte, würde ich Ihre Gründe den Motiven von Frauen vorziehen, die Verführung für finanziellen Gewinn und das Erreichen eines gesellschaftlichen Rangs einsetzen – wie manche der englischen Damen bei Hof. Einige Frauen würden alles für Reichtum und Titel tun. Sie würden sogar schwören, unsterblich verliebt zu sein, während sie es hinter dem Rücken des Mannes mit anderen Geliebten treiben.«

Eden war überrascht von der Heftigkeit seiner Worte. Sie nahm an, dass er aus eigener Erfahrung sprach. »Ich bin wie Sie der Meinung, wenn es keine Ehrlichkeit und Treue zwischen einem Mann und einer Frau geben kann, dann kann es überhaupt nichts geben. Wenn man nicht von dem Geliebten Aufrichtigkeit erwarten kann, dann kann es kein Vertrauen geben. Ohne Vertrauen gibt es keine Liebe.«

Sebastian zuckte zusammen. Die Bemerkung hatte ihn voll getroffen. Hastig lenkte er das Gespräch in seine ursprüngliche Richtung. »Da Sie eine ehrliche Person sind, wollen Sie mir sagen, dass ich nicht zu viel in Ihre bereitwillige Reaktion auf mich hineininterpretieren soll.«

Eden schoss das Blut in die Wangen. »Genau das meine ich.«

Sebastian konnte sich nicht verkneifen, sie aufzuziehen. »Dann sollte ich alles, was Sie gesagt und getan haben, vergessen und die außergewöhnlichen Momente, die wir geteilt haben, aus meiner Erinnerung streichen.«

Eden hatte das Gefühl, knallrot zu werden. »Ich war nicht bei Sinnen, als wir …« Sie räusperte sich und fuhr dann hastig fort: »Genauer gesagt, Sie waren nicht wirklich *Sie* in meinen Träumen, wenn Sie verstehen, was ich meine. Wir sollten die ganze Sache vergessen, finden Sie nicht auch?«

»Nein.«

Ihr Kopf ruckte hoch. »Nein?«

»Ich habe einzigartige, zauberhafte Momente mit Ihnen genossen.«

»Aber ich habe doch gerade all das erklärt!«

»Nein. Sie haben erklärt, was Sie empfunden haben«, stellte er klar und lächelte unter seiner Maske. »Was mich anbetrifft, so hatte ich niemals zuvor eine solch zärtliche, empfängliche Geliebte.«

Eden wünschte, der Boden würde sich öffnen und sie könnte hindurchfallen. Dieses Gespräch verlief nicht wie geplant.

Er neigte sich näher und seine behandschuhte Hand streichelte über ihren Arm in einer vertrauten Liebkosung. »Sie dürfen jederzeit meinen Körper benutzen, wenn Sie in mir einen anderen sehen wollen, Mylady.«

»Wir sind uns völlig fremd!«, stieß Eden hervor und zuckte vor seiner Berührung zurück.

Sebastian lachte und richtete sich auf. »Nicht mehr, meine Liebe. Wie es so schön heißt, wir kennen unsere intimsten Geheimnisse.«

Eden schob eine Scheibe Brot in den Mund, kaute hastig und schluckte. Dann starrte sie ihn an. »Es wird keine Wiederholung geben.«

»Warum nicht?«

»Weil ich Sie nicht täuschen will. Außerdem werde ich kein bisschen auf Sie reagieren, nachdem ich jetzt weiß, dass Sie es waren.«

»Sind Sie da sicher?«, fragte er herausfordernd. »Vielleicht ist dieser Superprinz, den Sie zu lieben glauben, nur eine Ausrede, um Ihre Reaktionen auf mich zu erklären. Vielleicht reden Sie nur so, weil Sie ein schlechtes Gewissen haben. Haben Sie sich das schon mal überlegt?«

»Nein, ich ...«

»Vielleicht waren meine Küsse und Zärtlichkeiten angenehmer für Sie, als sie dachten. Vielleicht hat die jüngste Erinnerung die alte Erinnerung übertroffen. Ist das nicht auch eine Möglichkeit?« Er grinste breit unter seiner Haube.

»Nun, ich nehme an …«

»Wenn das so ist, wäre es dann keine Selbsttäuschung von Ihnen, wenn Sie dem Mann aus Ihrer Vergangenheit einen Verdienst anrechnen, der ihm nicht gebührt?«

»Ja, aber …«

»Wenn Sie eine ehrliche Frau sind, schulden Sie es sich dann nicht, es mit Sicherheit herauszufinden?«

Eden kaute nachdenklich einen Bissen Schinken. Was ›Seine Lordschaft‹ auch immer war, er war ein Mann mit scharfer Intelligenz. Er hatte ihre Treue zu einem Mann infrage gestellt, der ihre Liebe nicht erwidert hatte. Wenn Sebastian Saber sich wirklich etwas aus ihr gemacht hätte, hätte er das dann nicht gesagt?

Hatte ›Seine Lordschaft‹ Recht mit der Annahme, dass sie ihre Gefühle für Sebastian dramatisch überbewertet hatte, um zu überleben? Hatte sie die Erinnerung an ihn tatsächlich glorifiziert?

Eden wurde aus ihrem Grübeln gerissen, als ihr Entführer zärtlich mit der Hand über ihre Lippen streichelte. Sie blickte auf zu der Haube, die ihn verbarg, und fragte sich unwillkürlich, wie er ohne die schwarze Haube und den Umhang aussehen mochte.

»Vielleicht ist ein Experiment erlaubt«, schlug Sebastian vor.

Eden schaute ihn misstrauisch an. »Ein Experiment? Wollen Sie vorschlagen, dass ich noch einmal meine Reaktion auf Sie teste?« Ihre Augen verengten Ich. »Vielleicht versuchen Sie in Wahrheit die Situation auszunutzen, weil ich Ihnen ausgeliefert bin, und Sie bequem …«

»Irrtum, Mylady, dies hat nichts mit Bequemlichkeit zu tun«, sagte er. »Das ist *meine* Wahrheit. Sie müssen *Ihre* Wahrheit finden und …«

Hufschlag hämmerte heran, und Sebastian fluchte in

sich hinein. Verdammt, gerade jetzt konnte er keine Störung gebrauchen! Tully hatte ihn gewarnt, dass es Komplikationen geben könnte, wenn er Eden in Thaddeus' Hütte gefangen halten würde. Dort trafen unerwartet Kuriere ein. Hoffentlich würde dieser Kurier die Botschaft in dem Eimer im Brunnen hinterlassen und dann weiterreiten.

Zu Edens Verwunderung sprang ihr Entführer von der Bettkante auf und schnappte sich das Laken. Hastig ergriff er ihre Handgelenke und band sie zusammen. Eden sah ihn immer noch entgeistert an, als er ihr einen Knebel in den Mund stopfte. Ihr charmanter Entführer hatte sich schlagartig verändert, und bevor sie einen klaren Gedanken fassen konnte, waren ihre Hände hinter ihrem Rücken gefesselt, und sie war an den Bettpfosten angebunden wie ein Pferd mit den Zügeln an einen Haltebalken!

»Ruhen Sie sich etwas aus!«, befahl er. »Ich werde später nach Ihnen schauen.«

Eden starrte auf seinen Rücken, als er mit wehendem Umhang aus dem Raum stürmte. Er schloss die Tür, und dann stampften schnelle Schritte über den Plankenboden des Hauptraums.

Vielleicht konnte Eden nicht um Hilfe rufen, aber möglicherweise gelang es ihr, etwas zu belauschen. Eventuell schnappte sie Bruchstücke von Informationen auf, die der Sache der Rebellen dienen würden.

Eden erhob sich vom Bett und schlich auf Zehenspitzen am Ende der improvisierten ›Zügel‹ auf die Tür zu. Sie ging in die Hocke und versuchte, durch das Schlüsselloch zu spähen. Sie fluchte lautlos in ihren Knebel, als ihr klar wurde, dass sie nicht nahe genug an die Tür herankam, um in den Nebenraum sehen zu können.

Sie blickte über die Schulter zum Bett, und dann zog sie an dem Laken, mit dem er sie daran angebunden hatte. Das Bett schabte über den Boden, ließ sich jedoch langsam ein Stück vorziehen. Eden wiederholte die Prozedur, bis sie nahe genug an der Tür war, um durchs Schlüsselloch spähen zu können.

Sie starrte benommen und ungläubig auf den Anblick, der sich ihr bot. ›Seine Lordschaft‹ stand mit dem Rücken zu ihr, streifte seinen Umhang und die Haube ab, wühlte in einem Schrank und zog eine schäbige graue Jacke, eine Perücke und einen falschen Bart hervor! Als er sein Leinenhemd auszog, um es gegen ein Hemd aus grober Wolle zu tauschen, hatte Eden das Gefühl, von einer unsichtbaren Faust geschlagen zu werden. Dort, auf dem Rücken ihres Entführers, entdeckte sie eine Narbe, die identisch mit der von Sebastian Saber war!

Eden wurde vor Schock fast ohnmächtig. Es kann nicht sein, versuchte sie sich einzureden, es ist nur Zufall.

Es ist kein Zufall, sprach ihre innere Stimme der Vernunft.

Kochend vor Wut beobachtete Eden, wie ihr Entführer – alias Sebastian Saber, und wer weiß wie viele andere Namen er noch hatte – einen muskulösen Arm in den Ärmel der grauen Jacke schob, die innen gepolstert war, sodass er sofort zwanzig Pfund schwerer wirkte. Er zog eine ausgepolsterte Hose über seine und befestigte sie – weitere fünfzehn Pfund.

Eden beobachtete, wie er den falschen Bart anklebte und dann die graue Perücke aufsetzte. Er hatte kaum Zeit, seine Kleidung zu richten, als schon jemand an die Tür klopfte. Ein britischer Kurier trat ein und überreichte dem ›alten Mann‹ eine Ledertasche. »Ich hoffe, du hast Ale, Thaddeus. Draußen braut sich ein Unwetter zusammen. Ich könnte vor dem Regen ein Bier gebrauchen.«

Eden spähte durchs Schlüsselloch, immer noch kochend vor Zorn.

»Ich musste Rebellenpatrouillen ausweichen«, sagte Lyle Hendrick und hockte sich an den Tisch. »Diese listigen Hundesöhne verstecken sich in Maulbeerbäumen und versuchen uns mit ihren Musketen aus dem Hinterhalt abzuknallen.«

Eden starrte zu Thaddeus. ›Seine Lordschaft‹ und Sebastian Saber – das hinterhältige Duo der Täuschung. Zum Teufel mit ihm!

»Amerikanische Truppen strömen nach Virginia, um Lord Cornwallis daran zu hindern, sein Bollwerk in Yorktown aufzubauen«, sagte Thaddeus, als er den Krug Ale holte.

Eden bemerkte die tiefe, raue Stimme mit dem starken britischen Akzent. Sebastian spielte die Rolle eines alten Mannes, als sei er dafür geboren.

Lyle nahm begierig sein Ale entgegen. »In diesem Gebiet wimmelt es von Guerillahorden der Patrioten. Der französische Marquis hat seine Truppen mit den Amerikanern vereinigt, um einen Posten in der Nähe von Williamsburg zu errichten. Ich nehme an, die Amerikaner wollen all ihre Stärke gegen Lord Cornwallis konzentrieren.«

»Hat Cornwallis Redouten um Yorktown errichtet?«, fragte Thaddeus.

»Ja, die Soldaten stecken knöcheltief im Sand. Die Sandwolken erschweren es uns, unsere Schützengräben auszuheben. Scharfschützen der Rebellen lauern in den Zypressen und Zedern, um hinterhältig auf uns zu schießen, während wir unsere Stellungen aufbauen. Wenigstens wird sich der Sandstaub beim Regen legen, und die Scharfschützen werden im Regen auch nicht so erfolgreich sein.«

»Die Amerikaner werden für Cornwallis und seine erfahrenen Regulären keine ebenbürtigen Gegner sein, besonders nicht, wenn sein Plan aufgeht wie erwartet. Die Amerikaner haben ihre Schwächen, und wir werden ihnen schwer zu schaffen machen.«

Eden wusste, dass sich Thaddeus auf ihre Gefangenschaft bezog. Aber sie würde eine Möglichkeit zur Flucht finden und ihren Vater alarmieren. General Pembrook würde nicht gezwungen sein, zum Verräter zu werden!

Lyle trank einen kräftigen Schluck Ale und wischte sich Bierschaum vom Mund. »Hast du die Botschaften, die an Cornwallis übermittelt werden müssen?«

Thaddeus nickte und humpelte davon, um die Posttasche zu holen. »Laut jüngstem Bericht werden die Amerikaner keine Verstärkung von der französischen Flotte bekommen, die in Westindien liegt. Cornwallis sollte britische Fregatten zur Verfügung haben. Die Amerikaner bauen anscheinend eine kühne Front auf, doch ohne die Stärke von Washingtons erfahrener Armee wird der Süden an die Briten fallen.«

»Ich hoffe, deine Information stimmt, Thaddeus.« Lyle wühlte in seiner Tasche und legte dann eine Münze auf den Tisch.

Eden starrte auf den ›alten Mann‹, der die Münze hastig an sich nahm. Sebastian Saber nahm Geld von den Briten im Austausch für die Weitergabe von Informationen! Er war ein Spion! Oh, Herr im Himmel! Sie war getäuscht worden. Sebastian hatte ihr Vertrauen verraten und sie für seine eigenen Zwecke benutzt. Allein der Gedanke bereitete ihr Übelkeit.

Eden war niemals so empört gewesen. Sebastian hatte die ganze Zeit über gelogen und böse Pläne geschmiedet und sie manipuliert – und sie hatte sich in diesen hinterlistigen Kerl verliebt! Dafür würde er bezahlen, das schwor sie sich.

Verdammt, das war knapp, dachte Sebastian, als er dem Kurier nachschaute. Eilig entledigte er sich der ausgefransten Perücke und des juckenden Barts. Nachdem er die gepolsterte Jacke und Hose ausgezogen hatte, schnappte er sich seine Haube und den Umhang.

Hoffentlich kehrte Tully bald zurück und bewahrte ihn vor weiteren Störungen. Sebastian war in den vergangenen paar Monaten mehrmals in heikle Situationen geraten, aber keine war so gefährlich gewesen wie die heutige.

Ein Lächeln spielte um seine Lippen, als er sich an die Unterhaltung mit Eden erinnerte. Es war amüsant gewesen, zu hören, wie sie ihre Reaktion auf ihn erklärt hatte. Als er ein Experiment zum Testen ihrer Reaktion vorgeschlagen hatte, war sie für einen Moment sprachlos gewesen. Natürlich würde Eden niemals dem absurden Experiment zustimmen, sagte er sich. Sie war zu treu zu ihm. Es war zwar unehrenhaft von ihm, doch er war geneigt, ihre Treue auf die Probe zu stellen. Es war befriedigend, zu wissen, dass es eine Frau auf dem Planeten gab, die ihn um seinetwillen liebte, anstatt ihm Liebe vorzuspielen, um zu Wohlstand und Rang zu kommen.

Mit einem zufriedenen Grinsen setzte sich Sebastian an den Tisch, um die Botschaften zu entschlüsseln, die er erhalten hatte.

12

Eden stellte sich jedes Mal schlafend, wenn Sebastian nach ihr schaute. Sie war tatsächlich ein- oder zweimal eingedöst. Sie brauchte die Ruhe, denn es würde eine lange Nacht werden.

Das Gewitter war auf die zugige Hütte niedergegangen. Wind peitschte durch die Ritzen in der Wand und brachte eine feuchte Kälte mit – ähnlich der, die sich in ihrem Herzen und ihrer Seele ausgebreitet hatte. Sie war getäuscht und verraten worden – von dem Mann, den sie geliebt hatte. Die kostbaren Erinnerungen, die ihr in dieser vergangenen Woche Kraft gegeben hatten, um ihre Lage zu ertragen, waren auf hinterlistigen Lügen aufgebaut gewesen.

Zuerst hatte Sebastian Micah Bancrofts großzügige Natur ausgenutzt, um in dem Gebiet Fuß zu fassen. Zweifellos hatte Sebastian sich jedes Lagerhaus notiert, das mit amerikanischem Proviant und Munition voll gestapelt war. Dann hatte Sebastian seinen Charme bei General Pembrooks älterer Tochter eingesetzt. Gott, wie dumm sie gewesen war!

Eden lag im Bett und starrte zur Decke. Sie erinnerte sich an die Nacht des Jahrmarkts, als sie die Abkürzung nach Hause genommen hatte und zufällig auf die Gruppe von Männern in der Wildnis gestoßen war. Sebastian war kurz danach eingetroffen. Er hatte Informationen mit dieser Horde ausgetauscht, davon war sie nun überzeugt.

Sebastian war ebenfalls nicht zufällig in der Nähe gewesen, als Eden an die Tory-Patrouille geraten war, als sie ihre verschwundene Schwester gesucht hatte. Sebastians

Goliath von Freund hatte sie gerettet, und dann hatte Sebastian sie zum Gasthof an der Straße begleitet, um das Gewitter abzuwarten.

Dieser heimtückische Schuft hatte jede Situation ausgenutzt. Sie hatte sich verführen lassen, ohne zu ahnen, dass Sebastian auf Erkundungsmission für die Briten unterwegs war.

Eden fluchte, als sie sich an die scheinbar unschuldigen Fragen erinnerte, die Sebastian den verwundeten Soldaten in ihrer Obhut gestellt hatte. Er hatte Informationen über die Stärke und Position der amerikanischen Truppen gesammelt! Und sie, der naive Dummkopf, hatte Sebastian ihre Pläne erzählt, nach Williamsburg zu fahren, um mit den Daltons zu sprechen. Damit hatte sie Sebastian die perfekte Gelegenheit zu ihrer Entführung geboten. Himmel, sie hatte die Schuld an ihrer und Bets Entführung und an Peters Schussverletzung!

Als sich Eden erinnerte, wie Sebastian wegen ihrer Reaktionen auf ihn während der Zeit ihrer Betäubung gespottet hatte, wollte sie ihn am liebsten erwürgen! Kein Wunder, dass sie das Gefühl gehabt hatte, den Mann ihrer Träume zu küssen. Das war ja der Fall gewesen! Aber ihre Träume hatten sich in bittere Ironie verwandelt. Der Lord des britischen Königreichs hatte sie zur absoluten Närrin gemacht. Es würde ihm recht geschehen, wenn er erfahren würde, dass er selbst getäuscht worden war …

Sie lächelte, als sie über diese Möglichkeit nachdachte. Nichts würde befriedigender sein, als einen meisterhaften Täuscher zu täuschen.

Und Liebe, sagte sich Eden, war die größte Täuschung von allen. Jetzt verabscheute sie Sebastian. Sie hatte ihr Verlangen nach ihm überwunden, und es gab kein Zurück mehr.

Sehr bald würde Sebastian Saber in der Hölle braten … und Eden würde das Brennholz für das Feuer liefern …

Verkleidet mit Haube und Umhang steckte Sebastian den Kopf durch die Tür des Raums, in dem Eden schlief. »Sind Sie wach?«, fragte er, wieder mit verstellter Stimme. »Da Sie das Mittagessen verschlafen haben, müssen Sie zu Abend essen, damit Sie zu Kräften kommen können.«

»Ich habe Hunger«, sagte sie und fügte im Geiste hinzu: Hunger nach Rache.

Eden blickte auf die Tassen mit dampfendem Tee, die auf dem Tablett standen, und fragte sich, ob ihre Tasse eine Dosis Schlafmittel enthielt. Irgendwie würde sie dafür sorgen, dass *er* aus dieser Tasse trank.

»Hat es den ganzen Nachmittag geregnet?«, fragte sie und schaute auf die Regentropfen, die gegen die Fensterscheibe prasselten.

»Der Regen hat am Vormittag begonnen«, sagte er und stellte das Tablett ab, um das Laken von ihren Handgelenken loszubinden. »Es tut mir leid, dass ich Sie fesseln musste. Ich musste einen unerwarteten Besucher zufrieden stellen.«

»So?«, fragte sie in gespielter Unwissenheit. »Ich muss eingedöst ein.«

»Erschöpfung«, diagnostizierte er.

Eden hatte den Verdacht, dass es mehr an dem Schlafmittel im Tee lag.

Als Sebastian ihr die Tasse Tee anbot, lächelte sie dankbar. »Darf ich um eine weitere Decke bitten, Eure Lordschaft? Es ist kalt hier.«

Sebastian ging zu einer Kommode in der Ecke des Raums, und während er sich darüber neigte, um eine Decke herauszunehmen, vertauschte Eden die Teetassen. Und als er die Wolldecke über ihr ausbreitete, nippte sie an ihrem dampfenden Tee.

»Besser, Mylady?«

»Viel besser, danke.«

Sebastian nahm seine Tasse und nippte am Tee, und Eden lächelte ihn zaghaft an. Sie nahm zwei Scheiben Brot und bot ihm eine davon an. Sie hoffte, dass der Geschmack des Brots den Beigeschmack des Schlafmittels in seinem Tee überdecken würde.

»Sie haben bessere Laune«, bemerkte Sebastian.

»Ich fühle mich besser. Ich habe auch ernsthaft über die vergangenen paar Tage nachgedacht.« Eden fuhr fort, während Sebastian seinen Tee trank und dazu Brot aß. »Obwohl wir unterschiedliche Ansichten über den Krieg haben und ich diesen hinterlistigen Plan missbillige, muss ich zugeben, dass Sie mich freundlich und höflich behandelt haben.«

»Ich habe Ihnen von Anfang an versichert, dass ich nicht vorhabe, Ihnen etwas anzutun.«

»Ich bin dankbar dafür – trotz dieser unangenehmen Situation.«

Sebastian bot Eden eine Scheibe Käse an. »Sie werden nicht viel länger gefangen sein, das verspreche ich.«

Nicht länger, als es dauert, einen cleveren britischen Spion auszutricksen, dachte sie.

»Ich habe über den Vorschlag nachgedacht, den Sie heute Morgen gemacht haben«, sagte Eden.

»Über den Vorschlag?«, wiederholte er vorsichtig.

Eden blickte fort. Sie wollte nicht zu begierig wirken, damit er nicht misstrauisch wurde. »Ich habe über Ihre Theorie nachgedacht, über das, was ...« Sie legte eine Pause ein, räusperte sich und fügte hinzu: »Über ... das, was zwischen uns passiert ist.«

Sebastian neigte sich auf der Kante des Stuhls vor. »Ja?«

»Ich glaube, Sie könnten Recht haben mit Ihrer Annahme, dass ich zu viel aus einem Mann gemacht habe, der in mein Leben gekommen und daraus verschwunden ist.«

»Tatsächlich? Ist er gekommen und verschwunden, meine ich?«

»Ich befürchte, ja.« Eden bemühte sich, wie eine Frau zu wirken, die sich wegen einer verlorenen Liebe grämt. »Die Wahrheit ist, dass meine Liebe nicht in gleichem Maße erwidert wurde.«

»Ich verstehe.« Sebastian biss ein Stück Käse ab, kaute und spülte es mit Tee hinunter.

»Ich glaube, ich habe mich einfach hinreißen lassen. Meine leichtsinnige Hingabe lastet schwer auf meinem Gewissen – genau wie Sie gesagt haben. Ich habe einen dummen Fehler begangen, und er hat mich ohne irgendein Versprechen auf eine Rückkehr und eine ständige Bindung verlassen.«

»Vielleicht konnte er Ihnen keinen genauen Zeitpunkt nennen, weil er nicht wusste, wann er zurückkehren würde«, sagte Sebastian zu seiner eigenen Verteidigung.

Eden lächelte gespielt gequält. »Ich glaube, jetzt rechnen *Sie* ihm mehr an, als er verdient. Er spielte mit meiner Liebe, und Sie haben mich überzeugt, dass ich mir nur eingebildet habe, verliebt zu sein. Aber all meine Perspektiven haben sich jetzt verändert. Das Leben ist schließlich nur eine Folge von Phasen, die wir durchmachen. Ich habe kein Verlangen mehr nach dem Mann, den ich zu lieben glaubte.«

Kein Verlangen mehr! Am liebsten hätte Sebastian Eden gepackt und geschüttelt. Stattdessen nippte er an seinem Tee und wünschte, sich die Zeit genommen zu haben, seine besondere Mischung zuzubereiten. Dieses Kolonialgebräu hatte einen sonderbaren Geschmack.

»Sie sind also in eine neue Phase Ihres Lebens eingetreten und haben deshalb kein Verlangen mehr nach dem Mann, den Sie hinter sich gelassen haben«, fasste Sebastian zusammen.

»Genau.« Sie schenkte ihm ein strahlendes Lächeln. »Ich wusste, dass Sie das verstehen.«

»Und wohin führt uns beide das?«, fragte er und schaffte es, seinen Groll zu unterdrücken und normal zu sprechen.

»Darauf wollte ich gerade zu sprechen kommen.« Eden trank ihren Tee aus und hielt ihm dann die Tasse hin. »Darf ich noch einen Tee haben? Ich habe unglaublichen Durst.«

Sebastian nahm hastig beide Tassen und schritt davon.

Eden grinste. Sie hoffte, dass Sebastian in seinem eigenen Saft schmorte. Das hatte er verdient.

Unterdessen gab Sebastian reichlich Schlafmittel in eine der Teetassen. Edens verdrehte Logik hatte ihn in Rage gebracht. Er, der Ex-Geliebte in ihrem Leben, war kaltgestellt worden. Er hätte am Morgen den Mund halten sollen. Sein Spiel, das er für so raffiniert gehalten hatte, war ins Auge gegangen; der Schuss war nach hinten losgegangen.

Gähnend kehrte Sebastian mit zwei Tassen Tee zu Eden zurück. Er musste einen Weg finden, um sie davon zu überzeugen, dass sie ihr Verlangen nach Sebastian nicht überwunden hatte, dass sie ihn immer noch liebte und es lächerlich war, eine Affäre mit ihrem Entführer anzufangen!

»Danke für den Tee«, sagte Eden und nahm begierig die Tasse entgegen. Dann sah sie ihn neugierig an. »Haben Sie noch etwas Käse? Ich bin immer noch hungrig.«

Sebastian starrte sie überrascht an. »Sie haben bereits alles gegessen?«

Der Käse war unter ihrer Bettdecke versteckt – er sollte als mitternächtlicher Imbiss dienen, nachdem sie diesem verschlagenen Spion entkommen war.

»Ja«, log sie mit einem Lächeln. Dank Sebastian hatte sie gelernt, zu lügen, ohne mit der Wimper zu zucken. »Ich habe heute wirklich großen Hunger.«

Als Sebastian seinen Tee abstellte und Käse holte, vertauschte Eden erneut die Tassen.

»Ihr Käse, Mylady«, sagte er und legte die Scheiben auf ihren Teller.

Sebastian sank schwer auf seinen Stuhl. Die Anspannung, mit Eden und britischen Kurieren fertig zu werden, forderte offenbar ihren Tribut. Es wäre ihm nichts lieber gewesen, als sich ins Bett zu Eden zu legen, seine Sehnsucht nach ihr zu stillen und dann einzuschlafen. Leider musste er seinen Namen und die Erinnerung an ihn bei Eden wieder reinwaschen.

»Also gut«, sagte Eden und nickte entschlossen vor sich hin. »Kommen wir auf Ihr Experiment zurück.«

Sebastian stöhnte innerlich auf. Er fühlte sich von Minute zu Minute müder. »Ich halte das für keine gute Idee.«

»Es war *Ihre* Idee«, erinnerte sie ihn schnell. Dann senkte sie die Lider und blickte fort – der Wirkung willen. »Vielleicht bin ich hier zu falschen Schlüssen gelangt. Vielleicht langweilt Sie bereits, was wir miteinander geteilt haben.«

»Sie langweilen mich nicht.« Sebastians Gähnen strafte seine Worte Lügen.

Eden stellte das Tablett zur Seite, schlug die Kante der Bettdecke zurück und hauchte einladend: »Kommen Sie ins Bett, Eure Lordschaft.«

Schläfrig tat Sebastian, was sie verlangte. Als sich Eden an ihn schmiegte, versuchte er sich zu erinnern, was er ihr beweisen wollte, aber es fiel ihm anscheinend nicht ein.

Und als dann ihre Hände über seine Brust glitten und sie ihn zärtlich auf den Hals küsste, hatte Sebastian das Gefühl, in die Matratze zu versinken. Eine sonderbare Art schlaftrunkener Lust erfüllte ihn … und dann trieb er in friedliche Dunkelheit davon …

Als Sebastian neben ihr erschlaffte, tippte ihm Eden auf die Brust. »He, he, Eure Lordschaft!«

Sein gedämpftes Schnarchen mischte sich mit dem Prasseln des Regens ans Fenster.

»Kannst keine Dosis deiner eigenen Medizin vertragen wie?«, sagte Eden grimmig.

Sie wälzte sich vom Bett und nahm ihm den Umhang und die Haube ab. Aus purer Bosheit zog sie ihm die Hose aus und warf sie in die Ecke. Sie schüttelte die Haube aus und legte sie über seinen nackten Unterleib. Dann holte sie den Strick und fesselte ihn ans Bett.

Beim Erwachen würde er erkennen, dass er hereingelegt und gedemütigt worden war. Dann würde er genau wissen, wie sie sich fühlte.

»Schlaf gut, Eure Lordschaft«, sagte sie höhnisch, nahm seinen Umhang und verließ den Raum.

Trotz des strömenden Regens machte sich Eden auf den Weg, um Sebastians Pferd aus dem Stall zu holen.

In dem Anbau an das Räucherhaus waren zwei Pferde angebunden. Eden nahm den Araber. Sie hatte nicht die geringste Ahnung, wo sie war oder wie sie heimkehren konnte, doch alles war besser, als in einer Hütte mit einem Mann eingesperrt zu sein, der sie verraten, benutzt und getäuscht hatte.

Eden drückte dem Hengst die Hacken in die Flanken und galoppierte in den Regen. Sie hoffte, an einen Pfad zu gelangen, der sie zur Virginia-Miliz – oder nach Hause – führen würde. Sie musste so schnell wie möglich Kontakt zu ihrem Vater aufnehmen und ihm versichern, dass er keinerlei britischer Erpressung nachzugeben brauchte.

Ein kalter Schauer lief Eden über den Rücken, als sie durch die Dunkelheit ritt und nach einem Weg suchte. Albträume aus der Vergangenheit drohten sie zu peinigen, doch sie kämpfte gegen die Ängste an. Wenn sie Sebastian Saber austricksen konnte, dann war sie auch in der Lage, die Fassung zu bewahren, selbst wenn sie bei jedem Geräusch aus der Dunkelheit zusammenzuckte. Wenn sie den Weg zum Feldlager der amerikanischen Armee finden konnte, würde sie bald mit ihrem Vater zusammentreffen, sagte sie sich. Das bedeutete, dass Leland Pembrook die Sache der Rebellen nicht verraten würde.

»Verheiratet?« Leland Pembrook starrte ungläubig Bet an, die sich auf ihre Krücke stützte. »Du bist zu jung, um verheiratet zu sein. Vierzehn ist …«

»Ich bin achtzehn geworden«, erinnerte Bet ihren Vater.

Leland blinzelte. »Achtzehn? Wann ist das passiert?«

Peter Dalton lächelte über seinen entgeisterten Schwiegervater. »Sie waren über drei Jahre fort, Sir«, sagte er.

Leland schüttelte ungläubig den Kopf mit dem silbergrauen Haar. »War das so lange?«

Sein Blick schweifte durch das makellose Wohnzimmer, zu den weit geöffneten Fenstern, der neuen Anordnung der Möbelstücke. Edens Einfluss, nahm er an.

Bei dem Gedanken an Eden verfinsterten sich Lelands von Wind und Wetter gegerbte Züge. Er fragte sich, wie es seiner älteren Tochter während der Gefangenschaft erging. Eingesperrtsein hatte Eden nie gepasst. Sie war von Natur aus zu lebhaft und voller Tatendrang. Doch sie war auch robust und zäh – eine typische Pembrook. Eden kam nicht auf ihre Mutter – Gott sei Dank. Und Eden hatte dafür gesorgt, dass Elizabeth ebenfalls nicht wie ihre Mutter geworden war.

»Peter, würdest du Papa und mich ein paar Minuten allein lassen?«, fragte Bet ihren Ehemann.

Peter runzelte die Stirn bei der Bitte, aber Bet beruhigte ihn mit einem Lächeln. Er nickte und verließ das Wohnzimmer, ohne sich weggeschickt zu fühlen.

Bet humpelte zur Couch, setzte sich und legte ihr Bein mit dem verbundenen Knöchel auf eine Fußbank. Als sie ihre Gedanken formuliert hatte, schaute sie ihrem Vater in die intensiv blauen Augen. »Ich weiß, dass du wegen Edens Entführung in einer üblen Situation steckst.«

Leland ließ sich in seinen ehemaligen Lieblingssessel sinken und konnte immer noch nicht glauben, dass es drei Jahre her war, seit er zum letzten Mal daheim gewesen war. »Ja, die Lage ist extrem heikel«, gab er zu.

Bet lehnte sich vor, und ihre grünen Augen spiegelten Sorge wider. »Papa, was wirst du tun? Eden bestand darauf, dass du die Sache der Freiheit schützt, ganz gleich, welches Opfer gebracht werden muss. Sie kann den Gedanken nicht ertragen, dass Soldaten ihr Leben verlieren, damit sie freigelassen wird.«

»Deine Schwester hat die Bedürfnisse anderer immer über ihre eigenen gestellt«, sagte Leland.

»Du hast zu lange und hart um die Unabhängigkeit der Kolonie gekämpft, um jetzt die Sache zu verraten. Ein Mann von Ehre könnte niemals tun, was dieser Verräter Benedict Arnold getan hat!«, sagte Bet eindringlich. »Arnolds Verrat ist unverzeihlich. Washington würde nichts lieber tun, als diesen falschen Schuft gefangen zu nehmen. Leider hat Arnold sein Regiment nördlich nach Connecticut geführt. Er überfällt, brandschatzt und schlachtet Gefangene in New London ab. Ich persönlich will ihn wegen Hochverrats hängen sehen! Eden und ich wollen nicht, dass du dich gezwungen siehst, dich auf die gleiche Stufe mit einem solchen Mann zu stellen. Was wirst du also tun, Papa?«

Bevor der General antworten konnte, erschien ein junger Soldat auf der Türschwelle. »Verzeihen Sie die Störung, Sir, aber ein Kurier ist aus Marquis de Lafayettes Lager eingetroffen. Der Kommandeur erbittet eine Konferenz mit Ihnen.«

Leland tätschelte Bets ineinander verschränkte Hände und stand auf. »Mach dir keine Sorgen, Liebling. Ich werde mich darum kümmern. Unterdessen hast du die Verantwortung über die Plantage. Unser Haus wird bald ein militärisches Hauptquartier werden. Sorge dafür, dass morgen mindestens ein Dutzend Offiziere bewirtet werden können.«

Leland schritt davon, und Bet sank auf der Couch zusammen. Sie hatte versucht, in Edens Fußstapfen zu treten, doch manchmal fühlte sie sich überlastet von all der Verantwortung, die auf sie geladen wurde.

Komm, komm, würde Eden sagen. Wir haben keine Zeit zu verplempern, wenn Arbeit erledigt werden muss.

Bet nahm ihre Krücke und stand auf. Eden hätte keine Zeit mit unproduktivem Grübeln vergeudet. Sie würde den Berg von Arbeiten in Angriff nehmen. Und Bet war entschlossen, das ebenfalls zu tun.

Die Dinge könnten schlechter stehen, tröstete sie sich. Sie hätte nicht mit ihrem Vater tauschen wollen. Der arme Mann musste die quälende Wahl treffen, entweder sein Land zu verteidigen oder seine ältere Tochter zu retten. Es war eine Wahl, die Bet keinem gewünscht hätte. Am wenigsten ihrem Vater. Denn wenn Leland sich den Briten widersetzte, unterschrieb er damit vielleicht Edens Todesurteil!

Tully Randolph richtete sich im Sattel auf und zwickte sich – in der Hoffnung, dadurch wach zu bleiben. Während seines langen Ritts war er zweimal eingenickt und von seinem Pferd gefallen.

Nur noch ein paar Meilen, munterte Tully sich selbst auf. Vor dem Morgengrauen konnte er ein Nickerchen machen und dann die Botschaft zum nächsten Zielort bringen.

Tullys Züge spiegelten Erleichterung wider, als er die Hütte entdeckte, die versteckt zwischen Bäumen lag. Er sehnte sich nach der Wärme eines Herds und trockener Kleidung.

Bei der Hütte angelangt, saß er ab und nahm seine Taschen. Sein Pferd musste warten, abgesattelt zu werden, bis Tully sein Nickerchen gemacht hatte. Es war schließlich in besserer Verfassung als sein Reiter. Tully hatte die Pferde unterwegs bei jeder Station gewechselt. *Er* war es, der nicht mehr auf den Füßen stehen konnte.

Tully schob die Tür der Hütte auf. Das Holz im Kamin war ausgebrannt, und in dem Raum war es eisig kalt. Nachdem Tully ein Feuer in Gang gebracht hatte, rollte er seine Decken aus und sank darauf nieder. Er konnte mit Sebastian sprechen, wenn er etwas geschlafen hatte. Wie es aussah, hatte Sebastian es sich in Edens Bett gemütlich gemacht. Und darüber würde er mit Sebastian ein Wörtchen reden müssen! Das würde er tun – sobald er ein wenig geschlafen hatte.

Eden zügelte den Araber und schaute verwirrt über die Wiese. Zwielicht schimmerte auf Hunderten von Zelten. Lagerfeuer erhellten die Landschaft. Sie hatte nie eine solch überwältigende Konzentration von Militär gesehen! Es mussten Tausende von Schemen sein, die sich in dem Biwak bewegten.

Freund oder Feind?, fragte sich Eden. Sie wusste es nicht. In der Ferne schmetterte eine Trompete. Eden beobachtete mit einem wachsenden Gefühl des Stolzes und der Erleichterung, wie die amerikanische Flagge gehisst wurde und am Mast im Wind flatterte.

Als die Sonne durch die graue Wolkendecke blinzelte, betrachtete Eden ihre Umgebung. Die Sümpfe und die Dickichte von Maulbeerbäumen und Kiefern lagen im Nordwesten. Williamsburg und die Pembrook-Plantage mussten im Südosten sein, vermutete sie. Und irgendjemand unter den Soldaten wusste sicherlich, wo ihr Vater zu finden war. Eden drängte es, Leland zu finden und ihn über ihre Flucht zu informieren. Sie durfte keine Zeit verlieren, denn Leland stand vor der Wahl, sein Land zu verraten, um seine Tochter zu retten, oder ihr Leben aufs Spiel zu setzen.

Sie zog den schwarzen Umhang um sich, trieb den Araber an und ritt zu den Wachtposten. Musketen wurden angelegt, als sie sich näherte, und misstrauische Blicke folgten ihr. Sie setzte ein Lächeln auf und zog die Haube von ihrem Kopf, sodass die Fülle ihres kastanienbraunen Haars bis über ihre Schultern fiel.

»Was treiben Sie hier allein, Miss?«, fragte der Lieutenant der Wachabteilung besorgt.

»Das ist eine lange Geschichte, Sir. Ich bitte, zu Ihrem vorgesetzten Offizier vorgelassen zu werden. Ich bin General Pembrooks Tochter.«

»Der Engel der Rebellen?« Der Lieutenant ließ seine Muskete sinken.

Eden presste die Zähne aufeinander. Sie fühlte sich nicht wie jedermanns Engel. Widerstreitende Gefühle tobten in ihr. Die Erkenntnis, dass sie getäuscht und verraten worden war, hatte nichts an ihrer Stimmung verändert. Selbst jetzt, nachdem sie wusste, dass Sebastian sie absichtlich getäuscht hatte, war ihre Liebe zu diesem Mann immer noch nicht gestorben.

Der Lieutenant führte Eden zu einem Platz in der Mitte des Lagers, wo drei große Zelte um ein Lagerfeuer standen. Dutzende Töpfe mit Kaffee hingen über den Flammen. Eden blickte sehnsüchtig zu dem Kaffee. Sie würde liebend gern einen warmen Schluck trinken, um die Kälte aus ihrem Körper zu vertreiben.

»Einen Moment, Miss Pembrook.« Der Lieutenant verneigte sich höflich. »Ich werde Marquis de Lafayette Ihre Ankunft melden.«

Der Soldat duckte sich durch den Zelteingang. Kurz darauf kehrte er zurück. Eden wurde ins Zelt geführt und sah sich einem rothaarigen, sommersprossigen Franzosen mit haselnussbraunen Augen gegenüber, der ungefähr in ihrem Alter sein musste.

Dies war also der berühmte junge Mann, ein Mitglied einer der ältesten Familien in Frankreich – einer Familie, die ihre Ahnentafel bis ins Jahr 1000 zurückverfolgen und sich tapferer Krieger und Aristokraten rühmen konnte.

Lafayette hatte seine Dienste der amerikanischen Sache verschrieben, sich bei General Washington wegen seiner unermüdlichen Energie, Verlässlichkeit und Treue empfohlen. Es hieß, dass Washington den Marquis mochte und wie seinen Sohn behandelte, ihm all sein Wissen über das Befehligen von Soldaten in der Schlacht lehrte. Der Marquis hatte einen Platz in den Herzen der Amerikaner erobert, die ihn als einen ihrer Helden priesen.

Zu schade, dass Sebastian Saber nicht so charakterlich sauber und rechtschaffen wie der Marquis ist, dachte Eden bitter.

»Miss Pembrook, ich darf Ihnen den Marquis Marie Joseph Paul Yves Roch Gilbert du Montier de Lafayette vorstellen«, sagte der Lieutenant.

Eden lächelte über die langatmige Anrede, die genug Ahnen beinhaltete, um die gekrönten Häupter Europas schwindelig werden zu lassen.

Der Marquis lachte gutmütig, als er den Lieutenant mit einem Wink entließ. »Ich glaube, der übereifrige Soldat hat versucht, mich zu beeindrucken, indem er seine Fähigkeit bewiesen hat, sich an meinen vollen Namen zu erinnern.« Er verneigte sich leicht und hob dann Edens Hand, um sie zu küssen. »Meine Freunde nennen mich Gilbert. Womit kann ich Ihnen dienen, Mademoiselle?«

»Meine Freunde nennen mich Eden«, sagte sie und ließ sich erschöpft auf den Stuhl sinken, den Gilbert ihr anbot. »Ich suche die Infanterie meines Vaters. Ich habe eine Botschaft von äußerster Wichtigkeit. Wissen Sie, wo er ist?«

»*Oui.*« Gilbert steckte den Kopf aus dem Zelt, um eine Tasse Kaffee für seine durchnässte Besucherin zu verlangen. Dann wandte er sich wieder Eden zu. »Ich hatte gestern Abend Kontakt zu Ihrem Vater. Er hat Vorbereitungen getroffen, um sein Hauptquartier auf Ihrer Plantage aufzuschlagen.«

»Tatsächlich?« Sie starrte ihn überrascht an.

Gilbert nickte. »Unser Stab wird sich dort heute Nachmittag zur Lagebesprechung treffen. Wir planen, Lord Cornwallis in Yorktown abzuriegeln.«

»Ich würde nichts lieber sehen, als dass der britische Kommandeur seine weiße Flagge der Kapitulation schwenkt«, sagte Eden. Jetzt musste sie nur mit ihrem Vater sprechen, damit er sich nicht den Briten unterwarf!

Gilbert bot Eden eine Tasse Kaffee an, die ins Zelt gebracht worden war, und lächelte. »Ihr Beitrag zu der Sache der Freiheit ist lobenswert. Ich habe sehr viel über den Engel der Rebellen gehört. Sie haben in Ihrem Haus ein Lazarett für die Verwundeten eingerichtet und Essen und Kleidung für die Soldaten geschickt.«

Eden trank einen Schluck Kaffee und genoss die Wärme, die sich in ihr ausbreitete. »Ich habe getan, was ich konnte«, murmelte sie.

»Und ich hoffe, dieser Krieg wird hier und jetzt enden«, sagte Gilbert. »Und von Gottes Gnaden wird das Ende dieses Kriegs bald kommen.«

Nach ein paar Minuten weiterer Konversation vergewisserte sich Gilbert, dass Eden ihren Kaffee ausgetrunken hatte, und half ihr galant auf. »Die Unterkünfte hier sind zwar bescheiden, aber Sie können sich ausruhen, bis wir zu Ihrer Plantage aufbrechen«, sagte er.

Gilbert begleitete sie zu einem allein stehenden Zelt in der Nähe des Lagerfeuers. Eden streckte sich auf dem Feldbett aus und seufzte. Zum ersten Mal seit zwei Wochen fühlte sie sich sicher und geschützt. Sie war Meilen von diesem hinterlistigen Sebastian Saber entfernt. Was sie anbetraf, so konnten sich Sebastian und Lord Cornwallis nach England zurückschleichen, um sich nie wieder sehen oder hören zu lassen. Sebastian war eine quälende Erinnerung an die dummen Fehler, die sie begangen hatte – Fehler, die sie niemals mehr machen würde!

Tully schreckte aus dem Schlaf auf, als es leise an der Hüttentür klopfte. Er rappelte sich auf, um zu öffnen. Der Tory-Kurier blinzelte überrascht, als er von jemand anders als Thaddeus begrüßt wurde.

Bevor Lyle Hendrick sich von seiner Verblüffung erholt hatte, packte Tully ihn am Kragen und zog ihn zur Seite. »Ich nehme an, du hast den alten Mann erwartet.«

»Ja, ich ...« Lyle presste die Lippen zusammen und weigerte sich, weiterzusprechen.

»Keine Sorge, Junge«, sagte Tully. »Ich bin einer von Thaddeus' Kurieren. Ich bin soeben von Norden eingetroffen und habe auf dem Boden kampiert.«

»Meine Befehle lauten, meine Botschaften direkt an Thaddeus zu übergeben«, sagte Lyle steif.

Tully schritt zum Nebenraum. Er öffnete die Tür einen Spalt – und die Augen quollen ihm fast aus den Höhlen. Sebastian war fast nackt aufs Bett gefesselt! Seine schwarze Haube war zum Lendenschurz geworden, und er schnarchte.

Tully unterdrückte einen Fluch und schloss hastig die Tür. Er zwang sich zur Ruhe und wandte sich zu dem Kurier um, der ihn neugierig anschaute. »Thaddeus ist nicht da. Er muss fortgeritten sein, um Vorräte zu holen.«

»Aber meine Befehle ...«

»Nun, Junge, du hast die Wahl«, sagte Tully. »Du kannst

die Posttasche in dem Eimer im Brunnen lassen oder versuchen, Thaddeus zu finden. Es würde dir nichts helfen, die Botschaft mir zu geben, denn ich reite bald selbst wieder fort. Ich muss heute Nachmittag Botschaften abliefern.«

Verwirrt dachte Lyle über seine Möglichkeiten nach. Er entschied sich, gegen die Befehle zu verstoßen – nur dieses eine Mal. »Ich kümmere mich um die Sache«, sagte er und ging zur Tür.

»Tu das«, knurrte Tully.

Ungeduldig wartete er, bis der junge Soldat die Botschaft im Brunnen deponiert hatte und davonritt.

Dann ging er fluchend in den Nebenraum.

Sebastian stöhnte benommen, als Tully ihn so wenig sanft wie ein Grizzly packte und schüttelte.

»Aufwachen, Eure Lordschaft!«, brüllte Tully.

Sebastian versuchte, sich von der dröhnenden Stimme wegzudrehen, aber er stellte fest, dass ihm das nicht gelang. Er konnte sich kaum bewegen! Er hob die schweren Lider, blinzelte und zuckte zusammen, als sein Blick auf seinen nackten Oberkörper fiel. »Hölle und Verdammnis!«

Tully befreite ihn von den Fesseln. »Ich kann es kaum erwarten, eine Erklärung von dir zu hören.«

Plötzlich setzte bei Sebastian die Erinnerung ein und ihm fiel alles mit erschreckender Klarheit ein – seine Schläfrigkeit, die Lockung, die Täuschung. Verdammt, verdammt! Wenn Eden seine Pläne zu diesem späten Zeitpunkt zunichte machte, dann würde er ihr den Hals umdrehen!

»Du bist mir ein Meisterspion«, grollte Tully. »Du konntest nicht mal eine einzelne Frau für zwei Wochen unter Kontrolle halten.«

»Ich kann auf deinen blöden Kommentar verzichten«, murmelte Sebastian gereizt.

»Aber du konntest nicht auf die Lady verzichten, wie?«, sagte Tully. Er musterte Sebastian missbilligend. »Ich kann mir vorstellen, was sich hier abgespielt hat, bevor du auf dem Bett gefesselt zurückgeblieben ist. Wenn du mich fragst, hast du verdammt bekommen, was du verdient hast.«

»Niemand hat dich gefragt«, entgegnete Sebastian gereizt.

Er schnappte sich hastig seine Kleidung. Als er die Hose anzog – in der Eile falsch herum –, stieß er sehr farbige Flüche aus.

»Eden muss die Teetassen vertauscht haben, sodass ich das Schlafmittel getrunken habe«, murmelte er.

»Clever von ihr.« Um Tullys Lippen zuckte es, als Sebastian den Arm in den Ärmel seines Hemdes schob – falsch herum. Der Mann war noch so benommen, wie in Trance, dass er kaum zu einer richtigen Handlung fähig war. »Es muss verdammt demütigend sein, zu erwachen und festzustellen, dass man fast nackt an ein Bett gefesselt ist.«

Grollend trug Sebastian einen ungeschickten Kampf mit seinen Stiefeln aus, die einfach nicht seine Füße aufnehmen wollten. »Wir müssen Eden finden, und zwar schnell! Wenn sie unsere Pläne stört, gibt es eine Katastrophe.«

»Du kannst darauf wetten, dass sie geradewegs zu ihrem Vater geritten ist«, prophezeite Tully.

»Hoffentlich wird es eine Weile dauern, bis sie ihn findet. Vielleicht kann ich ihr zuvorkommen.«

Sebastian lief nach draußen und musste feststellen, dass sein Hengst verschwunden war. Fluchend sattelte er das Ersatzpferd. Als er durch den Wald voranritt, machte sich Tully mit einem Ruf hinter ihm bemerkbar.

»Das habe ich fast vergessen!« Er zog sein Pferd herum und ritt zum Brunnen zurück, um die Botschaft von Lyle Hendrick zu holen. »Diese Botschaft traf ein, bevor ich dich gefesselt fand.«

Sebastian ritt zur Hütte zurück. Er nahm sein Kodebuch und saß auf. Die Botschaft konnte er unterwegs entschlüsseln. Er wollte keine Minute verlieren, aus Furcht, dass Eden Pembrook das Netzwerk der komplizierten Vorbereitungen durchkreuzte, das er aufgebaut hatte.

Er nahm an, dass Eden sein Gespräch mit Lyle Hendrick belauscht hatte. Sie hatte ihre Empörung und ihren Zorn hinter diesem entwaffnenden Lächeln verborgen – und ihn dann mit einem Trick dazu gebracht, den Tee mit dem Schlafmittel zu trinken. Und jetzt wusste sie, wer er war, und würde nie wieder mit ihm sprechen!

»Eure Lordschaft?«

»Ja, Tully?«, murmelte Sebastian geistesabwesend.

»Du musst wirklich etwas wegen Eden Pembrook unternehmen. Du hast ihr gegenüber eine Verantwortung.«

»Das ist mir klar.«

»Dann wirst du dich richtig um die Sache kümmern?«

»Ich bezweifle, dass sie empfänglich für irgendetwas sein wird, das ich sage, nachdem sie jetzt weiß, wer ich bin.«

»Dennoch musst du das Richtige tun«, beharrte Tully.

»Wie oft soll ich dir noch sagen, dass es schwierig ist, mit Eden zurechtzukommen?«

»Du bist sehr gut in schwierigen Situationen«, sagte Tully aufmunternd. »Das warst du jedenfalls, bis du diesem schönen kleinen Engel verfallen bist. Allmählich glaube ich, dass sie mehr Frau ist, als du schaffen kannst, Eure Lordschaft.«

Sebastian fluchte erbittert. Er glaubte ja selbst, dass Tully Recht hatte.

13

Eden verließ das Feldlager der Rebellen in Begleitung der Crème de la Crème der militärischen Befehlsebene. Marquis de Lafayette ritt neben ihr. Anthony Wayne und von Stuben waren hinter ihr. Zu ihrer Rechten saß General de Kalb auf einem kastanienbraunen Wallach.

Sebastian Saber soll nur versuchen, mich aus dem Kreis dieser fähigen Offiziere zu entführen, dachte sie. Sie würde seine heimtückischen Pläne so schnell durchkreuzen, dass ihm schwindelig werden würde.

»Ich weiß Ihre Bemühungen für unsere Sache zu schätzen«, sagte Anthony Wayne dankbar. »Sie sind ein legendärer Ansporn für die Soldaten geworden.«

Eden lächelte. »Danke, General. Ich wünschte, ich könnte mehr tun. Wenn wir im Haus mehr Platz für die Verwundeten hätten ...«

»Sie sind entschieden zu bescheiden, meine Liebe«, unterbrach General de Kalb. »Ich kann mir kaum vorstellen, wie Sie die Zeit finden, um all die Wunder zu schaffen, die Sie bewirken. Dank Ihrer Bemühungen sind unsere Lagerhäuser voll mit Proviant für die Männer, die sonst hungern müssten. Unsere Verwundeten kehren zu ihren Einheiten zurück und preisen den Engel der Barmherzigkeit, der sie gesund gepflegt und ihnen den Komfort seiner eigenen Zimmer geboten hat. In Not geratene Familien finden Körbe mit Lebensmitteln vor ihren Türen. Sie haben auf eigene Faust die Moral gestärkt. Jedes Mal wenn Ihr Name über die Lippen eines Soldaten kam, war Ihr Vater stolz wie ein Pfau. Die Legende vom Schutzengel der Rebellen ist weit verbreitet.«

Eden tat das Lob mit einem Achselzucken ab und konzentrierte ihre Aufmerksamkeit auf die Zelte, von denen die Wiesen rings um die Pembrook-Plantage gesprenkelt waren. Es hatte den Anschein, dass die gesamte Armee der Patrioten auf ihrem Land lagerte!

»Ein großartiger Anblick, nicht wahr?«, sagte Gilbert de Lafayette stolz. »So viele Männer versammeln sich, um die Briten zurückzuschlagen und für die Freiheit zu kämpfen. Wir sind zum letzten Mal besiegt worden. Diesmal werden wir siegen, wenn wir Lord Cornwallis in Yorktown abriegeln können.«

»Wenn General de Grasse und seine französische Flotte aus Westindien als Verstärkung eintreffen, können wir einen bedeutenden Sieg erwarten«, warf von Stuben ein.

Edens Gedanken schweiften von dem Wortwechsel zwischen den hohen Offizieren ab, als sie den Blick auf ihr Haus richtete. Sie war niemals so stolz auf das riesige Herrenhaus gewesen. Daheim. Sebastian Saber konnte sie nicht mehr anrühren, denn eine Armee biwakierte vor ihrer Haustür. Sie würde Sebastian als den verschlagenen Spion entlarven, der er war, und er würde für den Rest seines schändlichen Lebens in einen modrigen Kerker geworfen werden.

Eden verdrängte ihre bitteren Gedanken, als sie ihren Vater über den Rasen auf sie zuschreiten sah. Eden zügelte das Pferd, saß ab und warf sich in Lelands ausgebreitete Arme.

»Eden, es ist so schön, dich zu sehen!« Leland umarmte sie liebevoll.

»Alles ist jetzt gut, Papa«, teilte sie ihm vertraulich mit. »Du brauchst dir keine Sorgen mehr zu machen. Ich bin meinen Entführern entkommen, und du brauchst dich nicht erpressen zu lassen.«

Leland löste sich von ihr, trat ein wenig zurück und schaute sie ernst an. »Eden ...«

»O Gott! Es ist doch nicht zu spät, oder?« Sie forschte in seinem Gesicht. »Du hast doch nichts getan, um unsere Sache zu verraten, oder?«

»Nein, aber …«

»Miss Eden, Gott sei Dank sind Sie sicher und gesund zurück!« Maggie lief aus dem Haus und schloss Eden in die Arme. »Bet und ich sind fast krank vor Sorge geworden, und die verwundeten Soldaten haben fast zwei Wochen lang den Wald durchkämmt. Sie werden überglücklich über Ihre Rückkehr sein.«

Bevor sich Leland mit seiner Tochter privat unterhalten konnte, scharten sich die Offiziere um ihn und nahmen seine Aufmerksamkeit in Anspruch. Maggie zog Eden ins Haus zu Bet, die sie in die Arme schloss.

»Gott sei Dank!«, stieß Bet überschwänglich hervor. »Oh, Eden, es tut mir so leid, dass du nicht wie ich entkommen konntest. Es ist meine Schuld, dass du eine so lange Gefangenschaft ertragen musstest. Wie bist du ihnen entkommen? Ist alles in Ordnung? Haben sie dich …«

»Mir geht's prima«, unterbrach Eden das Trommelfeuer der Fragen ihrer Schwester. Sie wollte nicht über ihre Gefangenschaft sprechen. Ihre Träume waren zerronnen, und sie hatte feststellen müssen, dass sie eine schlechte Menschenkennerin war. Sebastian Saber war zweifellos eine Fehleinschätzung gewesen – der schlimmste Fehler, den sie jemals begangen hatte.

»Monsieur Saber! Es ist mir ein Vergnügen, Sie wiederzusehen«, rief Gilbert Lafayette von der Türschwelle.

In schockiertem Erstaunen drehte sich Eden um und sah den dunkelhaarigen Schuft in der Tür ihres Esszimmers stehen, als ob er dort hingehörte. Er wirkte so zuvorkommend und selbstsicher wie eh und je, verdammt! Eine ungeheure Dreistigkeit!

Sein Talent zum Täuschen war offenbar so perfektioniert, dass er sich das Vertrauen der ranghöchsten Führer der amerikanischen Sache erschlichen hatte. Dieser gerissene britische Spion wurde dafür bezahlt, dass er die amerikanische Strategie an seine befreundeten Engländer verriet, doch die Rebellen dachten anscheinend, er sei einer von ihnen!

Sebastian musste gestoppt werden, und zwar auf der Stelle!

Eden wies anklagend auf den Mann, der sie getäuscht und verraten hatte. »Verrä…«

»Hallo, Miss Pembrook.« Sebastian ergriff ihren ausgestreckten Arm, verneigte sich galant und gab ihr einen Handkuss. »Es ist mir ein Vergnügen, Sie wiederzusehen.« Er schenkte ihr ein charmantes Lächeln. »Sie sehen ein bisschen blass aus. Ich hoffe, Sie haben sich wohl gefühlt.«

Ihre Fingernägel gruben sich in seine Hand, und sie funkelte ihn mit einem Blick an, der so glühend war, dass er auf der Stelle verbrannt wäre, wenn Blicke das vermocht hätten. »Eigentlich, Mr. Saber, waren es äußerst unangenehme zwei Wochen.«

»Ich bedauere, dies zu hören.« Er zerquetschte ihr fast die Hand, eine stumme Aufforderung, keine Szene zu machen.

Als Eden ihn mit einem mörderischen Blick bedachte und Luft holte, um ihn vor allen zu verdammen, wurde Sebastians Miene grimmig. »Ich würde es an deiner Stelle *nicht* sagen«, flüsterte er ihr zu.

Eden war entschlossen, es unbedingt zu sagen. Sebastian konnte ihr ruhig drohen und sie einzuschüchtern versuchen, aber damit erreichte er gar nichts. Denn sie war von hohen militärischen Rängen umgeben. Der Einzige, der etwas zu befürchten hatte, war Sebastian – der Spion – Saber!

»Papa, du hast einen heimtückischen Verräter in eurer Mitte«, platzte Eden heraus. »Dies ist der Mann, der mich unter britischem Befehl als Geisel gefangen gehalten hat.«

Eden hätte geschworen, dass sie gehört hätte, wenn in der vollen Halle eine Feder zu Boden gefallen wäre, so still war es plötzlich. Schockiert und ungläubig stellte sie fest, dass niemand außer Maggie und Elizabeth über ihren Ausbruch verblüfft zu sein schien. Die hohen Offiziere der Patrioten unterdrückten stattdessen ein Lächeln und tauschten Blicke. Das war nicht die Reaktion, die Eden erwartet hatte.

»Nun ... willst du ihn nicht festnehmen lassen, Papa?«, fragte Eden entgeistert.

»Äh ... Eden, ich habe es dir vor ein paar Minuten erklären wollen, aber wir wurden gestört.« Leland schritt zu Eden, ergriff ihre Hand und führte sie in das Esszimmer. »Ich befürchte, es gab ein kleines Missverständnis.«

»Ich versichere dir, Papa, dass es kein Missverständnis ist ...« Edens Stimme wurde immer leiser, als Tully Randolph aus der schattigen Ecke des Esszimmers trat. Sie hätte den Hünen überall auf Anhieb erkannt. Dies war der Mann, der sie einst gerettet und dann an die Sache ›Seiner Lordschaft‹ verraten hatte. Dieser Schuft war anscheinend Sebastians Komplize beim Verrat!

Bevor Eden eine weitere Anschuldigung äußern konnte, verneigte sich Tully höflich. »Guten Tag, Miss Pembrook.«

Als Eden zwischen Tully und Sebastian hin und her blickte, sichtlich fassungslos, wandte sich Leland an seine Offiziere. »Gentlemen, unter den gegebenen Umständen schlage ich vor, dass meine Tochter an der Konferenz teilnehmen sollte, während Colonel Saber seinen Bericht vorträgt.«

Colonel Saber? War das ein anderer Deckname?

Eden starrte Sebastian misstrauisch an. Guter Gott, die Patrioten hatten sich wirklich täuschen lassen und nahmen an, ›Seine Lordschaft‹ sei einer von *ihnen!*

»Wir haben keine Einwände«, sagte Gilbert Lafayette. »Ich würde es sogar als eine Ehre und ein gutes Omen betrachten, einen Engel in unserer Mitte zu haben.«

Während die Offiziere am Tisch Platz nahmen, sah Eden Sebastian giftig an. Dies wird eines seiner raffiniertesten Täuschungsmanöver werden, sagte sie sich. Sie konnte es kaum erwarten, die Lügen zu hören, die er den hohen Offizieren auftischen würde. Sie würde alles anfechten, was dieser verschlagene Spion sagen würde!

»Erlauben Sie mir, Ihnen beim Platznehmen zu helfen«, sagte Sebastian freundlich.

Eden sank auf den Stuhl, den er für sie heranzog. »Natürlich, warum sollte ich es nicht erlauben? Ich habe Ihnen bereits erlaubt, mich zu betrügen, zu benutzen und zu täuschen. Ich kann es kaum erwarten, wie Sie diesmal für Ihre Zwecke die Wahrheit verbiegen. Aber ich warne Sie, Eure Lordschaft«, zischte sie. »Ich werde Sie als der hinterhältige Spion bloßstellen, der Sie sind.«

Sebastian verzog das Gesicht, als er auf Eden herabblickte. Sie war eindeutig zornig. Sie versuchte, ihre Wut unter Kontrolle zu halten, aber es gelang ihr kaum.

Sebastian wollte Eden unzählige Dinge sagen, aber er fand keine Möglichkeit dazu. Natürlich war ihm klar, dass sie ihm niemals verzeihen würde – selbst für Heilige gab es da Grenzen. Und wenn der mörderische Ausdruck in Edens Augen ein Anzeichen darauf war, dann waren ihre Grenzen überschritten worden.

Verdammt, verdammt, dachte Sebastian. Er konnte nur seinen Bericht vortragen und hoffen, dass er eine Chance bekam, mit Eden allein zu sprechen, wenn die Konferenz vorüber war.

Sebastian stand am Kopfende des Tisches und konzentrierte seine Aufmerksamkeit auf die Offiziere, die auf seinen Bericht warteten. »Die meisten von Ihnen sind bereits über den Plan der Briten informiert, der vorsah, General Pembrooks Tochter zu entführen und als Druckmittel zu benutzen«, begann er. »Tully und ich haben unsere Rollen gespielt und zu verhindern versucht, dass den Frauen während ihrer Gefangenschaft etwas passiert. Unser Ziel war es, bei Cornwallis den Eindruck zu erwecken, dass Pembrook Informationen über amerikanische Schwachpunkte und Strategien in bevorstehenden Schlachten liefern wird.«

Eden runzelte zweifelnd die Stirn. Sebastian Saber war außergewöhnlich gut darin, Lügen zu überzeugend klingenden Wahrheiten zu machen. Er hatte ebenfalls seinen starken britischen Akzent abgelegt, als hätte es ihn nie gegeben! Selbst seine Gesten, sein Gehabe und sein Gang hatten sich verändert, als hätte er niemals ›Seine Lordschaft‹ gespielt! Wie schaffte er das?

»Weil die Briten dachten, Pembrook in der Tasche zu haben, entschied sich Lord Cornwallis, Lafayette nicht anzugreifen und den absoluten Sieg gegen die Rebellenkräfte bei Richmond zu erringen. Cornwallis fiel zurück, um sein Bollwerk bei Yorktown zu errichten und den dramatischen Schluss des Krieges abzuwarten.

Lafayette konnte, indem er sich an General Washingtons Vorschlag hielt, den Zusammenschluss von Cornwallis' Regulären und Phillips Armee verhindern und kostbare Zeit gewinnen, die wir brauchten, um unsere Verstärkungen für eine Großoffensive in Stellung zu bringen.

Unser Geheimdienst hat Cornwallis durch Pembrook mit falschen Informationen gefüttert. Die Briten haben die Botschaften als wahr akzeptiert, weil Edens Leben angeblich auf dem Spiel stand.«

»Mit welchen anderen falschen Wahrheiten wurde der erhabene Lord Charles Cornwallis gefüttert?«, fragte von Stuben grinsend.

»Die Briten nehmen an, dass die Stärke der Patrioten nur halb so groß ist wie tatsächlich und dass Pembrooks Miliz während des bevorstehenden Scharmützels zurückgeschlagen werden wird, wodurch die Briten vorrücken und die amerikanischen Linien in Yorktown durchbrechen können.«

Sebastian entrollte eine Karte auf dem Tisch und wies auf die Stätten, die er während seiner Erkundungsmissionen beobachtet hatte. »Cornwallis hat gefährliche Stellungen auf dem Flussufer oberhalb und unterhalb von Yorktown errichtet«, erklärte er den Offizieren. »Die Redouten sind durch Reihen von Palisaden und schwere Artillerie geschützt. Jenseits des Yorktown Creeks mit seinen tiefen Schluchten liegt die innere Linie der britischen Verteidigung. Unsere Aufklärung weist darauf hin, dass Cornwallis sieben Redouten und ein halbes Dutzend Geschützbatterien in der zweiten Verteidigungslinie zur Verfügung hat.«

Eden fragte sich stumm, ob Sebastian der Führung der Rebellen falsche Fakten auftischte. Sie war sich immer noch nicht sicher, auf wessen Seite er stand – wenn überhaupt auf einer. Höchstwahrscheinlich lag seine Treue bei dem, der ihm finanziell das meiste bot.

»Der einzige Zugang für den britischen Rückzug wird über die Bucht nach Gloucester Point sein, wo eine lange Palisade errichtet worden ist«, führte Sebastian aus. »Ich glaube, wir können Cornwallis in die Kapitulation zwingen und verhindern, dass er die Bucht durchquert, um sich Clinton in New York anzuschließen. Aber wir werden hart und schonungslos zuschlagen müssen, wenn wir ihn zwischen der See und den steilen Klippen auf der Flussseite einschließen wollen.«

Sebastian grinste. »Lord Cornwallis wird sehr bald eine schockierende Überraschung erleben. Ich habe die Botschaften an ihn abgeändert und ihn zu dem Glauben verleitet, dass Admiral de Grasses französische Flotte nicht rechtzeitig zu unserer Hilfe eintreffen kann. Er denkt, er wird die britische Marine hinter sich haben.«

»Wird die französische Flotte rechtzeitig eintreffen?«, fragte Anthony Wayne besorgt.

Sebastian nickte. »De Grasse und seine vierundzwanzig Kriegsschiffe transportieren dreitausend französische Soldaten. Sie werden binnen weniger Tage die Bucht komplett abriegeln und es der britischen Marine unmöglich machen, zu Cornwallis' Verteidigung einzugreifen. Diese Nachrichten sind in der vergangenen Woche durch unser Netzwerk von Agenten eingetroffen, und Tully hat den Bericht direkt zu General Washington gebracht, der seine eigene raffinierte Täuschung gegen Clinton in New York inszeniert hat. Die Kontinentalarmee ließ Tausende Biwakfeuer in der Dunkelheit brennen, um Clinton irrezuführen. Dann unternahmen Washington und seine Soldaten nachts einen Eilmarsch nach Süden. Clinton erfuhr erst, dass die Rebellen fort waren, als es längst heller Tag war. Washington wird bald eintreffen, um an der Belagerung von Yorktown teilzunehmen.«

Die Offiziere lehnten sich auf ihren Stühlen zurück und lächelten zufrieden.

Eden beobachtete Sebastian sorgfältig und fragte sich, ob dies weitere falsche Informationen waren, die zum Untergang der Rebellen führen würden.

Sebastian entfaltete die Botschaft, die Tully vom Oberbefehlshaber erhalten hatte, und las sie den Offizieren vor: »Wir sind auf dem Weg zu Ihnen und freuen uns auf das Vergnügen, Sie in Ihrem Lager zu begrüßen. Ich hoffe, Sie werden Lord Cornwallis unter Kontrolle halten, sodass er ohne Furage ist, bis wir eintreffen.«

Washingtons Bitte rief bei dem militärischen Oberkommando Gelächter hervor.

»Wir werden den erhabenen Lord Cornwallis in der Tat unter Kontrolle halten«, sagte Leland Pembrook. »Wir können auf seinem Thron in Yorktown sitzen und beobachten, wie die französische Flotte die Bucht einschließt und ihn von den britischen Fregatten abschneidet. Wir werden ihn auf dem Land abriegeln, ihm den Nachschub an Proviant und Furage abschneiden, und er kann nirgendwohin, und dann bleibt ihm nur die Kapitulation.«

Eden blickte neugierig von einem Offizier zum anderen. Schluckten sie tatsächlich diesen Unsinn, den Sebastian ihnen weismachte? Erkannten sie nicht, dass dies eine weitere raffinierte List war, erfunden und ausgeführt von einem Meisterspion? Mein Gott, sie waren so leichtgläubig, wie sie es gewesen war!

»Lassen Sie sich nicht von diesem Mann vorgaukeln, Sie hätten die Briten in die Enge getrieben!«, rief Eden und sprang von ihrem Stuhl auf. »Die Rebellen sind diejenigen, die …«

»Eden, setz dich!«, fuhr Leland Pembrook sie im Befehlston an.

Eden reckte entschlossen das Kinn vor. »Ich werde nicht dabeisitzen und zuhören, wie dieser verräterische Spion Ihnen Lügen auftischt. Ich habe gesehen, wie ein Tory-Kurier diesem britischen Spion einen Beutel mit Münzen gab, als Bezahlung für Informationen über patriotische Truppen. Ich habe ebenfalls gesehen, wie er sich als alter Mann verkleidet hat, der Botschaften weitergibt ...«

»Eden, begreife doch endlich!«, donnerte Leland. »Saber ist ein Doppelagent, der absichtlich Informationen gefälscht hat, damit sie in britische Hände fallen. Er wurde von General Washington persönlich ausgewählt, nachdem er im ersten Kriegsjahr bei unserem Oberbefehlshaber gedient hatte. Sebastian war Mitglied von Washingtons Leibgarde. Es war seine Aufgabe, Besucher und Hintergrundinformationen zu überprüfen. Washington und Saber sind seit einem Jahrzehnt Nachbarn und Freunde, und Saber ist der Leiter des militärischen Nachrichtendienstes.«

Edens Gedanken und Gefühle waren jetzt völlig durcheinander. Sie wusste nicht, was sie glauben sollte, besonders nicht, weil Sebastian so überzeugend war, ganz gleich, welche Rolle er gerade spielte.

»Ich habe viele Botschaften von Chamäleon erhalten – so wird Saber genannt, weil er ein Mann mit vielen Gesichtern ist«, sagte von Stuben. »Ich erhielt einmal Besuch von einem schäbig gekleideten alten Farmer mit rotem Stoppelhaar, der einen Korb mit Eiern trug, die ausgeblasen waren und in den Schalen zusammengerollte Botschaften enthielten.«

»Ich erhielt einmal eine Bibel mit Worten und Sätzen, die mit unsichtbarer Tinte unterstrichen waren«, meldete sich Lafayette zu Wort. »Sie wurde mir im vergangenen Winter von einem scheinbar halb verkrüppelten Prediger überbracht. Monsieur Saber ist derzeit der Leiter des Netzwerks der Agenten in Virginia und Carolina. Er ist der Mann, der mich zu General Washington eskortierte, als ich eintraf, um meine Dienste der amerikanischen Sache anzubieten.« Lafayette lächelte belustigt, als er zu Sebastian blickte. »Wie ich mich erinnere, stellte Saber zu dieser Zeit einen Schmied der Tories dar.«

Edens Mund klaffte auf.

»Sie sehen, Miss Pembrook, man kann nicht immer seinem Wahrnehmungsvermögen trauen«, sagte Anthony Wayne mit einem Grinsen. »Wenn es keine Männer wie Saber und Randolph gäbe, wäre es uns nicht gelungen, unseren Feind für diese Belagerung bei Yorktown in die Falle zu locken. Es waren dazu monatelange, peinlich genaue Planungen nötig.«

Gedemütigt erhob sich Eden am Tisch. Ob Sebastian nun gegen oder für die amerikanische Sache war, er hatte es geschafft, sie vor diesen hohen Offizieren – und vor ihrem eigenen Vater – zur Närrin zu machen.

»Verzeihen Sie mir meine Unwissenheit und meine Anschuldigungen«, murmelte sie, machte auf dem Absatz kehrt und eilte aus dem Raum.

In diesem Augenblick schwor sich Eden, niemals mehr mit Sebastian zu sprechen, für den Rest ihres Lebens nicht – oder seines, je nachdem wer zuerst sterben würde. Wenn er die Briten unterstützte, würde sie eine Möglichkeit finden müssen, zu beweisen, dass ihre Anschuldigungen richtig waren. Wenn er auf der Seite der Amerikaner stand, dann deutete sein Verhalten an, dass er sie für eine Idiotin hielt, der man keine Geheimnisse der Patrioten anvertrauen konnte – ihr, der Tochter eines Generals!

Ohne Zweifel war es lustig für Sebastian gewesen, zu erleben, wie sie sich vor den Offizieren ihres Vater zur Närrin gemacht hatte – vor Männern, die für sie Idole waren. Zum Teufel mit Sebastian Saber! Wie hatte er sie so demütigen können! Wie konnte er so grausam sein und auf ihren Gefühlen herumtrampeln?

Und wie hatte sie sich einbilden können, einen Mann zu lieben, der offenbar so viele Gesichter und Persönlichkeiten hatte, dass niemand wusste, wer er in Wirklichkeit war?

Eden trat in die Halle hinaus und holte tief Luft. Sie würde ihr Leben keine Minute mehr von Sebastian stören lassen. Sie würde ihn völlig aus ihrem Gedächtnis streichen, vergessen, dass er überhaupt existierte.

Sie konnte weitermachen wie bisher und einen persönlichen Beitrag für die amerikanischen Kriegsbemühungen leisten.

Mit diesem Vorsatz straffte Eden die Schultern und marschierte entschlossen nach oben, um nach ihren Patienten zu sehen.

Die lächelnden Gesichter, von denen sie begrüßt wurde, bewirkten Wunder für ihre gekränkte Seele. Sie war gerührt, als sie erfuhr, dass die verwundeten Soldaten in der Nacht ihrer Entführung versucht hatten, sie zu retten. Sie war jedoch auch besorgt, weil die Patienten ihretwegen die eigene Gesundheit gefährdet hatten.

»Ich weiß zu schätzen, dass ihr euch die Mühe gemacht habt, einen Suchtrupp aufzustellen«, sagte Eden. »Aber ich bin kaum das Risiko wert, dass ihr Rückschläge in eurer Genesung erleidet.«

»Kaum das Risiko wert?«, johlte Artemus Riley. »Keiner würde einen Engel im Stich lassen, der Hilfe braucht.«

Eden ärgerte es zunehmend, ständig als Engel bezeichnet zu werden. Sie verdiente das nicht. Sie verdiente die Bezeichnung noch weniger, als sich diese Soldaten das vorstellen konnten. Darüber hinaus fühlte sie sich nach ihrem Schicksalsschlag mit Sebastian Saber wie der leibhaftige Teufel.

»Eden, meine Liebe?« Leland Pembrook steckte seinen grauhaarigen Kopf durch die Tür. »Ich hoffe, dass dich deine Patienten für ein paar Minuten entbehren können. Da ist eine Sache, über die wir sprechen müssen.«

Eden folgte ihrem Vater hinab in die Halle. »Ich nehme an, deine Konferenz ist beendet.«

»Ja, ich werde mich in Kürze zu meinen Männern ins Lager gesellen«, sagte er. »Aber ich möchte unser Geschäft in Ordnung bringen, bevor ich gehe.«

Eden blickte ihn verwirrt an. »Welches Geschäft?«

Leland stieg weiter die Treppe hinunter, und Eden folgte ihm mit einem Schritt Abstand. Als Leland gemächlich ins Wohnzimmer ging, wo Sebastian und Tully auf der Couch saßen, blieb Eden abrupt auf der Türschwelle stehen. Das war wohl das Letzte, im selben Raum mit dem Mann zu sein, den sie niemals mehr wiedersehen wollte!

»Komm, setz dich, Eden«, bat Leland, als sich seine Tochter nicht von der Stelle rührte.

Eden starrte Leland an, als hätte er sie aufgefordert, durch ein Gewässer zu schwimmen, in dem es von Haien wimmelte. Sie würde an Sebastian vorbeigehen müssen, um zu dem unbesetzten Sessel zu gelangen.

»Ich kann dich gut von hier aus hören, Papa«, erwiderte sie und vermied es, in Sebastians Richtung zu blicken. »Was möchtest du mit mir besprechen?«

»Sebastian Saber hat um deine Hand angehalten«, erklärte Leland stolz.

Eden hatte das Gefühl, vom Schlag getroffen zu werden. Was war denn das für ein absurder Blödsinn? »Oh, hat er das wirklich? Und wünscht er, mir meine Hand am Gelenk abzuhacken oder am Ellenbogen?«

»Eden!« Leland starrte seine Tochter entgeistert an. »Ich hätte nie gedacht, den Tag zu erleben, an dem ein sarkastisches Wort über deine Lippen kommt. Du warst stets der Inbegriff von Takt und Höflichkeit. Was, zum Teufel, ist mit dir los?«

»Sicherlich ist die schlechte Gesellschaft in jüngster Zeit daran schuld«, erklärte sie.

Sebastian verkniff sich ein Grinsen, als sie ihm den Seitenhieb verpasste. Er stand auf, schritt zu ihr und verneigte sich tief. »Lassen Sie mich versichern, Miss Pembrook, dass ich nicht die Absicht habe, Ihre Hand am Gelenk, Ellbogen oder sonst wo abzutrennen.« Er lächelte höflich, obwohl sie ihn mit ihrem Blick förmlich erdolchte. »Eigentlich bin ich an Ihnen als Ganzes interessiert. Werden Sie mir die Ehre erweisen, mich zu heiraten?«

»Warum? Können Sie keine andere finden, die blöde genug ist, Sie zu heiraten, *Eure Lordschaft?*«, fragte sie schnippisch.

Tully lachte amüsiert, während Leland Eden in schockiertem Staunen anstarrte.

»Eden, um Gottes willen, was ist in dich gefahren?«, fragte er. »Ich dachte, du würdest dich über den Antrag freuen. Du bist einundzwanzig …«

»Ich bin vierundzwanzig«, korrigierte Eden ihren Vater. »Für uns ist die Zeit nicht stehen geblieben, als du fort warst, obwohl ich zugeben muss, dass ich allmählich wünsche, es wäre der Fall gewesen.«

»Vierundzwanzig? Guter Gott, die Dinge sind schlimmer, als mir klar war. Es ist längst an der Zeit, dass du einen Mann bekommst und deine eigene Familie gründest.«

Eden reckte das Kinn und starrte an Sebastian vorbei, als wäre er Luft. »Ich habe mich entschlossen, eine alte Jungfer zu werden«, informierte sie ihren Vater. »Genauer gesagt, ich habe die Entscheidung vor einigen Monaten getroffen.«

»Das ist absurd«, wandte Leland ein. »Mit deiner liebevollen, fürsorglichen Art wirst du eine wundervolle Frau und Mutter sein.«

»Ist es absurd, wenn ich meine persönliche Unabhängigkeit genießen will, ohne dass ich mir von einem Mann sagen lassen muss, was ich tun kann und wann ich es tun muss? Ist es absurd, dass ich perfekt zufrieden mit meinem Leben bin, wie es ist?« Eden schüttelte den Kopf, dass ihr kastanienbraunes Haar flog. »Ich habe nicht die Absicht, Sebastian Saber oder irgendeinen anderen Mann zu heiraten, weder jetzt noch sonst wann.«

»Warum nicht?«, wollte Leland wissen. »Saber wird deine Unabhängigkeit nicht einschränken. Er ist ein fairer, vernünftiger Mann, sonst hätte ich zu seinem Antrag nicht meinen Segen gegeben.«

Eden richtete den Blick auf Sebastians gut aussehendes

Gesicht. »Ich fühle mich bereits eingeschränkt.« So war es in der Tat. Am liebsten hätte sie diesen Schuft platt geklopft und als Päckchen per Post nach England zurückgeschickt – wäre er doch nur für immer dort geblieben!

»Ich biete den Ehestand an, keine Knechtschaft«, stellte Sebastian klar.

»Und ich soll vermutlich geschmeichelt sein.« Ihr Tonfall machte klar, dass sie alles andere als das war.

»Es wäre nett von Ihnen, wenn Sie das wären«, sagte Sebastian und lächelte verbindlich.

»Nun, ich bin es nicht. Es beleidigt mich, dass Sie denken, ich würde einen solch lächerlichen Vorschlag angesichts dessen, was geschehen ist, auch nur in Erwägung ziehen.«

»Eden, ich denke, ich habe zufrieden stellend erklärt, was geschehen ist und warum«, warf Leland ein.

Sebastian drehte sich um und sah sich Tullys amüsiertem Grinsen und Lelands verwirrtem Stirnrunzeln gegenüber. »Wenn Miss Pembrook und mir ein Augenblick des Alleinseins gewährt würde, könnten wir vielleicht zu einer Einigung kommen.«

»Das bezweifle ich«, murmelte Eden.

Als sie herumfuhr und davonlaufen wollte, hielt Sebas tian sie am Ärmel ihres Satinkleids fest und zog sie in eine Ecke des Wohnzimmers.

»Ich muss zu meinen Truppen zurückkehren. Ich hoffe, ihr löst dieses Problem schnell«, sagte Leland und lächelte seiner Tochter aufmunternd zu. »Ich hätte diesen Kampf an der Heimatfront gern abgeschlossen, bevor wir die Briten bei Yorktown bekämpfen.«

Eden war nicht belustigt über das Witzeln ihres Vaters. Sie war zornig, weil sie mit dem Mann allein gelassen wurde, den sie hassen wollte, wie sie sich geschworen hatte – aus tausend berechtigten Gründen!

14

Sofort als Leland und Tully das Wohnzimmer verlassen hatten, riss sich Eden von Sebastian los und zog sich in die gegenüberliegende Ecke zurück.

»Wenn du plötzlich das Verlangen hast, bei mir etwas wiedergutzumachen, dann schwöre ich dir, dass die Geste nicht nur unnötig, sondern auch unwillkommen ist«, zischte sie Sebastian an. »Dieser Heiratsantrag ist nicht auf deinen starken Sinn für charakterlichen Anstand zurückzuführen, denn du hast keinen.«

»Wie kommt es, dass deine sieben Ex-Verlobten von dir mit Höflichkeit und listiger Macht der Suggestion behandelt wurden, während du mich mit Beleidigungen herunterputzt?«

»Ist das nicht offenkundig?«, konterte sie. »Du bist der Schlimmste für mich. Das an sich ist schon der Beweis dafür, dass eine Ehe zwischen uns eine Katastrophe wäre.«

Sebastian erlaubte sich, anderer Meinung zu sein, und schob sich näher an sie heran. »Ich finde, ›interessant‹ würde eine Ehe zwischen uns besser beschreiben.«

Eden wich einen großen Schritt zurück, weil sie nicht in diese sinnliche Aura der Männlichkeit geraten wollte, von der Sebastian umgeben war. »Ich will dich unter keinen Umständen heiraten. Ich möchte, dass du diese Plantage verlässt und nie wiederkommst.«

»Warum?«

»Weil ich dich nicht mehr leiden kann.«

Er hob eine schwarze Augenbraue. »Du hast gesagt, du hast keinen mehr geliebt als mich.«

»Das war in einem anderen Leben. Die Dinge haben sich verändert, und ich mich auch. Jetzt habe ich mein Verlangen nach dir überwunden. Du hast mir nichts von Interesse zu bieten …«

Sebastians Hand schoss vor, und er zog Eden in seine Arme. Es regte ihn auf, wenn sie so redete. »Wir haben uns nicht *überwunden,* Eden. Jetzt sei so freundlich und erzähl mir den wahren Grund, weshalb du so entschieden dagegen bist, meinen Antrag anzunehmen.«

»Nimm deine Pfoten von mir!«, zischte sie ihn an.

»Erst wenn du mir sagst, warum du mich nicht heiraten willst.«

»Ich werde erst etwas sagen, wenn du mich loslässt und mir Platz zum Atmen gibst.«

Sebastian gab sie frei und zog sich zurück.

Eden machte eine Schau daraus, ihren verknitterten Ärmel glatt zu streichen. »Ich kann mir zwar nicht vorstellen, warum du mir überhaupt einen Antrag gemacht hast, aber ich lehne ihn ab, weil du mich getäuscht, belogen und benutzt hast. Darüber hinaus kann ich mir nicht vorstellen, wie du so arrogant sein kannst, angesichts der Situation anzunehmen, ich würde zustimmen.«

»Eden, ich hatte bei der Sache keine andere Wahl …«

»Es gibt immer eine andere Wahl«, argumentierte sie »Aber du bist so lange im Spionagegeschäft, dass dir Lügen leichter fallen als die Wahrheit, nehme ich an. Ich habe deinetwegen höllisch gelitten. Und zu deiner Information, ich bin mir nicht sicher, ob ich dir irgendetwas von dem glauben kann, was du den militärischen Führern erzählt hast.«

»Es war die Wahrheit«, behauptete er.

»So? Du bist anscheinend der Einzige, der es mit Sicherheit weiß. Wie passend, nur für den Fall, dass deine schwankende Loyalität sich plötzlich zu den Briten neigen sollte.«

»Verdammt, Eden, was hättest du an meiner Stelle getan, wenn du die Wahl gehabt hättest? Wenn ich Lockwood das Kommando überlassen hätte, hättest du die zigfache Qual erlitten. Ich konnte den Auftrag nicht ablehnen, weil die Briten misstrauisch geworden wären und ich mich bei ihnen verdächtig gemacht hätte. Dieses Risiko konnte ich nicht eingehen, nicht bei der Lage in Virginia, die sich zusammenzufügen beginnt wie ein Puzzle.«

»Du hättest mich in dein Ziel und deine Pläne einweihen können«, sagte sie.

»Und wie hättest du in Lockwoods Anwesenheit reagiert?«, fragte er. »Du hättest dich verhalten, als wäre eine Rettung nicht nötig, weil dir ohnehin nichts passieren kann. Als ob du mit Sicherheit wüsstest, dass die Rechtschaffenheit und der Ruf deines Vaters gar nicht auf dem Spiel stehen können. Du hättest deine Gefangenschaft lässig hingenommen und ruhig darauf gewartet, dass die Schau zu Ende geht.«

»Ja, ich hätte mir keine unnötigen Sorgen zu machen brauchen. Ich wäre nie durch das Sumpfland geirrt, und Bet hätte sich nicht verletzt und …«

»Und dein ruhiges Verhalten hätte Lockwoods Misstrauen erregt«, sagte Sebastian. »All die Vorbereitungen, die ich getroffen hatte, um diesen Krieg zugunsten der Rebellen zu wenden, wären vergebens gewesen. Wir waren bei diesem Punkt in der Strategie des Krieges angelangt, weil davon ausgegangen wurde, dass der Trick mit der Geisel erfolgreich sein würde.«

Eden blickte ihn finster an. »Im Wesentlichen willst du damit sagen, dass mein erbsengroßes weibliches Gehirn nicht die Fakten verarbeiten und mit dem Verhalten reagieren konnte, das in dieser Situation erforderlich war.«

»Ich habe nichts dergleichen gesagt.«

»Das Problem ist, dass du mir nicht vertraut hast«, sagte sie anklagend. »Du hast mich für unfähig gehalten und mich deshalb angelogen, mich für deine Zwecke benutzt und mich verführt, als ich betäubt und hilflos war.«

»Ich habe dich nicht verführt, als du betäubt warst«, widersprach er.

»Du hast gesagt, dass du es getan hast«, erinnerte sie ihn schnell.

»Da habe ich gelogen, um zu sehen, wie du auf die Möglichkeit reagierst. Ich schäme mich, zuzugeben, dass mich in diesem Moment die boshafte Seite meiner Natur besiegt hat.«

Sie sah ihn nachdenklich an. »Wenn du mich zu diesem Zeitpunkt belogen hast, warum sollte ich dann irgendetwas glauben, das du mir jetzt sagst, Sebastian?«

Er zuckte zusammen. Er hätte wissen sollen, dass ihn sein scherzhaft gemeintes Spiel noch verfolgen sollte.

Eden fuhr herum und starrte aus dem Fenster, den Kopf stolz erhoben. »Ich weigere mich, einen Mann zu heiraten, der kein Vertrauen in meine Fähigkeiten oder meine Intelligenz hat. Du hast mich zum letzten Mal gefoppt, beleidigt und belogen. Geh jetzt bitte. Wir haben uns nichts mehr zu sagen – niemals mehr. Und wenn ich dich zufällig in der nächsten Zukunft für die Briten kämpfen sehe, wird es mich nicht überraschen.«

Sebastian hatte sein Wissen über sie nicht ausnutzen wollen, aber Eden war übermäßig stur und aufgebracht. Er war entschlossen, die Lage zu meistern – wie auch immer.

»Wenn mit Vernunft nichts bei dir zu erreichen ist, dann bin ich gezwungen, andere Methoden anzuwenden.«

Eden warf den Kopf auf und starrte aus dem Fenster. »Es gibt absolut nichts, das du sagen könntest, um mich umzustimmen.«

»So, meinst du?«, fragte er herausfordernd.

»Ja, meine ich«, erwiderte sie mit fester Überzeugung.

Sebastian trat zu ihr, um ihr von Angesicht zu Angesicht gegenüberzustehen. »Da ist zum Beispiel die Sache, was vor all diesen Jahren wirklich mit deiner Mutter geschah, nicht wahr?«

Edens gerötetes Gesicht wurde schlagartig bleich. Sie wich unbewusst zurück, als hätte er sie geschlagen. »Wie ...«, war alles, was sie hervorbringen konnte.

Sebastian umfasste ihr Kinn und zwang sie, ihn anzusehen. »Du hast im Schlaf geredet, Eden. Schon bei unserer ersten Begegnung bemerkte ich die Schatten deiner sorgsam gehüteten Geheimnisse in deinen Augen, hörte das Stocken deiner Stimme, wenn sich eine dunkle Erinnerung aus der Vergangenheit in deine Gedanken einschlich. Ich erinnere mich an den ersten Albtraum, den du in dem Gasthof hattest, und ich erinnere mich an die folgenden, als du meine Gefangene warst.«

Bei jedem Wort war Eden noch blasser geworden.

»Weiß dein Vater, was mit seiner Frau geschah, oder hast *du* die Wahrheit zu deinen Gunsten verdreht? Hast du Leland getäuscht, indem du ihm weisgemacht hast, dass du und deine Mutter etwas anderes waren, als ihr tatsächlich gewesen seid? Und welche Täuschung ist die größere Sünde? Deine oder meine?«

Eden hatte das Gefühl, Eiswasser in den Adern zu haben. Sebastian konnte unmöglich ihr schreckliches Geheimnis wissen. Er bluffte. Selbst unter starker Betäubung hätte sie nicht …

Als der forschende Blick dieser silbergrauen Augen in sie drang, schluckte Eden. *Lieber Gott, er weiß es!*, durchfuhr es sie. *Ich habe mich bei ihm verraten!*

»Nun, legen wir gemeinsam unseren Hochzeitstag fest, oder soll ich das tun?«, fragte er ruhig.

»Ich … werde … über unsere Verlobung nachdenken«, sagte sie mit bebender Stimme, und ihre Augen spiegelten Unwillen wider.

Sebastian schüttelte den Kopf. »Nein, diesmal nicht, Eden. Ich werde dir keine Zeit geben, um dich herauszumogeln, wie du es siebenmal getan hast. Und du wirst nicht deine Suggestivkraft einsetzen, um mich zu überzeugen, dass es das Beste ist, wenn ich meinen Antrag zurückziehe. Ich bin nicht wie deine anderen Verehrer.«

Aus seiner Sicht hatte er gewiss dieses Recht! Die anderen Männer waren Gentlemen. Sebastian Saber war ein teuflischer Schurke, und er trieb immer noch sein Spiel mit ihr. Er nutzte sein intimes Wissen, um sie für ihre Sünden zu bestrafen, obwohl sie ihr Leben lang für ihr Verbrechen gebüßt hatte.

»Sollen wir die Verlobung mit einem Kuss besiegeln?«, wisperte er und neigte sich zu ihrem Gesicht.

Eden versteifte sich, weigerte sich, etwas anderes als Empörung zu empfinden. Aber ihr Widerstand schmolz dahin, als sie seine sinnlichen Lippen auf ihren spürte. Sie wollte diesem Mann nicht ihre Verletzlichkeit zeigen, doch die Zärtlichkeit seines Kusses machte ihr klar, dass er immer noch die Macht hatte, sie zu erregen. Trotz ihres Konflikts hatte er immer noch diese starke Anziehungskraft, die ihr Untergang war, seit sie ihn kennen gelernt hatte.

Eden konnte sich nicht vorstellen, warum Sebastian sie heiraten wollte. Er musste dabei einen anderen gerissenen Plan im Sinn haben. Sie sollte wieder seine Schachfigur werden, nahm sie an. Warum sonst würde er auf einer raschen Heirat bestehen? Nicht weil er sie liebte und es kaum erwarten konnte, bei ihr zu sein. Nein, er wollte bestimmt etwas anderes erreichen, davon war Eden überzeugt.

»Eure Lordschaft.« Tullys Stimme durchbrach die Totenstille, die sich über das Wohnzimmer gesenkt hatte.

Eden wich ruckartig zurück, beschämt, weil sie Sebastians Kuss hingenommen – und genossen hatte. Verdammt, sie konnte sich einfach selbst nicht trauen, wenn sie in die Nähe dieses sinnlichen Hexenmeisters geriet. Sie war zu empfänglich für seinen männlichen Charme. Und jetzt, da er die Wahrheit über ihre Vergangenheit kannte, würde er seine Macht über sie für den Rest ihres Lebens ausüben und sie zwingen, eine Komplizin bei jedem seiner heimtückischen Pläne zu sein.

Nein, sie konnte unmöglich daran denken, diesen Mann zu heiraten. Es musste einen Ausweg geben, und sie würde einen finden, sobald Sebastian ihr genug Zeit geben würde, in Ruhe nachzudenken.

»Der Marquis erbittet deine Anwesenheit im Lager«, fuhr Tully fort, als sich Sebastian zu ihm umdrehte. »Ich glaube, eine weitere Mission wartet auf uns.«

Sebastian schaute zu Eden zurück und blickte sie finster an. Er traute ihr nicht, dass sie seinen Antrag annehmen würde, und er hasste sich selbst, weil er sie in die Enge getrieben hatte. Und es war ihm klar, dass sie irgendeine Möglichkeit ersinnen würde, ihm zu entkommen – genauso wie sie sich ihren früheren Verlobten entzogen hatte.

»Ich komme gleich mit, Tully«, murmelte Sebastian.

Als Tully davonging, konzentrierte Sebastian seine Aufmerksamkeit ganz auf Eden. »Ich will, dass du den Hochzeitstermin festlegst – jetzt.«

»Ich finde, die Woche nach dem Ende des Krieges wäre die passende Zeit für eine Hochzeit, Eure Lordschaft.«

Sebastian weigerte sich, von einer Bemerkung getäuscht zu werden, die voll Doppelsinn strotzte. »Nach welchem Krieg, Engel? Nach dem zwischen England und Amerika oder zwischen uns?«

»Wir beide sind im Krieg?«, fragte sie mit gespielter Unschuld. »Guter Gott, das hättest du sagen sollen. Ich werde Zeit brauchen, um meine Waffen und Munition zu sammeln.«

Sebastian war nicht bereit, ihr Zeit zu geben, damit sie sich aufrüsten konnte. Er wollte das Problem hier und jetzt lösen. »Die Hochzeit wird am ersten Tag der kommenden Woche stattfinden. Du wirst keine Zeit haben, um dir geniale Möglichkeiten auszudenken, wie du deine achte Verlobung lösen kannst.«

»Geniale?« Sie hob die Augenbrauen in gespielter Überraschung. »Das ist zu viel der Ehre für eine dumme Gans wie mich, der du unmöglich militärische Geheimnisse anvertrauen konntest.«

»Nein, Eden, ich kenne dich gut genug, um zu wissen, wie scharfsinnig und intelligent du bist«, sagte er mit misstrauischem Blick.

Sie sah ihn nachdenklich an. »Tatsächlich?«

»Ja, und darüber hinaus nehme ich an, dass ich dich besser kenne als du dich selbst.«

»Und ich nehme an, du denkst, ich sollte dir überlassen,

zu wissen, was das Beste für mich ist. Das klingt wie etwas, das ein egoistischer Mann sagen würde. Aber ich habe das Gefühl, bei dieser Sache gewaltig im Nachteil zu sein, weil ich den wahren Sebastian Saber überhaupt nicht kenne. Wenn wir getraut würden, wüsste ich nicht mal mit Sicherheit, mit welcher Persönlichkeit ich es zu tun hätte – mit dem frechen Abenteurer, dem freundlichen Thaddeus oder dem kultivierten Lord Saber.«

»Du wirst ein Leben lang Zeit haben, meine wahre Persönlichkeit kennen zu lernen«, sagte er.

»Natürlich, und ich bin fasziniert von dieser Aussicht«, sagte sie schnippisch und verscheuchte ihn mit einer kurzen entlassenden Geste. »Und jetzt solltest du dich beeilen. Du lässt Gilbert warten.«

»*Gilbert?*«, wiederholte Sebastian.

»Gilbert«, bestätigte sie. »Und der französische Marquis ist einer der aufrichtigsten Gentlemen, die ich jemals mit Vergnügen kennen gelernt habe. Er ist pflichtbewusst, loyal und ehrlich – er hat all die Eigenschaften, die ich bei einem Mann bewundere.«

»Mit anderen Worten, er hat alles, was ich deiner Meinung nach nicht habe.«

»Das hast du gesagt, nicht ich«, entgegnete sie.

»Eure Lordschaft!«, drängte Tully von der Halle aus.

Sebastian warf einen finsteren Blick über die Schulter. »Ich komme, verdammt!«

Er wollte nicht gehen, weil er Eden irgendeine List zutraute. Er hatte es auf Dutzende verschiedene Arten versucht, doch es war ihm nicht gelungen, sie zu unterwerfen. Aber Eden würde seine Frau werden, ganz gleich, wie er das schaffen würde. Er brauchte Zeit, um sie von seiner Liebe zu überzeugen und ihr klar zu machen, dass er wirklich bedauerte, wozu er gezwungen gewesen war. Irgendwie musste er sie davon überzeugen, dass sein Heiratsantrag ehrbar und aufrichtig war.

»Eden, ich …«

»Liebster, Gilbert wartet«, unterbrach sie ihn.

»Was die Ehe anbetrifft …«

»Die Pflicht ruft«, beharrte sie. »Du hast selbst gesagt, diese patriotische Pflicht muss deine Priorität sein, und meine persönlichen Gefühle dürfen nicht im Weg sein.«

Sebastian knirschte mit den Zähnen. Eden hatte eine beunruhigende Art, ihn an jeden Streit zu erinnern, an jeden Fehler, den er begangen hatte.

»Ich werde zurückkommen«, sagte er und machte auf dem Absatz kehrt.

»Danke für die Warnung, Eure Lordschaft.«

Sebastian blieb stehen, sah über die Schulter und fixierte sie mit forschendem Blick. Als sie dieses heitere verdammte Lächeln zeigte, fluchte er lautlos in sich hinein.

Eden schaute ihm nachdenklich hinterher. Sie konnte diesen Mann nicht heiraten. Eine Ehe mit ihm kam nicht infrage. Er hatte zu viel Macht über sie.

Nach ihrer Ansicht erforderte eine gute Ehe ein gut ausbalanciertes Gleichgewicht der Macht. Mann und Frau mussten einander vertrauen und sich gegenseitig respektieren. Ein Mann, der versuchte, seine zukünftige Braut zu erpressen, würde sie niemals respektieren, sie nie als gleichwertige Partnerin betrachten. Und Sebastian würde sie niemals lieben, wie sie ihn einst geliebt hatte.

Eden setzte sich hin, um über das Problem nachzudenken. Sie konnte packen und flüchten. Sie konnte in ein Kloster gehen … Moment mal, das war eine gute Idee. Vielleicht konnte sie auf die Tatsache setzen, dass man sie als Engel und Heilige bezeichnet hatte. Sie konnte behaupten, den Ruf Gottes gehört zu haben. Wer würde es wagen, dies infrage zu ziehen?

Aber was war, wenn … Eden ballte unbewusst die Hände in den Falten ihres Kleides. Was war, wenn sie von Sebastian schwanger war? Dann würde sie keine ideale Nonne sein.

Es muss andere Möglichkeiten geben, sagte sich Eden. Sie musste sich nur beruhigen und nachdenken. Und das, erkannte sie eine Weile später, war leichter gesagt als getan!

»Nun, Eure Lordschaft, hast du mit Miss Eden einen Hochzeitstag festgelegt?«, fragte Tully auf dem Ritt.

Sebastian runzelte die Stirn. »Ich bin mir nicht sicher.«

»Wie kannst du dir nicht sicher sein?«, fragte Tully.

Sebastian atmete scharf aus. »Wenn ich mich nicht sehr irre, dann betrachtet Eden meinen Heiratsantrag als eine Kriegserklärung.«

»Kriegserklärung?«, wiederholte Tully ungläubig. »Wenn ein Mann einer Frau sagt, dass er sie liebt und heiraten will, wie kann sie das als Grund für einen Krieg missdeuten?«

Sebastian blickte ihn finster an. »Wer hat etwas über Liebe gesagt?«

Tully blickte finster zurück. »*Du* offenbar nicht.«

»Auf diesem Weg war ich schon einmal, wie du gut weißt. Und du weißt ebenfalls, wohin mich diese Äußerung meiner Gefühle geführt hat.«

»Aber Lady Penelope war ein Vogel mit anderem Gefieder«, wandte Tully ein. »Miss Eden ist keine Frau, die nach Titeln und Reichtum giert.«

Sebastian winkte bei dem gut gemeinten Argument seines Freundes ab. »Es hätte nichts gefruchtet, was immer ich auch zu Eden gesagt hätte. Sie meint, ich hätte sie getäuscht und verraten. *Das* kann sie nicht verzeihen.«

Tully fluchte laut. »Ich wusste, dass diese verdammte Mission Ärger bringt. Aber gewiss ist Miss Eden klar, dass unter den gegebenen Umständen eine Heirat die einzig logische Lösung ist.«

Sebastian lachte freudlos auf. »Eden hat mir versichert, dass es immer Alternativen gibt, ganz gleich, wie weit man in die Enge getrieben ist.«

»Was willst du damit sagen?«

Sebastian sah seinen Freund bekümmert an. »Ich will damit sagen, dass Eden Pembrook – trotz aller heiligen Qualitäten, die sie gegenüber den weniger Glücklichen dieser Welt zeigt – das sturste, gegensätzlichste Geschöpf ist, das Gott auf diesen Planeten geschickt hat. Sie weigert sich, Zugeständnisse bei der Beurteilung meines Verhaltens zu machen, doch sie verzeiht vorbehaltlos jedem sonst Unzulänglichkeiten. Sie behauptet, dass ich das Schlimmste in ihr wecke. Deshalb bin ich kein annehmbarer Ehemann.«

»Und wenn du nicht offen zugibst, dass du sie liebst, bist du auch vielleicht nicht annehmbar«, bemerkte Tully.

»Ich habe dir gesagt, dass Eden es nicht glauben würde, selbst wenn ich es sagen würde. Für mich ist Liebe zu einem doppelschneidigen Schwert geworden.«

»Und weil du vor über einem Jahrzehnt von der Klinge verletzt worden bist, bist du zu feige, um wieder eine Verletzung zu riskieren, nicht wahr?«

»Ich bin kein Feigling«, fuhr Sebastian ihn an.

»Nein? Warum kannst du dir selbst dann nicht die Wahrheit eingestehen, auch wenn du eifrig versuchst, sie vor jedem sonst zu verbergen?«

»Ich bin vieles, sogar einiges von dem, auf das mich Eden soeben hingewiesen hat, aber ich bin nicht verliebt. Ich gebe zu, dass mir Eden viel bedeutet und dass ich glaube, wir könnten eine funktionierende Ehe führen.«

»Wenn du es sagst, Eure feige Lordschaft«, höhnte Tully. »Aber ein Mann, der sein Herz nicht kennt, ist nach meiner Denkweise ein trauriger Fall.«

»Deine Denkweise ist anscheinend krumm und verdreht«, entgegnete Sebastian.

»Na prima, dann werde Ex-Verlobter Nummer acht. Dann bist du wenigstens nicht allein in deiner erfolglosen Mission, Miss Eden zu heiraten. Vielleicht ist sie nach allem, was sie in den vergangenen beiden Wochen durchgemacht hat, über ihr Verlangen nach dir hinweg.«

Tully grinste, als Sebastian einen Fluch grollte. »Ich nehme an, es gibt einige Herausforderungen, denen du nicht gewachsen bist, und einige Frauen, die sich nicht zähmen lassen. Ich finde zwar, du bist verpflichtet, deiner Verantwortung für die Lady gerecht zu werden, aber ich nehme an, ein Mann kann nicht über seine Grenzen hinaus handeln. Und ich finde, Eure Lordschaft, du hast nicht nur deine Grenzen in diesem Kampf kennen gelernt, du hast ihn auch verloren.«

»Und *ich* finde, du denkst und redest verdammt zu viel über Themen, von denen du keine Ahnung hast«, knurrte Sebastian.

»Dann sind wir ja schon zwei, Eure Lordschaft«, sagte Tully grinsend.

Sebastian knirschte mit den Zähnen. Er war frustriert gewesen, als er die Pembrook-Plantage verlassen hatte – und er war es immer noch. Tully setzte ihm unbarmherzig zu.

Hölle und Verdammnis! Gerade noch versuchte Tully, ihn zu überzeugen, seine Verantwortung anzunehmen, und im nächsten Augenblick schlug er vor, die Niederlage zuzugeben. Eden und Tully machten ihn beide verrückt, und er hatte eine Mission zu erfüllen. Er konnte jetzt keine Ablenkungen gebrauchen.

Ich bin nicht verliebt, versicherte sich Sebastian eine Weile später. Er würde nicht wieder in diese demütigende Falle tappen. Ein Bekenntnis der Liebe machte einen Mann verletzlich. Und Verletzlichkeit gegenüber einer willensstarken, unabhängigen Frau wie Eden Pembrook hieß Ärger regelrecht herauszufordern. Sebastian war überzeugt, dass Verletzlichkeit für Edens Ex-Verlobte das Aus bedeutet hatte. Sie waren vor ihr gekrochen, hatten sie mit Zuneigung überhäuft – und sie hatte ihre Fußabdrücke auf ihren Rücken hinterlassen, als sie davongetanzt war.

Nein, ein Mann konnte mit Eden nicht umgehen wie mit normalen, typischen Frauen. Eden reagierte zu anders. Sie war hochintelligent. Wenn sie dachte, einen Mann in der Hand zu haben, dann langweilte sie sich, wie es bei den anderen sieben Verlobten der Fall gewesen war. Wenn er, Sebastian, nur wüsste, wie er mit Eden fertig werden konnte, würde er das Unmögliche erreichen.

Sebastian presste die Lippen zusammen. Ganz gleich wie, Eden würde in der kommenden Woche seine Frau werden. Sie teilten Leidenschaft, wie er sie nie gekannt hatte, und ihr scharfsinniger Verstand faszinierte ihn. Sebastian konnte sich nicht vorstellen, dass sich ein Mann eine Mätresse wünschte, wenn eine Frau wie Eden solch ein Kaleidoskop von Gefühlen in ihm wecken konnte. Sebastian dachte bereits, als gehöre Eden zu ihm – sei bei ihm – in jedem Sinne des Wortes. Sie hatten die besten – und schlimmsten – Zeiten geteilt und waren ihre Gesellschaft nie leid geworden.

Wenn sie über ihren Ärger auf ihn hinwegkommen würde, dann würde ihr vielleicht bewusst werden, dass etwas Besonderes zwischen ihnen war. Und sie würde ihn heiraten, und sie würden Zeit haben, all die Gefühle zu erforschen, die sie gegenseitig in sich wachgerufen hatten, selbst wenn er zu Erpressung greifen musste, damit sie seinen Antrag annahm …

Sebastian zuckte innerlich zusammen, als er daran dachte, wie Eden bei der Erwähnung ihrer geheimnisvollen Vergangenheit bleich geworden war. Er hatte die Geister nicht heraufbeschwören wollen, von denen sie offenbar verfolgt wurde. Aber, verdammt, er war verzweifelt gewesen und hatte ihre Zustimmung erzwingen wollen.

Sebastian runzelte die Stirn. Vielleicht hätte er den Antrag erst hinterher machen sollen. Vielleicht hätte er …

»Ah, da sind Sie ja, Colonel Saber.« Gilbert Lafayette trat vor, um die Zügel des Arabers zu ergreifen. »Wir haben eine weitere Mission für Sie, bevor wir unsere Grüße an Lord Cornwallis in Yorktown schicken.«

Sebastian saß ab und zwang sich, die Gedanken an Eden zu verbannen. Aber sie irrte sich sehr, wenn sie glaubte, sie könnte sich aus dieser Verlobung herausstehlen!

Sebastian starrte auf die Landkarte, auf der jedes Lager der Patrioten eingezeichnet war. Gilbert Lafayette stand neben ihm und las die Informationen, die für Washingtons bevorstehende Ankunft vorbereitet worden waren.

»Wenn Ihre Zahlenangaben stimmen, werden wir fast neuntausend amerikanische Soldaten haben, Freiwillige und Milizionäre, die bereit sind, sich den achttausend französischen Soldaten unter meinem Kommando anzuschließen«, sagte Gilbert. »Mit der überwältigenden Zahl französischer Seeleute und Kanonen, die bald in der Chesapeake Bay ankern, werden wir es Cornwallis besorgen.«

»Haben Sie alle nötigen Vorbereitungen für die Belagerung getroffen?«, fragte Sebastian den Marquis.

»*Oui.* Unsere Infanterie hebt bereits Schützengräben aus, sodass unsere Kanonen und Mörser in Stellung gebracht werden können. Unsere Stärke an Personal hat Cornwallis bereits gezwungen, zwei seiner Außenposten beim York River aufzugeben.«

»Und was ist meine Aufgabe?«, fragte Sebastian.

In den haselnussbraunen Augen des Marquis funkelte es. »Lord Cornwallis die Nachricht zu bringen, dass er von seinen Nachschubwegen abgeschnitten ist und dass die Rebellen mehr Verstärkung zusammenziehen, als die Berichte ihm vorgaukeln. Jetzt ist es an der Zeit für ihn, den Ernst der Lage zu begreifen.«

»Und Sie wollen herausfinden, was Lord Charles plant, dagegen zu unternehmen.«

»Genau«, bestätigte Gilbert. »Ich erhielt vor einer Stunde eine weitere Botschaft von General Washington. Er wird sehr bald eintreffen. Angesichts der Schnelligkeit, mit der er seinen Scheinangriff auf Sir Clinton aufgegeben und sich im Eilmarsch nach Süden abgesetzt hat, rechne ich damit, dass er und seine Truppen erschöpft sein werden. Während sich Washington ausruht, werden meine Soldaten für Kanonen- und Mörserbeschuss sorgen, um die Briten tiefer nach Yorktown hineinzutreiben und sicherzustellen, dass sie ihre Außenposten aufgeben.«

»Ich habe eine Botschaft entschlüsselt, die von Cornwallis geschickt wurde und in der er um Unterstützung der britischen Marine bat«, informierte Sebastian den Marquis. »Ich nehme an, Cornwallis zählt darauf, dass die englische Flotte seinen Rücken schützt, aber ich habe die Botschaft nicht rechtzeitig genug weitergeleitet, sodass die englischen Fregatten erst zu spät die Anker lichten und die Segel setzen können.«

»Wenn wir Yorktown stürmen, wird Cornwallis nichts anderes übrig bleiben, als seine Soldaten mit Fähren durch die Bucht nach Norden zu evakuieren«, sagte Gilbert. »Wir müssen sicherstellen, dass er dazu nicht in der Lage ist.«

»Cornwallis kennt noch nicht die Stärke der Streitmacht, die sich rings um ihn versammelt. Ich habe so viele Berichte von Tory-Kurieren gefälscht, wie ich in die Hände bekommen konnte«, sagte Sebastian. »Cornwallis glaubt immer noch, dass die Patrioten bluffen und General Pembrook einen Rückzug der Rebellen führen wird.«

»Deshalb hat Pembrook die Virginia-Miliz an einer strategisch wichtigen Stelle postiert«, sagte Gilbert. »Bis zum letzten Augenblick soll Cornwallis annehmen, dass Pembrooks Division das Tor sein wird, das sich für ihn öffnet. Wenn Cornwallis erkennt, dass Pembrook nicht vorhat, zu kooperieren, wird ihm klar werden, wie hoffnungslos seine Lage ist. Sehr bald wird Cornwallis feststellen, dass Pembrook die Kooperation nur vorgetäuscht hat. Sie können Cornwallis sagen, dass sich Pembrook entschlossen hat, die Männer unter seinem Kommando nicht im Austausch für ein Menschenleben zu verraten. Ich will Cornwallis' Reaktion und seine Gegenstrategie erfahren.«

Sebastian nickte und machte auf dem Absatz kehrt.

»Saber?«, rief Gilbert ihm nach.

Sebastian verharrte am Zeltzugang. »Ja?«

»Es ist Ihnen bewusst, dass Sie nach Yorktown von Sperrfeuer begleitet werden, nicht wahr? Hoffentlich wird es über Ihren Kopf hinweg abgeschossen werden.«

Sebastian lächelte. »Ich bezweifle, dass eine Feuereinstellung überzeugend wirken würde. Ebenso wenig erwarte ich, dass Ihre Kanonen schweigen, während ich mit unserem Freund Cornwallis spreche.«

»Es wäre ein bisschen verdächtig, wenn wir uns gerade dann zurückhielten, nicht wahr?« Gilbert lachte. »Wir wollen nicht, dass Cornwallis denkt, wir könnten Sie und Tully besonders gut leiden. Sie werden sich an der Front von General Pembrooks Regiment melden. Er wird für einen glaubwürdigen Grund sorgen, dass Sie vor den amerikanischen Linien flüchten und Zuflucht bei den Briten suchen.«

Er hielt Sebastian das zusammengerollte Dokument hin, das sein Siegel trug. »Ich rate Ihnen, sich von Yorktown aus über den Seeweg davonzumachen. Diese Botschaft an Admiral Grasse wird Ihnen und Tully eine sichere Passage durch die französische Flotte garantieren. Ich schlage vor, dass Sie Ihre britischen Kollegen dieses Dokument nicht sehen lassen. Denn dann könnten Sie wegen Verrats gehängt werden.«

Sebastian strich das Dokument glatt und schob es dann unter das Futter der Krone seines Dreispitzes. »Sie werden die Information über Cornwallis' Gegentaktiken vor Einbruch der Nacht bekommen«, versprach Sebastian. »Aber ich habe vor, allein zum Lager des Feindes zu reiten. Für Tully habe ich einen anderen Auftrag.«

»Ich rate davon ab, allein und barfuß in ein Schlangennest zu gehen«, sagte Gilbert eindringlich. »Man braucht einen großen Stock – sprich Tully Randolph – als Hilfe. Er könnte mit seiner imponierenden Größe und Statur und seiner Treue zu Ihnen von unschätzbarem Wert sein.«

Sebastian verließ das Zelt, ohne etwas auf Lafayettes Bemerkung zu erwidern. Schließlich war Sebastian nur General Washington persönlich Rechenschaft schuldig. Und in diesem Fall hatte Sebastian nicht vor, überhaupt jemandem Rechenschaft abzulegen.

Tully Randolph wurde anderswo gebraucht – um Sebastians Verlobter nachzuspionieren, die sich sträubte und bestimmt keine Pläne für die Hochzeit schmiedete.

Höchstwahrscheinlich plante Eden, sich aus der Verlobung davonzustehlen. Sebastian wollte sie beobachten lassen, bis er zurückkehrte – *wenn* er zurückkehrte. Es bestand die Möglichkeit, dass er im Kanonenfeuer in der Falle stecken würde und mit Cornwallis die Belagerung abwarten musste.

15

Während Tully widerwillig zur Pembrook-Plantage zurücktrabte, um Eden zu überwachen, besuchte Sebastian Leland Pembrook.

Absichtlich brachte er Leland bei dem Gespräch dazu, Informationen über seine Probleme mit seiner Frau in den frühen Jahren seiner Ehe preiszugeben, und so gewann er – zusammen mit der Erinnerung an Edens quälende Albträume – größeres Verständnis für Edens Vergangenheit. Ausgestattet mit den nötigen Informationen, wie er mit Eden zurechtkommen konnte, lenkte Sebastian seine Gedanken auf die Mission, sodass er die Rolle spielen konnte, die Pembrook ihm zugedacht hatte.

Eine Stunde später wich Sebastian den Musketenkugeln von Guerillabanden aus, die britische Redouten mit schwerem Beschuss belegten. Mehrmals blies ihn Scheinfeuer, obwohl absichtlich über seinen Kopf gezielt, fast aus dem Sattel. Pembrooks Miliz spielte sehr überzeugend einen Angriff auf den entkommenen britischen Spion, der auf dem Weg nach Yorktown war.

Der englische Offizier, der Sebastians Flucht über die sandigen Hügel stoppte, war der festen Überzeugung, dass Sebastian ein britischer Spion war, als General Pembrook persönlich in Sichtweite ritt, gerade außerhalb der Reichweite der Musketen.

Pembrook stellte sich in den Steigbügeln auf und schwang hinter Sebastians Rückzug drohend seinen Säbel. »Und du Dreckskerl kannst Lord Cornwallis sagen, was ich von seinen hinterlistigen Taktiken halte!«, brüllte Leland mit dröhnender Stimme. »Nichts wird uns bei unserem Freiheitskampf aufhalten! Das kannst du Seiner Lordschaft ausrichten!«

Sebastian grinste vor sich hin. Leland Pembrook zeigte erstaunlich gute schauspielerische Fähigkeiten bei all seinem Schimpfen und Säbelschwingen.

»Ihre Eskorte wartet, um Sie zu Lord Cornwallis' Hauptquartier zu bringen«, sagte der britische Lieutenant zu Sebastian. Sebastian spähte über den Kopf des Soldaten hinweg. Verstohlen schätzte er die Befestigungen um Yorktown ab. Er war überzeugt, dass der neu gewählte Gouverneur von Virginia einen Wutanfall bekäme, wenn er erfuhr, dass sich das britische Oberkommando in seinem Haus niedergelassen hatte. Sebastian notierte sich im Geiste, mehr Zeit als nötig in Gouverneur Thomas Nelsons Heim zu verbringen. Nelson war ein überzeugter Patriot, der mit einer Kanone auf sein eigenes Haus schießen würde, wenn er damit die Briten aus den Kolonien vertreiben konnte.

Als eine Musketenkugel vorbeipfiff, duckte sich Lyle Hendrick – der Kurier, der regelmäßig Thaddeus' Hütte besuchte – flach auf sein Pferd und fluchte. »Ich befürchte, dies ist der Anfang vom Ende! Diese Rebellen haben den ganzen Nachmittag versucht, uns abzuknallen. Die Hälfte unserer Männer schlich sich in der Dunkelheit davon, um sich dem Feind zu ergeben.«

»Yorktown wirkte wie eine versiegelte Gruft«, pflichtete Sebastian ihm bei, während er den Araber zum Trab trieb. »Jetzt, nachdem Pembrook sich geweigert hat, seine Sache zu verraten, bleibt uns nichts anderes übrig, als unsere Position zu halten und auf Verstärkungen von Norden zu hoffen.«

Als eine Kanonenkugel nahe bei der Redoute einschlug, die Sebastian einen Moment zuvor hatte evakuieren lassen, ertönten Schmerzensschreie aus den britischen Schützengräben. Pembrook und die Virginia-Miliz gaben Feuerschutz, während die französische Infanterie die äußeren Linien der britischen Verteidigung stürmte. Die Männer

Seiner Majestät fielen sofort zurück und ließen ihre Kanonen und Munition im Stich …

Je näher Sebastian an die Stadt herangelangte, umso deutlicher erkannte er, dass sich Lord Cornwallis in eine gefährliche Ecke zurückgezogen hatte. Im blaugrauen Gewässer der Chesapeake Bay waren zwei Dutzend französische Schiffe zu sehen. Ihre Masten hoben sich vor dem Horizont ab wie kahle Baumstämme.

Die Stärke der französischen Marine machte es für Sir Clintons britische Fregatten unmöglich, zu Lord Cornwallis durchzustoßen. Sebastian konnte die britischen Kriegsschiffe, die in die Bucht segelten, so gerade erkennen.

Sebastian ritt zum britischen Hauptquartier und fragte sich, wie lange er noch Informationen sammeln konnte, bevor die zweite Welle des Artillerieangriffs die Stadt in Schutt und Asche legen würde. Angesichts der Schnelligkeit, mit der die Rebellen luden und die Außenposten beschossen, war Sebastian überzeugt, dass ihm nicht viel Zeit bleiben würde.

In der Vergangenheit hatten die Briten keine Gnade gezeigt, wenn sie amerikanische Truppen angegriffen hatten. General Tarleton – oder Bloody Tarleton, wie er bekannt geworden war – hatte bei zahlreichen Anlässen Gefangene massakrieren lassen, und die Patrioten hatten ihre gefallenen Kameraden nicht vergessen. Tarleton und Lord Cornwallis würden den ganzen Zorn der Rebellen zu spüren bekommen.

Und wenn Sebastian nicht schnell war, konnte er zwischen das Feuer geraten. Er war gewarnt worden, wie er sich grimmig in Erinnerung rief.

Sebastian schwang sich vom Pferd und näherte sich dem jungen Posten, der am Fuß der Treppe zum Haus auf Wache stand. Binnen weniger Minuten meldete der Wachtposten die Botschaft an Cornwallis und tauchte dann wieder aus dem Haus auf.

»Der General will Sie jetzt empfangen«, sagte der Soldat.

Sebastian schritt in die Halle von Gouverneur Thomas Nelsons konfisziertem Haus und registrierte, dass die Briten die Möbel nach ihrem Belieben umgestellt hatten. Der neue Gouverneur Virginias würde nicht erfreut sein, wenn er erfuhr, dass die Rotröcke sein Heim überrollt hatten!

In dem Moment, in dem Sebastian das Büro betrat, hieb Cornwallis mit der Faust auf den Schreibtisch. »Was zum Teufel ist passiert?«, wollte er wissen.

»Pembrook hat ein falsches Spiel mit uns getrieben«, sagte Sebastian.

»Bei Gott, das Leben der eigenen Tochter dieses Mannes steht auf dem Spiel. Wie kann Pembrook sich von seinem eigenen Fleisch und Blut abwenden? Ich war überzeugt, dass wir seine volle Kooperation hätten.«

Sebastian ließ sich in den Sessel neben dem Schreibtisch sinken. »Ich glaube, die Nachricht von General Washingtons Marsch nach Süden war der bestimmende Faktor für Pembrooks Entscheidung. Die patriotischen Kräfte versammeln sich schneller, als unsere Agenten für möglich hielten. Jeder taugliche Mann in dem Gebiet hat sich mit Waffen ausgerüstet und den Rebellen angeschlossen. Um Pembrook zu zitieren: ›Das Leben so vieler, in einer so edlen Sache, erfordert persönliche Opfer von uns allen, und Generäle sind keine Ausnahme.‹ Pembrook besteht darauf, dass nichts dem Sieg der Patrioten im Weg steht. Er betonte diesen Punkt, indem er seine Kanonen sprechen ließ. Ich nehme an, er hatte die Absicht, mich Ihnen in Stückchen zu schicken.«

»Verdammt, verdammt!«, murmelte Cornwallis. »Ich nehme an, Sie hatten Zeit, um einen Blick zur See zu werfen, bevor Sie ins Haus kamen.«

»Der Anblick konnte einem kaum entgehen«, erwiderte Sebastian. »Die Rebellen haben wohl in den vergangenen Monaten verschlagene Taktiken bei uns angewandt.«

Cornwallis runzelte die Stirn. »Wie meinen Sie das, Lord Saber?«

»Ich meine, die Kuriere der Rebellen, die von Tory-Patrouillen gefangen genommen wurden, hatten vielleicht den *Befehl*, sich gefangen nehmen und durchsuchen zu lasen. Ich glaube, die Rebellen wollten diese falschen Dokumente von uns abfangen lassen. Die Botschaft, dass die französische Flotte Westindien nicht verlässt, war eine glatte Lüge. Ich bin überzeugt, dass diese Schiffe in der Chesapeake Bay kein Produkt unserer Fantasie sind.«

Sebastian lehnte sich im Sessel zurück und trank sein Glas mit Brandy leer – zweifellos konfisziert aus Gouverneur Nelsons Beständen. »Ihre Bitte um Sir Clintons Unterstützung durch die Marine traf nicht rechtzeitig ein, befürchte ich.«

»Nein, verdammt noch mal!«, stieß Cornwallis zornig hervor. »Die Franzosen blockierten die britische Flotte, bevor sie den Hafen erreichen konnte. Wenn ich meine Männer durch die Bucht mit Fähren übersetzen könnte – auf die gleiche Weise, wie General Washington von Long Island vor der Niederlage entkam –, könnten wir uns bei Gloucester neu gruppieren und nach Norden marschieren, um uns Sir Clinton in New York anzuschließen.«

»Wir sind bereits umzingelt«, erinnerte Sebastian. »Die patriotischen Kräfte sind doppelt so stark, wie man uns weisgemacht hat. Ihre Männer und die Artillerie sind sicher in Stellung. Ich habe ihre Stärke mit eigenen Augen gesehen. Ich war sogar gefährlich nahe daran, in amerikanische Gefangenschaft zu geraten.« Er runzelte die Stirn und tat so, als sei ihm plötzlich ein Gedanke gekommen. »Oder vielleicht wollte mich Pembrook in Wahrheit nur entkommen lassen, damit ich Ihnen die Information überbringen kann.«

»Was hätten die Amerikaner dadurch zu gewinnen?«

Sebastian zuckte mit den Schultern. »Vielleicht ist es eine Einschüchterungstaktik. Möglicherweise wollen die Patrioten Sie wissen lassen, dass sie vorhaben, Yorktown abzuriegeln und uns in die See zu stoßen, damit die französische Flotte uns auffischt, die wie hungrige Haie wartet.«

»Verflucht, verflucht!« Cornwallis stemmte sich aus seinem Sessel hoch und schritt unruhig auf und ab. »Ich habe bereits hundert Mann verloren. Unsere Außenposten fielen beim ersten Anzeichen auf Kanonenbeschuss aus. Fahnenflucht ist mehr die Regel als die Ausnahme.«

»Ich weiß«, sagte Sebastian ruhig. »Heute Morgen tauchten Dutzende Rotröcke aus dem Dickicht auf, die Musketen hoch über den Köpfen erhoben. Als Letztes sah ich von ihnen, dass sie zum überfüllten Militärgefängnis in Williamsburg marschieren mussten. Bald wird es mehr Rotröcke geben, die sich ergeben, als Soldaten unter Ihrem Kommando …«

Das Zischen von Geschossen erfüllte plötzlich die Luft. Sekunden später schien die Erde zu erbeben, und eine ohrenbetäubende Explosion ließ die Fensterscheiben klirren. Staub rieselte von den Dachbalken herab.

Der junge Wachtposten stürzte mit allen Anzeichen von Panik in das Büro. »Sir, die französische Flotte belegt unsere Schützengräben mit mörderischem Feuer!«

Kurz darauf traf ein Melder mit weiteren Informationen über den Infanterieangriff ein. »Es heißt, dass Marquis de Lafayette persönlich die Angreifer führt«, meldete der Soldat atemlos. »Sie wollen uns alle abschlachten!«

Als eine Reihe grimmig dreinblickender Offiziere durch die Tür strömte, nutzte Sebastian die Gelegenheit, um sich davonzumachen. Er trat nach draußen und sah, dass Yorktown an den Rändern in Stücke geschossen war. Allen Anzeichen nach war General Washington eingetroffen, und er hatte keine Zeit verloren, Cornwallis durch Lafayette heiße Grüße zu schicken. Siebzehntausend Rebellensoldaten hatten sich Yorktown genähert.

Sebastian schritt die Straße hinab und wich Trümmern und Schutt aus. Cornwallis blieben nur zwei Möglichkeiten – flüchten oder kapitulieren. Ein Sieg stand außer Frage, und Cornwallis wusste das. Achtzig Geschütze der Belagerer wurden von ihren vorderen Linien aus in Stellung gebracht. Bald würde Cornwallis seine erste Möglichkeit versuchen – sich im Schutz der Dunkelheit durch die

Bucht nach Gloucester zurückzuziehen. Sebastian würde dafür sorgen, dass Admiral de Grasse bereit war und darauf wartete, den britischen General in Empfang zu nehmen. Es würde ein langer Weg durch die Bucht sein, auf dem vierundzwanzig französische Fregatten den Briten ins Genick blasen würden.

Während Sebastian über den Kai hastete, um ein Fischerboot zu konfiszieren, duckte sich Gerard Lockwood in Nischen, um sich zu verstecken und Saber zu beschatten.

Seit zwei Wochen war Lockwood in militärischer Haft gewesen, eingesperrt in eine Zelle, und hatte einen mörderischen Hass auf den englischen Lord genährt. Wenn nicht das Sperrfeuer gewesen wäre, das die Soldaten zwang, sich in Deckung zu werfen und um ihr Leben zu kriechen, dann hätte Gerard Lockwood nicht aus dem Militärgefängnis entkommen können. Aber eine Kanonenkugel hatte ein Loch in die Seitenwand des Gefängnisses gerissen, und Gerard hatte sich durch die Bresche in die Freiheit gezwängt.

Wenn Gerard auch nur die kleinste Hoffnung gehabt hätte, dass die Briten diesen Krieg gewinnen könnten, hätte er niemals seine Treue zu dem König aufgegeben. Jetzt hatten sich seine Hoffnungen auf eine hohe Position in der Besatzungsarmee zerschlagen. Die Briten waren dem Untergang geweiht, und es gab keinen in Yorktown, dem das nicht klar war.

Lockwood blickte zu den Trümmern der Stadt und schaute dann finster hinter Sebastian her. Er hatte noch eine Rechnung mit diesem hochnäsigen englischen Lord zu begleichen. Es war an der Zeit, dass Saber erhielt, was er verdiente.

Gerard schlich geduckt über den Kai und ging immer wieder in Deckung, um nicht von Geschützfeuer getroffen zu werden, während er Saber folgte. Wenn Saber vorhatte, dieser Hölle zu entkommen, dann würde er, Lockwood, auf dem gleichen Weg folgen und anschließend mit ihm abrechnen. Dieser arrogante Engländer würde teuer dafür bezahlen, dass er, Lockwood, degradiert worden und ins Gefängnis gesteckt worden war, um zu verrotten!

»Du bist verrückt, Edeline Renee Pembrook!« Elizabeth starrte ihre Schwester an. »Warum willst du Sebastian Saber nicht heiraten? Ich weiß, dass du ihn liebst. Ich konnte es dir bei jedem seiner Besuche auf der Plantage ansehen.«

»Ich kann ihn nicht heiraten, weil ich diesen Schuft immer noch lieben könnte.«

Bet plumpste auf die Polsterbank in ihrer geräumigen Wohnung und schaute zu, wie ihre Schwester unruhig auf und ab ging. »Du befürchtest, ihn zu lieben, und deshalb meinst du, du kannst ihn nicht heiraten? Welche verdrehte Logik ist denn das? Darum dreht sich's ja – den Mann zu lieben, den du heiratest. Jedenfalls hast du mir das in den vergangenen vier Jahren gepredigt.«

Eden fuhr herum, um in die entgegengesetzte Richtung zu gehen. »Du verstehst einfach nicht, Bet.«

»Offensichtlich nicht«, erwiderte Bet. »Wenn Peter diese absurde Theorie verfolgt hätte, dann hätte er Cornelia Wickelheimer geheiratet. Und darf ich dich erinnern, dass du für uns mit seinen Eltern geredet hast? Wenn du geglaubt hättest, jeder sollte jemanden heiraten, den er beziehungsweise sie nicht liebt, dann hättest du zu Cornelias Verteidigung sprechen müssen!«

Eden verharrte und blickte auf ihre Schwester hinab. »Da gibt es vieles, das du nicht über Sebastian Saber weißt. Er war ›Seine Lordschaft‹, genau der Mann, der uns gefangen gehalten hat.«

Bet wurde blass. »Guter Gott, bist du dir sicher? Dann ist er tatsächlich ein britischer Spion? Was …«

Eden gebot ihr mit einer Geste Schweigen. »Er ist vermutlich ein Doppelagent, obwohl es mir rätselhaft ist, wie man einem Mann, der zu so raffinierten Täuschungen fähig ist, zutrauen kann, dass er *für* oder *gegen* irgendetwas sein kann. Ich nehme an, Sebastian ist ein Renegat, dessen Loyalitäten beim Sieger dieses Krieges liegen. Wenn die Briten die Patrioten in Yorktown abgeriegelt haben, kann ich mir vorstellen, dass Sebastian ziemlich schnell die Fahne wechselt.«

»Allmächtiger!«, stieß Bet hervor und versuchte diese Information zu verarbeiten. »Er war ›Seine Lordschaft‹? Dann erklärt das, weshalb er mich entkommen ließ und versprach, dass dir nichts geschieht.«

Eden runzelte verwirrt die Stirn. »Sebastian hat dich wieder gefangen genommen und dann laufen lassen?«

Bet nickte. »Er und Tully entdeckten mich, nachdem ich mir den Knöchel ein zweites Mal verstaucht hatte. Ich bestand darauf, dass sie mich zur Hütte bringen und dich freilassen, aber ›Seine Lordschaft‹ befahl Tully, mich zurück zu der Stelle zu bringen, wo wir entführt worden waren.«

Eden war dankbar dafür, dass sich Sebastian mitfühlend und großzügig gegenüber Bet gezeigt hatte, aber sie war sich immer noch nicht sicher, ob sie den Motiven des Mannes trauen konnte. »Wenn ich mir vorstellen könnte, was Sebastian gewinnen würde, indem er mich heiratet, könnte ich vielleicht irgendeinen raffinierten Plan verderben, den er ausgeheckt hat.«

»Vielleicht liebt er dich einfach nur. Er ist schließlich nicht der erste Mann, der versucht hat, dein Ehemann zu werden.«

»Sei nicht absichtlich schwer von Begriff, Bet«, sagte Eden. »Der Mann muss irgendetwas im Schilde führen.« Sie blieb vor ihrer Schwester stehen, die sich auf der Polsterbank ausgestreckt und ihren geschwollenen Fuß hochgelegt hatte. »Ich habe dich nicht hergerufen, damit du mich überredest, Sebastian zu heiraten, sondern um dich über meine Pläne zu informieren. Ich habe nicht vor, dich zu erschrecken, wenn ich vermisst werde. Du hast mich fast zu Tode erschreckt, als du mit Peter durchgebrannt bist. Ich will das dir, Maggie und Papa nicht ebenfalls antun.«

»Ich habe gesagt, dass es mir leid tut«, murmelte Bet.

»Und ich habe dir verziehen. Deine Schwiegereltern haben dich akzeptiert, und Angus hat sich für die Sache der Patrioten ausgesprochen. Die Einzige, die leidet, ist die arme Cornelia Wickelheimer, aber bestimmt kann sich ihr Vater leisten, ihr einen anderen Ehemann zu kaufen, wenn sich die Dinge beruhigt haben.«

»Ich bin sicher, das Frettchengesicht Cornelia hat eine genügend große Mitgift, um einen Typen ihrer Art anzuziehen«, warf Bet spitz ein.

»Elizabeth Annabelle, hüte deine Zunge«, schalt Eden, doch sie konnte das Lächeln, das um ihre Lippen spielte, kaum unterdrücken. »Auch wenn Cornelia Wickelheimer eine erstaunliche Ähnlichkeit mit einem Frettchen hat, sollten wir ihr das nicht ankreiden. Es ist kaum ihre Schuld, dass sie so aussieht. Nun, wie ich schon angedeutet habe, ich werde einen ähnlichen Schritt unternehmen, um eine Ehe mit Sebastian Saber zu vermeiden. Ich werde ...«

»Gottverdammich!«, unterbrach Bet, als sie zu erkennen glaubte, wohin dieses Gespräch führte. »Du meinst doch nicht etwa, du willst dir einen Mann *kaufen,* oder? Wenn du das tust, dann bist du wirklich wahnsinnig!«

Eden hob frustriert die Hände. »Ich wünschte, du würdest aufhören, meine geistige Gesundheit infrage zu stellen und einfach zuhören. Ich werde heute Abend zu Micah Bancrofts Plantage fahren und ihn davon überzeugen, dass er mich heiraten muss.«

»Du willst Micah Bancroft heiraten?« Bet starrte ihre Schwester ungläubig an. »Aber wirklich, Eden, du weißt, dass das ein Fehler wäre.«

»Micah hat viele gute und anständige Qualitäten. Er ist leicht zu handhaben, voraussagbar und bequem.«

Bet betrachtete Eden forschend. »Und du hast dich für eine Vernunftehe entschieden, nur damit du den Mann nicht zu heiraten brauchst, den du liebst? Ich finde das absurd.«

»Es ist klüger, einen Mann zu heiraten, den ich um den

Finger wickeln kann, als einen, mit dem ich nicht zurechtkommen kann«, sagte Eden. »Außerdem weiß ich sehr wenig über Sebastian Saber. Er hat mir seit unserer ersten Begegnung zu viele Halbwahrheiten erzählt. Also, wenn ich heute Abend nicht nach Hause komme, will ich, dass du Maggie erzählst, wo ich bin, und ihr meine Pläne anvertraust, aber du musst mir schwören, bei jedem anderen zu schweigen. Papa wird viel zu beschäftigt sein, um zu bemerken, dass ich fort bin. Wenn die Tat erst vollbracht ist, wird Papa meine Entscheidung akzeptieren, genauso wie er deine akzeptiert hat, Peter zu heiraten.«

»Du wirst dies bereuen«, prophezeite Bet. »Ich kann dir aus Erfahrung sagen, dass gegenseitige Liebe in der Ehe die Art Glück bietet, die du dir nur erträumen kannst.«

Eden lächelte ihre Schwester wehmütig an. »Gegenseitige«, betonte sie. »Das ist es, was ich dir klar zu machen versucht habe. Ich kann keinen Mann heiraten, der mich nicht liebt.«

»Aber du glaubst, es ist annehmbar, einen Mann zu heiraten, den du nicht liebst«, sagte Bet. »Du wirst die Art Täuschung ausüben, die du Sebastian vorwirfst. Bei deinem Versuch, ihm die Stirn zu bieten, wirst du genau wie er.«

Eden zuckte zusammen. Dann verdrängte sie den Stich, den ihr schlechtes Gewissen ihr versetzte. »Ich werde Micah eine gute Frau sein«, behauptete sie.

»Natürlich wirst du das sein, denn du bist ja ein Engel der Güte und Barmherzigkeit. Aber du wirst mit einer Lüge leben.« Bet schaute ihre Schwester grimmig an und schüttelte den Kopf. »Es tut mir leid, aber ich kann bei deinem Plan nicht mitmachen, Eden. Ich halte ihn für einen katastrophalen Fehler, durch den du unglücklich wirst.«

»Ich werde genauso unglücklich sein, wenn ich Sebastian heirate«, sagte Eden.

»Das ist Blödsinn, und ich werde es dir nicht verzeihen, wenn du Micah heiratest!«

Eden kniete sich vor ihre Schwester und ergriff ihre geballten Hände. »Bet, es gibt Zeiten, an denen man zwischen dem kleineren von zwei Übeln wählen muss. Ich habe die Wahl getroffen und kann damit leben. Das musst du akzeptieren.«

Als Eden den Raum verließ, sank Elizabeth auf der Polsterbank zusammen. Der gequälte Ausdruck von Edens Augen war ein Anzeichen dafür, dass sie von Not und Besorgnis getrieben wurde. Aber Bet konnte nicht verstehen, was Eden so tief beunruhigte. Da gab es etwas, das Eden ihr verschwieg, und dieses Etwas ließ sie so unvernünftig handeln.

Nachdem sie gründlich über die Sache nachgedacht hatte, entschied sich Bet, eine Nachricht an Micah zu schicken und ihn zu bitten, Eden sofort bei der Ankunft heimzuschicken. Eden würde keinen Mann heiraten, während sie einen anderen liebte. Heuchelei passte einfach nicht zu Edens Ruf einer Heiligen, und Bet würde nicht zulassen, dass ihre Schwester diesen entscheidenden Fehler beging!

Eden eilte die Treppe aus dem Obergeschoss hinunter. Sie hatte nach ihren Patienten gesehen und die aufregende Neuigkeit verkündet, dass General Washington eingetroffen war, um bei der Belagerung von Yorktown das Kommando zu führen. Eden hatte zwar ihre Patienten in Hochstimmung versetzt, doch ihre eigenen Gefühle waren in Aufruhr. Elizabeth hatte sie als verrückt bezeichnet, weil sie einen Mann heiraten wollte, obwohl sie einen anderen liebte.

Eden zog es vor, es als eine Notwendigkeit zum Überleben zu betrachten.

Eden ritt mit dem Pferd, das sie früher am Abend versteckt hatte, zu Micahs Plantage. Was werde ich Micah sagen?, überlegte sie.

Ich habe meine Meinung geändert und finde, wir beide sollten sofort heiraten. Ist heute Abend zu früh für eine Hochzeit?

Edens Schultern sanken herab. Micah würde neugierig sein und wissen wollen, weshalb sie sich anders besonnen hatte und so zur Eile drängte. Und was würde sie auf diese heiklen Fragen antworten? Wenn sie Micah belog, wäre sie nicht besser als Sebastian Saber. Der Mann hatte die Technik des Lügens so sehr perfektioniert, dass er ihr offen in die Augen sehen und durch seine perlweißen Zähne lügen konnte. O Gott, um sich vor einem Mann zu retten, dem sie nicht vertrauen konnte, würde sie wie er werden müssen – genau wie Bet gesagt hatte.

Eden schrie auf, als plötzlich ein Schatten aus den Bäumen nahe des Gartens herabstürzte. Eine stählerne Hand, die aus dem Nichts zu kommen schien, zog sie aus dem Sattel. Eden landete in starken Armen, während ihre Stute – diese Verräterin – kehrtmachte und in Richtung Stall trottete.

Eden schwang wild ihre Reisetasche und schlug damit auf den Kopf des Mannes ein, der sie an seinen Oberkörper presste. Der Verschluss der Tasche sprang auf, und der Inhalt ergoss sich über Gesicht und Schultern des Mannes.

Eden flog unsanft ins Gras und sah, dass die männliche Gestalt mit ihren Unterröcken und dem Kleid bedeckt war, die sie in der Reisetasche mitgenommen hatte. Sie rappelte sich auf und wollte davonlaufen, doch der Angreifer stellte ihr ein Bein, und sie geriet aus dem Gleichgewicht. Sie schlug der Länge nach ins Gras und stöhnte auf.

Der Angreifer trat in den Mondschein, der durch eine Lücke im Blätterdach der Bäume fiel, und wischte einen Unterrock von seinem Kopf und den Schultern. Silbergraue Augen blickte auf Eden hinab.

»Wolltest du ausreiten, meine Liebe?«, fragte Sebastian sarkastisch, als er sie anstarrte.

Eden starrte zurück.

»Das will ich tatsächlich«, erwiderte sie, rappelte sich auf und klopfte Staub von ihrem Kleid. »Ich bin auf einem Kreuzzug von größter Wichtigkeit. Sobald du mein Pferd eingefangen hast, werde ich weiterreiten.«

Sebastian betrachtete die verstreuten Kleidungsstücke und runzelte misstrauisch die Stirn. »Wie es aussieht, würde ich sagen, du wolltest türmen und ...« Er verstummte, als Hufschlag einen nahenden Reiter ankündigte.

Tully zügelte sein Pferd, als er Eden und Sebastian auf der Lichtung neben dem Bach sah. »Miss Eden, alles in Ordnung?«, fragte er.

»Du solltest meine zukünftige Braut im Auge behalten«, sagte Sebastian grollend zu seinem Freund.

»Das habe ich. Und das tue ich«, beteuerte Tully.

»Ich dachte, es versteht sich, dass du Eden daran hinderst, etwas Dummes zu tun. Ausritte am späten Abend sind keine passenden abendlichen Vergnügungen«, fuhr Sebastian ihn gereizt an.

»Sie hat sich über die hintere Treppe hinabgeschlichen«, erklärte Tully. »Ich dachte, sie verlässt das Haus durch die Vordertür, wenn sie fliehen will.«

»Du hast Tully mir nachspionieren lassen?«, fragte Eden empört. »Wie kannst du es wagen, mich wie ein dummes, unfähiges Kind zu behandeln!«

»Wie kannst du es wagen, dich wie eines zu verhalten«, entgegnete Sebastian. »Erinnerst du dich nicht, was beim letzten Mal geschah, als du mitten in der Nacht ohne Begleitung durch die Gegend gestreunt bist?«

Eden sagte sich, dass sie es nicht nötig hatte, sich seine beleidigenden Bemerkungen anzuhören, besonders nicht, wenn Tully als Zeuge dabei war.

Sie fuhr herum und schritt davon. »Ich gehe. Ich bin lieber woanders.«

Sebastian ergriff ihren Arm und riss sie herum, sodass sie ihn ansehen musste. »Wohin, zum Teufel, willst du?«

Sie reckte das Kinn vor, blickte ihn feindselig an und gab keine Antwort.

»Eden ...«, sagte er warnend.

Sie sah ihn weiterhin schweigend und feindselig an.

»Miss Eden hält es für die beste Möglichkeit, eine Ehe mit dir zu vermeiden, indem sie Micah Bancroft heiratet«, warf Tully ein.

Edens zorniger Blick brandmarkte Tully als Verräter. Offenbar hatte der Mann ihre Unterhaltung mit Bet belauscht. Er war so heimtückisch wie Sebastian Saber!

»Tully, ich habe eine Botschaft, die du überbringen musst, während meine zukünftige Braut und ich über ihre Pläne diskutieren, einen ihrer vielen Ex-Verlobten zu heiraten«, sagte Sebastian und hielt Eden eisern fest, als sie versuchte, sich loszureißen.

»Wir werden über kein Thema diskutieren«, sagte Eden heftig und starrte auf die Hand, von der sie festgehalten wurde.

»Doch, das werden wir«, widersprach er. »Wenn dir nicht danach ist zu reden, kannst du nur zuhören. Ich habe dir nämlich eine Menge zu sagen.«

Sebastian warf Tully einen Seitenblick zu. »Informiere General Washington, dass ich Kontakt mit Cornwallis aufgenommen habe. Der britische General ist sich seiner misslichen Lage bewusst. Die französische Flotte hat die Bucht blockiert, sodass die britischen Kriegsschiffe nicht zum Hafen gelangen können, um Verstärkung zu bringen oder Truppen zu evakuieren. Cornwallis vertraute mir an, dass er vorhat, sich während der Nacht nach Gloucester zurückzuziehen – falls die Kapitulation seine einzige Alternative ist. Ich habe Admiral de Grasse auf diese Möglichkeit hingewiesen.«

Tully lächelte zufrieden. »Also ist dieser Krieg fast vorüber, nicht wahr? Cornwallis steht in Yorktown vor seinem Untergang.«

»Ja, ich nehme an, nach ein paar Tagen schwerem Artilleriebeschuss und Mangel an Rationen wird Cornwallis das Unvermeidliche akzeptieren, aber er hat vor, bis zum Schluss gut zu kämpfen.«

Während Tully sein Pferd herumzog und davongaloppierte, sah Eden zu dem dunklen Gesicht auf, das sie in ihren Träumen verfolgte. »Ein Mann, der seinen Kameraden einen Haufen Lügen auftischen und sie dann verraten kann, hat kein Gewissen, keine charakterliche Sauberkeit. Sosehr ich mich auch nach dem Ende des Kriegs sehne, so sehr habe ich Mitleid mit Cornwallis, der dir geglaubt und vertraut hat.«

Sebastian zuckte zusammen, als sei er geschlagen worden. »Du vergeudest dein Mitgefühl an einen Mann, der das Niederbrennen und Plündern von Farmhäusern und Feldern befohlen hat. Entschuldigst du seine Methoden im Krieg und verdammst meine?«

»Nein, ich verabscheue dein falsches Spiel«, konterte sie.

Sebastian drückte Edens widerstrebenden Körper an sich. »Anscheinend hat der geliebte Engel der Rebellen keine Skrupel, Täuschung einzusetzen, wenn es *seinen* Zwecken dient.«

Eden spürte die verräterischen Empfindungen durch ihren Körper prickeln, als es zu dem vertrauten Kontakt mit Sebastians männlichem Körper kam. Verdammt, warum musste er der einzige Mann sein, der sie erregte, sogar gegen ihren starken Willen? Warum war er der eine, nach dem sie sich sehnte? Vielleicht hatte Bet Recht. Vielleicht war sie, Eden, ein wenig verrückt.

»Ich ... vertraue ... dir ... nicht«, keuchte Eden. »Ich werde dir nie vertrauen können. Ich kenne dich überhaupt nicht ...«

Sebastian brachte sie mit einem Kuss zum Verstummen, der ihr den Atem nahm. Er schlang die Arme um ihre Hüften und zog sie fest an sich, ließ sie sein Verlangen nach ihr spüren.

Ganz gleich, was sonst zwischen ihnen war, ganz gleich wie hart Eden versuchte, ihn abzulehnen, Sebastian wusste, dass stets dieser glühende Funke der Anziehungskraft zwischen ihnen sein würde. Ein Kuss, und seine Sinne entflammten in lange ersehnter Lust. Eine zärtliche Berührung, und sein Körper reagierte mit überwältigendem Verlangen.

Warum konnte Eden nicht die Leidenschaft akzeptieren, die zwischen ihnen war, und sich damit zufrieden geben? Warum konnte sie nicht so frei und offen ihre Liebe zu ihm bekennen, wie dies einst der Fall gewesen war? Und warum konnte *er* sie nicht freigeben, wenn sie so hart dafür kämpfte, ihm zu entkommen?

»Eden, vergiss einmal, was du über mich *denkst.* Verlass dich auf das, was du fühlst«, flüsterte er an ihrem Hals. »Hast du bei Micah dieses Gefühl, wenn er dich in den Armen hält?«

Er spürte das wilde Pochen ihres Herzens an seiner Brust, ihr leichtes Zittern in seinen Armen und setzte nach: »Kann Micah bewirken, dass sich vor deinen Augen die Sterne drehen, wenn er dich küsst?« Er zeichnete zärtlich mit dem Zeigefinger die Konturen ihrer herzförmigen Lippen nach, bevor er den Mund sanft auf ihre Lippen neigte. Er streichelte über den blauen Satin, der sich um die aufgerichteten Spitzen ihrer Brüste spannte. »Vielleicht haben Micah und die anderen dich wie eine Lady behandelt, aber konnte irgendeiner von ihnen wirklich bewirken, dass du dich wie eine Frau fühlst?«

Eden hatte Mühe, einen klaren Gedanken zu fassen. Sebastian hatte das ärgerliche Talent, ihre noblen Theorien durcheinander zu bringen. Sie war so aufgewühlt von den Empfindungen ihres verräterischen Körpers, dass sie nicht wusste, was sie wollte, nicht wusste, wie sie *nicht* auf die heißen, prickelnden Gefühle reagieren sollte, die er in ihr wachrief.

Sie hatte Angst, das musste es sein. Sie hatte Angst, dass Sebastian wie ihre Mutter sein würde – untreu, betrügerisch. Eden konnte diese Art Qual in ihrer eigenen Ehe nicht ertragen. Sie wusste, wie Victoria Pembrooks Betrug an Leland für sie die Hölle auf Erden gewesen war. Wenn Sebastian sie heiraten und dann seine Liebe anderen Frauen schenken würde, wäre das unerträglich für sie.

»Ich kann dir nicht all den Luxus bieten, den sich Micah erlauben kann«, flüsterte Sebastian und riss sie aus ihren Gedanken. »Aber ich kann dir – *uns* – mehr schenken, Eden …«

16

Als Eden Sebastians warmen Atem über ihren Brüsten spürte, glaubte sie schwerelos in der Luft zu schweben. Im nächsten Augenblick lag sie auf einem Lager von zuvor verstreuten Kleidungsstücken, wusste nicht, wie und wann sie dorthin gelangt war, gab nur den köstlichen Empfindungen nach, die sich in ihr ausbreiteten.

Wogen der Lust erfassten sie, als sich seine Lippen um eine ihrer Brustspitzen schlossen. Seine Hand glitt über ihren Oberschenkel, und sein erfahrenes zärtliches Streicheln erregte sie ebenso wie die Berührungen seiner Lippen und Fingerspitzen.

Eden konnte ihr Verlangen nach Sebastian nicht mehr unterdrücken. Er ließ sie ihren festen Vorsatz vergessen, steigerte ihre Sehnsucht nach Erfüllung ins Unermessliche.

»Ich begehre dich, wie ich noch nie eine andere Frau begehrt habe«, flüsterte er an ihrer seidenweichen Haut. »Einige Dinge haben sich nie zwischen uns geändert, Eden. Mein Verlangen nach dir kann vorübergehend unterdrückt werden, aber es muss gestillt werden. Ich schwöre, ich kann nicht genug von dir bekommen.«

Langsam küsste er eine feurige Spur über ihren Leib, wie um sich den Duft und Geschmack der seidenweichen Haut einzuprägen, und er sehnte sich danach, dass sie ihn so sehr begehrte wie er sie, dass sie trotz ihres entschlossenen Leugnens ihrer Gefühle für ihn in dem Feuer entflammte, das sie beide in sich geweckt hatten.

Heute Nacht würde er sie mit all der wilden Intimität

lieben, von der er stets geträumt hatte. Die Erinnerung an diese Nacht unter den funkelnden Sternen würde sie verfolgen, wenn sie in den Armen eines anderen Mannes liegen würde.

Eden konnte bis zum Ende der Welt laufen, um ihm zu entkommen, sie konnte behaupten, ihr Verlangen nach ihm überwunden zu haben, aber sie konnte nicht dieser Erinnerung entrinnen, niemals die Gefühle vergessen, die seine Hände und Lippen wachgerufen hatten.

Sie spürte, wie seine Hand zwischen ihre Beine glitt, wie er ihren flachen Leib küsste, und sie erbebte vor Erwartung und hielt unbewusst den Atem an.

Er liebte es, wie sie auf ihn reagierte. Eden zu berühren, war sein Himmel auf Erden. Er genoss den Geschmack und Duft ihrer Haut und ließ seine Sinne davon durchdringen. Sie war wie ein lang erwartetes Festmahl, und er sehnte sich danach.

Als er zärtlich über die Innenseite ihrer Schenkel hinauf küsste und er sanft ihre Beine mit dem Ellbogen spreizte, spürte er, dass sich Eden anspannte, als sei sie entschlossen, ihm diese Intimität zu versagen.

»Gib dich mir hin, Engel«, flüsterte er.

»Nein, es ist zu …«

Seine Zunge erregte sie, schickte Wogen der Lust durch ihren Körper – und als Widerhall in seinen. Er wagte sich mit der Fingerspitze tiefer und spürte, wie sie unter dem heißen Verlangen erzitterte, das er in ihr geweckt hatte.

»Sebastian, bitte …« Eden atmete stoßweise und versuchte, sich seiner ungezügelten erotischen Berührung zu entziehen, doch er schob ein Bein über ihres und verhinderte, dass sie ihm die Intimität versagte, die ihn zur Ekstase trieb.

»Ich versuche, dich zu erfreuen.« Er lachte heiser. »Aber du machst nicht mit. Offenbar muss ich dich mehr davon überzeugen, dass ich nicht das gefühllose, betrügerische Monster bin, für das du mich halten willst.«

Eden brauchte nicht überzeugt zu werden – sie brauchte Erlösung von den Gefühlen, die auf sie einstürmten. Sie versuchte verzweifelt, sich zu beherrschen, als er mit seinen Lippen, der Zunge und den Fingerspitzen die unglaublichsten Gefühle in ihr hervorrief, die sie jemals empfunden hatte. Ein leiser, ungläubiger Schrei drang über ihre Lippen, als er sie so nahe an den Himmel herantrug und sie dann das Gefühl hatte, mitten in der Luft im Stich gelassen zu werden, während sie glaubte, vor Glückseligkeit zu schweben.

»Lieber Gott ...« Die Welt schien außer Kontrolle zu geraten und Eden mitzureißen.

Sebastian spürte ihr Erzittern, als ob jede ihrer prickelnden Empfindungen seine eigenen wären. Doch er war noch nicht zufrieden. Er wollte Eden auf den Gipfel der Leidenschaft führen und dann vor dem Absturz bewahren, um sie von neuem emporzutragen.

Als er die Knospe ihres weiblichen Verlangens streichelte, hörte er, dass sie keuchend um Atem rang, und er lächelte an ihrer heißen Haut. »Soll ich dich wieder ins Paradies führen, Engel?«

»Nein, ich schwöre, dass ich es nicht aushalten kann«, stieß Eden atemlos hervor.

»Doch, das wirst du.« Er tauchte seine Fingerspitze wieder in ihre feuchte Hitze, spürte, wie ihre Glut auf ihn übersprang und ihr Körper die erregenden Liebkosungen auf die intimste Weise erwiderte. »Und ich verspreche, dass du es noch einmal bis zum Gipfel ertragen wirst, Eden.«

»Nein, Sebastian, ich kann nicht mehr ... Ich vergehe ...«

Ihre geseufzten Worte wurden zu einem atemlosen Aufschrei. Er schmeckte ihre Hitze und streichelte sie, bis jeder Schauer der Lust zu einer weiteren Kaskade der Ekstase wurde. Er hielt sie in den Armen, während sie ihn schluchzend anflehte, die schmerzende Leere zu lindern, die seine Küsse und Liebkosungen nicht völlig ausfüllen konnten. Und dann brachte er sie von neuem zum Gipfel der Lust, und sie starb einen weiteren wilden, süßen Tod ohne ihn.

»Sebastian, hör auf! Es gibt eine Grenze, die …«

»Gibt es die? Geh über die angebliche Grenze hinaus und sag mir, was du findest«, sagte er herausfordernd. Er spreizte sanft ihre Schenkel und neigte sich über sie. »Kannst du mir so viel geben und immer noch darauf bestehen, einen anderen Mann zu heiraten, wenn wir beide wissen, dass du für immer mein bist?«

Eden konnte sich nur dem Aufruhr ihrer Gefühle hingeben. Wenn sie ehrlich war, hatte sie nicht gedacht, es so lange auszuhalten, nachdem sie dreimal geglaubt hatte, fast sterben zu müssen …

Ihre Gedanken verloren sich, als Sebastian sie mit unglaublicher Zärtlichkeit streichelte. Sie wusste, dass sie niemals die wilden, süßen Erinnerungen an ihn auslöschen, niemals die Berührungen eines anderen Mannes ertragen konnte. Sie würde im Geiste immer seine silbergrauen Augen in dem dunklen, markanten Gesicht sehen, die sie verzückt betrachteten. Sie würde Sebastians erregende Liebkosungen spüren und mit einer Lüge leben müssen, wenn sie versuchte, sich einem anderen Mann hinzugeben. Sie würde keinen außer ihm lieben können, doch sie konnte Sebastian nicht heiraten. Es war ihr Schicksal, mit den bittersüßen Erinnerungen an diesen Mann weiterzuleben.

Wogen der Lust erfassten Eden, als sie Sebastians muskulösen Körper auf sich spürte. Sie spürte seine Lippen auf ihren und glaubte ihr Verlangen nach ihm zu schmecken – ein Verlangen, das sich trotz ihres starken Willens nicht verleugnen ließ. Unwillkürlich schlang sie die Arme um ihn und presste ihn an sich, als er in sie eindrang. Sie erwiderte jede seiner Bewegungen und glaubte, innerlich zu lodern. Sie gab sich ihm bedingungslos hin und passte sich seinem heißen Rhythmus der Leidenschaft an.

Sebastian nahm sie mit atemloser Ungeduld, getrieben von wilder Begierde, die ihre Erfüllung suchte. Es stimmte, er begehrte Eden auf eine Weise, wie er niemals eine andere Frau in seinem ganzen Lebens begehrt hatte.

Er stöhnte auf, als er spürte, dass der Höhepunkt nahte, und die Ekstase ihn emportrug. Um Atem ringend, sank er dann völlig erschöpft auf Eden zusammen.

Allmächtiger, Eden zu lieben könnte eines Tages mein Tod sein, dachte er. Er hatte tatsächlich das Gefühl, sein Herz hätte ein, zwei Schläge ausgesetzt.

Als sich die Wolken der Ekstase allmählich auflösten, hatte Eden das Gefühl, wie ein flammender Komet zurück in die Realität zu stürzen. Hatte sie nicht das geringste Schamgefühl? Keine Willenskraft? O Gott, was sie Sebastian alles erlaubt hatte! Ihr Liebesspiel war so intim gewesen, dass sie nicht mehr das kleinste Geheimnis vor ihm hatte.

»Verdammt, lass mich aufstehen!«, hörte sie sich sagen, und ihr war zum Weinen zumute. »Sieh nur, was du angerichtet hast!«

Sie *weinte.*

»Eden, ich …«

»Ich sagte … lass mich!«, stieß sie hervor und schob ihn an den muskulösen Schultern von sich. »Du hast einfach alles verdorben!«

Sebastian wälzte sich von ihr. Zu ihrem Ärger grinste er, als er nach dem erstbesten Kleidungsstück in seiner Reichweite griff und es ihr hinhielt. Sie vermied es, ihn anzusehen, streifte das Unterhemd über und griff ärgerlich nach ihren Unterröcken.

»Was habe ich deiner Meinung nach verdorben?«, fragte er und unterdrückte ein Lächeln.

»Jede Chance, mein Glück zu finden!«

Sebastian gelangte auf die Knie und stand auf. »Eden, du bist übertrieben dramatisch.« Er hob seine Kleidungsstücke auf und zog sich hastig an. Dann hob er seine Waffen auf.

»Ich bin nicht übertrieben dramatisch. Elizabeth ist die Melodramatische«, entgegnete Eden laut. »Ich bin ruhig, vernünftig und sensibel!«

Wenn die Toten von ihrem Schreien noch nicht erwacht waren, dann würde das sehr bald der Fall sein. Eden schrie so laut, dass sie bis zum Haus der Plantage gehört werden musste. Er konnte sich nicht erinnern, sie jemals so laut gehört zu haben.

»Das klingt nicht so ruhig und vernünftig für mich«, bemerkte er.

Edens Brüste hoben und senkten sich unter dem Unterrock. »Und das freut dich enorm, nicht wahr? Es macht dir Spaß, mich aufzuregen, bis ich die Beherrschung verliere. Du hast dich schief gelacht, während ich in meiner Gefangenschaft gelitten habe und du vorgegeben hast, ein Tory-Sympathisant zu sein, um Botschaften von amerikanischen und englischen Soldaten gleichermaßen zu sammeln, die du dann nach deinem Gutdünken entschlüsselt hast. Mein Vater und die anderen patriotischen Offiziere mögen dich lobpreisen, aber ich traue deinem geheimen Treiben nicht. Du lügst so leicht, wie du die Wahrheit sagst, und ich weiß nicht, was von beiden es gerade ist!«

»Und Vertrauen und Liebe sind für dich gleichbedeutend, nicht wahr?«

»Sie sind *alles*«, bekräftigte Eden. »Denn ich weiß genau, was passieren kann, wenn jemand sein Leben auf Lügen und Täuschungen aufbaut und …« Sie verstummte und sammelte hastig ihre Kleidungsstücke auf.

»Und weil deine Mutter untreu war und während der ganzen heißen Affäre hinter dem Rücken deines Vaters gelogen hat, befürchtest du, wie sie werden zu können? Ist es das, Eden?«

Die Gefühle, die Eden zu unterdrücken versucht hatte, brachen in einem Schluchzen hervor. »Ich könnte diese Art Hölle nicht noch einmal ertragen, weder mit dir noch mit einem anderen Mann.«

»Und du hast dich endlose Jahre lang selbst bestraft für etwas, das vor siebzehn Jahren geschah«, murmelte Sebastian und wollte die Wahrheit über den Kummer erfahren, den er in den Tiefen ihrer klaren Augen gesehen hatte.

»Dies ist der Grund für all deine noble Großherzigkeit, nicht wahr? Du meinst, du büßt für deine Sünden. Aber bist du völlig sicher, dass du wirklich schuld bist? Vielleicht …«

Das Knacken von Ästen ließ Sebastian herumwirbeln. Er fluchte, als ein Schatten wie ein Dämon aus der Hölle drohend vor ihm aufragte.

Grimmig starrte Sebastian auf die Muskete mit dem aufgepflanzten Bajonett, die auf seine Brust gerichtet war.

»Du hinterhältiger Bastard!«, schnarrte Gerard Lockwood. »Du hast unsere Sache an die verdammten Rebellen verraten. Während wir Botschaften durch Thaddeus geschickt haben, hast du die Informationen an die Patrioten verkauft! Wegen deines falschen Spiels zogen sich die Engländer nach Yorktown zurück. Du hast meine Chance auf Reichtum und Ansehen ruiniert. Verdammt, Saber, du bist der Fluch meines Lebens geworden, und ich werde diesen Fluch ein für alle Mal brechen!«

Eden drängte sich unwillkürlich an Sebastian, als der maskierte Mann sie mit höhnischem Lachen ins Auge fasste. Sie hatte Gerard Lockwood nie ohne Maske gesehen, doch sie erkannte ihn an der rauen Stimme und der stämmigen Gestalt. Allein der Gedanke an diesen grausamen Kerl ließ sie erschauern.

Sebastian legte beschützend einen Arm um Edens bebende Schultern. Zweifellos hatte sie Panik vor diesem brutalen Typen, der sie während ihrer Gefangenschaft misshandelt hatte.

Sebastian musste etwas unternehmen, und zwar schnell, sonst würde Eden unter dieser Fehde zwischen ihm und Lockwood leiden müssen.

»Lockwood, du und ich …«

»Komm mir nicht mit weiteren deiner Lügen, Saber!«, stieß Gerard hasserfüllt hervor. »Ich habe genug belauscht, um zu wissen, dass du in diesem Krieg zu deinem finanziellen Vorteil auf beiden Seiten mitspielst. Ich habe eine Nacht im Militärgefängnis verbracht, und ich habe

Schrammen und Beulen als Souvenir an die Nacht, in der du versucht hast, mich totzuschlagen, damit *du* dich mit diesem Weib amüsieren kannst.«

Gerard trat einen Schritt vor und schwenkte die Muskete zwischen Sebastian und Eden hin und her. »Es ist vorbei mit deiner Betrügerei, Saber. Während du langsam krepierst, kannst du noch zuschauen, wie ich es dieser Hure besorge, wie ich es in der Nacht vorhatte, als du mich gestört hast. Diesmal kannst du nichts tun, dir nur ihr Flehen um Gnade anhören.«

»Wenn du Geld willst, um ...«, versuchte Sebastian zu handeln. Es war sinnlos.

»Halt die Schnauze, Saber! Ich werde bald so viel Geld haben, wie ich brauche. Ich wette, dass Pembrook ein hübsches Lösegeld bezahlen wird, um seine Tochter zurückzubekommen, auch nachdem ich mich ein paar Mal mit ihr vergnügt habe.«

Sebastian erkannte, dass mit Lockwood nicht vernünftig zu reden war. Aber ganz gleich, was passieren würde, Eden sollte nicht darunter leiden. Er würde dafür sorgen, dass sie eine Chance zur Flucht bekam.

Er spürte das Gewicht seiner Steinschlosspistole an der Hüfte – leider war es die Hüfte, an die sich Eden drängte. Wenn er es schaffte, dies hier zu überleben, würde er fortan bei Gefahr darauf achten, dass sich Eden auf seiner linken Seite aufhielt, damit er an seine Waffe herankommen konnte, das schwor sich Sebastian in diesem Augenblick.

Er fragte sich, ob er in der Zukunft Gelegenheit haben würde, diesen Vorsatz in die Tat umzusetzen. Gerard Lockwood schien fest entschlossen zu sein, ihn umzubringen.

Eden sammelte all ihren Mut und zwang sich, in diesem kritischen Augenblick nicht zu versagen. Sie konnte den Gedanken, dass Sebastian vor ihren Augen kaltblütig erschossen wurde, nicht ertragen. Sie musste es wenigstens versuchen, Lockwood davon abzuhalten. Sie hatte zwar schreckliche Angst vor diesem grausamen Kerl, doch sie verfügte über Erfahrung, Leute in ihrer Denkungsweise zu beeinflussen. Wenn jemals Überredungskunst erforderlich war, dann jetzt!

»Mr. Lockwood, ich verstehe, dass Sie wegen Sebastians Betrug ärgerlich sind. Und das zu Recht. Aber Sie müssen an die Konsequenzen dessen denken, was Sie in Erwägung ziehen ...«

»Halt die Klappe!«, donnerte Lockwood.

Eden ließ sich nicht zum Schweigen bringen. Sebastians Leben stand auf dem Spiel und ihres ebenso. »In dieser Gegend wimmelt es von Rebellensoldaten, die sich auf Sie stürzen würden, bevor sie entkommen könnten, besonders wenn ich um Hilfe schreie. Und ich werde Zeter und Mordio schreien, darauf können Sie sich verlassen.« Sie zwang sich, ihrer Stimme einen festen Klang zu geben. »Wenn Sie Saber töten, ziehen Sie nur den Zorn all seiner Verbündeten auf sich. Wenn Sie ihn verschonen, werde ich ohne Protest mit Ihnen gehen, und Sie werden Ihr Lösegeld bekommen. Mein Vater wird zahlen.«

»Ich bin nicht interessiert«, schnarrte Gerard Lockwood und konzentrierte sich wieder auf Sebastian. »Ich werde hier und jetzt mit Saber abrechnen.«

»Was haben Sie von Ihrer Rache, wenn Sie nicht überleben, um sie genießen zu können?«, fragte Eden verzweifelt. »Ein Musketenschuss wird eine Einheit von Soldaten alarmieren, die bis an die Zähne bewaffnet sein wird.«

Sebastian wartete, bis Lockwoods Aufmerksamkeit wieder Eden galt. Er wusste, dass Lockwood zum Morden bereit war. Der Mann ließ sich nicht umstimmen, auch wenn Eden alle Überzeugungskraft einsetzte. Sebastian wusste, dass sie trotz ihrer Angst sein Leben zu retten versuchte – auch wenn sie sich dafür opfern musste.

Diese Frau ist die ewige Märtyrerin, dachte Sebastian. Sie war darin geübt, ihre Bedürfnisse hintanzustellen und zuerst anderen zu helfen – sogar ihm, dem Mann, der sie ihrer Meinung nach verraten hatte.

Sebastian hätte ein Dutzend Männer nennen können,

die angesichts der drohenden Mündung einer Muskete zusammengebrochen wären und alles getan hätten, um ihre eigene Haut zu retten. Doch Eden war entschlossen und mutig. Wenn er jemals daran gezweifelt hatte, dann erhielt er jetzt den Beweis.

»Sie müssen der Vernunft gehorchen, Mr. Lockwood«, sagte Eden beschwörend. »Wenn Sie nicht vernünftig sind, besiegeln Sie Ihr eigenes Todesurteil. Sie …«

Während sich Lockwood auf Eden konzentrierte, schob sich Sebastian etwas zur Seite, in der Hoffnung, Lockwoods Feuer auf sich zu ziehen und Edens Leben zu retten. Er betete, dass sie davonrennen und nicht zurückblicken würde.

»Du Bastard!«, brüllte Lockwood, legte die Muskete an und feuerte.

Sebastian schwang seine Steinschlosspistole hoch, um zurückzuschießen, obwohl mit dem Knall der Muskete Schmerzen durch seine Schulter schossen und durch den Arm stachen. Er presste die Zähne aufeinander, kämpfte gegen die Schmerzen an und drückte ab. Er traf Lockwood nur in den Arm, dann taumelte Sebastian zurück, und die Welt schien sich um ihn zu drehen. Sein Blick wurde verschwommen, das Blut rauschte in seinen Ohren, und der Schmerz schien seine Brust zu zerreißen. Edens entsetzter Aufschrei vermischte sich mit Lockwoods röhrendem Wutschrei. Die Geräusche klangen für Sebastian, als hallten sie aus einem verschwommenen Tunnel.

»Eden, lauf!«, krächzte Sebastian im Zusammenbrechen. »Lauf …«

Eden starrte voller Entsetzen auf das Blut, das Sebastians Jacke tränkte. Sie hatte genug verwundete Soldaten gesehen, um zu wissen, dass er schwer getroffen sein musste. Sebastian verlor viel Blut bei jedem Pulsschlag.

In diesem Moment wusste Eden ohne den geringsten Zweifel, dass sie diesen Mann mit Herz und Seele liebte. Trotz ihres Misstrauens, trotz ihres verletzten Stolzes wegen seines Verrats, trotz allem liebte sie diesen Mann, der versucht hatte, ihr das Leben zu retten, indem er sein eigenes geopfert hatte.

Sie konnte Sebastian nicht alleine sterben lassen – wenn das geschehen würde! Aber es würde nicht geschehen. Sie würde es nicht zulassen!

Den Blick auf Sebastians reglose Gestalt gerichtet, kroch Eden auf Händen und Knien zu ihm. Ihr stockte der Atem, als Lockwoods dämonischer Schatten über sie fiel. Der mörderische Bastard gab sich nicht zufrieden damit, Sebastian an einer Wunde sterben zu lassen, erkannte sie jäh. Der Mann lud seine Muskete nach, um den Todesschuss aus nächster Distanz abzufeuern.

»Nein!« Eden sprang auf und warf sich mit so empörtem Zorn auf Lockwood, wie sie ihn seit siebzehn Jahren unter Kontrolle gehalten hatte. Sie schlug auf Lockwoods Ellenbogen, als er gerade auf Sebastian zielte und schoss, und so verfehlte ihn die Kugel und schlug neben seiner Schulter ins Gras.

»Verdammtes Weib!«, knurrte Lockwood und schlug mit dem Musketenlauf nach ihr.

Eden glaubte, ihr Kopf würde zerspringen, als sie von dem Hieb getroffen wurde. Benommen wankte sie zurück, stolperte und fiel vornüber auf Sebastians hingestreckte Gestalt. Ihr Arm rutschte von Sebastians Schultern ab, ihre Brüste drückten auf die pulsierende Wunde in seinem Oberkörper, und ihre Wange sank gegen sein totenbleiches Gesicht.

Gerard Lockwood fluchte über die Schmerzen in seinem Arm, während er Pulver in den Lauf seiner Muskete schüttete. Seine Hand war wie betäubt durch Sebastians Schuss. Doch Gerard war entschlossen, diese Fehde zu beenden, indem er Saber hier und jetzt zur Hölle schickte. Dann würde er seine Rache an Eden Pembrook genießen.

Er zerrte Edens schlaffe Gestalt von Sebastian, doch in diesem Moment hörte er nahenden Hufschlag und sah das

Schimmern einer Fackel zwischen den Bäumen der Pembrook-Plantage. Hinter dem Fackelschein tauchte ein zweiter auf und dann weitere.

Gerard fluchte lästerlich. Es blieb ihm keine Zeit mehr, Saber eine Kugel in den Schädel zu schießen und Eden wegzuschleppen. Er hatte gerade noch Zeit, um zum Creek zu flüchten und sich um seine Verletzung zu kümmern. Er konnte es nicht riskieren, einen weiteren Schuss abzufeuern, denn er würde nicht genügend Zeit haben, um nachzuladen und sich vor dem Rettungstrupp zu schützen.

Gerard ergriff die Flucht, und sein verletzter Arm baumelte an seiner Seite.

Nach der Zahl der donnernden Hufe zu urteilen, schätzte Gerard, dass jeder taugliche Mann der Plantage zu Edens Verteidigung herbeieilte. Während der Hufschlag in der Nacht anschwoll, kletterte Gerard über den Felsen am Creek hinab und versteckte sich im Unterholz.

»Oh, mein Gott!«, schrie Elizabeth auf, als sie ihre Schwester bewusstlos über Sebastians regloser Gestalt liegen sah.

Ihr Herz hämmerte, als Bet von ihrem Pferd sprang und zu Eden lief. Sie packte sie an den Schultern und wälzte sie auf den Rücken. Blut tränkte Edens Kleidung vom Hals bis zur Hüfte.

Bet schrie ihr Entsetzen heraus.

Peter saß ab, kniete sich neben seine hysterische Frau, die Eden in den Armen hielt. Er verzog das Gesicht, als er Edens blutbefleckten Unterrock und das blutige Kleid sah, das sie auf Sebastians Brust gepresst hatte. Im ersten Augenblick dachte er, es sei Edens Blut, doch dann erkannte er, dass es von Sebastian stammen musste. Er schloss die Augen und atmete erleichtert auf.

Der Schein vieler Fackeln umgab jetzt Eden und Sebastian, und in diesem Augenblick preschte Tully Randolph heran. Er hatte ebenfalls die Schüsse und den Entsetzensschrei gehört, als er von General Washingtons Lager zurückgekehrt war. Tully erschrak, als der Schein der Fackeln auf Sebastians Wunde und die roten Flecken auf Edens Kleidung fiel.

Mit einem gewaltigen Satz sprang Tully vom Pferd und stieß Männer beiseite, um sich einen Weg zu Sebastian zu bahnen. »Wir bringen sie ins Haus. Bereitet die Betten vor und haltet kochendes Wasser und Verbände bereit. Und holt Dr. Curtis aus Lafayettes Lager«, befahl er den Bediensteten, die vor Entsetzen wie gelähmt dastanden. »Los, beeilt euch! Wir dürfen keine Zeit verlieren!«

In die Menge geriet Bewegung.

In banger Sorge kniete sich Tully neben Sebastian. Er hob seinen Freund behutsam auf die Arme und trug ihn zum Pferd.

»Ich werde helfen«, bot sich Peter an, als Tully unter der Last des schlaffen Sebastian schwankte.

Als Tully im Sattel saß und Sebastian auf dem Schoß hielt, fiel sein Blick auf das ausdruckslose Gesicht seines bewusstlosen Freundes, das geisterhaft bleich im Mondschein schimmerte. Es brach Tully fast das Herz, den Mann zu sehen, der so lebenssprühend gewesen war. Tullys gequälter Blick glitt zu Eden, die schlaff auf Peters Armen lag. Verdammt, dieser schöne Engel hat bereits zu viel erlitten, dachte er.

Elizabeth rannen Tränen über die Wangen, während sie Edens schlaffe Hand hielt. Jedes Mal, wenn Bets Blick zu ihrer bewusstlosen Schwester glitt, versetzte ihr der Anblick einen Stich ins Herz. Es war nicht fair, wenn diese herzensgute Heilige in der Blüte ihres Lebens sterben würde. Eden hatte keiner Menschenseele etwas getan. Sie war die Personifikation von Güte und Edelmut.

Als die Prozession beim Haus eintraf, schaffte es Bet, sich genügend zusammenzureißen, um das Kommando zu übernehmen – wie es Eden getan hätte, wenn sie dazu in der Lage gewesen wäre. »Bringt sie in unser Bett, Peter«, bat sie ihren Mann.

»Zusammen in ein Bett?« Peter blickte seine junge Frau zweifelnd an. »Ich weiß nicht, ob sich das schickt ...«

»Zum Teufel damit!«, stieß Bet hervor. »Ihr Leben ist weitaus kostbarer als ihr guter Ruf. Ich will sie beide zusammen haben, wo ich ständig bei ihnen wachen kann.«

»Du hast Recht, Bet«, murmelte Peter und blickte von einem bleichen Gesicht der Bewusstlosen zum anderen.

Tully legte Sebastian behutsam auf eine Seite des Bettes und zog ihm die blutbefleckte Jacke und das Hemd aus. Beim Anblick der blutigen gezackten Wunde in Sebastians Brustschnitt er eine Grimasse. »Guter Gott!«, keuchte er.

Bet beging den Fehler, auf Sebastians Wunde zu schauen. Die Farbe wich aus ihrem Gesicht, und ihre Knie wurden weich. Ich werde *nicht* ohnmächtig!, sagte sie sich. Nicht jetzt.

»O Gott!«, schrie Maggie auf und verharrte abrupt auf der Türschwelle. Sie brachte einen Eimer mit Wasser und einen Stapel Verbände. Wasser schwappte auf den Teppich, als Maggie schockiert zurückprallte.

Sebastians dichte Wimpern flatterten, und er öffnete glasige silbergraue Augen. Tullys Hand blieb über der Wunde in Sebastians Brust in der Schwebe. »Ruhe dich nur aus, Eure Lordschaft«, murmelte Tully. »Ich kümmere mich um dich. Mach dir keine Sorgen.«

»Wo ist Eden?« Sebastians Frage klang wie ein gekrächztes Flüstern.

»Sie liegt neben dir, genau dort, wo sie hingehört.«

Sebastian schloss kurz die Augen, wie um Energie zum Weitersprechen zu sammeln. Seine Brust hob sich leicht unter einem angestrengten Atemzug. »Hol den Pastor ...«

Tully zuckte zusammen. »Du willst einen Priester hier haben, Eure Lordschaft?«

»Ja ... jetzt ...«

Als Sebastian zusammensank und das Bewusstsein verlor, eilte Tully zu Maggie, um ihr den Eimer mit Wasser und das Verbandsmaterial aus den zitternden Händen zu nehmen. »Schicken Sie einen der Diener, um den Geistlichen aus Lafayettes Lager zu holen.«

Maggie starrte ihn mit großen Augen an. »Er will die Letzte Ölung? O Gott, o *Gott*!«

Maggie blieb in ihrem Entsetzen wie erstarrt stehen, und Tully schob sie zur Tür. Er wandte sich wieder zum Bett und tunkte das Tuch ins Wasser, um Sebastians Wunde zu säubern.

Während Tully sich um Sebastian kümmerte, starrte Bet auf Edens totenbleiches Gesicht. Mit zitternder Hand tastete sie behutsam über die Beule an Edens Schläfe. Welche brutale Bestie hatte es gewagt, Eden zu schlagen? Es war unfassbar, dass jemand ihr etwas zuleide tat. Wer auch immer das getan hatte, er gehörte aufgehängt oder erschossen, erstochen oder vergiftet!

»Wo sind meine Patienten?«

Bet fuhr herum, als sie Dr. Curtis' Stimme in der Halle hörte.

»Hier drin!«, rief sie. Als der Arzt ins Zimmer kam, lächelte Bet ihn mitfühlend an. »Ich weiß, dass Sie einen langen Tag hinter sich haben, an dem sie verwundete Soldaten in der Nähe der Front behandelt haben, aber ich befürchte, der Tag ist für Sie noch nicht vorüber.« Sie wies zum Bett.

Dr. Curtis' müde Augen weiteten sich besorgt, als er Sebastian und Eden erblickte. Er eilte zum Bett und scheuchte alle aus dem Zimmer.

Widerstrebend gingen Bet, Peter und Tully hinaus. Bet konnte es nicht ertragen, von Edens Seite zu weichen, denn sie befürchtete, dass sie ihre Schwester zum letzten Mal lebend sehen würde.

Weinend ließ sie sich von Peter ins Wohnzimmer führen. Als er ihr ein Glas mit Brandy in die Hand drückte, trank sie es auf einen Zug leer und bat sofort um einen neuen Brandy.

Drei Brandy später nahm Peter seiner Frau das Glas aus der Hand. »Ich glaube, das reicht«, mahnte er.

Bet sah ihren Mann mit glasigem Blick an. »Ich kann noch *fühlen,* Peter. Es reicht noch nicht, um die Gefühle zu betäuben.«

Peter zögerte. Tully wies auf die Flasche. »Geben Sie ihr so viel sie wünscht. Es gibt Zeiten, an denen es ein Segen ist, nicht zu denken und zu empfinden.« Nachdem Peter in Bets Glas eingeschenkt hatte, nahm Tully ihm die Flasche ab und trank sie leer. »Ich glaube, ich kann ein paar Viertel von diesem Zeug ebenfalls brauchen.«

»Verdammt, ich will nicht der einzige Nüchterne hier sein, nur für den Fall, dass die Nachrichten von schlecht zu ganz schlimm wechseln«, sagte Peter und ging, um ein paar Flaschen Schnaps aus dem Keller zu holen.

17

Eden stöhnte. Vage Bilder und Fragmente unzusammenhängender Erinnerungen erwachten in ihrem schmerzenden Kopf. Als sie ein Gesicht über sich sah, riss sie die Hand hoch, um sich vor einem vermeintlichen Faustschlag zu schützen.

»Aua!« Dr. Curtis erhielt einen Hieb ans Kinn. Als Eden wieder ausholte und ihr Arm abermals auf sein Gesicht zuschoss, packte er ihr Handgelenk und hielt die Hand fest. »Ruhig, Eden. Ich bin's, Dr. Curtis. Bleiben Sie ruhig liegen.«

Eden brauchte einen Augenblick, um die Worte zu begreifen. Dann ließ sie den Arm sinken. Sie spürte, dass die klebrige Kleidung von ihrem Oberkörper entfernt wurde und öffnete blinzelnd ein Auge, um zu sehen, dass Dr. Curtis den blutigen Unterrock mit den Fingerspitzen in der Hand hielt.

Der Doktor runzelte verwirrt die Stirn. Auf Edens Schultern und Oberkörper gab es nur rote Flecken. Sein Blick glitt zu Sebastian, und er erkannte, dass die Blutflecken auf Edens Körper von ihm stammten. Dr. Curtis atmete erleichtert auf. *Ein* schwer verletzter Patient reichte ihm!

»Es wird Ihnen bald wieder gut gehen, Eden«, versicherte er ihr. »Sie haben wahrscheinlich höllische Kopfschmerzen, aber sonst sind Sie unversehrt. Ich wünschte, ich könnte das Gleiche von Sebastian Saber sagen.«

Bei der Bemerkung stemmte sich Eden auf ihren Ellenbogen und spähte zu Sebastian. Seine Brust und die Schulter waren mit blut getränkten Verbänden bedeckt, und sein rabenschwarzes Haar bildete einen starken Kontrast zu seiner Leichenblässe. Lieber Gott, Sebastian stand mit einem Bein im Grab!

Eden berührte mit zitternder Hand seine kalten Fingerspitzen. »Sebastian, kannst du mich hören?«

Er hatte ihr Leben gerettet, indem er sie zur Seite gestoßen und Lockwoods Feuer auf sich gezogen hatte. Wenn Sebastian diesen Akt selbstloser Tapferkeit nicht überlebte, würde Eden sich das niemals verzeihen können. Sie verdiente es nicht, verschont zu bleiben. Wenn sie Sebastian keine Szene gemacht und ihn nicht lautstark beschimpft hätte, wären sie von Lockwood vielleicht nicht gefunden worden. Sie war verantwortlich für die Katastrophe. Sie hatte ein weiteres Menschenleben auf dem Gewissen!

Bei dem furchtbaren Gedanken begann sie zu schluchzen.

»Eden, beruhigen Sie sich.« Dr. Curtis drückte sie auf das Kissen zurück. »Ich habe Sabers Wunden behandelt, und er ruht so bequem wie möglich. Er hat viel Blut verloren. Wir können nur warten, und Sie brauchen Ruhe.«

Von Sebastians kritischer Verfassung zu hören war nicht das, was Eden gewünscht hatte. Sie weigerte sich, zu akzeptieren, dass Sebastian vielleicht wegen ihres dummen Wutanfalls sterben musste. Dies war eine weitere Lektion, die sie daran erinnerte, wozu unbeherrschter Zorn führen konnte. Hatte sie das nicht als Kind genügend erfahren müssen?

Eden verbannte die quälenden Gedanken und konzentrierte sich auf Sebastian. Sie würde nicht zulassen, dass er starb. Sie hatte stets neben ihren schwer verwundeten Patienten gesessen, ihnen vorgelesen, mit ihnen gesprochen und sie ermuntert, bis das Schlimmste für sie vorübergegangen war.

Sebastian hatte ein Recht auf die gleiche Behandlung, auch wenn Eden sich alle paar Minuten kneifen musste, um wach zu bleiben. Sie würde Sebastian den Willen zum

Überleben einimpfen und nicht zulassen, dass er sie enttäuschte, indem er starb! Sie hatte nicht einmal die Gelegenheit gehabt, ihm dafür zu danken, dass er ihr das Leben gerettet hatte, hatte ihm noch nicht sagen können, dass sie ihn liebte – trotz der Probleme, die es zwischen ihnen immer noch gab.

Dr. Curtis überreichte Eden das frische Nachthemd, das Bet für sie zurechtgelegt hatte. »Ziehen Sie dies an, während ich Ihre Schwester hole. Bet kann es kaum erwarten, Sie zu sehen.«

Der Arzt verließ das Zimmer, und Eden schlüpfte in das Nachthemd. Dann ergriff sie Sebastians Hand. »Sebastian, wir müssen etwas erledigen«, flüsterte sie ihm zu. »Du willst dich doch nicht von einem Schuft wie Lockwood besiegen lassen, oder? Natürlich willst du das nicht. Diese Genugtuung gönnen wir ihm nicht, oder? Ich sage nein, und ich weiß, dass du mir aus ganzem Herzen zustimmst.«

Eden holte Luft und versuchte, mit ihrem schmerzenden Schädel klar zu denken. »Ich weiß, dass du im Augenblick nicht in der Lage bist, ihm Saures zu geben, aber du bist der Typ Mann, der kühn genug ist, jede Herausforderung anzunehmen. Das habe ich an dir immer bewundert, wusstest du das?

Wir werden Lockwood verfolgen, um dafür zu sorgen, dass Gerechtigkeit geschieht. Natürlich wirst du dich ein paar Tage ausruhen wollen, um wieder zu Kräften zu kommen, aber wir haben etwas zu erledigen. Keiner von uns kann zu lange im Bett liegen bleiben.«

Sebastian lag dort, und kein Muskel regte sich.

Sie drückte liebevoll seine Hand. »Meistens war ich nachsichtig und barmherzig, aber ich finde, hier ist Rache angezeigt.

Was sollen wir mit Lockwood machen, wenn wir ihn aufspüren? Ihn erschießen und basta? Oder vorher ein paar Mal auf ihn einstechen für den Schmerz, den er uns angetan hat? Oder vielleicht sollten wir das Schwein vergiften. Nachdem er dir dies angetan hat, sollten wir …«

Eden mäßigte sich, um Sebastians Aufmerksamkeit wieder auf seine kritische Verwundung zu lenken. Das Ganze diente dazu, ihn aufzumuntern und abzulenken.

»Wohin ist der Dreckskerl deiner Meinung nach geflüchtet, Sebastian? Weit kann er nicht gekommen sein, nachdem du ihm eine Kugel verpasst hast. Und das war ein feiner Schuss, wirklich meisterhaft, wenn man bedenkt, in welcher Lage du geschossen hast«, lobte Eden ihn.

Gott, sie konnte etwas zu trinken gebrauchen. Ihr Mund war trocken wie die Sahara. Dennoch leckte sie sich über die Lippen und bemühte sich weiter. »Sobald du wieder auf den Beinen bist, werden wir beide …«

»Eden?«

Sebastians krächzende Stimme zu hören war für Eden ein Geschenk vom Himmel. Einen Moment lang vergaß sie den pochenden Schmerz in ihrem Kopf.

»Ja, Sebastian?«

»Ich habe dich immer wieder gebeten, nicht deine Suggestivkraft bei mir einzusetzen.« Die Andeutung eines Lächelns spielte um seine Lippen. »Du weißt, wie ich das hasse.«

»Ja, gut, das habe ich bei all der Aufregung vergessen. Diese furchtbaren Kopfschmerzen machen es mir schwer, klar zu denken«, erklärte sie.

Sie lächelte vor Erleichterung und Freude, als er ihren Händedruck erwiderte. Er hatte zwar nicht die Augen geöffnet, aber sie wusste, dass er ihr zuhörte, so gut er konnte. »Aber der springende Punkt ist, dass ein Kreuzzug auf uns wartet. Ich kann Lockwood nicht allein verfolgen. Du hältst mir immer meine schlechte Angewohnheit vor, die Dinge selbst in die Hand zu nehmen. Aber es gibt keinen, den ich bei der Verfolgung von Lockwood mitnehmen würde. So musst du dich einfach beeilen, gesund zu werden und …«

Die Tür flog auf, und eine Schar von Besuchern kam herein. Eden blinzelte durch den Schleier, der ihre Sicht trübte, und sah Elizabeth auf das Bett zuschwanken und auf dessen Fußende sinken.

»Oh, Eden, Gott sei Dank lebst du!«, rief Bet weinend.

»Bet, du bringst das Bett zum Schaukeln«, schalt Eden ihre betrunkene Schwester. »Sebastian darf nicht geschaukelt werden.« Ihr Blick fiel auf den älteren, weißhaarigen Geistlichen, der mit einer abgegriffenen Bibel in der Hand den Schluss der Prozession von Besuchern bildete. »Pastor Milbourne, was machen Sie denn hier?«

Tully trat vor, um an Sebastians Seite des Betts aufzuragen. Er starrte auf seinen Chef und Freund und sah dann Eden an, die verwundert den Geistlichen anblickte. »Seine Lordschaft hat um einen Priester gebeten.«

»Aber warum sollte er das tun, wenn es ihm hervorragend geht?«, fragte Eden. »Sag es ihm, Sebastian. Du wirst in null Komma nichts gesund werden, nicht wahr? Es ist nicht nötig, dass der Pastor die Sterbesakramente spricht. Sie brauchen sich nicht zu bemühen, Pastor Milbourne.«

»Ich habe um einen Geistlichen gebeten«, murmelte Sebastian.

Eden blickte ihn an. »Jetzt hör mir zu, Sebastian Saber. Du wirst nirgendwohin gehen, wozu du den Segen eines Priesters brauchst, also vergiss sofort diesen idiotischen Gedanken und …«

»Eden?«

»Ja, Sebastian?«

»Erfülle mir einen letzten Wunsch …«

»Ich werde dir jeden Wunsch erfüllen, sofern es nicht dein letzter ist. Hast du mich verstanden, Sebastian? Also hör jetzt mit diesem krankhaften Unsinn auf, bevor ich mich ärgere. Wir müssen Geschäfte erledigen …«

Bet schluchzte so laut auf, dass sich Eden nicht konzentrieren konnte. »Hör auf!«, fuhr sie ihre Schwester an. »Bei deinem Geschrei kann ich Sebastian kaum hören.« Sie blickte zu ihrem Schwager, der mit glasigem Blick vor sich hin sah. »Peter, sei bitte so freundlich, und kümmere dich um deine alberne Frau.«

Peter nahm Bet in die Arme und erstickte ihr Schluchzen an seiner Brust. Pastor Milbourne trat vor.

»Was ist dein Wunsch, mein Sohn?«

»Trauen Sie uns«, bat Sebastian mit schwacher Stimme.

Die Besucher starrten ihn entgeistert an und glaubten, sich verhört zu haben.

Eden blinzelte benommen. Sebastian Saber heiraten? Das konnte sie nicht, obwohl sie ihn aus ganzem Herzen liebte. Wenn es sein letzter Wunsch war, sie zu heiraten – und sie ihn erfüllte –, würde Sebastian es für perfekt in Ordnung halten, sich in den Himmel davonzustehlen, mit der Überzeugung, ihr gegenüber richtig gehandelt zu haben.

Nein, das wollte Eden nicht! Sie würde Sebastian keinen Vorwand liefern, den Kampf ums Überleben aufzugeben. Sie wollte nicht Ehefrau und Witwe in derselben Nacht werden!

»Sebastian, ich kann dich heute nicht heiraten. Ich sehe schrecklich aus, richtig zum Fürchten. Ich habe ein Nachthemd an, kein richtiges Hochzeitskleid. Ich finde, wir sollten die Zeremonie auf Montag verschieben. Pastor Milbourne kann morgen Nachmittag zurückkehren. Bis dahin wirst du ausgeruht sein, und ich werde Zeit haben, ein Brautkleid auszuwählen. Ich werde dich morgen heiraten, wenn das dein Wunsch ist.«

»Dann also morgen und keinen Tag später.« Sebastian hob kurz die schweren Lider, richtete sich ein wenig auf und suchte blinzelnd nach Tully. »Kümmere dich für mich um all die Einzelheiten«, bat er, und dann sank er zurück und glaubte, in tiefe Finsternis zu fallen.

Nach einem Schlaf, der ihm wie ein Jahrzehnt lang vorkam, zwang sich Sebastian, die Augen zu öffnen. Er starrte an die Decke, ohne etwas wahrzunehmen, und lauschte der freundlichen, aufmunternden Stimme. Er hätte schwören können, dass sie ihn ständig begleitete, sogar im Schlaf.

»Daniel Johnston, der Kurier meines Vaters, hat mir heute am frühen Nachmittag Bericht erstattet«, sagte Eden. »Die Nachrichten von der Front lauten, dass die Rebellen die britischen Redouten hinweggefegt haben. Französische und amerikanische Streitkräfte haben den Ring um Yorktown noch enger gezogen.«

Eden drückte Sebastians Hand und schenkte ihm ein sonniges Lächeln. »Gouverneur Nelson hat mit einer Kanone auf sein eigenes Haus feuern und es in Trümmer schießen lassen, nachdem er erfahren hatte, dass es als britisches Hauptquartier benutzt worden war. Die französische Flotte hat Yorktown von der See aus beschossen, während die Rebellen die Reihen geschlossen haben. Trotz des Regens haben Gilbert Lafayette und die leichte Infanterie eine der Redouten in weniger als zehn Minuten eingenommen. Eine weitere fiel kurz danach. Der Führungsstab der Patrioten ist überzeugt, dass es nur noch eine Frage der Zeit ist, bis Cornwallis gezwungen ist, die Niederlage einzugestehen …«

»Eden?«

Eden neigte sich über ihn, um kurz die Hand auf seine fieberheiße Stirn zu legen. Dann zog sie die Hand zurück, und er spürte, wie Eden seine Stirn leicht mit den Lippen berührte. »Ja, Sebastian?«

»Heirate mich.«

Eden schenkte ihm ein weiteres strahlendes Lächeln. »Ich kann dich unmöglich in diesem kalten Nieselregen heiraten. Eine Hochzeit mit Kanonen- und Musketenfeuer in der Ferne ist kaum das, was ich mir unter einer richtigen Trauungszeremonie vorstelle. Außerdem ist Pastor Milbourne heute bereits hier gewesen und wieder fortgegangen. Ich verspreche dir, dich morgen zu heiraten …«

Dich morgen zu heiraten … Sebastian lauschte den Worten nach, während er darum kämpfte, bei Bewusstsein zu bleiben … und den Kampf verlor …

Eden erhob sich vom Stuhl neben dem Bett und entfernte die Verbände von Sebastians Brust und Schulter. Beim

Anblick der hässlichen Wunde drehte sich ihr Magen um. Sie schluckte hart und rief sich in Erinnerung, dass Sebastian Lockwoods Musketenfeuer hingenommen hatte, um ihr das Leben zu retten. Das hätte ihn sein eigenes Leben kosten können.

Und Dr. Curtis hatte nicht garantiert, dass Sebastian seine Verletzung überleben würde. Drei Tage lang hatte Eden ständig an seinem Bett Wache gehalten, mit Sebastian gesprochen, während er geschlafen und gedöst hatte und mal ganz kurz aufgewacht war. Sie hatte nicht mit Gewissheit sagen können, ob er gehört hatte, was sie gesagt hatte – bis vor einem Moment. Es war die erste verständliche Antwort gewesen, die er in diesen drei Tagen gegeben hatte.

Erschöpft trug Eden die Heilsalbe auf Sebastians Wunde auf und legte frische Verbände an. Dann ließ sie sich auf das Bett neben Sebastian sinken und schmiegte sich an seine unversehrte Seite. Sie würde sich erlauben, nur ein paar Minuten zu schlafen, sagte sie sich. Nur ein Nickerchen, bevor sie ihre Wache fortsetzen würde …

Tully blickte beim Striegeln des Araberhengstes auf und sah die Silhouette einer Frau neben der Stalltür zögernd verharren. Im Schein der Stalllaterne umgab Regen sie fast wie ein Heiligenschein, und Tully hatte das Gefühl, von einem Engel besucht zu werden. Als Eden den Stall betrat, legte Tully die Bürste ab und eilte zu ihr.

»Ist Seine Lordschaft …?«

»Seine Lordschaft schläft nach einer weiteren Dosis Laudanum«, informierte Eden den besorgten Tully. »Ich muss Ihnen nur ein paar Fragen stellen. Sebastian ist zu geschwächt, um sie selbst zu beantworten.«

Tully sah Edens entschlossene Miene und fragte vorsichtig: »Was möchten Sie denn wissen, Mylady?«

»Wer ist Lady Penelope?«, fragte Eden.

»Penelope?« Tully war sich nicht sicher, welche Frage er erwartet hatte, aber diese war es bestimmt nicht!

»Sebastian hat seit fast zwei Tagen den Namen gemurmelt.«

»Tatsächlich?«

»Tatsächlich.«

»Und deshalb haben Sie Seine Lordschaft weiterhin vertröstet, ihn erst am nächsten Tag zu heiraten«, mutmaßte Tully.

»Nein. Ich habe ihn hingehalten, damit er jeden Morgen aufwacht, um den Antrag zu wiederholen«, sagte Eden. »Ich will nicht, dass Sebastian stirbt, wenn er annimmt, er hätte das Richtige getan, bevor er sich in höhere Sphären verabschiedet.«

Tully lächelte amüsiert. »Sie sind eine sehr kluge und verständnisvolle Frau.«

»Nein, ich bin nur sensibel«, widersprach Eden. »Sebastian hat mir das Leben gerettet, und ich versuche, mich dafür zu revanchieren.«

»Aber Sie haben nicht vor, ihn an dem ersten Morgen zu heiraten, an dem er es schafft, fünf Minuten lang bei Bewusstsein zu bleiben, nicht wahr? Wissen Sie, das ist ein Fehler. Sie beide sollten so schnell wie möglich getraut werden.«

Eden sah Tully in die Augen. »Ich kann keinen Mann heiraten, der von einer anderen Frau träumt.«

»Hat Seine Lordschaft Ihren Namen ebenso geäußert?«, fragte Tully.

»Ja, aber …«

»Warum stört es Sie dann, wenn er eine Frau aus seiner fernen Vergangenheit erwähnt?«

»Wer war sie?«, fragte Eden rundheraus.

»Jemand, den er kannte«, erwiderte Tully mit einem gelangweilten Schulterzucken.

Eden seufzte. »Ich bin nicht in die Dunkelheit und den Regen hinausgelaufen, um mir Ihre ausweichenden Antworten anzuhören.«

Eden war eine hartnäckige Frau und entschlossen, nicht aufzugeben, bis ihre Neugierde gestillt war, das erkannte Tully in diesem Augenblick.

»Ich bin mir nicht sicher, ob es der richtige Ort und Zeitpunkt ist, um die Vergangenheit Seiner Lordschaft auszuplaudern, aber wenn davon abhängt, ob eine Heirat stattfindet oder nicht, werde ich Ihnen sagen, was Sie wissen wollen.«

Eden setzte sich auf eine Kiste und sah Tully gespannt an. »Sehr gut, also fangen wir mit dem Beginn an. Woher stammt Sebastian?«

Tully nahm die Bürste und widmete sich wieder dem Striegeln des Hengstes, während er seine Gedanken sammelte. »Sebastian wurde als Brite geboren und aufgezogen. Er hat eine beeindruckende Ahnentafel, die in England sehr bekannt ist.«

Eden runzelte die Stirn. Wenn Tully zugab, dass Sebastian mit den Briten sympathisierte, würden ihre Gefühle wieder in Aufruhr geraten.

»Mit dieser Vorgeschichte konnte er General Washington sehr gut in dem Krieg dienen. Mit seinen Kontakten und seinem Leumund konnte er dorthin gehen, wo sich andere Spione der Patrioten nicht hinwagten.«

»Mitten in Cornwallis' eigenes Lager«, murmelte Eden nachdenklich. »Und in das von Sir Henry Clinton in New York ebenfalls?«

Tully grinste. »Earls haben alle Arten von Privilegien, wissen Sie.«

Eden wäre fast von der Kiste gefallen. »Er ist ein Earl?«, krächzte sie.

»Er war einst einer«, erklärte Tully. »Jetzt ein Kolonist, der die gleichen Bürgerrechte und persönlichen Freiheiten in Virginia verlangt und erwartet, die er in England genossen hat, obwohl ich weiß, dass Sie sich soeben gefragt haben, wem seine Treue gilt.«

»Ein Earl?«, wiederholte Eden verblüfft.

»Als die Krone Kolonisten wie Stiefkinder zu behandeln begann, lehnte sich Sebastian auf. Er war einer der Männer, die Washington bedrängten, die Führung über die amerikanische Armee zu übernehmen und für unsere

Rechte zu kämpfen. Das Land, das die Familie Saber vor einem halben Jahrhundert als Investition kaufte, liegt bei Mount Vernon. Sebastian und George Washington sind seit vielen Jahren Bekannte.«

Eden starrte Tully an. »Ein Earl gab seine Grafenwürde auf, um auf einer Plantage in Virginia zu wohnen? Warum?«

»Das ist eine lange Geschichte.«

»Ich habe den Rest der Nacht Zeit, um sie mir anzuhören«, sagte Eden. »Bet und Peter sitzen bei unserem vornehmen Patienten, und ich kann es kaum erwarten, zu erfahren, wie Lady Penelope ins Bild passt.«

»Sie passt überhaupt nicht hinein«, schnaubte Tully. »Das war das Problem.«

»Tully, Sie weichen wieder absichtlich aus.«

Tully legte die Arme auf den Rücken des Araberhengstes und schaute Eden an. »Mylady, sind Sie immer so hartnäckig darin, jedem Bekannten Informationen zu entlocken?«

»Ja«, sagte sie. »Ich kann nicht verstehen, wenn jemand keine Fakten sammelt. Für gewöhnlich stoße ich nicht auf solchen Widerstand. Sie und Seine Lordschaft haben sich als Ausnahmen erwiesen. Also, Sie wollten mir über Lady Penelope erzählen.«

Tully grinste schief. »Wollte ich das?«

»Sie wollten. Sie müssen wissen, dass ich niemals einen Mann heiraten würde, den ich nicht verstehe und dem ich nicht völlig vertrauen kann. Ich würde ihn unglücklich machen, indem ich für den Rest seines Lebens nach Informationen forschen würde.«

Das glaubte Tully ihr aufs Wort. Eden hatte trotz ihrer engelhaften Qualitäten einen eisernen Willen. Mit einem ergebenen Seufzen fand sich Tully damit ab, dass er der Lady reinen Wein einschenken musste – wofür ihm Sebastian, der sich selbst oder seine Vergangenheit niemandem erklären konnte, vermutlich die Hölle heiß machen würde.

»Vor über einem Jahrzehnt bildete sich Sebastian ein,

eine lebenslustige Blondine zu lieben, die der Liebling des englischen Hofes war. Penelope setzte ihre weibliche List ein, um einen Heiratsantrag von dem neuen Earl of Sabervale zu bekommen. Alles war gut, bis Sebastian seiner Verlobten ankündigte, dass er den Titel an seinen jüngeren Bruder übergeben würde.«

»Warum wollte er das tun?«

»Weil drei Jahre zuvor Sebastian und Jarred Saber in einen Unfall verwickelt waren, bei dem sie beide verletzt worden waren. Die Narbe auf seinen Rippen ist eine ständige Erinnerung an das Unglück, bei dem Jarred zum Krüppel wurde.«

Eden erinnerte sich, dass Sebastian Jarreds Namen gemurmelt hatte, während er im Laudanum-Schlaf geträumt hatte.

»In England erben jüngere Söhne nicht den Titel und Reichtum. Von Jarred wurde erwartet, dass er seinen eigenen Weg in der Welt ging und seine Zukunft selbst sicherte. Aber nach dem Unfall war er nicht in der Lage, etwas anderes zu tun, als wieder das Gehen zu lernen.

Sebastian fühlte sich für seinen Bruder verantwortlich. Jarred war ein schwaches, kränkliches Kind gewesen, das sich in Sebastians Obhut befunden hatte, nachdem seine Eltern bei einer Seereise umgekommen waren. Sebastian entschloss sich, ihm den Titel zu übergeben und nach Amerika zu segeln, um die Ländereien zu beaufsichtigen, die seine Familie gekauft hatte.«

»Und Lady Penelope weigerte sich, zu den rückständigen Kolonien mitgenommen zu werden, fort vom falschen Glanz und den Aufregungen des Hofes«, mutmaßte Eden.

»Weigerte sich?« Tully lachte. »Das ist milde formuliert. Die kleine Xanthippe bekam einen spektakulären Wutanfall, als Sebastian sie über seine Pläne informierte. Sebastian hatte noch nie den Snobismus des Hofes gemocht, den Penelope so liebte. Sie löste sofort die Verlobung und warf sich an Jarred heran, womit sie bestätigte, was Sebastian nicht hatte glauben wollen. Penelope hatte ihr Interesse an ihm wegen seines Reichtums, Titels und Ansehens nur geheuchelt.«

Eden seufzte. Welch ein bitterer Schicksalsschlag musste es für Sebastian gewesen sein, als er erkannt hatte, dass Penelope sich nur für sein Geld interessiert hatte, nicht für ihn als Mensch.

»Als Sebastian nach Virginia segelte, begleitete ich ihn natürlich«, sagte Tully. »Ich war praktisch seit unserer Kinderzeit in seinen Diensten. Es war die Art Loyalität und Anhänglichkeit, die eine Frau wie Penelope nicht verstehen konnte.«

Eden blickte zu den Lichtern des Hauses. »Er wurde wegen seiner Großherzigkeit gegenüber seinem verletzten Bruder, dem neuen Earl of Sabervale, verlassen. Ein Jammer, dass eine Frau zu oberflächlich ist, um Sebastians liebenswerte Qualitäten zu erkennen.«

»Nicht jeder denkt so nobel, Mylady. Gewiss nicht Penelope. Ein paar Monate nach unserer Ankunft in den Kolonien erhielt Seine Lordschaft einen Brief, in dem er über Jarreds Hochzeit mit Penelope informiert wurde. Jarred war der Dumme bei dieser Sache«, schnaubte Tully. »Aus seinen Briefen ging hervor, dass sich Penelope zu einem unerträglich zänkischen Weib entwickelte. Ein Jammer, dass er sie trotz ihrer vielen Fehler liebte. Und es passte auch, dass die Lady unfruchtbar war. Sie war außer sich vor Zorn, als sie erfuhr, dass Sebastians Kinder den Titel erben würden.«

Tully schaute Eden ernst an. »Wissen Sie, für Sebastian ist Treue und Loyalität so wichtig wie für Sie. Doch als Penelope ihn betrog, obwohl sie ihm öffentlich Liebe vorgeheuchelt hatte, wurde er Frauen gegenüber zynisch und misstrauisch. Jetzt war er tief in Spionage verwickelt, gefangen in einer Welt von Halbwahrheiten und Lügen. Es geht ihm gegen den Strich, selbst wenn er die Missionen erfüllt, die Washington von ihm verlangt.«

Tully hielt im Striegeln des Hengstes inne und sah Eden eindringlich an. »Sie meinen, Sie können Lord Saber nicht vertrauen, weil er gezwungen war, Ihnen verdrehte Wahrheiten aufzutischen, um seine Pflicht zu erfüllen. Und er ist sich nicht sicher, ob er Ihnen vertrauen kann, weil Sie ihm nicht völlig vertrauen. Es ist wirklich ein kompliziertes Durcheinander.«

Eden nickte. »Und ich kann einfach keinen Mann heiraten, der mich nicht von ganzem Herzen liebt.«

Tully lachte und striegelte den Araber weiter. »Sind Sie dessen sicher? Ich meine, dass er Sie nicht von ganzem Herzen liebt? Einige Männer haben Schwierigkeiten, ihre Gefühle auszusprechen, aber das heißt nicht, dass sie keine haben. Manchmal zeigt sich Liebe darin, was ein Mann tut, nicht darin, was er sagt oder nicht sagt.«

Als Eden eine Weile schwieg, warf Tully ihr einen Seitenblick zu und fuhr fort: »Nehmen Sie zum Beispiel die unangenehme Sache mit Ihrer Gefangenschaft. Als Sebastian zu der Hütte zurückkehrte und feststellte, dass Lockwood Sie misshandelte, verlor er jede Beherrschung und schlug den Lump fast tot. Seine Lordschaft wachte während Ihrer Genesung über Sie. Und als Lockwood Sie vor kurzem beide töten wollte, entschied sich Sebastian, sein Leben zu riskieren, um Sie zu retten. Jetzt frage ich Sie, handelt so ein Mann, dem Sie gleichgültig sind? Meinen Sie immer noch, Seine Lordschaft will Sie nur heiraten, um eine Verpflichtung zu erfüllen?«

Eden lächelte zu Tully auf. »Wie sind Sie so weise geworden?«

»Es ist keine Weisheit, sondern einfach Beobachtungsgabe«, stellte er klar. »Ich bin so viele Jahre mit Seiner Lordschaft zusammen, dass ich ihn außergewöhnlich gut kenne. Besser als jeder, nehme ich an. Kein Mann entscheidet sich dafür, sein Leben für ein Ziel aufs Spiel zu setzen, wenn er nicht stark überzeugt davon ist. Sebastian war stets ein Mann von Ehre und Überzeugung, auch wenn er gezwungen war, zu Täuschung zu greifen, um seinem Land zu dienen. General Washington benutzte die gleiche Taktik gegen Sir Clinton, bevor er sich nach Süden absetzte. Und *seine* Ehrbarkeit ist legendär.«

Eden erhob sich. Sie blickte zur Stalltür, vor der der Regen im Laternenschein wie tanzende Bernsteintropfen wirkte. »Ich glaube Ihnen, Tully. Sebastian ist ein ehrbarer, großherziger Mann. Schade, dass ich seiner unwürdig bin.«

»Eine Heilige, die unwürdig ist? Blödsinn!«

»Glauben Sie mir, Tully, ich bin keine Heilige«, sagte sie und ging in den Regen hinaus.

Gerard Lockwoods Fluch übertönte das Prasseln der Regentropfen gegen die Fensterscheiben der Hütte im Sumpfland. Während er nach etwas Essbarem gesucht hatte, war er auf Thaddeus Sabers Verkleidung gestoßen.

»Dieser hinterlistige Bastard!«, zischte Gerard. »Möge er in der Hölle schmoren!«

In den vergangenen paar Tagen war Gerard auf der Flucht gewesen, hatte wie ein Aasfresser gelebt und war den Patrouillen der Rebellen ausgewichen, um zu Thaddeus' versteckter Hütte zu gelangen. Aber Thaddeus war nicht da ... weil es ihn gar nicht gab! Dieser verschlagene Saber hatte so viele britische Offiziere an der Nase herumgeführt, dass es zum Schreien war! Kein Wunder, dass Sebastian nie zu sehen gewesen war, wenn sich Thaddeus in der Hütte aufgehalten hatte.

Immer noch fluchend schleuderte Gerard die ausgepolsterte Jacke und Hose gegen die Wand und ging gereizt auf und ab. Er wusste nicht, ob Sebastian tot oder lebendig war. Tot, hoffte er. Aber wie auch immer, dieser heimtückische Bastard war nicht mehr im Dienst. Zu schade, dass er, Gerard, die Chance verpasst hatte, Eden zu kidnappen und für Lösegeld als Geisel zu halten. Sein Geld schrumpfte rapide.

Gerard verharrte und starrte nachdenklich aus dem Fenster. Dann grinste er böse. Zweifellos war General Pembrook noch auf dem Schlachtfeld beschäftigt. Saber war tot – oder nahe daran –, und es sollte nicht schwierig sein, Eden zu entführen.

Und wenn dieser verdammte Krieg vorüber war, würde er, Gerard genügend Geld haben, um sich in eine andere Kolonie absetzen zu können, wo ihn keiner erkennen würde.

Bei diesem Gedanken lächelte er zufrieden. Er hatte noch ein Hühnchen mit Eden Pembrook zu rupfen.

Sehr bald würde er sie sich vornehmen und anschließend mit den Taschen voller Lösegeld untertauchen und die Vergangenheit hinter sich lassen.

18

»Gestern Nacht wurde Cornwallis' Schicksal besiegelt«, berichtete Eden, als sie neben Sebastians Bett saß und seine Hand hielt. »Genau wie du prophezeit hast, unternahm Cornwallis den verzweifelten Versuch, zu flüchten.«

Eden legte eine Hand auf Sebastians Stirn, um zu überprüfen, ob er Fieber hatte. Zum ersten Mal seit Tagen schien seine Temperatur normal zu sein, doch er war noch schwach und benommen vom Laudanum.

»Während der gestrigen Gewitternacht versuchte Cornwallis seine Männer durch die Bucht nach Gloucester überzusetzen, aber Sturm und Wellen brachten seine Ruderboote zum Kentern. Um zehn Uhr heute Morgen verlangte er nach der weißen Flagge und dem Trommlerjungen, um eine Waffenstillstandsverhandlung zu erbitten. Wir diktieren die Bedingungen der Kapitulation, Sebastian. Dieser Krieg ist praktisch endlich vorüber!«

»Und was ist mit dem Krieg zwischen uns?«

Eden zuckte zusammen. Es war ihr nicht klar gewesen, dass Sebastian wach war und ihr zuhörte. Er hatte so reglos dagelegen, dass sie ihn schlafend gewähnt hatte.

Als sich dichte schwarze Wimpern hoben und der Blick silbergrauer Augen sie traf, wurde es Eden warm ums Herz. Nach ihrem Gespräch mit Tully hatte sie beträchtliches Verständnis für den Mann gewonnen, den sie liebte. Aber so sehr sie den Gedanken genoss, ihr weiteres Leben mit Sebastian zu verbringen, desto größer kamen ihr die beiden Hindernisse auf dem Weg dazu vor – ihre dunkle Vergangenheit und seine fehlende Liebeserklärung.

Tully behauptete, dass manchmal Taten mehr als Worte die Liebe bewiesen. Doch Tully übersah wegen seiner unerschütterlichen Treue und Bewunderung für Sebastian Saber eine entscheidende Tatsache.

Sebastian war ein Mann von Ehre. Ehrenmänner verteidigen stets diejenigen, die nicht in der Lage sind, das selbst zu tun, weil ihr Ehrenkodex dies verlangt. Eden hatte nicht den geringsten Zweifel, dass Sebastian in jener schicksalhaften Nacht jeden vor Lockwood gerettet hätte. Sie hätte nichts Geringeres von einem Mann erwartet, der einer Familie entstammte, durch deren Adern seit Generationen blaues Blut floss. Es war Sebastians starker Ehrenkodex gewesen, der ihn motiviert hatte, für sie, Eden, sein Leben einzusetzen, auch wenn Tully das anders auslegte.

Darüber hinaus würde Eden stets von ihrer Vergangenheit verfolgt werden. Rückblickend wurde ihr klar, dass sie jeden Heiratsantrag aus Schuld- und Minderwertigkeitsgefühlen abgelehnt hatte. Sie hatte jahrelang für ihre Sünden gebüßt, aber nichts konnte wieder gutmachen, was sie getan hatte.

Sebastian war der einzige Mann, der hinter ihrem heiteren Lächeln die dunklen Geheimnisse in ihren Augen entdeckt hatte. Sie konnte diese abscheulichen Sünden nicht in eine Ehe mitnehmen, besonders nicht in eine mit einem Earl …

»Eden, du hast mir keine Antwort gegeben«, sagte Sebastian.

»Ich denke. Und ich nehme an, du hast die Situation falsch ausgelegt. Genauer gesagt, es ist niemals Krieg zwischen uns gewesen.«

»Und, genauer gesagt, es war niemals Frieden zwischen uns«, entgegnete er. Er heftete den Blick auf Eden, die auf ihn in ihrem leuchtenden Kleid wie ein personifizierter Sonnenstrahl wirkte. »Du hast überhaupt nicht vor, mich zu heiraten, nicht wahr? Dein Versprechen auf morgen war eine Taktik, um mich dazu zu bringen, jede Nacht bis zum nächsten Tag zu überleben.«

Sie hob den Kopf, und ihre blauen Augen hielten seinem forschenden Blick stand. »Ich kann dich nicht heiraten«, sagte sie schließlich entschieden.

»Warum nicht? Wegen der Geheimnisse deiner Vergangenheit?«, fragte er rundheraus.

Eden wurde blass und starrte auf die Wand. »Ja und nein.«

»Was denn nun?«

Gott, wie Sebastian es hasste, flachzuliegen und benommen von Betäubungsmitteln zu sein. Er fühlte sich nicht Herr der Lage, und das war ein gefährlicher Umstand im Umgang mit einer Frau von Edens scharfem Verstand.

Eden stand auf und ging auf und ab. »Ich weiß von *deiner* Vergangenheit, Sebastian«, sagte sie unvermittelt.

»Ich nehme an, Tully hat die ganze schmutzige Geschichte ausgeplaudert, als ich nicht in der Lage war, ihn daran zu hindern.«

»Ich war hartnäckig und habe die Wahrheit aus ihm herausgepresst«, sagte Eden zu Tullys Verteidigung.

»Wie stets, dessen bin ich mir sicher.«

»Ja, nun, das ist einer meiner vielen Fehler, die du verabscheuen würdest, wenn wir verheiratet wären. Ich bin auch extrem auf Unabhängigkeit bedacht und hasse es, herumkommandiert zu werden. Ich bin so festgelegt in meinen Ansichten, dass ich dazu neige, *meinen* Weg stets für den richtigen zu halten.«

Sebastian veränderte – vorsichtig – seine Lage im Bett, während er Eden beim Auf- und Abschreiten beobachtete. Ein melancholisches Lächeln spielte um seine Mundwinkel. Er bereitete sich darauf vor, die eingeübte Ansprache zu hören, die Eden wohl jedem ihrer sieben Ex-Verlobten gehalten hatte.

»Da ich weiß, dass du von blaublütiger Abstammung bist, kann ich unmöglich den Namen der Familie Saber beschmutzen. Meine Vorfahren waren Bürgerliche, die zu den Kolonien segelten, um einen Neuanfang zu wagen. Ich habe erfahren, dass es sogar einige Bettler und Diebe in vergangenen Generationen meiner Ahnen gegeben hat. Sicherlich willst du nicht deine adlige Abstammung mit meinem pöbelhaften Erbe beschmutzen.«

Eden warf einen schnellen Blick zu Sebastian, als er sich gegen den Stapel von Kissen lehnte. »Mir ist klar, dass du dich deiner Ehre verpflichtet fühlst, weil wir ...« Sie schluckte, fasste sich und sprach hastig weiter: »... weil wir mehrmals intim waren.«

»Ja, das waren wir zweifellos«, stimmte er zu. »Wenn man versucht, all die anderen Fakten zu ignorieren, kann man dies einfach nicht übersehen, oder doch?«

Eden wurde rot bis zum Ansatz ihrer kastanienbraunen Haare. »Stimmt, das kann man nicht. Aber ich glaube, dass liebevolle Intimität ein Ausdruck tiefer Gefühle sein sollte, die das solide Fundament der Ehe haben sollten, meinst du nicht auch? Und ohne diese starken Gefühle würde das Fundament einstürzen, nicht wahr? Einfache sexuelle Intimität ist also wirklich kein Thema, oder? Du und ich könnten allein wegen des sexuellen Vergnügens mit sonst jemandem schlafen, nicht wahr?«

Nein, das konnten sie nicht! Und Sebastian war überzeugt, dass Eden es ebenso gut wusste wie er, aber er hütete sich davor, ihr bei irgendetwas beizupflichten – oder zu widersprechen –, das Eden später vielleicht gegen ihn verwenden konnte. Er wusste verdammt gut, dass Edens vorherige Verehrer – in ihrem Bestreben, ihr zu gefallen und entgegenkommend zu sein – in ähnliche Fallen hineingestolpert waren. Sebastian wich den Fallgruben aus, indem er sich weigerte, den Köder zu schlucken.

»Nun, stimmst du meiner Logik nicht zu, Sebastian?«, fragte Eden.

Sebastian unterdrückte ein Lächeln. »Sprich nur weiter, meine liebe Lady, ich denke noch über die Schlüsse nach, zu denen du gelangt bist.«

Eden runzelte die Stirn, verstimmt darüber, dass sie ihm keine zustimmende Antwort entlockt hatte. Sebastian war zweifellos eine Stufe besser als die übliche männliche Mentalität. Sie würde die schwere Artillerie auffahren müssen, um ihn zu überzeugen, seinen Heiratsantrag zurückzuziehen.

»Da gibt es einen anderen ernsten Defekt in meiner Persönlichkeit, den ich niemals überwinden konnte«, fuhr sie fort, während sie weiterhin auf und ab ging. »Ich bin sehr empfänglich für – und begierig auf – Veränderungen.«

Sebastian ahnte, was als Nächstes kommen würde, und für gewöhnlich verlor er die Beherrschung, wenn sie dieses Thema zur Sprache brachte. Doch heute würde er sich eisern beherrschen. Es stand zu viel auf dem Spiel.

Eden verharrte in ihrem ruhelosen Auf und Ab und schenkte ihm dann dieses atemberaubende Lächeln, das Sebastian so verrückt machen konnte. »Wie du bemerkt haben wirst, habe ich sogar zweimal die Möbel in diesem Zimmer verstellt, seit ich dich gesund gepflegt habe. Ich kann die Dinge einfach nicht lange so lassen, wie sie sind, weil sie mich schließlich ...«

»Langweilen«, vollendete Sebastian und knirschte mit den Zähnen.

»Ja, das ist die richtige Bezeichnung.« Eden lächelte wieder, und Sebastian schaffte es nur mit äußerster Willenskraft, ruhig zu bleiben. »Du bist ungewöhnlich scharfsinnig, Sebastian.«

»Das sagtest du schon.«

»Dir sind also meine zahlreichen Fehler bewusst, nicht wahr?«

Bei wem war das nicht der Fall? Eden schleuderte sie jedem Mann ins Gesicht, der sie heiraten wollte.

»Ich habe ebenfalls ein heftiges Verlangen nach Abenteuern. Ich liebe es, meinen Horizont zu erweitern und mein Wissen zu verbessern. Ich bin einfach kein geeignetes Frauenmaterial, weil ich nie weiß, wann der Impuls, etwas Neues zu erleben, übermächtig werden wird.«

Sebastian schaffte es, seine ausdruckslose Miene zu behalten, obwohl er wusste, dass sie absichtlich versuchte, ihn zu reizen. Er blieb still und fragte sich unsicher, wohin diese neue Gesprächstaktik führen würde.

»Nimm zum Beispiel meinen ersten Verlobten. Timothy Mason. Er hatte die Vorliebe, eine ungewöhnliche Vielfalt von Blumen für seinen Garten zu kaufen. Als er mir erst alles erzählt hatte, was er über das Kultivieren und Pflegen exotischer Pflanzen wusste, die er sich aus allen Teilen der Welt hatte schicken lassen, hatten wir uns nur noch wenig zu sagen.

Als ich mich dafür interessierte, etwas anderes als Tabak anzubauen, war ich geneigt, mir einen Mann zu suchen, der mir entsprechende Informationen geben konnte. Aber bald habe ich …«

»… das Verlangen nach ihm und den anderen Männern, die folgten, *überwunden*«, ergänzte Sebastian.

»Genau.« Sie lächelte ihn an.

Sebastian fluchte lautlos in sich hinein.

»Du verstehst also, dass diese seltsamen Eigenarten meiner Persönlichkeit ein Problem in einer Ehe sein könnten, nicht wahr, Sebastian?«

Sebastian verstand, dass Eden ihn vor Ärger zur Weißglut trieb! Aber er würde eher in der Hölle braten, als die Beherrschung zu verlieren! Er sagte sich, dass er eine Medaille verdiente, weil er all diesen Unsinn ertrug, während er sich so schwach fühlte.

»Ich bin wie ein Kind, das Regenbogen hinterherjagt, nie zufrieden mit der Gleichförmigkeit des Lebens, stets auf der Suche nach etwas, das ich vielleicht niemals finden werde. Du würdest meine albernen Launen schließlich leid werden. Du würdest dich fragen, warum du mich als deine Frau ausgewählt hast, nicht wahr, Sebastian?«

»Würde ich das, Eden?« Sebastian ballte unter dem Laken die Hand zur Faust. Sie hatte absichtlich den Zeitpunkt für dieses Gespräch gewählt, weil sie wusste, dass er durch seine Verletzung gereizt und nicht auf der Höhe war. Sie nutzte vorsätzlich seine Schwäche aus, aber er würde sich nicht hinreißen lassen und sie anschreien! Er würde ihr keinen Grund liefern, zu denken, dass sie seinen Zorn zu ihrem Vorteil nutzen konnte.

»Natürlich würdest du das«, sagte er mit perfekt gespielter Überzeugung. »In einem halben Jahr, vielleicht noch früher, würdest du dich unglücklich fühlen, wie eingesperrt. Du würdest mit einer Lüge leben, indem du versuchen würdest, deine Enttäuschung über mich zu verbergen …«

Eden presste die Lippen aufeinander, bevor sie sich den verbotenen Erinnerungen hingab, die dicht unter der Oberfläche ihres Selbstschutzes schlummerten. Sebastian bemerkte die Veränderung, die in ihr vorging, die Schatten, die sich über ihre Augen senkten.

Eden schaffte ein weiteres Lächeln. »Du siehst also, dass diese Dinge, die die Eckpfeiler einer guten Ehe bilden, schließlich einstürzen würden, wie bei einem Haus, das auf Treibsand erbaut worden ist. Treue und Vertrauen würden um uns zerbrechen, und wir könnten kein gemeinsames Fundament finden. Ich erweise dir einen großen Gefallen, indem ich dich jetzt auf meine Fehler hinweise und dir dadurch Jahre der Unzufriedenheit erspare, nicht wahr? Und wenn du wieder bei Kräften bist, um dein Leben weiterzuführen, hoffe ich aufrichtig … Sebastian, was, zum Teufel tust du da?«

Mit einem gewaltigen Ruck stemmte sich Sebastian auf und schwang die nackten Füße über die Bettkante. »Ich führe mein Leben weiter«, keuchte er, und sein Gesicht war so weiß wie der Teppich. Verdammt, es kostete so viel Energie, aufrecht zu sitzen, dass er befürchtete, vor Schwäche zusammenzubrechen!

Alarmiert eilte Eden zu ihm. »Du darfst noch nicht aufstehen! Du wirst die Nähte aufreißen und das bisschen Kraft verlieren, das du gerade erst gewonnen hast!«

»Geh mir aus dem Weg, Eden. Ich *werde* aufstehen. Oder bei dem Versuch krepieren!« Seine Stimme zitterte. Ebenso seine Arme und Beine.

»Ich habe nicht ständig Wache an deinem Bett gehalten,

damit du mir jetzt hier zusammenklappst!« Eden stellte sich vor ihn, um ihm den Weg zu blockieren. »Ich verbiete dir, dieses Zimmer zu verlassen, bis sich dein Zustand bessert.«

Sebastian biss die Zähne zusammen und kämpfte sich auf die Füße. Keine Sekunde später begann sich alles vor seinen Augen zu drehen. Im Reflex griff er Halt suchend nach Edens Schulter. Als er auf sie zufiel, stolperte sie zurück und geriet aus dem Gleichgewicht. Sie stürzten aufschreiend – Eden vor Erschrecken, Sebastian vor Schmerz – zu Boden.

Als Eden sich zwischen Sebastians muskulösem Körper und dem Teppich wiederfand, wurde sie völlig reglos. Sie wagte es nicht, sich zu bewegen, weil sie befürchtete, Sebastian weiteres Unbehagen zu bereiten.

Sebastian fand dies nicht unbehaglich, ganz im Gegenteil. Es war der Ansporn, den er brauchte, um sich zu erholen. Mit Edens weichem, weiblichem Körper unter sich fühlte er sich gleich zehnmal besser.

Sicherlich, Edens Versprechungen ›ich heirate dich morgen‹ hatten ihn wirkungsvoll von einem Tag zum nächsten gebracht, aber dies war eine viel bessere Therapie für ihn. Er hatte das Gefühl, dass sein schwacher Körper Hitze und Energie aufnahm, als er den Mund auf ihre Honiglippen senkte, um die Nahrung zu saugen, die seine benommenen Sinne ins Leben zurückbrachten.

Zum ersten Mal seit einer Woche fühlte sich Sebastian vollkommen und lebend. Zufrieden schloss er die Augen und genoss den Geschmack von Edens Kuss.

Trotz Edens langem Monolog, warum sie nicht zueinander passten, spürte er, dass sie die Arme um ihn schlang. Sie erwiderte den Kuss, und er glaubte, im Himmel zu sein.

»Guter Gott! Was ist denn hier los?«

Pastor Milbourne und Dr. Curtis betraten unerwartet das Zimmer. Unterdrücktes Gelächter und schockiertes Luftschnappen gaben Zeugnis davon, dass Tully, Peter und Bet dem Geistlichen und dem Arzt dichtauf folgten.

»Sebastian, Sie sollten im Bett liegen«, schalt der Arzt.

»Und Sie sollten keinesfalls auf Miss ...« Pastor Milbourne wurde rot und blickte himmelwärts. »Herr im Himmel!«

Tully schritt um die Menschentraube herum, die sich an der Tür drängte, und eilte zu Sebastian, um ihm auf die Füße zu helfen. Als Tully Sebastian aufs Bett legte, zuckte es vor Belustigung um seine Lippen. Er warf einen Blick zu Eden und sah, dass sie errötet war.

Jemand muss in dieser Situation das Kommando übernehmen, sagte sich Tully – und übernahm es sofort. Diese Sache zwischen Seiner Lordschaft und Eden hätte schon vor Wochen geregelt werden müssen, und sie würde hier und jetzt erledigt werden. Eden und Seine Lordschaft konnten sich später über die Einzelheiten streiten.

Tully fuhr herum und winkte den Geistlichen zum Bett. »Ich meine, wir sollten die Trauungszeremonie jetzt durchführen. Wir haben die Braut, den Bräutigam und jede Menge Zeugen. Mehr brauchen wir nicht.«

»Das Aufgebot ...«, versuchte der Pastor zu erinnern.

»Die Papiere habe ich in der Tasche.« Tully zog die Dokumente hervor, die er auf Sebastians Wunsch hin besorgt hatte.

»Moment mal, wartet ...«, protestierte Eden.

»Es wird nicht mehr gewartet«, drängte Elizabeth. »An jedem Tag, an dem Sebastian aufgewacht ist und dich gefragt hat, ob du ihn heiraten willst, hast du versprochen, ihn morgen zu heiraten. Dies ist das allerletzte Morgen, Eden. Es geht nicht an, dass Gäste und Bedienstete dich und Sebastian hier in solch kompromittierenden Situationen antreffen.«

»Hol dich der Teufel, Bet«, murmelte Eden. »Mir das anzutun, nach allem, was ich jahrelang für dich getan habe!«

»Und jetzt ist es an der Zeit, dass ich etwas Wichtiges für *dich* tue«, erwiderte Bet im gleichen heiteren Tonfall, den Eden für gewöhnlich wählte. »Ich werde deine Brautjungfer sein, und Tully kann Sebastians Trauzeuge sein.«

Sebastian wurde immer schwächer. Sein Sturz hatte ihn fast aller Kraft beraubt, und der Kuss war leider nur so lange wiederbelebend gewesen, wie er angedauert hatte.

»Fangt an mit der Zeremonie – schnell«, drängte Sebastian mit krächzender Stimme.

Tully stieß den entgeisterten Pastor mit dem Ellenbogen an. »Sie haben Seine Lordschaft gehört.«

»Aber dies ist höchst außergewöhnlich.«

»Ebenso wie es das Werben war und wie es die Ehe zweifellos sein wird«, bemerkte Tully.

Der Pastor holte tief Luft und begann widerstrebend mit der Zeremonie: »Wir haben uns hier versammelt, um …«

»Lassen Sie das Pipapo weg«, unterbrach Sebastian mit schwacher Stimme. »Ich halte nicht mehr viel länger durch.«

»Wollen Sie diese Frau heiraten?«, sagte Milbourne hastig und runzelte besorgt die Stirn, als er Sebastians totenbleiches Gesicht sah.

»Ja.« Sebastian sank auf das Kissen zurück und schloss die Augen, um jedes Quäntchen von Energie zu retten, das noch in ihm war.

»Eden, wollen Sie diesen Mann …«

»Wenn ich ihn nehme, dann schwöre ich, dass ich nicht weiß, was ich mit ihm anfangen werde«, fiel Eden ihm ins Wort. »Dies ist ein schrecklicher Fehler. Es wird niemals klappen – auaah!« Sie starrte wütend ihre Schwester an, deren Absatz sich in ihre Fußspitze bohrte.

»Sag es!«, verlangte Bet ungeduldig.

»Mit gutem Gewissen kann ich nicht … autsch!« Eden starrte wieder finster ihre Schwester an und blickte dann schnell zu den anderen Anwesenden. Mit Unterstützung war nicht zu rechnen. Sie war anscheinend die Einzige hier, die noch eine Spur von Vernunft hatte.

»Heirate mich, Eden«, flüsterte Sebastian, ohne die Augen zu öffnen. »Du kannst dein Verlangen nach mir morgen überwinden …«

Eden beging den entscheidenden Fehler, auf dieses spitze, bleiche Gesicht mit den schwarzen Bartstoppeln hinabzublicken, das von zerzausten rabenschwarzen Haaren umgeben war. Sebastian sah so schwach und verletzlich aus, so hilflos, dass ihr der Anblick fast das Herz zerriss. Sie sprach mit ihrem Herzen, statt mit dem Verstand, und sie wusste, dass sie ihre Entscheidung später bereuen würde. Aber nicht jetzt, nicht, wenn ihr verräterischer Körper noch von den Nachwirkungen ihrer ungeplanten Umarmung auf dem Fußboden prickelte.

»Ja«, wisperte sie und beobachtete, wie sich die Andeutung eines Lächelns um Sebastians bläuliche Lippen ausbreitete.

»Dann erkläre ich euch zu Mann und Frau«, sagte Pastor Milbourne mit einem entschiedenen Nicken. »Da der Bräutigam die Braut bereits geküsst hat, werden wir auf diese Formalität verzichten. Möge dies der Beginn einer langen und glücklichen Ehe sein.« Er wandte sich zum Gehen. »Wenn Sie mich jetzt entschuldigen, ich muss die verwundeten Soldaten oben und die Truppe im Feld besuchen.«

»Und wenn Sie mich entschuldigen wollen, muss ich meinen Patienten untersuchen«, kündigte Dr. Curtis an. »Schließen Sie bitte die Tür hinter sich beim Hinausgehen.«

Mit triumphierendem Lächeln führten Tully, Peter und Bet Eden aus dem Zimmer.

»Das werde ich euch niemals verzeihen«, grollte Eden.

Bet klopfte ihrer Schwester auf die Schulter. »Natürlich wirst du uns verzeihen. Das können Heilige am besten.«

»Ich bin keine Heilige!«, begehrte Eden auf.

Tully, Bet und Peter grinsten vor sich hin, als sie davongingen. Eden fluchte lautlos in sich hinein. Sie konnte es auf den Tod nicht ausstehen, zu etwas gezwungen zu werden – sie war zu lange unabhängig gewesen!

Dies war der Beginn des Ärgers, davon war Eden überzeugt. Wenn Sebastian wieder auf den Füßen sein würde, dann würde er versuchen, ihr vorzuschreiben, was sie zu tun und zu lassen hatte. Sie war verletzlich, weil sie ihn liebte, und er würde das ausnutzen. Wenn sie keine gleichwertigen Partner in dieser Ehe sein konnten, dann konnten sie überhaupt keine Partner sein.

Diese Ehe würde einfach nicht funktionieren. Gott, verzeih mir, dachte sie, aber ich werde Sebastian das Leben zur Hölle machen müssen, bis er einer Trennung zustimmt. Da er keine so große Liebe für sie empfand wie sie für ihn, würde es ihr das Herz und die Seele brechen, dass sie mit ihm unter demselben Dach leben musste.

In diesem Augenblick schloss Eden einen Pakt mit sich selbst. Sie musste Sebastian bis zu dem Punkt verärgern, an dem er sich entschied, sie zu verlassen. Bet, Peter und Tully würden es noch bereuen, sich bei etwas eingemischt zu haben, das sie nichts anging. Und darüber hinaus war sie, Eden, nicht würdig, einen ehemaligen Earl zu heiraten, nicht mit ihrer Vergangenheit! Sie war eine … nun sie war einfach unwürdig. Genug gesagt.

Sebastian erwachte am nächsten Morgen und sah anstelle von Eden Maggie auf dem Stuhl neben seinem Bett. Er wurde zu seiner kürzlichen Hochzeit beglückwünscht und dann mit dem Frühstück gefüttert. Ein Schläfchen später saß Tully neben ihm. Während des Nachmittags schaute Elizabeth bei ihm vorbei, bis Peter Dalton aus dem Geschäft zurückkehrte, um Sebastian aus der jüngsten Ausgabe der *Virginia Gazette* vorzulesen.

Die einzige Person auf der Plantage, die Sebastian nicht besuchte, war seine Braut.

Sebastian hatte eine ziemlich gute Vorstellung davon, dass seine frisch angetraute Frau ihre alten Tricks anwandte. Er wurde von ihr absichtlich ignoriert!

Der zweite und dritte Tag der Genesungszeit – nach der Trauung – waren Wiederholungen des ersten. Das Einzige, was Sebastian in ziemlich gute Stimmung versetzte, war die Neuigkeit, die Tully zusammen mit dem Abendessen brachte.

»Dieser Krieg ist offiziell vorüber, Eure Lordschaft«, berichtete Tully, als er behutsam das Tablett auf Sebastians Schoß stellte. »Ich habe die offizielle Kapitulation mit eigenen Augen gesehen. Die amerikanischen und französischen Truppen marschierten mit allem Pomp davon, den die Briten gezeigt hätten, wenn sie den Krieg gewonnen hätten.«

Sebastian lächelte und spießte eine Kartoffelscheibe mit der Gabel auf. Er konnte sich gut vorstellen, wie die Amerikaner ihre britischen Cousins gedemütigt hatten.

»Achttausend von King Georges Besten, zusammen mit den Highlanders im Kilt, den englischen Regulären in den roten Röcken und einigen blonden deutschen Söldnern, paradierten zwischen den Linien der Amerikaner und Franzosen. Sie wurden begleitet von dem Marsch ›Die Welt stand Kopf‹.« Tully grinste wehmütig. »Die Briten schafften es, während der Kapitulationszeremonie ihren Spott ins Spiel zu bringen.«

»Das war bestimmt eine demütigende Sache für die beste Armee und Marine der Welt.« Sebastian lachte und schnitt dann eine Grimasse, weil das Lachen Schmerzen hervorrief.

»Und wie demütigend, Eure Lordschaft!«, bekräftigte Tully. »Es war schlimm, besonders für den erhabenen Lord Charles Cornwallis. Er wagte es nicht einmal, sich zu zeigen. Er täuschte Krankheit vor und schickte Brigadier General O'Hara, um Washington seinen Säbel zu übergeben.«

Tully lächelte Sebastian listig an. »Stolz ist manchmal eine teuflische Sache, nicht wahr, Eure Lordschaft? Einige Männer können eine Niederlage einfach nicht eingestehen. Lord Cornwallis ist einer davon.«

Sebastian hob eine schwarze Augenbraue an und musterte seinen Freund. »Und ich bin ein anderer, nehme ich an?«

»Habe ich das behauptet?«

»Nein, du hast es mich selbst sagen lassen, um den Hieb etwas zu mildern.« Sebastian kaute Kartoffeln. »Ich könnte schwören, dass du bei meiner Frau Lektionen in Raffinesse genommen hast. Sie ist eine Expertin darin, den Leuten Gedanken einzupflanzen und ihnen Worte in den Mund zu legen.«

Tully erhob sich und sah Sebastian ernst an. »Warum bringst du es einfach nicht fertig, deiner Frau zu sagen, was sie zu hören wünscht und braucht? Es würde eure Probleme lösen, da bin ich mir sicher.«

»Willst du, dass ich einer Scheidung zustimme? Denn das will sie, weißt du. Ich nehme an, ihr neues Motto lautet: ›Hastige Trauung und schnelle Trennung.‹«

»Das will ich nicht, verdammt«, grollte Tully. »Warum sagst du ihr nicht ›ich liebe dich‹ und damit hat sich's? Ich schwöre, ihr beiden seid die stursten Leute der Welt.«

»Danke, Tully. Ich habe dich ebenfalls immer besonders gut leiden können.« Sebastian grinste und nippte an seiner Limonade mit einem Schuss Pfefferminzlikör.

Tully ignorierte die Bemerkung. »Ich nehme an, du ärgerst deine neue Frau absichtlich. Und sie, nicht faul, versucht, es dir heimzuzahlen. Deshalb hat sie sich in den vergangenen paar Tagen rar gemacht.«

»Wo ist sie übrigens?«, erkundigte sich Sebastian.

»Als ich zum letzten Mal nach ihr schaute, ritt sie mit dem Araberhengst durch die Gegend«, grollte Tully. »Die Stallburschen schließen Wetten ab, wie lange du deiner Braut erlauben wirst, sich wie ein leichtsinniger Wildfang zu benehmen.« Tully neigte sich etwas herab, um Sebastian in die Augen zu sehen. »Habe ich erwähnt, dass sie sich angewöhnt hat, Männerhemden und Reithosen zu tragen, während sie in wilder Jagd über Zäune und durch Creeks reitet?«

»Die Braut eines ehemaligen Earls schockiert die Landbevölkerung, indem sie Männerkleidung trägt«, sagte Sebastian nachdenklich. »Man erwartet natürlich, dass ich entsetzt bin.«

»Und sie ist in ihrer empörenden Aufmachung zwischen den Soldaten herumgeritten«, klatschte Tully.

Sebastian kniff zweifelnd die Augen zu Schlitzen zusammen. »Was meinst du mit ›zwischen den Soldaten‹?«

»Ich meine, sie verteilt all die Küsschen und Umarmungen, die jeder siegreiche Soldat bei der Siegesfeier verdient. Dein Engel verbreitet überall Frohsinn.«

Tully war anscheinend beleidigt über Edens empörendes Verhalten, doch Sebastian lächelte vor sich hin. Er zog diesen absichtlichen offenen Widerstand Edens geistiger List vor. Der muntere Geist, den Eden für gewöhnlich unter Kontrolle hielt – in der Hoffnung, für Sünden der Vergangenheit zu büßen – kam hervor, und es hatte für Sebastian den Anschein, dass Edens Unabhängigkeitsstreben darauf hinwies, dass sie ihr altes Ich überwunden hatte. Die wahre Eden Pembrook zeigte sich allmählich. Das war die Frau, die Sebastian liebte ...

Sebastian wand sich unbehaglich im Bett und verbannte den Gedanken, der ihn beunruhigte. »Sprich weiter, Tully. Ich bin überzeugt davon, dass Edens seltsame Kapriolen nur dazu dienen, dich anzustacheln, bei mir zu klatschen. Ich soll offenbar so wütend werden, dass ich sie in einem Wutausbruch zur Rede stelle. Dann wird sie darauf bestehen, dass ich sie so hinnehme, wie sie ist, oder sie verlasse. Und ich, auf dem Höhepunkt meines Zorns, soll mich zu der Ankündigung hinreißen lassen, dass ich sie verlasse.«

Tully blinzelte. »Meinst du, das ist ihre List, Eure Lordschaft? Meinst du, sie versucht, dich zu zwingen, die Ehe scheiden zu lassen, die sie nur widerstrebend eingegangen ist?«

»Ich würde mein Leben darauf wetten«, sagte Sebastian. »Du vergisst anscheinend, dass ich es nicht mit einer gradlinigen Frau zu tun habe. Sie ist ungemein klug.«

»Wie lange willst du noch diese Kapriolen hinnehmen, bevor du sie stoppst?«, fragte Tully. »Es ist gefährlich für eine Frau, auf diesem feurigen Hengst herumzugaloppieren. Ihr könnte dabei etwas passieren.«

Sebastian blickte nachdenklich vor sich hin. »Das ist das

Dilemma. Wenn ich versuche, meine Autorität geltend zu machen, wird es unweigerlich zum Streit kommen, und sie wird mein Temperament testen. Ich muss leider sagen, dass Eden es versteht, mich bis zur Weißglut zu reizen und zu ärgern. Und du hast Recht, wenn ich ihr diese wilden Kapriolen nicht verbiete, könnte sie sich verletzen oder irgendein geiler Soldat, der zu lange auf dem Schlachtfeld war, könnte sich animiert fühlen, die Situation auszunutzen und sich an sie heranzumachen.«

»Was willst du also tun?«, wollte Tully wissen.

Sebastian stellte das Tablett beiseite und schob sich zur Bettkante. »Ich werde Eden die Befriedigung verschaffen, mir ihre Mätzchen selbst anzusehen. Ich glaube, die volle Wirkung geht verloren, wenn man nur davon hört.«

Tully legte eine Hand auf Sebastians Schulter und hielt ihn vom Aufstehen ab. »Ich halte das für keine gute Idee angesichts deiner geschwächten Verfassung.«

Sebastian schüttelte Tullys Hand ab. »Mir bleibt nichts anderes übrig. Hilf mir nach draußen. Ich brauche etwas frische Luft. Mir fällt die Decke auf den Kopf, auch wenn Eden die Möbel regelmäßig umstellt.«

Widerstrebend half Tully Sebastian auf die Füße. »Ich halte das immer noch für eine schlechte Idee, Eure Lordschaft. Es wird dir bestimmt nicht gefallen, was du sehen wirst.«

»O Gott!«, stieß Sebastian hervor, als er Eden sah. Sie saß auf dem feurigen Araber, setzte in mächtigem Sprung über den Zaun hinweg und preschte in halsbrecherischem Galopp über die Koppel.

»Ich habe dich gewarnt«, sagte Tully, half ihm in den Sessel auf der Veranda und hüllte ihn in eine Decke ein. »Ich glaube, du kannst einen starken Drink gebrauchen. Ich hole dir einen.«

Als Tully davoneilte, spähte Sebastian in stummem Zorn über die Koppel. Edens Kapriolen waren in Wirklichkeit schlimmer, als er vermutet hatte. Davon durch Tully zu hören, war die eine Sache, sie mit eigenen Augen zu erleben, war eine völlig andere!

Bekleidet mit dreckiger Kleidung, die nur ein Feldarbeiter bei der Arbeit tragen würde, galoppierte Eden über Stock und Stein, übersprang mit dem Araberhengst Zäune und flog über kleine Wasserläufe hinweg. Ihr kastanienbraunes Haar flog dabei, und obwohl sie todesmutige Manöver ausführte, sah sie aus, als genieße sie jeden aufregenden Moment. Und der schwarze Araberhengst tat eines der beiden Dinge, die er am meisten liebte – er galoppierte.

Und hier saß er, Sebastian, wie ein hilfloser Invalide, und schaute zu, wie seine Frau gegen jede Vernunft und Schicklichkeit handelte.

Als Eden die Richtung änderte und ihn auf der Veranda sitzen sah, winkte sie und schenkte ihm dieses Lächeln, das auf Sebastian so verheerende Wirkung hatte. Er wappnete sich für die unausweichliche Konfrontation mit Eden,während er beobachtete, wie sie an dem offenen Gatter vorbeijagte und über ein paar Zäune sprang.

»Ah, Sebastian, es ist schön, dich wieder auf den Beinen zu sehen.« Eden parierte den ausgepumpten Hengst beim Koppelzaun. »Es tut mir leid, dass ich keine Zeit hatte, um dich zu besuchen. Ich habe das Ende des Krieges gefeiert und in meiner Freizeit den Hengst bewegt.« Sie lächelte unbekümmert und tätschelte dem Araber den Hals. »Ich möchte diesen prächtigen Hengst als Hochzeitsgeschenk haben.«

Sie griff auf die fordernde weibliche Routine zurück, erkannte Sebastian. Aber er würde den Köder nicht schlucken. Er würde besonnen und vernünftig bleiben. Es würde ihr nicht gelingen, ihn aus der Fassung zu bringen.

»Der Araber gehört dir«, sagte er.

Die Bemerkung traf Eden völlig unvorbereitet; es war eine unliebsame Überraschung für sie. Sie wusste, dass das preisgekrönte Tier Sebastian viel bedeutete, und sie hatte damit gerechnet, dass er ihr den Wunsch abschlagen würde. Jetzt würde sie eine andere Möglichkeit finden müssen, um ihn zu einem verbalen Scharmützel zu verlocken. Wenn sie seinen Nerv traf, würde sie diese absurde Ehe abbrechen, und sie konnten getrennte Leben führen.

»Danke, Sebastian, ich dachte daran, den Araber beim Herbstjahrmarkt in Williamsburg zu reiten.«

Sebastian hatte Mühe, seinen aufflammenden Zorn zu zügeln. »Ah, du übst also für das bevorstehende Ereignis. Der Araber wird bestimmt in ausgezeichneter Verfassung sein, wenn der Jahrmarkt anfängt.«

Sebastian beglückwünschte sich insgeheim, weil er das so lässig gesagt hatte. Er hatte sich nicht dazu geäußert, ob er ihre Pläne billigte oder missbilligte. Er hatte nur eine neutrale Bemerkung gemacht, und so konnte sie kein Kapital daraus schlagen.

Eden war verblüfft und starrte Sebastian lange an. Er reagierte nicht wie erwartet. Seine geschwächte Verfassung musste sich auf sein Verhalten auswirken. Sie würde härtere Geschütze auffahren müssen, um ihn zu einem Streit zu provozieren.

Eden schwang sich aus dem Sattel, tänzelte über die Veranda und setzte sich mit übereinander geschlagenen Beinen vor Sebastian hin. Seine dunklen Augenbrauen hoben sich als Reaktion auf ihr undamenhaftes Verhalten, aber er sagte kein Wort.

»Da gibt es etwas, über das wir sprechen müssen – unter vier Augen«, sagte Eden und blickte sich sichernd um, bevor sie fortfuhr. »Da du nicht in der Lage bist … gewisse Pflichten zu erfüllen, und da ich unlängst die Annehmlichkeiten männlicher Gesellschaft entdeckt habe …«

Sebastians Hände krampften sich um die Lehnen seines Sessels. Ein Muskel zuckte an seinem Kinn, aber er zwang sich, den Mund zu halten, während Eden ihm verbal an die Kehle ging.

»Wenn ein Mann an einem Sport nicht teilnehmen kann, schickt er für gewöhnlich einen Ersatzmann … wenn du verstehst, was ich meine«, fügte sie mit einem elfenhaften Lächeln hinzu.

»Und du willst andeuten, dass du bei den Rebellensoldaten einen geeigneten Ersatzmann gefunden hast.« Er schaffte es, ruhig zu sprechen, und war stolz darauf, dass er sie nicht anschrie. Hölle und Verdammnis, diese Frau war wirklich darauf aus, sein Blut zum Kochen zu bringen!

»Offen gesagt, ich habe einen Mann kennen gelernt … oder zehn.«

Zehn? *Zehn!* Sebastian umkrampfte die Sessellehnen noch mehr und stellte sich vor, es sei der Hals seiner Frau. Eden ging bei ihrem Versuch, ihn loszuwerden, wirklich aufs Äußerste – und es funktionierte. Er rang verzweifelt um seine Beherrschung.

Als ihm ein flüchtiger Gedanke durch den Kopf schoss, stutzte er. Er rief sich das Gespräch in Erinnerung, das er und Peter am vergangenen Abend geführt hatten. Peter hatte erwähnt, dass Eden ihn gebeten habe, die Qualitäten aufzulisten, die er in einer Frau gesucht und in Bet gefunden hatte. Peter hatte Dinge wie Anständigkeit, Treue, Freundlichkeit und Rücksicht heruntergerasselt.

Aha, dachte Sebastian. Eden ging die Liste durch, in der Hoffnung, bei ihm als Frau durchzufallen. Sie versuchte, ihre Anständigkeit zu ruinieren, indem sie in schäbiger Männerkleidung auf dem Hengst herumritt. Sie war rücksichtslos gewesen, als sie ihn in der Genesungszeit allein gelassen hatte. Jetzt versuchte sie unfreundlich zu sein, indem sie behauptete, sie könnte es mit anderen Männern treiben, während er unfähig dazu war.

Sebastian musste wirklich den Einfallsreichtum seiner Frau anerkennen. Sie hatte sich beträchtliche Mühe gegeben, ihn zu reizen und zu verärgern. Er sollte geschmeichelt sein. Wie viele andere Bräute versuchten, ihre Männer von den Vorteilen des Junggesellen- und getrennten Lebens zu überzeugen?

Sebastian neigte sich im Sessel vor und schenkte ihr ein scheinbar aufrichtiges Lächeln. »Wenn du das Gefühl hast, dass es nötig ist, die Intimität fortzusetzen, die wir beide genießen konnten, dann tu, was du tun musst, solange ich mich erhole.«

Eden musterte ihn nachdenklich. »Willst du damit sagen, es macht dir nichts aus, wenn ich mit anderen Männern … schäkere?«

Er kopierte eines ihrer bezaubernden Lächeln und probierte es bei ihr aus. »Ich habe nicht gesagt, dass es mir nichts ausmacht, nur dass ich Verständnis habe, meine Liebe.«

So. Mal sehen, wie ihr ihre eigene Großherzigkeit schmeckte.

Ratlos und verdutzt wandte Eden den Blick ab. Dann schaute sie Sebastian wieder an. »Da ist auch die Frage, wo wir wohnen werden. Ich habe nicht vor, die Pembrook-Plantage zu verlassen. Ich weiß, dass du Verpflichtungen in deinem eigenen Haus hast, so müssen wir also arrangieren, dass wir uns bei besonderen Anlässen besuchen, meinst du nicht auch?«

»Zum Beispiel zu Weihnachten?«, fragte Sebastian.

Sie sah ihn mit gespielter Unschuld an. »Meinst du, einmal pro Jahr wäre zu lästig für dich?«

Die Tür wurde geöffnet, und Tully tauchte mit zwei Brandys in der Hand auf. Eden sprang auf und nahm Tully das Glas mit Brandy aus der Hand, das er für sich selbst gefüllt hatte. Sie kippte den Brandy wie ein Seemann, unterdrückte ein Husten und wischte sich mit dem Hemdsärmel über den Mund.

»Genau das habe ich gebraucht, bevor ich meinen Ritt fortsetze.« Mit einem Winken und frechem, stolzierendem Gang schritt Eden die Verandastufen hinab und schwang sich auf den Araber.

Tully zuckte zusammen, als Eden und der Hengst über den Zaun hinwegflogen. »Eure Lordschaft, du musst wirklich etwas bei dieser Frau unternehmen.«

»Ich arbeite an dem Problem«, murmelte Sebastian und trank seinen Brandy.

»Ich schlage vor, dass du schneller arbeitest. Bei diesem Tempo wird deine Frau die Woche nicht überleben.«

Sebastian dachte über die Episode nach und gelangte zu dem Schluss, dass dieses erste Scharmützel unentschieden ausgegangen war. Er hatte keinen Boden gewonnen, aber auch keinen verloren. Er würde sich ins Bett zurückziehen und etwas ruhen. Geistige Kriegsspiele mit Eden waren erschöpfend.

Sebastian stemmte sich aus dem Sessel auf. »Ich möchte, dass du mich ins Bett bringst und dann einen Botengang für mich erledigst, Tully. Meine Frau hat keinen Ehering. Wähle den feinsten Ring aus, den die Juweliere in Williamsburg anbieten, und spare nicht bei den Kosten.«

Tully hielt Sebastian den Arm hin und stützte ihn. »Du meinst, du kannst ihre Liebe erkaufen?«, fragte er spöttisch. »Drei kleine Wörter wären weitaus dienlicher, Eure Lordschaft, und sie sind nicht annähernd so teuer wie ein juwelenbesetzter Ring.«

»Ich versuche, einen Pluspunkt zu sammeln«, sagte Sebastian und atmete schwer, als er auf wackligen Beinen ins Haus ging.

»Wenn du meinst.«

»Ich meine.« Sebastian ließ sich auf die Kissen sinken und seufzte erschöpft. Verdammt, diese Verletzungen machten ihm immer noch höllisch zu schaffen.

»Ich hoffe, du weißt, wovon du redest, Eure Lordschaft, denn ich habe nicht den Schimmer einer Ahnung. Bist du sicher, dass du kein Fieber bekommen hast?«

Sebastian scheuchte Tully davon. »Hol nur den verdammten Ehering. Ich will einen großen, auffallenden Ring, der von jedem Mann auf den ersten Blick bemerkt wird.«

»Den Besitz kennzeichnen, Eure Lordschaft?« Tully grinste. »Wenn man die Mühe bedenkt, die du dir gibst, um sicherzustellen, dass diese Ehe Bestand hat, könnte man meinen, du bist in deine Frau verliebt. Zu schade, dass du und die Lady die Einzigen seid, die das nicht erkennen können.«

Sebastian hörte nicht mehr, was Tully sagte. Er war so erschöpft, dass er einschlief, als er den Kopf auf das Kissen bettete.

19

Eden trat auf die vordere Veranda und sah, dass sich ein Mob von Männern auf dem Rasen vor dem Haus versammelt hatte. »Was ist das Problem, Gentlemen?«, fragte sie mit einem Lächeln.

Delbert Gates, ein magerer kleiner Mann mit Knopfaugen, der die Schmiede besaß, trat würdevoll auf die Veranda. »Es ist uns zur Kenntnis gelangt, dass Sie einen Verräter in Ihrem Haus beherbergen«, sagte er geschwollen. »Wir sind hier, um ihn zu entfernen und dafür zu sorgen, dass er für sein Verbrechen bezahlt.«

»Ein Verräter?« Eden blinzelte verwirrt. »Jeder Mann, den ich beherberge, diente der amerikanischen Sache in ehrenvoller Weise.«

Delbert schüttelte den Kopf. »Es ist uns zu Ohren gekommen, dass Sebastian Saber ein britischer Spion war. Sobald sich der Krieg zugunsten der Rebellen wandte, machte er eine Kehrtwendung, um seinen Hals zu retten.«

Eden musterte den knauserigen Schmied, der nie eine Hand für die Sache der Patrioten gerührt hatte. Nach ihrer Einschätzung war Delbert Gates hier der Verräter. Eden konnte sich auch denken, wer für die Verbreitung des Gerüchts verantwortlich war – Gerard Lockwood. Sebastian niederzuschießen hatte dem rachsüchtigen Kerl anscheinend nicht genügt … Jetzt wollte er Sebastian wegen Verrats hängen sehen.

»Mr. Gates, Sie und die anderen hier anwesenden Männer wissen, dass ich mein Haus geöffnet habe, um die tapferen, verwundeten Soldaten zu pflegen, nicht wahr?«

»Selbstverständlich. Wer weiß das nicht?«

Die Menge murmelte zustimmend.

»Es ist Ihnen sicherlich ebenfalls bekannt, dass ich die Kriegsbemühungen auf jede mögliche Weise unterstützt habe, im Gegensatz zu einigen von uns, die persönlichen Profit vor Gott und das Land gestellt haben.«

Gates zuckte zusammen, als Edens Blick darauf hinwies, dass er an die Spitze ihrer Liste ›Im Gegensatz dazu‹ gehörte. »Wir wissen das, aber ...«

»Und ich würde niemals einem Mann erlauben, unter meinem Dach zu wohnen, wenn er nicht tapfer für unsere Sache gekämpft hätte, oder?«

»Nein, nicht absichtlich, aber ...«

»Tatsache ist, dass Sebastian Saber mit höchsten Empfehlungen gekommen ist, mit Empfehlungen von meinem Vater und George Washington persönlich«, unterbrach Eden. »Darüber hinaus hat Sebastian eine lebensgefährliche Verletzung erlitten, als er mich vor dem Angriff eines britischen Soldaten gerettet hat. War Ihnen das bekannt?«

Die Männer tauschten Blicke.

»Nein, ich sehe, dass Sie es nicht wussten. Aber ich bin hier, um Ihnen zu sagen, dass Sebastian ein so ehrbarer Gentleman und hingebungsvoller Soldat ist, dass ich ihn geheiratet habe.«

Die Menge prallte unwillkürlich vor Überraschung zurück. Delbert Gates' Kinn sackte bis fast auf seine Hühnerbrust hinab.

»Da ihr wisst, wie glühend ich mich für die amerikanische Sache und für unsere tapferen, verwundeten Soldaten eingesetzt habe, wird euch klar sein, dass ich niemals einen Mann heiraten würde, dem ich nicht völlig vertraue. Sebastian Saber setzte mehrmals sein Leben für die Patrioten aufs Spiel. Er ließ sein eigenes Haus und Land in den Händen seiner Diener, damit er seine Zeit und Kraft dem amerikanischen Sieg widmen konnte.«

Eden blickte Gates in die Augen. »Nein, Mr. Gates, mein

Ehemann ist kein Abtrünniger, sondern ein Kriegsheld, der Ihren Respekt verdient. Er ist zu preisen, nicht zu verdammen. Dieses hässliche Gerücht klingt wie das Werk von britischen Sympathisanten, die nach einem Sündenbock suchen, um ihre Enttäuschung zu mildern.«

Robert Weese trat mit dem Hut in der Hand vor. »Es tut uns aufrichtig leid, dass wir Sie beleidigt haben. Wir hörten das beunruhigende Gerücht und wollten unseren Engel der Barmherzigkeit beschützen, das ist alles.«

»Ihre Besorgnis schmeichelt mir, aber ich bin auch zutiefst betrübt, weil es anscheinend so wenig bedarf, um Sie gegen einen von General Washingtons handverlesenen Offizieren aufzuhetzen. Ich hatte gehofft, dass mein Mann in dieser Gemeinde akzeptiert werden würde. Ich möchte nicht, dass sein hohes Ansehen von Lügen beschmutzt wird, nachdem er so viele persönliche Opfer für die Sache der Freiheit gebracht hat.«

Eden schenkte der Menge ein engelhaftes Lächeln. »Und wenn Sie mich jetzt entschuldigen wollen, ich muss mich um meinen verwundeten Ehemann kümmern.«

Als sich die Menge auflöste, stieß Eden einen Seufzer der Erleichterung aus. Zum Teufel mit diesem verkommenen Lockwood! Früher oder später musste man sich mit ihm befassen. Er war darauf aus, Ärger zu machen!

Sebastian zog sich vom Fenster zurück und sank wieder aufs Bett. Es schmeichelte ihm, dass Eden ihn verteidigt hatte. Eden hatte nicht zugelassen, dass er verleumdet wurde, obwohl sie fest entschlossen war, der Ehe mit ihm zu entkommen.

»Da hast du es gehört, meine Schwester, die Heilige, verteidigt die Wahrheit und Gerechtigkeit«, scherzte Elizabeth, als sie Sebastians Kissen aufschüttelte. »Eden ist nur stur, was diese Ehe anbetrifft, weil wir sie dazu gedrängt haben. Diese empörenden Eskapaden von ihr sind nur eine Trotzreaktion.«

Sebastian blickte Bet amüsiert an. »Du meinst, Eden steckt ihr Territorium in dieser Ehe ab?«

»Ja«, bestätigte Bet. »Wenn sie herausgefunden hat, wie viel du ihr durchgehen lässt, könnt ihr beide euer Leben gemeinsam fortsetzen.«

»Meinst du nicht, dass ihr seltsames Verhalten auf ihre Vergangenheit zurückzuführen ist?«, fragte er und beobachtete aufmerksam Bets Reaktion.

»Auf ihre Vergangenheit?«, wiederholte Bet verständnislos. »Das verstehe ich nicht ...«

Zweifellos war Bet seit Jahren vor der Wahrheit geschützt worden. Sebastian war nicht überrascht. Eden würde niemals ihre jüngere Schwester aufregen. Sebastian nahm an, dass nur eine Person hier wusste, was genau vor so vielen Jahren geschehen war. Das war Leland Pembrook. Er war – wie Bet – geschützt worden. Eden hatte alle Schuld auf sich genommen und ihr schreckliches Geheimnis mit niemandem geteilt ...

»Sebastian, hast du keinen Appetit?«, fragte Bet und riss ihn aus seinen Überlegungen. »Du musst etwas essen.«

Sebastian schaute auf das Tablett, das Bet auf seinen Schoß gestellt hatte. »Ich werde brav meinen Teller leer essen.«

»Gut. Eden macht jedes Mal Theater, wenn das Tablett in die Küche zurückgebracht wird und nicht völlig leer ist.«

Sebastian hob eine Augenbraue. Eden hielt sich über seine Genesung auf dem Laufenden? Das war ein ermutigendes Anzeichen.

Als Bet das Zimmer verließ, nahm Sebastian seine Mahlzeit mit großem Behagen in Angriff. Sein Appetit war zurückgekehrt, und er aß wie ein hungriger Feldarbeiter. Er wollte unbedingt bald wieder auf den Beinen sein, um sich um seine Braut kümmern zu können, die nachts wach lag und Pläne schmiedete, wie sie ihm die Ehe mit ihr vermiesen konnte.

Sebastian testete seine fast geheilte Schulter, die ihm jedoch immer noch Probleme bereitete, und hoffte, dass er bei dieser Willensschlacht keine Körperkraft einsetzen musste. Er wollte Eden nicht zwingen müssen, mit ihm verheiratet zu bleiben. Sie sollte gern seine Frau bleiben.

Vor dem Schlafengehen öffnete Eden in ihrer Kammer das Päckchen, das Tully bei ihr abgeliefert hatte. Sie schnappte ungläubig nach Luft, als sie den goldenen Ring sah, der mit Diamanten und Saphiren besetzt war, sodass ein Pferd bei dem Glitzern gescheut hätte! Es gab keine Karte dazu, aber sie wusste, wer ihr das fantastische Geschenk gemacht hatte.

Sofort fühlte sie sich schuldig – ein Gefühl, mit dem sie anscheinend seit einer Ewigkeit lebte. Obwohl ihr Benehmen in letzter Zeit unmöglich gewesen war, hatte Sebastian von Tully einen richtigen Ehering besorgen lassen. Aber sie konnte ihn unmöglich annehmen. Sie verdiente ihn nicht, nicht, wenn sie versuchte, Sebastian davon zu überzeugen, dass er einen Fehler begangen hatte.

Sie musste den Ring sofort zurückgeben. Entschlossen stand sie von ihrem Bett auf und ging in die dunkle Halle. Sie würde den Ring auf Sebastians Nachttisch legen. Dann würde er ohne Erklärung wissen, dass sie das Geschenk ablehnte.

Eden verrenkte sich fast den Hals, als sie um den Türspalt spähte und sah, wie die Strahlen des Mondscheins durch das Fenster auf Sebastian fielen. Ihr Herz schlug schneller bei seinem Anblick. Ah, wie sie diesen Mann liebte! Wenn er sie nur so tief lieben könnte wie sie ihn. Wenn nur nicht ihre schreckliche Vergangenheit wie eine unüberwindliche Hürde zwischen ihnen sein würde.

Eden würde nie vergessen können, was sie getan hatte, nie in der Lage sein, völlig für ihre Sünden zu büßen. Sebastian verdiente eine viel bessere Frau als sie.

Eden gab sich einen Ruck und schlich auf Zehenspitzen ins Zimmer, um den Ring auf den Nachttisch zu legen. Als sie sich abwandte, ergriff Sebastian ihre Hand.

Erschrocken wich Eden zurück und presste eine Hand auf die Brust. »Ich dachte, du schläfst.«

»Ich habe seit Tagen schlecht geschlafen«, murmelte er und zog Eden auf die Bettkante. »Der Mangel an Gesellschaft, nehme ich an.«

»Ich habe dafür gesorgt, dass du viel Gesellschaft hattest.«

»Aber nicht die Art Gesellschaft, die ein Ehemann von seiner Frau erwartet.«

»Ja, nun, ich wollte nicht deine Wunde verschlimmern«, erwiderte sie.

»Wie rücksichtsvoll von dir, Sankt Eden«, spottete er.

»Ich bin nicht so rücksichtsvoll, und hör bitte auf, mich so zu nennen.«

Sebastian verkniff sich ein Grinsen. Er hatte noch nie jemanden gekannt, der sich so bemühte, seine liebenswerten Eigenschaften zu leugnen … Und er konnte sich nicht erinnern, jemals eine Frau so sehr begehrt zu haben wie Eden.

Als Eden aufstand, um zu gehen, umschloss Sebastian ihr Handgelenk und hielt sie fest. »Wir müssen miteinander reden, Eden.«

»Das kann bis morgen warten. Du musst dich ausruhen.«

»Nein, wir reden jetzt«, beharrte er.

»Aber …«

»Heiter mich auf. Ich bin ein kranker Mann.«

»Worüber willst du reden?«

Es gab jede Menge Themen, über die Sebastian sprechen wollte. Das erste war dieses Geheimnis, das Eden vor der Welt verbarg. Wenn es ihm nicht gelang, Eden mit ihrer geheimen Qual zu konfrontieren, würde er nie die Barriere zwischen ihnen einreißen können.

»Eden, ich will wissen, was genau in der Nacht geschah, in der deine Mutter starb.«

Eden zuckte zusammen, als sei sie geschlagen worden. »Nein, ich …«

»Doch.« Sebastian zog sie an sich und ignorierte ihr Sträuben. »Du hast genug in deinen Albträumen in der Hütte preisgegeben, um mich erkennen zu lassen, dass du von etwas verfolgt wirst, das du nicht überwunden hast. Diese Qualen beherrschen dich, hemmen dich, bestimmen dein Leben. Ich weiß, dass deine wilden Eskapaden mich vertreiben sollen, und ich betrachte sie als einen Durchbruch deines wahren Wesens. Du kannst dich nicht länger von der Vergangenheit beherrschen lassen. Es ist endlich an der Zeit, dich ihr zu stellen.«

Als Eden sich von ihm fortwinden wollte, hielt Sebastian sie fest. Er wusste, dass er tief grub, an empfindsame Wunden in ihrer Seele tastete, doch er wollte, dass sie sich ihm anvertraute.

»Lass mich los. Ich will in mein eigenes Bett zurück – sofort!«

Logik und sanfte Überredung erwiesen sich als wirkungslos. Sebastian würde sie zornig machen müssen, um ihr die Zunge zu lösen. Vielleicht würde sie ihn deswegen hassen, aber er hatte keine Wahl. Sie musste sich von der Seele reden, was sie quälte.

»Du gehst nirgendwo hin, bis ich die Wahrheit weiß«, sagte er schroff. »Deine Mutter kannte nicht die Bedeutung von Loyalität und Treue. Das hast du zugegeben, als ich versuchte, Informationen aus dir herauszuholen. Und ich bin nicht blind und kann sehen, dass du eine ungewöhnliche Vorliebe für offene Fenster und unbeschränkte Räume hast. Warum?«

Er spürte, wie sie sich in seinen Armen anspannte, und er wusste, dass er einen Nerv getroffen hatte. Entschlossen setzte Sebastian nach. Er musste wissen, ob seine Annahmen stimmten.

»Deine Mutter schleppte dich mit, wenn sie ein Rendezvous mit ihrem Geliebten hatte, nicht wahr?«

Eden wäre vom Bett gesprungen und in Panik davongelaufen, wenn Sebastian sie nicht festgehalten hätte. Als sie sich weigerte, eine Antwort zu geben, schüttelte er sie.

»Antworte, verdammt!«

Bilder aus der Vergangenheit tauchten vor Edens geistigem Auge auf. Sie kämpfte dagegen an – und gegen Sebastians Umklammerung –, doch es war vergebens.

»Deine Tortur bei Lockwood löste diese Erinnerungen aus der Kindheit aus, nicht wahr, Eden? Was ich hörte, als du im Schlaf geredet hast, war wie ein Ausbruch der Ängste eines Kindes. Deine Mutter sperrte dich und Elizabeth ein, damit ihr sie nicht stören konntet, während sie mit ihrem Geliebten zusammen war, nicht wahr? Aber Bet war nur ein Säugling, und sie erinnert sich an nichts. Du hast es ihr niemals gesagt, nicht wahr? Du hast niemandem von den Geheimnissen erzählt, die dich verfolgen.«

»Lass mich los«, wimmerte Eden.

»Diesmal nicht. Wir können deine Vergangenheit nicht länger ignorieren, denn sie droht, unsere gemeinsame Zukunft zu zerstören.«

Als sich Eden abmühte, um ihm zu entkommen, wurde Sebastian verzweifelt. Er hatte nicht die Kraft, um lange mit ihr zu kämpfen. Wenn er ihre Verteidigung nicht durchbrach, würde sie davonlaufen – für immer.

Heute Nacht würde er Eden gewinnen – oder verlieren.

»Weshalb bist du so überzeugt, deine Mutter getötet zu haben?«, fragte er offen heraus.

So. Er war in die Tiefe ihres dunkelsten Geheimnisses vorgestoßen, und er wartete gespannt auf ihre Reaktion.

»Der Teufel soll dich holen, Sebastian«, schluchzte sie. »Der Teufel soll dich holen …«

»Du hast gegen sie gekämpft, als sie dich in die Dunkelheit eingesperrt hat, damit sie sich zu ihrem Geliebten legen konnte. Du wusstest, dass Bet das Kind ihres Geliebten war, nicht wahr? Ich habe mich über den Mangel an Ähnlichkeit zwischen euch gewundert, als ich euch zum ersten Mal zusammen sah.«

»Hör auf!«, zischte Eden ihn an.

Sebastian fuhr schonungslos fort. »Deine Mutter setzte ihr Verhältnis fort, während dein Vater von den Schlachten des Französischen Krieges und der Indianerkriege kam und ging. Selbst Leland weiß nicht, dass er nur eine Tochter hat, ist es so? Du hast dein Geheimnis vor jedem gehütet, nicht wahr?«

Edens Augen füllten sich mit Tränen. Ihr unsichtbarer Schutzwall brach zusammen. Alte Wunden bluteten, altes Grauen stieg in ihr auf. Sebastian hatte sie ihres Panzers beraubt, die Einzelheiten ihres entsetzlichen Geheimnisses enthüllt. Er war grausam und streng, und sie hasste ihn, weil er ihr dies angetan hatte. Er zwang sie, der schändlichen Wahrheit wieder ins Auge zu sehen. Zum Teufel mit ihm!

»Ja, ich habe meine Mutter getötet«, sagte sie schluchzend. »Ich habe sie angefleht, Bet und mich nicht wieder in diesen stinkenden Keller einzusperren. Aber sie stieß mich auf die Treppe zu, und ich stolperte. Ich versuchte, mich an ihr festzuhalten, zu flehen, dass sie die Tür nicht abschloss, wie sie es immer tat, wenn sie mit ihm allein sein wollte!«

Eden holte zitternd Atem, als sie die schreckliche Szene vor ihrem geistigen Auge sah. »Ich klammerte mich an ihrem Kleid fest und flehte sie an, nicht zu gehen. Sie stieß mich in die Dunkelheit hinab, und ich klammerte mich immer noch am Saum ihres Kleids fest ...«

Sie zitterte in Sebastians Armen, spürte nichts von seinem Mitleid, empfand nur das Entsetzen, das seit siebzehn Jahren ihr vertrauter Begleiter gewesen war. »Sie stolperte über mich und stürzte die Treppe hinab. Bet war in ihrer Korbwiege am Fuß der Treppe. Als Mama zusammenbrach, rollte Bet auf diesen schmutzigen Boden ...«

Obwohl Tränen über ihre Wangen rannen, zwang sich Eden, weiterzusprechen, ihre Sünden zu enthüllen, sodass Sebastian endlich verstehen würde, warum sie seiner nicht würdig war. »Er ... er hörte den Lärm und rannte herbei. Als er Mama sah, schnappte er sich ihr Retikül, nahm alles an Wert aus dem Häuschen mit und ließ uns dort allein zurück ...«

Eden wischte sich mit zitternder Hand Tränen vom Gesicht. »Erst Stunden später wurden wir gefunden. Ich hatte zu große Angst, jemandem zu erzählen, was passiert war, denn *er* hatte mir gedroht, zurückzukommen und mich zu bestrafen, wenn ich jemandem ein Sterbenswörtchen erzählen würde.«

Sebastian schloss die Augen, hielt Eden fest in den Armen und ließ sie sich ausweinen. Er schwieg lange, ließ ihre aufgestauten Gefühle abklingen.

»Hättest du nicht auch dein Leben lang deine Sünden bereut, wenn du getan hättest, was ich getan habe?«, fragte Eden ein paar Minuten später mit erstickter Stimme. »Es war meine Schuld. Ich konnte keine Minute mehr in diesem dunklen Gefängnis verbringen. Der Keller war die Hölle, erfüllt mit Dämonen und den Geräuschen von huschenden Ratten …« Sie erschauerte bei den schrecklichen Erinnerungen.

»Es war nicht deine Schuld.« Sebastian küsste sie auf die Stirn. »Du warst nur ein Kind, das gegen die Angst vor der Dunkelheit ankämpfte. Selbst Soldaten auf dem Schlachtfeld reagieren instinktiv bei Angst. Du kannst zu dieser Zeit nicht älter als sieben Jahre gewesen sein, Eden. Du warst in einem Alter, in dem ein Kind sehr beeinflussbar ist und seine Fantasie verrückt spielen kann. Du hast Verständnis und Trost bei jemandem gesucht, der nur sein egoistisches Vergnügen im Sinn hatte.«

»Nein, ich …«

Sebastian hielt ihr seine Fingerspitze auf die Lippen, um sie zum Schweigen zu bringen, und umfasste dann ihr tränenüberströmtes Gesicht. »Wenn wir ein Kind hätten, würdest du es fortsperren, um dann in den Armen deines Geliebten zu liegen?«

»Nie!«, sagte Eden entschieden.

»Würdest du mich mit einem anderen Mann betrügen?«

»Das könnte ich nicht!«

»Aber *sie* hat es getan, nicht wahr, Eden? Du kannst nicht verstehen, wie eine Mutter so egoistisch und grausam zu ihren Kindern sein kann, weil du niemals so etwas tun würdest. Und weil du dieses Verhalten nicht verstehen kannst, hast du alle Schuld für das, was geschehen ist, auf dich geladen. Du hast jedem sonst sein Fehlverhalten verziehen, doch du weigerst dich, dir selbst zu verzeihen, willst nicht glauben, dass du es wert bist, geliebt zu werden, weil deine Mutter dich nie geliebt hat.«

»Ich war so egoistisch …«

Sebastian küsste sie auf den Mund. »Hör mir gut zu, Eden. Dies ist der Zeitpunkt, an dem wir uns allen Wahrheiten stellen müssen, ganz gleich wie schmerzlich sie sein mögen. Ich habe das Eingeständnis deines eigenen Vaters, dass seine Ehe ein katastrophaler Fehler war. Deiner Mutter wurde befohlen, Leland wegen des Wohlstands und Ansehens zu heiraten, den die Familie Pembrook ihr bieten konnte. Die Ehe basierte nicht auf Liebe.

Deine Mutter rebellierte gegen das Unabänderliche, indem sie sich einen Geliebten nahm. Du warst das Symbol einer Ehe, die sie nicht wollte. Du warst Lelands Kind, und Bet war das Kind ihres Geliebten. Deine Mutter wandte sich grausam von dir ab, genau wie sie es von deinem Vater tat.«

Als Eden wieder in Tränen ausbrach, schloss Sebastian sie in die Arme. »Ich nehme an, du hast dich außergewöhnlich bemüht, deiner Mutter zu gefallen, doch nichts, was du getan hast, reichte jemals aus, um ihre Liebe zu gewinnen. Ich kann mir vorstellen, dass sie dir sogar drohte, dir etwas anzutun, wenn du jemandem von diesen Nachmittagen und Abenden erzählst, die sie mit ihrem Geliebten verbrachte.«

Eden entsann sich an diese furchtbaren Tage, stellte sich vor, wie ihre Mutter und ihr Geliebter vor ihr aufragten und fordernd und drohend auf sie einsprachen. Wegen dieser Torturen hatte Eden es gelernt, zu schweigen, ihre Gefühle, Sorgen und Ängste zu verbergen. Eden war froh darüber, dass Bet zu jung gewesen war, um unter diesen bösen Drohungen und gelegentlichen Schlägen zu leiden, und dass sie keine Erinnerung an das scheinbar endlose Eingesperrtsein in der modrigen Finsternis hatte.

Ah, wenn doch nur sie, Eden, nicht von den Erinnerungen an die Vergangenheit gequält worden wäre. Vielleicht wäre sie anders geworden, wenn diese schlimmen Erlebnisse sie nicht geprägt hätten.

»Weißt du, was aus dem Geliebten deiner Mutter geworden ist?«, fragte Sebastian nach langem Schweigen.

»Nein, man kann kaum erwarten, dass er seine Zukunftspläne der siebenjährigen Tochter seiner toten Geliebten anvertraut. Ich weiß nicht, wo er ist, und es quält mich, zu wissen, dass er Bets Vater ist und es ihn nicht einmal interessiert, was aus ihr geworden ist.«

Sebastian schwieg wieder eine Weile und gab Eden mehr Zeit, sich zu fassen. »Eden, verabscheust du mich inzwischen so sehr, dass du befürchtest, du wirst gegen unsere Ehe rebellieren, wie es deine Mutter getan hat? Du hast behauptet, Vergnügen bei anderen Männern zu suchen, während ich mich noch erhole.«

»Ich habe nur versucht, dich zu ärgern«, sagte sie ohne nachzudenken. »Ich würde dich niemals betrügen.«

Sebastian hatte auch nicht wirklich angenommen, dass sie ihn betrog, doch Eden musste es sich selbst sagen hören. »Und langweile ich dich so sehr, dass das Leben mit mir wie eine Gefängnisstrafe in der Hölle für dich sein würde?«

»Es ist keine Spur von Langeweile in dir, und das weißt du«, erwiderte Eden. »Das ist nicht das Problem.«

»Was genau ist das Problem, warum du mich bei jeder Gelegenheit gemieden hast und mit dem Araber herumgaloppiert bist? Ich hatte schreckliche Angst, dass du dir das Genick brichst, nur um der Ehe mit mir zu entkommen.«

»Das Problem ist, dass du mich nicht liebst«, brach es aus Eden hervor, und sie versuchte, sich aus seinem Griff zu winden.

Sebastian hielt sie fest und unterdrückte ein Lächeln.

»Ich verstehe. Du sagst also, all diese Mätzchen dienten dazu, Aufmerksamkeit zu erheischen.«

»Nein, ich versuchte dir zu beweisen, dass ich nicht würdig bin, die Frau eines ehemaligen Earls zu sein …«

Eden verstummte erschrocken. Es war verdammt gut, dass man von ihr nicht verlangt hatte, während des Krieges zu spionieren. Sie hätte bei jedem Informationen ausgeplaudert, der sich die Mühe gemacht hätte, sie zu fragen.

Sebastian kam ihr vor wie ein Arzt, der sein Skalpell bei ihr einsetzte. Er hatte ihren Schutzwall durchschnitten und die Tiefen ihrer gepeinigten Seele sondiert. Schritt für Schritt hatte er ihre Ängste analysiert, sie gezwungen, zu erkennen, dass ein siebenjähriges Kind nicht reif genug war, um zu verstehen – und eine vierundzwanzigjährige Frau sich wegen der Seelenqual weigerte, sich zu erinnern.

Doch Eden musste zugeben, dass es ihre Gefühle gereinigt hatte, sich Sebastian anzuvertrauen. Die quälenden Gewissensbisse waren verschwunden. Es war, als sei ihr eine Last von den Schultern genommen worden.

»Eden, ich bin derjenige, der deiner nicht würdig ist«, murmelte er.

»Sei nicht albern. Du bist derjenige mit Generationen von blauem Blut in den Adern. Du bist nicht derjenige mit der dunklen Vergangenheit.«

»Aber ich bin nicht ehrlich zu dir gewesen. Ich konnte es nicht sein, nicht, ohne die militärische Strategie zu gefährden.«

»Ich verstehe das jetzt und verzeihe dir«, sagte sie. Eden stemmte sich auf ihren Ellenbogen, um sein Gesicht zu betrachten und zu beobachten, wie sich der Mondschein in seinen silbergrauen Augen spiegelte. »Sebastian, wirst du dir andere Frauen suchen, wenn du meiner überdrüssig wirst?«

Lächelnd wischte er eine letzte Träne von ihren Wangen. »Eden, ich werde eines menschlichen Kaleidoskops niemals überdrüssig werden.«

»Aber wenn, würdest du dann werden wie sie?«

Sie, nahm Sebastian an, war Victoria Pembrook – die Frau, die laut Leland zu Depressionen und grundlosen Wutanfällen geneigt hatte. Nach Sebastians Einschätzung war Victoria an der Grenze der Geisteskrankheit gewesen. Sebastian konnte Edens Mutter und ihrem Geliebten niemals die emotionalen Narben verzeihen, die sie Eden zugefügt hatten.

Sebastian nahm Eden zärtlich in die Arme und fühlte sich enger mit ihr verbunden denn je. Dieses Gefühl, das in ihm aufwallte, übertraf körperliche Befriedigung – es war eine geistige Zufriedenheit.

Als er in das engelhafte Gesicht schaute, auf das silberne Strahlen des Mondscheins fielen, erkannte Sebastian, welch ein übertrieben vorsichtiger Narr er geworden war. Wegen Penelopes Oberflächlichkeit und Egozentrik war er zynisch gegenüber allen Frauen geworden.

Guter Gott, wie hatte er so blind, so skeptisch sein können? Warum hatte er nicht wahrhaben wollen, was ihn in diesen paar Monaten angelächelt hatte? Als er in die Augen dieses Engels schaute, schwor er sich, sein Leben nie wieder von diesem Zynismus bestimmen zu lassen.

»Sebastian, du hast meine Frage nicht beantwortet«, sagte Eden und zeichnete sanft mit den Fingerspitzen seine Lippen nach. »Würdest du mir treu sein oder mich aus einer Laune heraus verlassen?«

»Warum sollte ich mich auf die Suche nach etwas machen, das ich bereits in dir gefunden habe, Eden?«

Eden blinzelte benommen. Versuchte Sebastian ihr zu sagen, dass er sie liebte? Waren diese Worte der Liebe so tief in ihm verschlossen, wie ihre peinigende Vergangenheit in ihr vergraben gewesen war?

Laut Tully war Sebastian gedemütigt worden, als Lady Penelope Titel und Reichtum ihm gegenüber den Vorzug gegeben hatte. Sie wusste, dass dies seinem Stolz einen verheerenden Schlag versetzt haben musste, und er den Fehler, jemanden falsch einzuschätzen, nicht wiederholen wollte. Konnte es sein, dass Sebastian sie, Eden, liebte und Mühe hatte, dies in Worte zu kleiden?

Eden schob ihr Bein über Sebastians Schenkel und schmiegte sich enger an ihn. Sie spürte, wie er sofort reagierte. Behutsam, um nicht gegen seine verletzte Schulter zu stoßen, legte sie ihm die Hand auf die Brust und sah zu ihm auf.

»Sebastian?«

»Was ist, Engel?«, flüsterte er.

»Es ist ...« Sie lächelte schelmisch. »Es ist Liebe.«

»Meinst du?« Er erwiderte ihr ansteckendes Lächeln. »Und was hat dich zu dieser tief schürfenden Erkenntnis geführt?«

»Mir ist soeben in den Sinn gekommen, dass du zwar ein Mann von Ehre bist, mich jedoch nicht hättest heiraten müssen, wenn du keine starken Gefühle für mich empfändest.«

»Wie wahr!« Sebastian fühlte sich wunderbar zufrieden, wie er da im Bett lag und Eden sich an ihn kuschelte. Sie schaute mit einem schelmischen Funkeln in den Augen zu ihm auf.

»Ich muss übrigens zugeben, dass ich bei dem boshaften Vergnügen, genau das zu tun, was mir Spaß macht, ein paar Mal meinen ursprünglichen Plan fast vergessen hätte.«

»Zu diesem Schluss bin ich selbst gelangt, als ich dein glückliches Lächeln sah, als du mit meinem Hengst über den Zaun gesprungen bist.«

Eden neigte den Kopf zur Seite und betrachtete ihn verschmitzt. »Du warst nicht so verärgert, wie ich es erhofft hatte.«

»Das würde ich nicht sagen«, murmelte er und streichelte über ihre Hüfte.

»Was würdest du dann sagen?«, drängte sie.

»Die Wahrheit ist, dass ich verdammt Mühe hatte, nicht in die Falle zu tappen, die du mir gestellt hattest, mein Engel. Du bist zu verdammt schlau.«

»Und das stört dich?«

»Nein, es fasziniert mich.«

»Es macht dir also nichts aus, wenn ich mich in Männerkleidung herumtreibe und auf dem Araber herumreite?«

Sebastian hütete sich davor, sich die Genehmigung dazu entlocken zu lassen! »Ich mag es nicht besonders, wenn du Männerkleidung trägst.« Seine Stimme wurde sanft und einschmeichelnd. »Ich ziehe es vor, wenn du überhaupt nichts anhast und den Herrn des Arabers reitest ...«

Eden lachte. »Aha. Dann darf ich davon ausgehen, dass du ebenfalls die Freuden der Leidenschaft genossen hast, die wir geteilt haben?«

»Absolut.«

Verlangen stieg in Sebastians Körper auf, und er verfluchte seine Verletzung, die ihm immer noch zu schaffen machte. Er war begierig darauf, Eden zu zeigen, wie sehr er den Sex mit ihr genoss, aber es mangelte ihm noch an Kraft.

Eden blickte zu dem Ring mit seinen großen Steinen, die im Mondschein funkelten . »Kommen wir auf diesen Ring zu sprechen.«

Sebastians Kopf ruckte hoch. »Gefällt er dir nicht? Ich habe Tully beauftragt, den besten zu kaufen.«

»Und nicht an Kosten zu sparen, kann ich mir vorstellen«, fügte Eden hinzu. »Aber er ist nicht gut genug, Eure Lordschaft.«

»Nicht gut genug?« Sebastian starrte sie ungläubig an. »Tully sagte mir, dass es keinen vergleichbaren gab.«

»Ich bin überzeugt, dass er sein Bestes getan hat.«

»Natürlich hat er das«, erwiderte Sebastian irritiert. »Und was, zum Teufel, meinst du mit ›nicht gut genug‹? Dieser verdammte Ring hat ein Vermögen gekostet!«

»Eine perfekt gute Verschwendung eines Vermögens«, erwiderte sie ruhig. »Hätte ich deine verschwenderische Ader gekannt, hätte ich dich nicht geheiratet.«

»Du willst doch nicht behaupten, dass du mich aus Versehen geheiratet hast?«, grollte er.

Es wurde ihm klar, dass Eden ihn wieder reizte, seine Beherrschung auf die Probe stellte.

Guter Gott!, dachte er, plötzlich verzweifelt. Sie wächst mir über den Kopf! Die Erkenntnis entsetzte ihn. Eine geistsprühende, lebhafte Frau wie Eden zu halten war wie das Einfangen von Sonnenstrahlen mit bloßer Hand. Jetzt, nachdem sie all ihre Hemmungen abgelegt hatte, würde sie ihm davonlaufen, und er würde sie niemals einholen!

Verzweiflung überwältigte ihn. Wegen seiner Verletzung war er Eden körperlich nicht ebenbürtig. Und emotional? Nachdem er sie von den Fesseln der Vergangenheit befreit hatte, würde sie von nichts zurückgehalten werden. Er hatte in den letzten paar Tagen einen zu großen Einblick in ihre schillernde Persönlichkeit erhalten. Dieser temperamentvolle Engel breitete die Flügel aus, und nichts hielt ihn jetzt auf …

»Sebastian, du zerdrückst mich«, krächzte Eden.

»Entschuldige.« Sebastian zwang sich, sich zu entspannen. Es war ihm gar nicht bewusst gewesen, wie fest er Eden an sich gepresst hatte, als er von den plötzlichen Selbstzweifeln überfallen worden war.

Eden bemerkte den Schatten, der über seine Gesichtszüge gefallen war. »Trübe Gedanken, Eure Lordschaft?«

»Eden, darf ich dich etwas fragen?«

»Was möchtest du fragen?«

»Hast du wirklich … äh …« Sebastian brachte es nicht hervor. »Hast du …?« Er fluchte in sich hinein und platzte dann damit heraus: »Verdammt, hast du dein Verlangen nach mir überwunden wie bei all deinen anderen Verlobten?«

Eden neigte sich über ihn, um ihre Lippen zärtlich und kurz auf seinen entschlossen zusammengepressten Mund zu drücken. Und ihre Augen funkelten, als sie sich zurückzog und auf ihn hinabblickte.

»Ich will nur, dass du mich liebst. Liebe, Sebastian. Das ist das Band, das uns für ewig zusammenhalten kann. Dass du mich liebst wie ich dich. Nichts ist wichtiger für mich, als zu wissen, dass du mich aufrichtig liebst – trotz schlechter Angewohnheiten, Charaktermängel und allem.«

Sebastian starrte in dieses engelhafte Gesicht, das im Mondschein wie von einem Heiligenschein aus kastanienbraunem Haar umgeben war, und er glaubte, sein Herz müsste zerspringen.

Er brauchte nur die Worte zu sagen, die sie hören wollte, und sie würde für immer ihm gehören. All die Ergebenheit, Treue, Leidenschaft und Hingabe, die er jemals wünschte, würden für immer sein. Er brauchte nur das zarte Gefühl freizulassen, das in seinem Herzen eingeschlossen war. Der Himmel war nur drei Worte entfernt …

»Eure Lordschaft?«, flüsterte Tully und steckte den Kopf durch die Tür. »Ich habe für dich überprüft, ob Eden da ist. Sie war nicht in ihrem Bett. Ich befürchte, sie könnte wieder davongelaufen …« Er verstummte jäh, als er im Mondschein die Umrisse zweier Personen erkannte. »Verzeihung, Eure Lordschaft …«

»Mach die Tür hinter dir zu«, bat Sebastian, ohne den Blick von seiner Frau zu nehmen. »Eden und ich handeln unsere Bedingungen aus.«

Tully fand, dass Ehemann und -frau aussahen, als seien sie im Begriff, etwas Befriedigenderes als Bedingungen auszuhandeln. Er grinste zufrieden. Endlich wusste Eden, wohin genau sie gehörte. Die Probleme lösten sich endlich auf der Pembrook-Plantage!

20

»Also, wo waren wir stehen beziehungsweise liegen geblieben?«, fragte Sebastian und streichelte über Edens wohlgeformtes Bein.

»Wir haben darauf gewartet, dass du sagst, was ich hören muss«, flüsterte sie, und ihre Stimme bebte ein wenig unter der Wirkung seiner verführerischen Liebkosungen.

»Ist dir klar, dass ich den feierlichen Schwur brechen muss, den ich vor elf Jahren geleistet habe?«, murmelte er an der empfindlichen Stelle unter ihrem Ohr.

»Du hättest eine Frau auswählen sollen, die dich so sehr liebt wie ich, dann hättest du diesen Schwur nicht zu leisten brauchen.«

»Ich habe nicht damit gerechnet, dass mich in meiner Zukunft eine Frau wie dich erwartet.«

Sie lächelte ihn an. »Und deshalb habe ich sieben Verlobungen aufgelöst. Da war niemals ein Funke, kein Feuer, kein ... «

»Die Wahrheit ist, dass ich nie gewusst habe, was Liebe ist, bis ich dich kennen lernte.«

Eden schüttelte den Kopf und lachte leise. »Kein Wunder, dass Washington dich in den militärischen Spionagedienst aufgenommen hat. Dir Worte zu entlocken ist schwieriger, als aus einer Auster die Perle herauszubekommen. Jetzt sag es endlich, bevor ich die Geduld mit dir verliere!«

»Du? Die Heilige?«, scherzte er.

Eden klopfte auf seine unversehrte Schulter. »Du bist

unmöglich. Warum verschwende ich meine Zeit mit dir? Ich sollte ...«

»Ich liebe dich ...«

Sebastian hatte das Gefühl, die Worte wären ihm aus dem Herzen gerissen worden. Er war so ein verschlossener Mann geworden, dass er sich bei der Preisgabe tiefer Gefühle vorkam, als hätte er sich selbst verraten. Jetzt verstand er, weshalb Eden so hart gekämpft hatte, um ihr quälendes Geheimnis zu verbergen. Alte Gewohnheiten sterben schwer.

»Oh, Sebastian, ich bin so stolz auf dich!« Eden schlang die Arme um ihn und drückte ihn fest an sich.

»Autsch!«

Eden gab ihn sofort frei. Ein tiefes Glücksgefühl durchströmte sie, als sie die Zärtlichkeit in seinen Augen, den liebevollen Ausdruck seines Gesichts sah. »Lass mich deine Schmerzen lindern ...«

Sebastian atmete scharf ein, als Eden über seinen Hals streichelte, über das schwarze Brusthaar hinab bis zu der erregten Stelle, wo er am meisten Mann war. Ihre Fingerspitzen glitten sanft über seine pulsierende Länge, während er ihre weichen Lippen an seiner Wange spürte. Sebastian stöhnte unter ihren erregenden Zärtlichkeiten auf. Sein Verlangen wurde übermächtig.

»Was war das für ein Unsinn, dass du körperlich nicht in der Lage wärst, deine ehelichen Pflichten zu erfüllen?«, scherzte sie, als ihre Fingerspitzen über seine glühende Haut glitten.

Sebastian stöhnte vor Lust auf und lachte dann. »Du bist unwiderstehlich, Frau.«

»Warte, bis du erlebst, wie ich morgen bin«, flüsterte sie, während sie seine Brust liebkoste.

Als ihre feuchten Lippen über die empfindliche Spitze seiner Männlichkeit glitten, glaubte Sebastian, vor Lust zu entflammen. Sie erregte ihn, bis er vor Verlangen zu zittern begann. Und als sie ihn in den Mund nahm und zärtlich saugte, konnte er sich kaum noch beherrschen.

»Eden …«

Das erregende Spiel ihrer Hände und Lippen nahm ihm den Atem, und er glaubte, den Verstand zu verlieren, wenn sie diese süße Tortur fortsetzte.

Sein Körper verkrampfte sich in einer Begierde, die sich nach Erfüllung sehnte. Als sie sein pulsierendes Glied wieder mit den Lippen umschloss, krallte er die Hand in ihr kastanienbraunes Haar, das wie Seide auf seinem Körper lag. Er kämpfte mit aller Willenskraft, die süße Qual noch länger auszuhalten – und verlor.

»Eden, ich schwöre, dass du mein Tod sein wirst«, keuchte er schließlich.

»Ich liebe dich für alle Zeiten«, versicherte sie ihm. »Und, Sebastian?«

»Ja.« Er hatte kaum genug Atem, um das Wort zu hauchen.

»Ich liebe es, dich zu lieben.«

Als ihre Lippen federleicht vom Schaft bis zur Spitze seines Glieds hinaufglitten, um die Lava der Leidenschaft zu kosten, deren Ausbruch sie verursacht hatte, zischte Sebastian durch zusammengepresste Zähne: »Eden, hör auf!«

Ihre Lippen und Finger verharrten. Sie spürte ihn an sich pulsieren und wusste, dass sie ihn zur Erschöpfung getrieben hatte. Sie fühlte es an den zitternden Muskeln seines Leibs, die gespannt gewesen waren wie die Saiten einer Harfe und sich jetzt entspannten. Sie entdeckte es am Zucken seines sinnlichen Mundes, am Glitzern in seinen silbergrauen Augen. Sie lächelte zufrieden, neigte sich über ihn, führte ihn zu sich und streichelte ihn, bis er es nicht mehr aushalten konnte und in sie eindrang.

»Ich liebe dich, Sebastian«, wisperte sie.

Eden bewegte sich auf ihm, mit ihm. Sie spürte, wie die Sehnsucht in ihr übermächtig wurde. Sebastian umklammerte ihre Hüften und steigerte den Rhythmus zu einem Crescendo, das sie zur Ekstase trieb. Und sie ließ sich mit Herz und Seele hinwegtreiben, um ihm zu versichern, dass er das Wichtigste in ihrem Leben geworden war …

Viel später, als sich Eden an Sebastians unversehrte Schulter schmiegte, schwelgte sie in absoluter Befriedigung. Nach Wochen und Monaten des Ankämpfens gegen diese Liebe, die sie unglücklich und einseitig gewähnt hatte, wusste Eden jetzt, wohin sie gehörte. Sebastian liebte sie und hatte ihr die Worte gesagt, die sie hatte hören müssen. Er hatte sie nicht wegen ihrer Vergangenheit verdammt – er hatte sie davon befreit.

»Eden?«

Eden hob den Kopf und lächelte Sebastian an. »Ja?«

»Ich habe über diese Sache mit getrenntem Wohnen und jährlichen Besuchen nachgedacht. Ich muss wirklich darauf bestehen, dich jede Nacht in meinem Bett zu haben.«

Sie sah ihn schelmisch an. »Und ich muss das wirklich akzeptieren.«

Er streichelte über ihre Hüfte. »Ist dieser Krieg zwischen uns endlich vorüber?«, fragte er und küsste sie auf die Stirn.

»Ja, ich glaube es, Eure Lordschaft.«

»Du kannst jetzt aufhören, mich so zu nennen.«

»Mir gefällt es«, murmelte sie und küsste ihn zärtlich auf die Lippen.

»Und ich liebe die Art, wie du mich liebst.«

Sebastian drehte sich auf dem Bett, entschlossen, neue Spielarten des Sex mit seiner Frau zu entsinnen – in Anbetracht seiner derzeitigen körperlichen Beschränkungen. Er verabscheute den Gedanken, dass es ihr im Bett mit ihm langweilig werden könnte. Es würde besonderer Mühe bedürfen, sicherzustellen, dass ihr Liebesspiel aufregend und neu bleiben würde.

»Sebastian, was, zum Teufel, treibst du da?« Eden blickte ihn ungläubig an, als er sich in den Sessel sinken ließ.

Er umfasste ihre Hüften und zog sie auf seinen Schoß. Seine Lippen umschlossen die Spitze einer ihrer Brüste, sodass sie sich ihm entgegenwölbte. »In einem Sessel?«, fragte sie atemlos.

»Ja, Liebling. Und warte nur ab, bis du siehst, was ich für morgen geplant habe ...«

Sebastian lächelte gegen ihre seidige Haut, während er eine heiße Reaktion nach der anderen bei ihr auslöste. Und als sie ihn in sich aufnahm und Liebesworte flüsterte, vergaß Sebastian seine Verletzung. Er konnte sich nicht vorstellen, warum ein Mann wieder auf die Füße kommen musste, wenn der Engel in seinen Armen ihn das Fliegen gelehrt hatte …

Die folgende Woche verging wie im Traum für Eden. Sebastians Genesung machte große Fortschritte. Er aß mit dem Hunger eines Mannes, der seit Monaten nur Gefängnisrationen bekommen hatte, und er übte eifrig, seinen verletzten Arm wieder voll zu benutzen. Für die mitternächtlichen Stunden entwickelte ihr Ehemann eine Vorliebe für das erotisch Ungewöhnliche. Ständig erstaunte er Eden mit seinem fantasievollen Sex und überraschenden Variationen des Liebesspiels.

Eden lächelte, als sie in das Esszimmer ging und sich daran erinnerte, wie Sebastian sie auf den Tisch gezogen hatte und …

»Angenehme Gedanken, Liebste?«, fragte Sebastian und lehnte sich auf seinem Stuhl zurück.

Eden stieg das Blut in die Wangen, als seine Frage zu neugierigen Blicken ihres Vaters, der Schwester, des Schwagers und Tully führte. »Ich habe soeben meinen neuen Ring bewundert«, sagte sie. »Es ist der schönste, den ich jemals gesehen habe.«

Sebastians dichte Brauen hoben sich in wissender Belustigung, und Eden war sicher, dass er wusste, welche Gedanken ihr verträumtes Lächeln ausgelöst hatten. Sie bedachte ihn mit einem gespielt bösen Blick und gab ihm zu verstehen, dass sie es ihm später heimzahlen würde. Mit einer lässigen Geste akzeptierte er ihre stumme Drohung.

»Eden sagte mir, du planst, deine Plantage zu besuchen«, sagte Leland.

Sebastian richtete die Schlinge seines linken Arms und

griff nach seiner Pfefferminzlimonade. »Es ist lange her, seit ich zum letzten Mal daheim gewesen bin.«

»Ich wünschte, du könntest daheim bleiben«, murmelte Leland. »Obwohl Lord North von seinem Amt als Premierminister von England zurückgetreten und der Krieg offiziell vorüber ist, gibt es im Süden noch gelegentlich Kämpfe zwischen Guerillahorden und den Rotröcken. Mein Regiment hat den Befehl, die Nachricht von den Friedensverhandlungen zu verbreiten. Ich werde Peter und Elizabeth die Verantwortung über die Plantage übergeben, bis ich zurückkehre.«

»Die Plantage wird in fähigen Händen sein«, versicherte Sebastian ihm.

»Nicht in so fähigen wie bei meiner Schwester, der Heiligen«, erwiderte Bet. »Aber Peter und ich werden bereitwillig und gern unseren Beitrag leisten.«

»Wenn deine Schwester bei meinem vernachlässigten Besitz Wunder bewirken kann, werde ich sehr in ihrer Schuld stehen«, sagte Sebastian.

»Ich bezweifle, dass ich die Zeit haben werde, wo ich mit dem Araber für seine geplanten Rennen üben muss und …«

»Eden!«, rief Leland tadelnd. Als sie neckisch lächelte, beruhigte er sich. »Gott sei Dank meinst du es nicht ernst.«

Edens Schulterzucken konnte alles bedeuten, und Sebastian glaubte keine Sekunde lang daran, dass er seine Frau zum letzten Mal in Reithosen auf dem feurigen schwarzen Hengst beim Überspringen von Zäunen gesehen hatte. Er musste andere Aktivitäten finden, um sie zu beschäftigen … Oder vielleicht wäre der Rücken eines Pferdes ein einzigartiger Platz, um …

»Sebastian?« Eden lächelte mit einem Hauch von Verruchtheit. »Mir ist nicht entgangen, dass du in letzter Zeit zerstreut bist und komischen Gedanken nachhängst. Ich bezweifle, dass du mitbekommen hast, was ich gesagt habe. Wann brechen wir auf, um deine Plantage zu besuchen?«

Sebastian fühlte sich ertappt und wurde ein wenig rot. »Um ein Uhr. Ich hoffe, du hast gepackt und bist bereit, meine Liebe.«

»Ich bin fast bereit, muss nur noch die exotischen Pflanzenzwiebeln ausgraben und Samen im Garten sammeln.«

»Du willst Masons Berglilien, Brancrofts Hyazinthen und Dolbys Narzissen mitnehmen – sowohl die weißen als auch die gelben Exemplare?«, fragte Bet schelmisch. »Und was wird aus Carlyles Kamelien, den Anemonen von Aldermon, Pattersons Päonien und Newtons Kapuzinerkresse?«

Eden wand sich unbehaglich, als Sebastian ihr einen ärgerlichen Blick zuwarf, und lachte dann.

»Du hast deine exotischen Blumen nach deinen verflossenen Verlobten benannt?«, fragte er.

»Mehr symbolisch, um die armen Zwiebeln zu vergraben, dachte ich immer«, warf Bet ein und ignorierte Edens finsteren Blick. »Die meisten von Edens Verehrern liefen ihr während der Garten- und Feldanbau-Phase ihres Lebens über den Weg. Es waren gedeihende fünf Jahre der Blüte, des Verwelkens und der Verlobungen.«

»Bet, musst du nicht irgendwohin?«, fragte Eden ihre geschwätzige Schwester.

»Nein, ich habe alle meine Arbeiten erledigt, danke. Ich kann den ganzen Tag hier bleiben, bis du abreist.«

»Wie schön für dich«, zischte Eden.

»Ich bin froh, dass diese Tage der gelösten Verlobungen vorüber sind«, erklärte Leland. »Meine Infanterie konnte nicht schneller packen und sich in Marsch setzen, als mein Kurier, Daniel Johnston, die Kunde von einem anderen in Aussicht stehenden Bräutigam brachte, der kam und ging.« Er lächelte Sebastian anerkennend an. »Es freut mich, dass du Eden überzeugt hast, dass es an der Zeit ist, zur Ruhe zu kommen.«

»Das freut mich auch, aber ich weigere mich, als Saber-Zierstrauch in ihren Garten gepflanzt zu werden«, sagte Sebastian.

Eden neigte sich zu ihm, um seine gerunzelte Stirn zu glätten. »Keine Sorge, Eure Lordschaft. Ich glaube, du wärst besser in einem Gewächshaus aufgehoben.«

Tully brach in Gelächter aus, und sein Blick glitt zufrieden zwischen dem Ehepaar hin und her.

»Miss Eden?«

Eden blickte über die Schulter und sah Maggie auf der Türschwelle. Sie erhob sich und schritt zu ihr, um die Botschaft entgegenzunehmen, die gebracht worden war. Sie runzelte die Stirn, als sie die Nachricht las.

»Stimmt etwas nicht, Eden?«, fragte Sebastian.

»Dr. Curtis wird den ganzen Tag über mit den verwundeten Soldaten im städtischen Krankenhaus beschäftigt sein. Er wünscht, dass ich David Holmes untersuche, einen ehemaligen Patienten, der hohes Fieber und eine Infektion bekommen hat. Die Familie lebt ein paar Meilen entfernt. Es wird nicht lange dauern.«

»Ich begleite Sie«, bot Tully an.

»Das ist nicht nötig. Ich würde es vorziehen, wenn Sie beim Verladen meiner Sachen helfen und dafür sorgen, dass sich Seine Lordschaft nicht überanstrengt. Ich grabe die Blumenzwiebeln aus und sammele Samen, wenn ich zurückkehre.«

»Ich grabe die verdammten Zwiebeln aus und sammele den Samen«, erklärte Sebastian entschieden.

»Aber dein Arm …«

»Zum Teufel mit dem Arm. Die Schlinge wird mir lästig.«

»Nimm Daniel Johnston mit«, bat Leland. »Er wartet draußen darauf, dass ich eine Nachricht für ihn verfasse, die er dem militärischen Stab in Williamsburg überbringen soll. Er kann ebenso gut dir von Nutzen sein. Er weiß ohnehin nichts mit sich anzufangen, und ich habe im Augenblick nichts für ihn zu tun.«

Eden nickte und machte sich auf den Weg. Daniel könnte zweifellos eine Quelle für interessante Informationen sein. Seit dem Tag, an dem ihr Vater fortgeritten war, um das Kommando über die Miliz zu übernehmen, war Daniel sein Vertrauter gewesen. Eden war begierig darauf, zu erfahren, wie es Yorktown ergangen war, nachdem durch die Schlacht Familien auseinander gerissen worden waren. Sie rechnete damit, dass die Bürger dringend Nahrung und Bekleidung brauchten.

Sie notierte sich im Geiste, Bet zu beauftragen, sich um Familien zu kümmern, die ihr Heim verloren und im Kriegsgebiet gelitten hatten.

Mit der Arzttasche, die Dr. Curtis ihr zur Verfügung gestellt hatte, verließ Eden das Haus, um Daniel um seine Unterstützung zu bitten. Er begrüßte die Gelegenheit, sich in seiner Freizeit zu beschäftigen, und er spannte an, um Eden zu ihrem Ziel zu fahren.

»Macht es Ihnen Mühe, Ihre Pläne zu ändern?«, fragte Eden den stämmigen Soldaten.

»Ich bin es gewohnt, jeden Befehl Ihres Vaters zu erfüllen und mal hierhin und mal dorthin zu reiten. Jetzt musste ich so lange auf einer Stelle auf neue Befehle warten, dass es mich nicht gewundert hätte, wenn ich Wurzeln geschlagen hätte.«

»Es wird schwierig für uns alle sein, sich auf eine Welt ohne Krieg einzustellen, aber ich freue mich über den Neuanfang.«

»Und auf Ihre Ehe«, sagte er grinsend. »Herzlichen Glückwunsch, Eden. Ich habe niemals angenommen, dass es Ihr wahres Schicksal ist, eine alte Jungfer zu werden …«

Ein Gewehrschuss krachte. Daniel sank auf dem Kutschbock zusammen und presste eine Hand auf seinen getroffenen Arm. Eden schnappte sich die Zügel, bevor das erschreckte Pferd durchgehen konnte. Verzweifelt versuchte sie festzustellen, wo sich der Schütze im Hinterhalt versteckte. Sie befürchtete, dass Banden verbitterter britischer Deserteure sich an einem Soldaten in Uniform rächen wollten. Ihr Vater hatte erzählt, dass Tory-Horden zu Räubern geworden waren, um zu überleben.

Ein weiterer Schuss peitschte, und Daniel packte Eden am Arm. »Runter!«, befahl er.

Eden musste das nervöse Pferd parieren, doch Daniel hielt ihren Arm fest. Bevor Eden den Kutschwagen wenden und heimwärts fahren konnte, tauchte ein maskierter Räuber aus dem Gebüsch auf und blockierte den Weg.

Daniel griff nach seiner Pistole, doch er war nicht schnell genug. Der Reiter schlug mit einer Peitsche zu und fetzte Daniel die Pistole aus der Hand. Beim zweiten Zischen der Peitsche schrie Eden auf. Die Peitsche wand sich wie ein Schlange um ihre Taille und riss sie vom Kutschwagen. Sie flog kopfüber gegen das Pferd des Räubers, der sie zu sich aufs Pferd riss und eisern umklammert hielt.

»Lass sie in Frieden!«, rief Daniel.

Der Lauf einer Muskete stieß gegen Edens Kinn und zwang sie, starr auf dem Schoß des Räubers sitzen zu bleiben. »Sie kommt mit mir, und wenn du am Leben bleiben willst, solltest du verdammt die Schnauze halten!«

Beim Klang der Stimme erschauerte Eden. Lockwood! Die Albträume, die dieses Monster hervorgerufen hatte, kehrten zurück. Dies war kein Straßenräuber auf der Suche nach Beute, sondern ein Teufel, der sich rächen wollte!

»Du kannst diesen Bastarden Saber und Pembrook sagen, dass der Preis für das Leben dieses Weibsstücks hoch sein wird«, knurrte Lockwood, während er mit dem Pferd zwischen die Büsche zurückwich. »Wenn nicht um sechs Uhr heute Abend fünftausend Pfund zu Thaddeus' Hütte gebracht werden, muss die Hure sterben.«

Daniel umklammerte mit der linken Hand seinen blutenden rechten Arm und nahm die Zügel auf, als der Reiter davonpreschte. Er musste Hilfe holen. General Pembrook würde ihm niemals verzeihen, dass Eden aus seiner Obhut entführt worden war!

»Masons Berglilien«, brummte Sebastian, als er die Zwiebeln ausgrub und die Erde abwischte.

»Pattersons Pfingstrosen«, sagte Tully und legte die Päonien in die Holzkiste. »Nun, Eure Lordschaft, so wird die

Gartenvielfalt von verflossenen Verlobten deiner Frau abgelegt.«

Sebastian grub eine buschige Pflanze aus, auf die Bet gewiesen hatte, während sie Anweisungen gegeben hatte, wo und was ausgehoben werden sollte. »Hier ist eine interessante Sorte, die wir nach dir benennen werden. Randolphs Ranunkeln«, kündigte er an.

»Hölle, Eure Lordschaft, ich will nicht, dass dieses glorifizierte Unkraut nach mir benannt wird. Ich kann den Namen nicht mal buchstabieren!«

Sebastian drückte ihm die Pflanze in die Hand. »Tully, du brauchst das verdammte Ding nicht zu buchstabieren, sondern nur einzupflanzen, zu pflegen und zu gießen.«

»Ich werde mich nicht zu einem Gärtner degradieren lassen«, maulte Tully. »Ich bin ein Experte für Waffen und Vieh.«

»Das *warst* du, Vergangenheit«, stellte Sebastian klar. »Jetzt musst du deinen Horizont erweitern.«

Tully runzelte die Stirn und betrachtete das Gewächs. »Ich bezweifle, dass wir uns all diese Mühe für Lady Penelope gemacht hätten.«

»Da hast du Recht.« Sebastian grub eine interessant aussehende Pflanze aus, deren Name er nicht kannte, die jedoch voller weißer Blüten war.

»Du liebst sie also wirklich, nicht wahr?«

Sebastian grub weiter. »Wen? Penelope? Ich nehme an, das muss ich, seit sie meine Schwägerin ist.«

Tully maulte bei Sebastians ausweichender Antwort. »Ich meinte deine Frau. Dies ist nicht so wie mit dieser englischen Frau, die nur geil auf deinen Titel war, nicht wahr?«

Sebastian vermied es, zu seinem neugierigen Freund aufzublicken.

»Antworte mir!«, verlangte Tully.

»Nein, es ist überhaupt nicht zu vergleichen«, sagte Sebastian schließlich.

»Gut. Ich konnte diese blonde Ziege, die dein Bruder geheiratet hat, nie ausstehen. Dein Engel ist der wahre Preis.«

Tully verstummte und runzelte die Stirn, als er den Buggy bemerkte, der sich der Plantage näherte. »Ist das nicht die Kutsche von Dr. Curtis?«

Sebastian ließ die Pflanze wie eine heiße Kartoffel fallen und spähte angespannt über den Weg. Ihm stockte der Atem. Da stimmte etwas nicht. Er spürte es.

Laut der Botschaft, die Eden erhalten hatte, wurde der Arzt im Krankenhaus aufgehalten. Sebastian hatte das Gefühl, dass die Nachricht ein Trick gewesen war, um Eden fortzulocken. Sebastian hielt den noch empfindlichen Arm an die Seite angelegt und rannte um die Ecke des Hauses, dichtauf gefolgt von Tully.

Als Dr. Curtis anhielt, schoss Sebastian seine Frage auf ihn ab. »Haben Sie Eden eine Nachricht geschickt und sie gebeten, sich um einen ehemaligen Patienten zu kümmern?«

Der Arzt blinzelte bei der hastig gestellten Frage und runzelte die Stirn, als er bemerkte, dass Sebastian den verletzten Arm nicht in der Schlinge trug. »Nein, das habe ich nicht. Und was treiben Sie hier draußen, ohne Ihren Arm zu schonen? Ich habe Sie noch nicht für gesund erklärt.«

Sebastian fuhr fluchend herum und verharrte dann jäh. »Wo wohnen die Holmes?«

»Vier Meilen nordwestlich. Warum?«

Sebastian hatte keine Zeit für Erklärungen. Er rannte davon, um Tully zu finden, der zum Stall gelaufen war, um die Pferde zu satteln.

»Saber, wohin, zum Teufel, wollen Sie?«, rief Dr. Curtis ihm nach. »Ich habe Ihnen gesagt, dass Sie sich schonen müssen, bis die Wunde richtig verheilt ist!«

Sebastian hörte gar nicht hin. Er und Tully warfen sich auf die Pferde und jagten davon. Eisige Furcht peinigte ihn, und seine Sorge um Eden wurde noch schlimmer, als er Daniel Johnston nahen sah. Das Hemd des jungen Soldaten war mit Blut befleckt, und sein Gesicht war kreidebleich. Von Eden war nichts zu sehen.

»Ein Räuber hat uns aus dem Hinterhalt überfallen!«,

rief Daniel, als er mit dem Kutschwagen heranraste. »Er schoss auf mich und flüchtete mit Miss Eden. Er will, dass bis sechs Uhr heute Abend fünftausend Pfund zu Thaddeus' Hütte geliefert werden, oder Miss Eden …«

»Lockwood!«, unterbrach ihn Sebastian. »Wo hat euch dieser Bastard gestoppt?«

»Zwei Meilen westlich an der Straßenbiegung. Er ritt durch die Büsche davon und bedrohte Miss Eden mit der Muskete.«

»Fahr den Wagen zum Haus und alarmiere den General«, befahl Sebastian hastig.

Als Daniel weiterfuhr, trieb Sebastian den Araber zum Galopp. Verdammt, dies war seine Schuld. Er hatte sich in trügerischer Sicherheit gewähnt, nachdem er und Eden ihre Beziehungsprobleme gelöst hatten. Er hatte zu viel Zeit damit verbracht, seine Wunde zu pflegen, anstatt Lockwood zur Strecke zu bringen. Jetzt war dieser Verbrecher verzweifelt auf Geld aus und wollte sich rächen. Edens Leben stand auf dem Spiel, und Sebastian hatte das schlimme Gefühl, dass Lockwood überhaupt nicht vorhatte, Eden zu verschonen.

»Hast du einen Plan, Eure Lordschaft?«, fragte Tully, der in gestrecktem Galopp neben Sebastian ritt.

»Welchen Plan? Den ich ausführe, bevor oder nachdem ich Lockwood die Gedärme aus dem Leib reiße und ihn als Fraß für die Bussarde zurücklasse?«

Tully zuckte bei Sebastians erbitterten Worten zusammen. »Ich wette, dass dieser Hurensohn sich in den Sümpfen verstecken will.«

»Das vermute ich auch«, knirschte Sebastian. »Hier in der Gegend kann er sich nirgendwo blicken lassen, ohne aufzufallen. Eden ist zu bekannt.«

Sebastian parierte den Hengst und ritt im Schritt, als er die Hufabdrücke sah, die von der Straße wegführten. Das Verfolgen von Lockwoods Fährte würde nach dem kürzlichen Regen einfach sein, besonders wenn die Vermutung, dass er ins Sumpfland geritten war, stimmte.

Was Sebastian beunruhigte, war die Vorstellung, dass Eden sich nach Leibeskräften wehrte und Lockwood sich ihrer entledigte, bevor er die versteckte Hütte erreichte. Eden war berüchtigt dafür, die Dinge in die eigenen Hände zu nehmen. Er bewunderte ihren Mut in der Gefahr, doch diesmal konnte die Tapferkeit ihren Tod bedeuten!

Wie von Sebastian vorausgesehen, nahm Eden die Gefangenschaft nicht ergeben hin. Sie hatte herausgefunden, dass Lockwood Mühe hatte, ihr die Gewehrmündung an den Kopf zu halten, während er sein Pferd im Zickzack zwischen den Bäumen und Büschen lenkte. Sie wollte nicht, dass dieser Verbrecher Lösegeld erpresste und sie als Köder für eine Falle benutzte, um Sebastian zu ermorden! Sie wusste, dass ihre Überlebenschancen davon abhingen, ob ihr eine unerwartete Flucht gelang.

Eden betrachtete die Umgebung und suchte nach einer Möglichkeit, wie sie Lockwood überraschen konnte. Als sie die herabhängenden Zweige sah, die eine Art Bogengang über dem schmalen Pfad bildeten, keimte ein Plan in ihr. Sie zwang sich, ihre Anspannung zu verbergen. Ihr Entführer sollte nicht die geringste Ahnung haben, dass sie fliehen wollte. Wenn sie nicht das Überraschungsmoment nutzen konnte, würde auch kein Beten mehr helfen.

»Gott sei Dank kommt Hilfe!«, rief Eden plötzlich.

Lockwood blickte über die Schulter, genau in dem Augenblick, in dem sich sein Pferd unter den tief hängenden Zweigen befand. Edens Arme schossen nach oben, um sich an dem Zweig festzuklammern. Ihr Körper rammte gegen Lockwood und warf ihn seitlich aus dem Sattel, und das Pferd preschte reiterlos weiter.

Lockwood fluchte zornig und überschlug sich am Boden. Wütend suchte er nach Eden, die anscheinend Flügel bekommen hatte und über dem Boden schwebte. Bevor Lockwood die Orientierung wiederfand, ließ sich Eden fallen, stampfte mit beiden Füßen auf seinen Bauch, rappelte sich auf und rannte von ihm weg.

»Komm zurück!«, brüllte Lockwood und gelangte auf die Knie.

Eden wickelte die Peitschenschnur von ihrer Taille und setzte die Peitsche gegen ihren Entführer ein, als er auf sie zustürzte. Die Peitsche traf Lockwood am Oberschenkel, und er wich zurück.

»Du erpresst für mich kein Lösegeld«, keuchte Eden und zog die Peitsche zurück.

»Und du wirst mich nicht noch einmal reinlegen, du verdammtes Luder!« Lockwood riss sich die Maske vom Kopf und zeigte sich Eden zum allerersten Mal; bisher war er stets maskiert gewesen.

Was Eden sah, versetzte ihr einen Schock. Ein Geist der Vergangenheit!

»Mein Gott!«, keuchte sie.

»Du erinnerst dich an mich, wie? Das dachte ich mir. Deshalb habe ich dich nie mein Gesicht sehen lassen.« Er lachte hämisch. »Ich habe nur auf den richtigen Moment gewartet, um unsere Bekanntschaft aufzufrischen.«

Vor siebzehn Jahren hatte Eden Gerome Locksley zum letzten Mal gesehen. Sie hatte den Mann als groß und schlank in Erinnerung, doch die Gesichtszüge waren die gleichen wie früher – grob, brutal und knochig. Die tief liegenden schwarzen Augen mit dem kalten Ausdruck, die fliehende Stirn, der grausame Zug um die Lippen waren unverkennbar. Gerome Locksley war zu Gerard Lockwood geworden. Jahre des ausschweifenden Lebens und Zunahme seines Körpergewichts hatten sein Äußeres verändert, doch dies war derselbe Mann, den Eden als Kind verabscheut hatte.

»Jetzt werden wir sehen, ob du so sehr eine Hure bist, wie es deine Mutter war.« Er trat drohend einen Schritt näher. »Als du Victoria umgebracht hast, habe ich ein hübsches Sümmchen verloren, das sie mir bezahlt hat, damit ich es ihr richtig besorge«, höhnte Lockwood. »Du wirst teuer dafür und für alles sonst bezahlen, das ich wegen *deiner* Störung und wegen *Sabers* Verrat erdulden musste!«

Als Lockwood auf Eden zustürzte, schlug sie mit der Peitsche zu – und warf sich im nächsten Moment herum, um zu flüchten. Eine Hand krallte sich in ihr Haar und riss ihren Kopf zurück. Wild drosch sie mit der Peitsche um sich, doch damit reizte sie Lockwood nur.

Bevor sich Eden losreißen konnte, stieß er sie zu Boden. Eden wehrte sich verzweifelt, als er sie auf den Rücken presste und sich auf sie warf. Während sie um die Peitsche rangen, kämpfte Eden nach Leibeskräften, doch sie war diesem brutalen Kerl nicht gewachsen, und er riss ihr die Peitsche aus der Hand.

Lockwood lachte teuflisch. »Jetzt werden wir sehen, ob du die gleichen perversen Vergnügen magst wie deine Schlampe von Mutter.«

Eden schnellte zur Seite und riss ihren Arm los. Mit den Fingernägeln kratzte sie sein Gesicht blutig, und er heulte vor Zorn und Schmerz auf.

»Verdammte Hure!«

Er riss den Dolch aus seinem Stiefelschaft. Scharfer Stahl blitzte im Sonnenschein. Er hielt die Klinge über ihren Brüsten, die sich unter keuchenden Atemzügen hoben und senkten. Als er den Dolch nach unten stieß, klammerte Eden beide Hände um sein Handgelenk und drehte die Klinge von ihrem Herzen weg zur Schulter. Ihr Entsetzensschrei vermischte sich mit Lockwoods hasserfülltem Knurren.

Eden sah dem Tod ins Auge, und Bilder aus ihrem Leben zuckten wie Blitze vor ihr auf. In ihrer Verzweiflung riss sie das Knie hoch. Sie traf Lockwood in den Unterleib. Er brüllte auf, und in seinen Augen glitzerte mörderischer Zorn.

»Jetzt stirbst du!«, schrie er, richtete sich auf die Knie auf und holte zum Todesstoß aus.

Eden schrie auf. Sie sah die Klinge auf sich zustoßen, und sie wusste, dass sie keine Chance mehr hatte …

21

»Lockwood!«

Die kalte und harte Stimme schien aus dem Nichts zu ertönen. Lockwood blieb keine Zeit mehr, um über seine Schulter zu blicken. Das tödliche Zischen erreichte ihn, bevor er reagieren konnte. Sekundenlang wusste er nicht, was geschah. Ein sonderbar taubes Gefühl breitete sich in seinem Rücken aus, in der Schulter, und dann stachen Schmerzen durch seinen Körper.

Sein Gesicht spiegelte Überraschung wider, als er etwas Warmes und Klebriges zwischen seinen Schulterblättern spürte. Er blickte zurück, zu abgelenkt von den seltsamen Gefühlen, und erkannte, dass Eden ihn zur Seite geschoben hatte. Sein Dolch landete im Dreck statt in ihrer Brust.

Er blickte auf und sah Sebastian Saber. Dessen harter Blick schien ihn zu durchbohren, während seine Kräfte nachließen.

In diesem Augenblick dämmerte ihm, was die sonderbaren Gefühle in seinem Rücken ausgelöst hatte. Saber hatte sein Messer geschleudert, und es hatte sich bis zum Heft zwischen seine Schulterblätter gebohrt.

»Irrtum«, zischte Sebastian ihm ins Gesicht. »Jetzt stirbst *du,* und du sollst in der Hölle verbrennen!«

Mit einem schnellen Tritt stieß Sebastian ihn zurück, und er fiel auf seinen Dolch. Es war kein Mitleid und kein Erbarmen in Sebastians Blick, als Lockwood zusammensank.

Eden schaute zu dem Mann auf, der zu ihrer Rettung gekommen war. Er brauchte einen Moment, um seine Fassung wiederzugewinnen. Dann bückte er sich und hob sie auf die Arme. Er presste sie an sich und achtete nicht auf ihre verletzte Schulter, an der sie der Dolch des zusammenbrechenden Lockwood gestreift hatte. Sebastian drückte ihr Gesicht so fest an seine Brust, dass es Eden den Atem verschlug.

»Äh ... Eure Lordschaft«, sagte Tully, der heranschlenderte. »Ich glaube, Miss Eden bekommt keine Luft.«

Sebastian lockerte seine Umklammerung und wich etwas zurück. »Alles in Ordnung, mein Engel?«

»Ja. Wusstest du, dass Lockwood der Mann war, der mit meiner Mutter ...?«

»Das habe ich mitgehört.«

Nach dem, was Eden ihm über Victoria Pembrook anvertraut hatte, war Sebastian entsetzt gewesen. Jetzt war er überzeugt, dass diese Frau wahnsinnig gewesen war. Jeder, der sich mit einem grausamen Barbar wie Lockwood eingelassen hatte, noch dazu intim, musste geistesgestört gewesen sein.

Gott, wie Sebastian Eden um ihre unglückliche Kindheit bemitleidete. Er war in einem Haushalt aufgewachsen, in dem das Leben von Respekt, Ermutigung und Liebe geprägt war. Er fragte sich, ob Leland sich darüber im Klaren war, wie grausam Victoria ihre Tochter behandelt hatte.

»Tully, kümmerst du dich für mich um Lockwood?«, bat Sebastian, ohne den Blick von Eden zu nehmen.

»Mit Vergnügen. Es ist nicht weit bis zum Sumpf, und dieses Dreckstück verdient kein besseres Grab«, sagte Tully.

Edens Beine drohten nachzugeben, als sie zu Lockwoods verlassenem Pferd geführt und dann behutsam in den Sattel gehoben wurde. Sebastian sagte kein einziges Wort, während er sich auf den Araber schwang. Er brachte Eden einfach von der Stätte fort, die fast der Ort ihres Todes geworden wäre.

»Du warst äußerst tapfer, Eure Lordschaft«, murmelte Eden. »Danke dafür, dass du mir das Leben gerettet hast.«

»Nein, mein Engel, *du* warst äußerst tapfer. *Ich* war voller Angst«, widersprach er.

»Wie bist du so tüchtig als Messerwerfer geworden? Du musst fast zehn Meter entfernt gewesen sein«, sagte Eden. »Ich möchte das lernen, für den Fall, dass ich es jemals brauchen werde …«

»Das wird nie der Fall sein«, fiel Sebastian ihr ins Wort. »Ich lasse dich für den Rest meines Lebens nicht mehr aus dem Haus. Ich will nicht noch einmal Todesängste um dich ausstehen.«

»Sei nicht albern.«

»Ich bin nicht albern! Ich bin der vorsichtige, beschützende Ehemann, der ich sein sollte!«

Eden musterte sein grimmiges Gesicht. »Ich habe nicht so viele Feinde, um ständig eingesperrt werden zu müssen«, sagte sie.

»Du wirst auch keine Möglichkeit haben, dir neue zu machen.«

»Sebastian Saber, du benimmst dich wie ein Vollidiot, und ich habe nicht vor, mich einsperren zu lassen, um beschützt zu werden!«

»Mensch, Eden, ich hätte dich fast verloren!« Er sagte es so laut, dass Vögel aus den Bäumen aufflatterten. »Meinst du, ich will diese Art Hölle jemals wieder erleben?«

»Du reagierst zu heftig, Sebastian.«

»Nein, tue ich nicht!«

»Du weißt, dass ich Abwechslungen mag. Wie kommst du auf den Gedanken, ich könnte eingesperrt sein, meine Zeit an dem selben Ort verschwenden und ewig im gleichen Trott leben? Wenn du mich zu einem langsamen, qualvollen Tod verurteilen willst, dann hättest du mich genauso gut vorhin durch Lockwood sterben lassen können. Ist es das, was du letzten Endes willst? Mich loswerden?«

»Jetzt bist du es, die albern ist.«

»Dann gibst du zu, dass du vorhin albern warst, ist das korrekt?«

»Ich …«

»Und wenn du dir die Zeit zum Überlegen nimmst, wird dir klar werden, dass du vorschnell gewesen bist. Ganz zu schweigen von unlogisch. Aber jetzt ist dir klar, dass du vor Angst um mich durcheinander warst, nicht wahr?«

»So, war ich das?« Sebastian spürte, wie die Spannung aus ihm wich, als er erkannte, dass seine schlaue Frau wieder zu ihrer raffinierten Überredungskunst griff.

»Natürlich warst du das.« Eden duckte sich unter dem tief hängenden Zweig, an dem sie sich festgehalten hatte, als sie Lockwood aus dem Sattel gestoßen hatte. »Jetzt bist du bestimmt bereit, deine unvernünftige Entscheidung zurückzunehmen, nicht wahr?«

»Bin ich das? Wie unglaublich großzügig von mir.« Sebastian musste unwillkürlich lächeln.

»Großzügig, schlau und verständnisvoll«, fügte sie hinzu.

»Ein Ausbund an männlichen Tugenden.« Er richtete sich stolz im Sattel auf schnippte mit großer Geste einen Grashalm von einem Ärmel.

»Genau.« Sie sah ihn unter halb gesenkten, langen Wimpern an, und ein schelmisches Lächeln spielte um ihre Lippen. »Nachdem wir das nun geregelt haben, wann gibst du mir Lektionen im Messerwerfen? Und da wir gerade dabei sind, möchte ich so meisterhaft mit einer Pistole umgehen können wie du.«

»Dir eine Waffe in die Hände zu geben …«

»Welch eine ausgezeichnete Idee!«, sagte Eden begeistert. »Danke für den Vorschlag.«

Sebastian sah jetzt alles klar vor sich. Eden würde ihm alles Wissen über Pistolen und Messer entlocken. Sie war offenbar über ihre Garten-, Feldanbau- und Viehzucht-Phasen hinweg und entwickelte jetzt ein lebhaftes Interesse für Waffen. Sebastian fragte sich, warum er sich mit ihr auf eine Debatte über das Thema eingelassen hatte. Diese Frau würde erst zufrieden sein, wenn sie alles erfahren hatte, was er wusste.

Das Donnern von Dutzenden Hufen ließ den Boden erzittern. Sebastian blickte auf und sah eine Schar Milizsoldaten herangaloppieren. Mit erhobenem Säbel führte Leland Pembrook den Rettungstrupp an.

Eden kicherte bei der spektakulären Demonstration ihres Vaters. Er war stets eine bombastische, dynamische Person gewesen. Deshalb war er auch ein so ausgezeichneter militärischer Befehlshaber geworden. Seine Hingabe und seine Begeisterung waren ansteckend.

Welch ein Jammer, dass Victoria Pembrook ihn nicht geschätzt hatte. Eden konnte nicht verstehen, warum ihre Mutter ihren Vater so verabscheut hatte, warum sie zu drastischen Stimmungsumschwüngen und boshafter Vergeltung geneigt hatte.

Aber es machte jetzt nichts mehr aus, rief sich Eden in Erinnerung. Sie hatte ihre quälende Vergangenheit endlich hinter sich gelassen. Eine vielversprechende Zukunft wartete auf sie. Ihre Kinder würden in liebevoller Umgebung aufwachsen, umgeben von Geborgenheit, die sie nie erfahren hatte. Wenn ihre Kinder versuchen würden, ihr zu gefallen, um akzeptiert zu werden, würde sie jedes davon wissen lassen, dass es gewünscht und geliebt war.

»Guter Gott, Tochter, ist mit dir alles in Ordnung?« Leland zügelte den großen braunen Wallach neben Eden. »Daniel war außer sich vor Sorge, jammerte immer wieder, dass er versagt hat, als du seine Hilfe brauchtest. Was, zum Teufel, ist geschehen?«

»Mir geht's prima, dank Sebastian«, versicherte Eden ihrem Vater. »Es war nur ein verzweifelter Tory-Soldat, der versuchte, zu Geld zu kommen, nachdem seine Sache verloren war.«

Eden hätte ihrem Vater niemals erzählt, wer Lockwood gewesen war. Das Wissen, dass seine Ehe ein völliger Fehler gewesen war, bedeutete schon genug Kummer und Leid. Und Eden würde ihm niemals erzählen, dass Elizabeth nicht sein Kind war. Dieses eine Geheimnis wollte Eden mit in ihr Grab nehmen!

»Bist du sicher, dass diese Sache erledigt ist?«, fragte Leland und suchte die Umgebung ab. »Bist du sicher, dass der Mann auf eigene Faust gehandelt hat?«

»Ja, es ist vorbei«, bestätigte Sebastian.

Leland schwang seinen Säbel mit großer Geste und entließ seine Soldaten. Als sie davontrabten, schaute Leland seine Tochter liebevoll an.

»Ich habe mir Sorgen um dich gemacht, Eden. Du hast so viel durchgemacht, und Berge von Verantwortung wurden dir in meiner Abwesenheit auf die Schultern geladen.«

»Es war nicht so schlimm«, versicherte sie ihm. »Ich war stolz darauf, meinen Beitrag leisten zu können, während du die Miliz befehligt hast. Und heute bin ich in fähigen Händen.«

»Das ist ein tröstlicher Gedanke.« Leland schob seinen Säbel in die Scheide. »Ich weiß, dass ich dir kein guter Vater gewesen bin. Ich hätte in all diesen Jahren nicht so viel von dir erwarten sollen.«

»Ich beklage mich nicht. Ich habe meine Unabhängigkeit genossen, meine Verfügungsgewalt.«

Das, dachte Sebastian, ist die Untertreibung des Jahrzehnts.

»Das mag sein, mein Kind, aber ich habe das Gefühl, dass ich dich im Stich gelassen habe. Dafür entschuldige ich mich. Ich war ein miserabler Ehemann und Vater.«

»Wenn Washington der Vater unseres Landes genannt wird, dann bist du der Onkel«, sagte Eden. »Es ist nicht jedem gegeben, selbstlos seine Zeit und Energie einzusetzen, um unser Land zu schützen. Es müssen persönliche Opfer gebracht werden, um sicherzustellen, dass eine noble Sache wie die Freiheit Erfolg hat, nicht wahr?«

»Gewiss, aber …«

»Und wo wären wir jetzt, wenn es keine wagemutigen, hingebungsvollen Männer wie dich gäbe?«

»Nun, aber …«

»Wir wären von King George unterjocht, nicht wahr?«

»Ich nehme an …«

»Es ist eine weitaus größere Tat, die du für Gott und das Land geleistet hast, Papa«, fiel ihm Eden ins Wort – wieder einmal. »Ich bin stolz und fühle mich geehrt, deine Tochter zu sein. Du hast mich zu dem gemacht, was ich heute bin. Und da wir von Heldenverehrung sprechen, wirst du sofort nach Daniel Johnston sehen, wenn du zum Haus zurückkehrst. Du bist für ihn wie der Vater, den er nie erlebt hat, weißt du.«

»Tatsächlich?« Leland blinzelte, und dann straffte sich seine Haltung.

»Tatsächlich«, bekräftigte Eden. »Daniel war dir in den vergangenen Jahren treu ergeben und hat pflichtbewusst dafür gesorgt, dass jede Botschaft ihr Ziel erreichte. Er betrachtet es als eine Ehre, dir zu dienen. Ich kann mir vorstellen, dass ein Besuch von dir ihn enorm aufmuntern würde.«

»Meinst du?« In Lelands Augen leuchtete es auf. »Der Sohn, den ich nie gehabt habe?«

»Genau. Ich kann mir ebenfalls vorstellen, dass du erwägen wirst, Daniel für die Plantage anzuheuern, sobald deine militärischen Pflichten vollendet sind. Da er dir so treu ergeben ist, wird er zweifellos zustimmen.«

»Das ist eine gute Idee und …«

»Daniel wäre eine feine Ergänzung für den Haushalt, da Peter einen Teil seiner Zeit damit verbringen wird, seinem Vater im Geschäft zu helfen. Es ist eine großartige Idee, Papa. Ich bin so froh, dass du darauf gekommen bist.«

»Wenn es dir nichts ausmacht, Kind, dann werde ich zum Haus zurückreiten, um mich zu vergewissern, dass Daniels Verletzung richtig behandelt worden ist.«

Als Leland mit den anderen Männern davonritt, war sein männlicher Stolz geweckt und genährt. Sebastian blieb mit Eden allein zurück und grinste sie an. Ah, wie er es liebte, die raffinierten Schachzüge dieser Frau zu beobachten.

»Eden?«

»Ja, Eure Lordschaft?«

»Gibt es einen Mann auf diesem Kontinent, der nicht von dir manipuliert werden kann?«, fragte Sebastian neugierig.

Eden schenkte ihm ein schelmisches Lächeln. »Mit Ausnahme von dir, meinst du?«

»Mich inbegriffen, meine ich.« Er beobachtete fasziniert, wie ihre Augen amüsiert funkelten.

»Glaubst du wirklich, ich hätte einen Mann geheiratet, der nicht die größte aller Herausforderungen für mich darstellt?«, fragte sie. »Du bist ein Mann, der nicht durch Suggestivkraft überredet werden kann, weil du mich so gut kennst und verstehst wie ich mich selbst. Genau diese Behauptung hast du selbst aufgestellt, nicht wahr?«

Sebastian wich im Geiste einen Schritt zurück, um nicht in eine clever aufgestellte Falle zu tappen. Seine Augenbrauen zogen sich zusammen, als er sie scharfsinnig musterte.

Eden lachte glockenhell. »Siehst du, da hast du mich wieder durchschaut. Du bist einfach zu schlau für mich, nicht wahr?«

Sebastian hielt sich für gar nicht so schlau im Vergleich zu Eden. Es würde vermutlich eine kleine Ewigkeit konzentrierter Bemühungen bedürfen, um mit Eden geistig fertig zu werden. Es wäre seine größte Herausforderung und seine süßeste Belohnung, wenn ihm das gelänge.

Sebastian blickte himmelwärts, dankbar dafür, dass er auf Penelopes verführerische List nicht hereingefallen war und seinen Anspruch auf die Grafenwürde nach Amerika mitgenommen hatte. Das Schicksal hatte ihn nach Virginia geführt, wo er einen kühnen Menschenschlag entdeckt hatte, der sich gegen Englands starke Hand aufgelehnt hatte.

Dies war das Land seiner Zukunft, eine faszinierende Herausforderung, ein spannendes Abenteuer.

Das gekünstelte Leben zu Hofe, das Sebastian verabscheut hatte, erschien ihm jetzt noch weniger reizvoll als vor einem Jahrzehnt. Hier fühlte Sebastian sich als ganzer, lebendiger Mensch, frei, um sein eigenes Leben zu führen.

Jetzt war der einzige Titel von Bedeutung für ihn der des Ehemanns und zukünftigen Vaters. Sebastian würde eine Welt erschaffen, um Eden zu bezaubern und an sich zu fesseln. Er würde Dutzende von Möglichkeiten ersinnen, um diese Frau zufrieden zu stellen, deren Lebenshunger mit seinem wetteiferte. Eden würde dafür sorgen, dass Saber Hall vor Freude und Aufregung erstrahlen würde, und zusammen würden sie sich jeden Traum erfüllen.

Natürlich musste Saber Hall aufpoliert werden. Die dunklen Vorhänge, die den Sonnenschein abhielten, würden zweifellos verschwinden müssen. Die Ställe waren ebenfalls zu finster. In den Gärten wuchs mehr Unkraut als Blumen. Sebastian würde eine Schar Bediensteter und Handwerker anheuern müssen, um die notwendigen Renovierungen und Veränderungen durchführen zu lassen …

Veränderungen … O Gott, dachte Sebastian. Jetzt hatte Eden ihn ebenfalls so weit. Er konnte heutzutage nichts ansehen, ohne sich vorzustellen, wie es verbessert werden konnte, wie die Dinge wirkungsvoller gemacht und besser organisiert werden konnten.

Eden bemerkte den verblüfften Ausdruck auf Sebastians Gesicht. »Stimmt etwas nicht, Eure Lordschaft?«

»Ich dachte gerade nur …«

»Welch eine herrliche geistige Übung. Ich werde es selbst auch mal versuchen müssen«, scherzte sie.

Sebastian runzelte die Stirn. »Du, Frau, praktizierst sie bereits zu viel.«

»Ah, wenn ich doch nur so viel mit Denken erreichen könnte wie du. Wie ist es jetzt mit diesen Schießübungen, die du vorhin erwähnt hast?«

»*Ich* – erwähnt?«

»Natürlich.« Eden lächelte strahlend. »Es ist noch hell genug, um ein wenig zu üben, findest du nicht auch? Ich ziehe es vor, mit einer Pistole zu beginnen. Wenn ich die Steinschlosspistole beherrsche, werde ich das Gewehr in Angriff nehmen.«

Eden blinzelte verwirrt, als Sebastian sie zu einer kleinen Lichtung zog, die von Kiefern umgeben war.

»Wir machen keine Schießübungen, nehme ich an«, sagte sie.

»Stimmt.« Er zog sie an sich. »Aber in gewissem Sinne schon«, murmelte er und lächelte spitzbübisch.

»Ich wusste nicht, dass du deine Pistole bei dir …«

Sebastian brachte sie mit einem tiefen Kuss zum Verstummen. Als er eine Weile später den Kopf hob, funkelten seine Augen übermütig. »Ich dachte, wir sind übereingekommen, dass du nicht ganz so viel denken sollst.«

Als er sie auf seinen Schoß setzte, auf einen hohlen Baumstamm, musterte Eden ihn zweifelnd. »Hier, Eure Lordschaft?«

»Überall«, murmelte er und knöpfte hastig ihr Kleid auf. »Überall … solange es mit dir ist.«

Eden vergaß plötzlich die Schießübungen und die letzten Vorbereitungen für ihre Reise nach Saber Hall. In dem Moment, in dem Sebastians erregende Zärtlichkeiten ihren potenten Zauber entfalteten, vergaß sie sogar das Denken. Sie empfand nur die köstlichen Gefühle, die sie von einem Gipfel der Lust zum nächsten trugen.

Die Welt schrumpfte zu einem Platz zusammen, der nicht größer als dieser verführerische Zauber war. Mit Sebastian war jede Reise in die Leidenschaft wunderbar und neu. Ein unbeschreiblicher Rausch der Sinne.

Eden gab sich ihm hemmungslos hin. Sie erwiderte jede verehrende Berührung, jeden atemlosen Kuss. Wonneschauer durchrieselten sie, als die Flamme seines Verlangens in ihr brannte. Sie verlor sich so in der Liebe, die sie für Sebastian empfand, dass sie sich das Leben ohne ihn nicht vorstellen konnte.

»Und dafür sind hohle Baumstämme geeignet«, flüsterte Sebastian viel später.

»Sehr interessant«, sagte Eden und lächelte elfenhaft. »Und all diese Jahre habe ich gedacht, hohle Baumstämme seien nur als Versteck für ein Opfer geeignet, das einem Raubtier entkommen will.«

Sebastian tupfte ihr einen federleichten Kuss auf die Lippen. »Dies war nur ein Beweis, dass man manchmal, wenn man auf die Jagd geht, kein Experte mit Pistolen und Messern und dergleichen sein muss.«

Eden schlang die Arme um seinen Nacken und bewegte sich sinnlich auf ihm. »Ich glaube, dass die Ehe mit dir enorm anregend sein wird – körperlich, seelisch und geistig, meine ich.«

Sebastian murmelte enttäuscht vor sich hin, als er nahenden Hufschlag hörte. Zweifellos traf Tully ein. Seine Wahl des Zeitpunkts war äußerst unglücklich.

»Eure Lordschaft?«

Tullys Stimme dröhnte durch die Abenddämmerung. »Ist alles in Ordnung? Keine weiteren Probleme, hoffe ich.«

»Das Problem –«, grollte Sebastian, als er hastig Edens Kleid schloss, »– ist, dass es verdammt schwierig ist,ungestört zu bleiben.«

Tully grinste breit, als Eden und Sebastian auftauchten, um ihre angebundenen Pferde zu holen. Eden sah ziemlich zerzaust und verlegen aus, und Sebastian wirkte gereizt. Was Tully anbetraf, so war er ungewöhnlich erfreut. Allen Anzeichen nach entwickelte sich diese Ehe hervorragend. Sebastian Saber hatte die Frau gefunden, die ihm gewachsen war.

»Wir könnten ebenso gut zu Ende packen«, sagte Sebastian und half Eden auf ihr Pferd.

»Das könnten wir, Eure Lordschaft«, stimmte Tully immer noch grinsend zu. »Ich finde, wir sollten die Abreise auf morgen früh verschieben. Ehe man sich versieht, wird es Zeit zum Schlafen sein.«

Sebastian lächelte bei dem verlockenden Gedanken. »Da hast du Recht.« Er würde die nächsten paar Stunden nutzen, um neue Möglichkeiten zu ersinnen, wie er seine leidenschaftliche und äußerst aufgeschlossene Frau erfreuen konnte …

22

Sebastian schaute den Hügel hinab auf Saber Hall. Das Haus der Plantage, das Erinnerungen an den englischen Besitz wachrief, wo er aufgewachsen war, schmiegte sich in einen Hain stattlicher Bäume.

Daheim. Sebastian lächelte zufrieden. Die Plantage mit ihren roten Ziegelgebäuden, mit Kutscherhaus, Hühnerstall, Räucherhaus, Gärten und Bootsanlegestelle am Fluss war zum Leben erwacht. Fohlen tollten neben den Stuten, die über die Wiese trotteten, angeführt von dem tänzelnden schwarzen Araberhengst, der jedes Rennen gewonnen hatte, an denen er in jüngster Zeit teilgenommen hatte.

Und nicht mit Eden auf seinem Rücken. Sebastian hatte sich durchgesetzt und war hart geblieben, obwohl er sich nicht ganz sicher war, ob er bei den Streitgesprächen tatsächlich gewonnen oder ob Eden ihn nur hatte gewinnen lassen. Wie auch immer, Cameron Morgan, der Hausjockey von Saber Hall, hatte bei jedem Rennen den siegreichen Araber geritten.

Die Versuchstiere, die Sebastian von England mitgebracht hatte, zeigten sich vielversprechend als Lieferanten für Fleisch- und Molkereiprodukte. Eden hatte vorgeschlagen – typisch für sie –, dass die erste Wahl der Zuchtkälber der Pembrook-Plantage geschenkt wurde, um deren Herde zu verbessern.

Sebastian lächelte wehmütig, als er auf das dreigeschossige Herrenhaus aus Backstein hinabblickte, das nach Edens Angaben aufpoliert worden war. In jeden Raum waren große Fenster eingesetzt worden. Der Speicher, den Eden in eine Bibliothek verwandelt hatte, war im Süden und Osten mit so viel Glas umgeben, dass er ein Leuchtturm hätte sein können. Aber schließlich durfte die freie Sicht von Schutzengeln nicht beeinträchtigt werden.

Das Peitschen eines Gewehrschusses durchbrach die friedliche Stille des warmen Frühlingsnachmittags. Die junge Stute, die Sebastian ritt, tänzelte nervös. Das schlanke weiße Araberpferd sollte ein Überraschungsgeschenk für Eden werden. Sebastian hatte den größten Teil der Abrichtung Cameron Morgan überlassen, und die Stute war in einem Stall bei Mount Vernon untergestellt worden, damit Eden das unerwartete Geschenk nicht vorzeitig sehen konnte.

Wieder fiel ein Schuss hinter dem großen Haus, und die junge Stute wurde wieder unruhig. »Ruhig, Mädchen«, sprach Sebastian beruhigend auf sie ein.

»Klingt nach Problemen, Sir«, murmelte Cameron Morgan.

Der junge Jockey, der Sebastian nach Mount Vernon begleitet hatte, um die Stute abzuholen, zügelte sein Pferd. Beide Männer spähten in den Sonnenschein und sahen eine stämmige hünenhafte Gestalt und eine zierliche Frau zu einem Baum schreiten. Sebastian runzelte die Stirn. Er konnte sich gut vorstellen, was hier während seiner Abwesenheit los gewesen war.

»Sieht aus, als hätte meine Frau Tully überredet, ihr die Schießlektionen zu erteilen, die ich absichtlich vermieden habe.«

Der sommersprossige junge Mann grinste breit. »Dieser Riese frisst ihr aus der Hand, nicht wahr?«

Sebastian warf dem Jockey einen Seitenblick zu. »Und das, während sie einen gewissen Cameron Morgan mit der anderen Hand füttert. Meinen Sie, ich habe nicht gesehen, wie meine Frau mit dem Araberhengst weggeritten ist, den Sie für sie gesattelt haben?«

Cameron wand sich verlegen. »Nun, sie …«

Sebastian winkte ab. »Kommen Sie mir nicht mit lahmen Ausreden. Sicherlich hat Eden Sie überzeugt, dass das Verbot, diesen feurigen Hengst zu reiten, eine unvernünftige Anweisung ist, die ursprünglich von ihrem übervorsichtigen Mann stammt. Und vielleicht wird diese zahme Stute als Geschenk sie wieder gnädig gegenüber ihrem tyrannischen Mann stimmen.«

Cameron blickte nachdenklich zu der jungen Stute. »Ich glaube, diese Stute ist unkomplizierter als der Hengst. Bei ihrer reizenden Frau ist das jedoch eine andere Sache.« Er grinste ermutigend. »Aber ich glaube, Sie sind genau der Mann, der diese temperamentvolle Frau in den Griff bekommen kann. Die Stallburschen haben schon gewettet ... « Cameron verstummte, und sein Gesicht rötete sich unter den unzähligen Sommersprossen.

»Worauf gewettet?«, fragte Sebastian. »Wer wirklich auf Saber Hall das Sagen hat?« Als Camerons Gesicht noch eine Spur roter wurde, fluchte Sebastian lautlos in sich hinein. »Das dachte ich mir.«

»Wenn es Sie tröstet, Sir, ich habe sofort auf Sie gesetzt!«, sagte Cameron begeistert.

»Tatsächlich?«

Ein erneuter Gewehrschuss veranlasste Sebastian, mit der Stute zu der Stätte der Verschwörung zu traben. Nach Sebastians Meinung brauchte Eden nicht zu lernen, mit der Kentucky Rifle zu feuern, denn sie würde während des Frühlingsfestes, das sie für den ersten offiziellen Besuch ihrer Familie auf Saber Hall geplant hatte, nicht auf die Jagd gehen. Er würde sich verdammt noch mal nicht umstimmen lassen, basta!

»Du meine Güte!«, rief Tully und starrte ungläubig auf die Löcher in der Zielscheibe, die er an den Baumstamm genagelt hatte. »Volltreffer. Dreimal! Ich habe noch nie so ein unglaubliches Anfängerglück erlebt!«

Es ist kaum Anfängerglück, dachte Eden bei sich. Sie hatte sich von einem der neuen Feldarbeiter, der in der Miliz ihres Vaters gedient hatte, jedes Mal bei Tu[illegible] bastians Abwesenheit auf der Plantage in der K[illegible] Schießens unterrichten lassen.

Heute hatte sie Tully nach draußen gelockt, sobald [illegible] bastian zu seinem geheimnisvollen Ausflug nach Moun[illegible] Vernon aufgebrochen war, um dem Hünen zu beweisen, dass sie mit einem Gewehr gut genug umgehen konnte, um an der geplanten Jagd teilzunehmen. Wenn Tully ihre Fähigkeiten mit Waffen bei Sebastian lobte, würde er sicherlich seine lächerliche Entscheidung widerrufen und sie an den Aktivitäten teilnehmen lassen, die *sie* organisiert hatte.

Außerdem war ihre Teilnahme an dieser Jagd sehr wichtig für sie. Es würde für die nächsten paar Monate das erste – und letzte – Mal sein, an dem sie anstrengende Aktivitäten im Freien genießen konnte.

»Sie meinen also, Tully, ich bin gut genug mit einem Gewehr, um an der Jagd teilzunehmen?«, fragte Eden.

»Bei dieser Treffsicherheit?«, erwiderte Tully und starrte immer noch auf die drei Volltreffer. »Mylady, ich dachte immer, Seine Lordschaft und ich wären gute Schützen, aber …«

»Hallo, hallo, wie nett, heimzukehren und eine Verschwörung hinter meinem Rücken vorzufinden.«

Als die Baritonstimme ertönte, zuckte Eden zusammen. Tully erstarrte, und dann schluckte er sichtlich.

Gedämpfte Schritte näherten sich auf dem Grasteppich. Eden ließ das Gewehr sinken, drehte sich um und schenkte ihrem streng dreinblickenden Mann ein Lächeln, das mit dem Stahlen der Sonne konkurrieren konnte.

»Sebastian, wie ich mich freue, dass du zurück bist. Tully sagte gerade, meine Treffsicherheit sei ausgezeichnet.«

»Das habe ich gehört«, erwiderte Sebastian mürrisch.

Tully sagte nichts. Er schien plötzlich ein lebhaftes Interesse an den Vögeln zu haben, die in den Bäumen vor ihm flatterten.

»Und da ich die Gastgeberin bei dem ersten offiziellen

e auf Saber Hall bin, ist es nur logisch, einer Fähigkeiten mit einem Gewehr en sollte, meinst du nicht auch?«

ich nicht.« Sebastians Miene erlaubte . Davon ließ sich Eden wie gewöhn- en.

hr ich es liebe, im Freien zu sein, und orstellen, dass du mir das Vergnügen des Abenteuers versagen willst.«

Tully räusperte sich, wandte sich dann um und starrte über Sebastians Kopf hinweg in die Luft. »Verzeih mir, Eure Lordschaft, mir ist gerade eingefallen, dass ich etwas erledigen muss.«

Sebastian unterdrückte ein Lächeln, als der Koloss von einem Feigling sich hastig davonmachte.

»Ich weiß, welch vernünftiger, toleranter Ehemann du bist«, fuhr Eden fort, immer noch heiter lächelnd. »Und ich weiß, dass du deine Entscheidung zurücknimmst, nachdem du den Beweis meiner Schießkunst gesehen hast.«

Sebastian blickte sie finster an. »Streite nicht mit mir, Eden. Die Jagd ist für die Männer bestimmt.«

Eden hob das Gewehr an. »Frauen sind meiner Meinung nach viel zu lange davon ausgeschlossen worden. Und ich rate dir, nicht mit mir zu streiten, wenn ich ein geladenes Gewehr in der Hand halte. Das könnte schlecht für deine Gesundheit sein.«

In den saphirblauen Augen schienen Funken zu tanzen. Doch Sebastian blieb standhaft. »Nein.« Das einzige Wort war endgültig und unnachgiebig.

»Sebastian, bitte. Eines der Dinge, die ich stets bei dir bewundert habe, ist deine unfehlbare Fähigkeit der Selbstverteidigung. Was wäre, wenn ich während meiner Ausflüge über Land an Räuber geraten würde? Bedenke, wie sehr meine Fähigkeiten mit Waffen deine Sorgen um mein Wohlergehen mildern könnten. Regst du dich nicht schon auf, wenn ich ein paar Minuten später zurückkehre, als du erwartet hast?«

»Gewiss, aber …«

»Und wärst du nicht viel ruhiger, wenn du wüsstest, dass ich mich selbst schützen kann?«

»Vermutlich, aber …«

»Ist dir nicht klar, dass ich von dir bewundert werden möchte wie du von mir?« Sie lehnte das Gewehr an den Baumstamm und schwebte dann in einem Wirbel von hellblauem Musselin auf ihn zu. »Sebastian, es tut mir leid, dir berichten zu müssen, dass ich das Interesse an der Viehzucht verloren habe. Da ist diese Ruhelosigkeit in mir, die nach einer Veränderung verlangt.«

Sebastian zuckte zusammen. Da war es wieder. Eden konnte ihr Verlangen nach allem sonst verlieren, aber sie verlor hoffentlich nie ihr Interesse an ihm. Das würde er nicht ertragen – nicht jetzt, nachdem er die Wunder des Paradieses entdeckt hatte; es wäre die Hölle für ihn!

Weiche Lippen berührten seinen Mund wie Blütenblätter. Ihr köstlicher Körper verschmolz mit seinen männlichen Konturen.

»Eure Lordschaft, ich brauche wirklich neue Anweisungen für die nächsten paar Monate. Und ich verspreche, dass ich bis zum Herbst meine Vorliebe für Schießübungen und die Jagd überwunden habe.«

Das war nicht alles, was Eden bis zum Herbst überwinden würde, aber sie war noch nicht bereit, ihm schon mehr anzukündigen.

Als ihre Brüste über Sebastians Oberkörper rieben und er ihr Knie spielerisch, wie streichelnd, zwischen den Schenkeln spürte, geriet Sebastians eiserner Wille ins Wanken. Eden hatte die unheimliche Gabe, bei einem Streit jedes seiner Argumente zu zerpflücken, sodass er sich anschließend fragte, ob seine Entscheidungen unvernünftig waren.

»Bitte, Sebastian«, flüsterte sie, strich über seine Jackenaufschläge und schlang die Arme um seinen Nacken. »Ich verspreche, am Tag der Jagd vorsichtig zu sein. Und da ein Schutzengel auf mich aufpasst …«

Er blickte sie verdutzt an. »Schutzengel? Welcher Schutzengel?«

»Das bist du, natürlich.« Sie lächelte zu ihm auf, und ihre Augen spiegelten ihre tiefe Liebe zu ihm wider. »Wenn ein solch fähiger Beschützer neben mir reitet, wie kannst du mir dann diese kleine Bitte abschlagen?«

»Ja, wie könnte ich das?« Ein Lächeln spielte widerstrebend um seine Lippen, als er Eden an sich drückte.

Eden schmiegte sich in seine Arme, und ihre Wange ruhte an seiner Brust. »Wenn du mir das versagst, würdest du doch nur zugeben, dass du dich nicht für fähig hältst, mich zu beschützen, nicht wahr?«

»Nicht wahr?« Sebastian nahm den frischen Duft ihres Haars wahr und spürte, wie eine weitere Schicht seiner Abwehr dahinschmolz.

»Absolut. Kannst du dir den Makel vorstellen, unter dem dein Ruf leiden würde, wenn die Klatschmäuler in der Gegend erfahren, dass du mich nicht bei der Jagd teilnehmen lässt, weil du dich nicht in der Lage siehst, mich richtig zu verteidigen? Du siehst also, Eure Lordschaft, du kannst nur das Gesicht wahren, wenn du mich einlädst, mitzukommen. Jede andere Entscheidung würde dich dumm und unzulänglich aussehen lassen, findest du nicht auch?«

»Und das wollen wir nicht, oder?«

»Nein, gewiss nicht!«, beteuerte Eden. »Und ich werde bereitwillig meine Verpflichtung erfüllen und an der Jagd teilnehmen, um dadurch zu beweisen, dass ich dich für den perfekten Beschützer halte.«

»Danke, Liebling. Ich bin zutiefst gerührt von deiner Rücksichtnahme und deinem Vertrauen in mich.«

»Nichts zu danken. Ich will, dass jeder weiß, wie sehr ich dich verehre, dich respektiere und dir vertraue.«

Sebastian seufzte resigniert. Sie hatte ihn ausmanövriert. Aber er wollte immer noch seinen Trost für diese jüngste Niederlage und für die Nachricht haben, dass die Bediensteten und Stallburschen von Saber Hall Wetten gegen ihn abschlossen.

Sebastian umfasste Edens Hand und führte sie zu der Hecke, die den Garten umgab.

»Wohin gehen wir?«, fragte Eden. »Ich dachte, ich habe klar gemacht, dass ich das Interesse am Beschneiden von Pflanzen und dem Setzen von Blumenzwiebeln verloren habe.«

»Ja, aber das Saber-Ziergewächs braucht deine Aufmerksamkeit«, sagte er und zog sie zu dem abgelegenen Pavillon.

»Oh, *dieses* Saber-Ziergewächs.« Sie schmiegte sich lachend in seine Arme. »Das ist ganz was anderes. Daran habe ich ein großes Interesse.«

Doch zunächst ging Sebastian hinter den Pavillon, um sein Geschenk, die junge Stute, zwischen den Büschen hervorzuholen. »Für dich, Eden. Jeder legendäre Engel sollte ein eigenes weißes Pferd haben, um darauf herumzufliegen.«

Eden starrte auf den prächtigen Schimmel. »Oh, Sebastian, wie schön!« Sie warf sich in Sebastians Arme und überhäufte ihn dankbar mit Küssen. »Habe ich dir heute schon gesagt, wie sehr ich dich liebe?«

»Nicht seit dem frühen Morgen.« Er küsste ihren Hals hinab und in den Ausschnitt ihres Kleides, um den Geschmack und den Duft ihrer Haut zu genießen.

Als er sie in den Pavillon trug und sie an die Wand drängte, schlang Eden ein Bein um seine Hüften und bewegte sich sinnlich gegen ihn. »Eure Lordschaft?«, hauchte sie.

»Ja, Engel?«

»Wie viele Möglichkeiten gibt es, dies zu tun?«

Ein verwegenes Lächeln spielte um seine Lippen. »Oh, mindestens hundertundeine ...«

»Ich liebe dich mit meinem ganzen Herzen und der Seele, Sebastian«, flüsterte sie, als sie den harten Beweis seines Verlangens spürte. »Einige Dinge werden sich niemals verändern ...«

Als Sebastian in Verzückung geriet, schwor er sich feierlich, sein Leben lang Möglichkeiten zu ersinnen, um seine Frau zu faszinieren. Eden brachte ihn dazu, neue Dimensionen der Leidenschaft zu erkunden, die ihr seine Liebe bewiesen.

»Eure Lordschaft?«, murmelte Eden viel später. »Da gibt es etwas, das ich dir sagen möchte. Ich wollte damit warten, doch vielleicht ist jetzt der richtige Zeitpunkt. Ich habe ebenfalls ein Geschenk für dich.«

»Was ist es denn, Eden?« Sebastian zog sie mit sich auf eine Bank.

Zufrieden schmiegte sich Eden in seine Arme. »Du sollst wissen, dass ich dich für den perfekten Ehemann halte und du im Herbst ein ungewöhnlich guter Vater sein wirst.«

»Allmächtiger!« Sebastians Kopf ruckte hoch, und er blickte Eden vorwurfsvoll an. »Das war unfair von dir. Du hast mich überredet, dich jagen und schießen zu lassen, bevor du mir die Neuigkeit mitgeteilt hast.« Sebastian richtete sich hastig auf. »Verdammt, Eden!«

»Freust du dich nicht auf unser Kind, Sebastian? Willst du es nicht?« Sie wirkte gekränkt, enttäuscht – jedenfalls war das die Miene, um die sie sich bemühte.

»Natürlich freue ich mich, und natürlich will ich es. Das ist nicht der springende Punkt.«

Eden zog ihn wieder an sich. »Ich bin ja so froh, das zu hören.« Sie setzte sich auf seinen Schoß. »Was sagtest du vorhin, wie viele Möglichkeiten gibt es, dies zu tun?«

Sebastian blickte auf ihr strahlendes Gesicht mit den funkelnden blauen Augen. In diesem Augenblick entschied er sich, an den Wetten der Stallburschen teilzunehmen und gegen sich zu setzen. Er konnte diesem bezaubernden Engel die Erfüllung ihrer Launen ebenso wenig versagen wie er zum Mond fliegen konnte. Eden hatte ihm ihr Vertrauen geschenkt, ihre unerschütterliche Hingabe, und bald würde sie ihm ein Kind schenken – die Personifikation seiner unsterblichen Liebe zu ihr.

»Ich liebe dich, Engel«, flüsterte er.

Als er sie einfach umdrehte und sie rückwärts an sich

zog, lächelte sie schelmisch über die Schulter. »Ist dies hundertundzwei?«

Sebastian erwiderte ihr Lächeln, und dann nahm er sie und gab ihr all seine Liebe. »Warte nur, Engel, bis du hundertunddrei erleben wirst …«

Aus ganzem Herzen gab sie sich Sebastian hin und ließ sich auf den Gipfel der Glückseligkeit tragen …

Zeit der Glückseligkeit

Mit ihrem gutgehenden Antiquitätenladen ist Ivy mehr als ausgelastet, dennoch findet sie genug Zeit für Männer – solange sie Shakespeare, Rembrandt oder Louis XVI. heißen ... Männer ihres eigenen Jahrhunderts interessieren sie dagegen weniger.
Eines Tages begegnet sie einer seltsamen alten Dame, die ihr eine merkwürdige Geschichte erzählt – und als Ivy am nächsten Morgen erwacht, findet sie sich in einem alten, verfallenen Schloß wieder. Erst allmählich begreift sie, daß sie in ein anderes Zeitalter geraten ist – und muß sich nicht nur mit den Widrigkeiten einer anderen Epoche auseinandersetzen, sondern auch mit einem stürmischen, besitzergreifenden Ritter ...

3–404–18268–5

BASTEI
LÜBBE